DuMonts Kriminal-Bibliothek

S.S. van Dine ist das Pseudonym des amerikanischen Kunst- und Kulturkritikers Willard Huntington Wright (1888–1939). Seine 1926 bis 1939 aus profunder Kennerschaft des Genres geschaffenen Romane um den Gentleman-Detektiv Philo Vance begründeten neben dem Werk von Dorothy L. Sayers die Tradition des Detektivromans für Intellektuelle. Ellery Queen und John Dickson Carr sind ihm ebenso verpflichtet wie Michael Innes und Edmund Crispin. Von S.S. van Dine sind in DuMonts Kriminal-Bibliothek bereits erschienen: »Der Mordfall Bischof« (Bd. 1006), »Der Mordfall Greene« (Bd. 1029), »Der Mordfall Canary« (Bd. 1062), »Der Mordfall Benson« (Bd. 1089) und »Der Mordfall Skarabäus« (Bd. 1108).

Herausgegeben von Volker Neuhaus

S. S. VAN DINE

Der Mordfall Bischof

Aus dem Englischen
von Sascha Mantscheff

DuMont

Die der Übersetzung zugrundeliegende Ausgabe erschien 1984 unter dem Titel
The Bishop Murder Case bei Fawcett World Library

Neuausgabe 2002

Umschlagmotiv von Pellegrino Ritter
Umschlag- und Reihengestaltung: Groothuis, Lohfert, Consorten
Satz: Greiner & Reichel, Köln
Druck und Verarbeitung: Clausen & Bosse, Leck
Printed in Germany
ISBN 3-8321-1907-8

Inhalt

Die handelnden Personen

PHILO VANCE
JOHN F.-X. MARKHAM, Bezirksstaatsanwalt von New York County
ERNEST HEATH, Sergeant der Mordabteilung
PROFESSOR BERTRAND DILLARD, berühmter Physiker
BELLE DILLARD, seine Nichte
SIGURD ARNESSON, sein Adoptivsohn, Mathematikprofessor
PYNE, Butler der Dillards
BEEDLE, Köchin der Dillards
ADOLPH DRUKKER, Wissenschaftler und Autor
MRS. OTTO DRUKKER, seine Mutter
GRETE MENZEL, Köchin der Drukkers
JOHN PARDEE, Mathematiker und Schachexperte, Erfinder des Pardee-Gambits
JOSEPH HENRIK HAAN, Sportsmann und Meister im Bogenschießen
RAYMOND SPERLING, Tiefbauingenieur
JOHN. E. SPRIGG, Student der Columbia Universität
DR. WHITNEY BARSTEAD, bekannter Neurologe
QUINAN, Polizeireporter der *World*
ADELAIDE MOFFAT
CHIEF INSPECTOR O'BRIEN
WILLIAM M. MORAN, Chef der Mordabteilung
CAPTAIN PITTS, Beamter der Mordabteilung
GUILFOYLE, Detective der Mordabteilung
SNITKIN, Detective der Mordabteilung
HENNESSEY, Detective der Mordabteilung
EMERY, Detective der Mordabteilung
BURKE, Detective der Mordabteilung
CAPTAIN DUBOIS, Abteilung Spurensicherung
DR. EMANUEL DOREMUS, Gerichtsarzt
SWACKER, Sekretär des Bezirksstaatsanwalts
CURRIE, Vance' Kammerdiener

Englische Kinder- und Abzählreime aus den *Mother Goose Nursery Rhymes* spielen eine wichtige Rolle für das Romangeschehen.

Hinrich der Hahn – wer hat ihn getötet?
  Ich, sagte der Spatz. Mit Pfeil und mit Bogen
  Das Wams ihm gerötet. War das eine Hatz!
Ich hab' ihn getötet.

Hinrich der Hahn – wer sah ihn fallen?
  Ich, sagte die Grille, ich sehe noch gut,
  Am besten von allen, und das ohne Brille,
Ich sah ihn fallen.

Hinrich der Hahn – wer wird ihn beweinen?
  Ich, sagte die Taube, denn er war mein Liebster,
  Jetzt habe ich keinen. Dem Tode zum Raube
Fiel Hinrich der Hahn.

Es war einmal ein kleiner Herr,
Der hielt ein kleines Schießgewehr
In seiner kleinen Hand.
Johnny Sprigg, dem armen Tropf,
Schoß er mitten in den Kopf,
Und sein Hut fiel in den Sand.

Es war einmal 'ne alte Frau, die hatte einen Schuh als Haus
Und hatte dreizehn Kinder und wußt' nicht ein noch aus.

Buckelmuckel saß auf der Wand,
Buckelmuckel fiel in den Sand.
Da hat der König seine Reiter gesandt,
Doch Rosse und Reiter brachten Buckelmuckel
Nicht zurück auf die Wand.

Kleines Fräulein Adelheid
Saß auf einem Loch im Kleid,
Knabberte am Mäusespeck,
Kam die Spinne angekrochen,
Hat den Mäusespeck gerochen,
Scheuchte Adelheid hinweg.

The Earth is a Temple where there is going on a Mystery Play, childish and poignant, ridiculous and awful enough in all Conscience.

Conrad

Kapitel 1

»Hinrich der Hahn – wer hat ihn getötet?«

(Samstag, 2. April, später Vormittag)

Der unheilvollste, bizarrste, scheinbar unbegreiflichste und bestimmt der grausigste aller Kriminalfälle, bei denen Philo Vance als inoffizieller Berater tätig wurde, war das Verbrechen, das auf die berüchtigten Greene-Morde[1] folgte. Die Orgie des Schreckens im alten Herrenhaus der Greenes hatte im Dezember ihren überraschenden Abschluß gefunden, und nach den Weihnachtsferien war Vance zum Wintersport in die Schweiz gefahren. Nach seiner Rückkehr nach New York gegen Ende Februar hatte er sich in eine schon lange geplante literarische Arbeit gestürzt, eine einheitliche Übertragung der wichtigsten Fragmente des Menander, die man Anfang dieses Jahrhunderts auf ägyptischen Papyri gefunden hatte. Über einem Monat lang hatte er sich unermüdlich dieser undankbaren Aufgabe gewidmet.

Ich weiß nicht, ob er die Übersetzungen fertiggestellt hätte, auch wenn sein Schaffen nicht unterbrochen worden wäre; denn Vance war zwar ein Mann von Kultur, aber die Freude an der Forschung und am intellektuellen Abenteuer lag bei ihm ständig im Widerstreit mit der Plackerei, die für das wissenschaftliche Schaffen vonnöten ist. Ich erinnere mich, daß er im Jahr zuvor erst mit einer Xenophon-Biographie angefangen hatte – der Fortführung einer Leidenschaft aus seiner Studienzeit, in der er die *Anabasis* und die *Memorabilia* zum ersten Mal gelesen hatte. An dem Punkt jedoch, wo Xenophons historischer Marsch die Zehntausend zum Meer zurückführt, hatte er das Interesse verloren. Jedenfalls wurde Vance' Übersetzung des Menander Anfang April abrupt unterbrochen, und wochenlang gab es für ihn nichts anderes mehr als dieses rätselhafte Verbrechen, das das ganze Land in bange Aufregung versetzte.

Dieses neue Verbrechen, bei dessen Aufklärung er als eine Art *Amicus curiae* für John F.-X. Markham, den Bezirksstaatsanwalt von New York, fungierte, wurde sofort der »Mordfall Bischof« genannt. Diese Bezeichnung – die Folge unseres journalistischen Instinkts, jeder *Cause célèbre* ein Etikett anzuhängen – war in gewissem Sinne falsch gewählt. Nichts Kirchliches hatten diese gespenstischen Saturnalien des Verbrechens an sich, die eine ganze Stadt dazu brachten, mit ängstlicher Spannung Kinderreime zu lesen,[2] und, soweit ich weiß, stand niemand namens Bischof auch nur entfernt mit den fürchterlichen Ereignissen in Zusammenhang, die jene Bezeichnung trugen. Aber nichtsdestotrotz war das Wort »Bischof« angemessen, war es doch der Deckname, den der Mörder für den tückischsten aller Pläne benutzte. Zufällig war es dieser Name, der Vance schließlich zu der fast unglaublichen Wahrheit führte und eine der schrecklichsten Kriminaltragödien in der ganzen Polizeigeschichte beendete.

Die Serie unheimlicher und scheinbar unzusammenhängender Ereignisse, die den Mordfall Bischof ausmachten und Vance' Gedanken von Menander und griechischen Monostichen ablenkten, begann am Morgen des 2. April, noch keine fünf Monate nach dem Doppelmord an Julia und Ada Greene. Es war einer jener prächtigen warmen Frühlingsmorgen, die New York in den ersten Apriltagen zuweilen beschert sind. Vance saß gerade in dem kleinen Dachgarten über seinem Apartment in der East 38th Street beim Frühstück. Es war beinahe Mittag (denn Vance pflegte bis zum Morgengrauen zu lesen und zu arbeiten und stand gewöhnlich erst spät auf), und die Sonne, die aus einem klaren blauen Himmel hervorstach, hüllte die Stadt in eine Stimmung beschaulicher Muße. Das Frühstück auf einem niedrigen Tischchen neben sich, räkelte sich Vance in einem Sessel und starrte mit bedauerndem Blick auf die Baumkronen im Hinterhof.

Ich wußte, woran er dachte. Er pflegte sonst jedes Frühjahr nach Frankreich zu fahren, und schon lange waren für ihn – wie auch für George Moore – Paris und der Mai ein und dasselbe. Aber nach dem Krieg hatte ihm der gewaltige Zug der amerikanischen *Nouveaux riches* nach Paris den Spaß an seiner alljährlichen Pilgerfahrt verdorben. Tags zuvor erst hatte er mir mitgeteilt, daß wir den Sommer über in New York bleiben würden.

Jahrelang schon bin ich Vance' Freund und Rechtsberater, eine Art Finanzverwalter und Geschäftsführer. Ich hatte die Anwaltskanzlei meines Vaters – Van Dine, Davis & Van Dine – verlassen, um mich ganz Vance' Interessen zu widmen, was ich für einen weit anspruchsvolleren Posten hielt als den eines Anwaltes in einem muffigen Büro. Obwohl meine eigene Junggesellenbehausung sich in einem Hotel in der West Side befand, verbrachte ich den größten Teil meiner Zeit in Vance' Apartment.

An diesem Tag war ich früh gekommen, lange bevor Vance aufgestanden war, und nachdem ich die Rechnungen vom Monatsanfang erledigt hatte, saß ich nun müßig daneben und rauchte meine Pfeife, während er frühstückte.

»Wissen Sie, Van«, sagte er in seinem keine Gefühlsregung verratenden schleppenden Tonfall, »die Aussicht auf einen Frühling und Sommer in New York ist weder aufregend noch romantisch. Es wird tierisch langweilig. Aber das soll mich weniger ärgern, als durch Europa zu gondeln, wo man an jeder Ecke von diesen schrecklichen Horden von Touristen eingekeilt wird ... Es ist alles sehr traurig.«

Er ahnte nicht, was die nächsten Wochen für ihn bereithielten. Wenn er es gewußt hätte, möchte ich meinen, daß nicht einmal die Aussicht auf einen Vorkriegsfrühling in Paris ihn hätte loseisen können; denn sein unersättlicher Verstand liebte nichts mehr als ein kompliziertes Problem. Als er an diesem Morgen mit mir sprach, hatten die Gottheiten, die sein Schicksal lenkten, ein seltsames und faszinierendes Rätsel in Vorbereitung – eines, das das Land tief erschüttern und die Annalen des Verbrechens um ein neues, grauenvolles Kapitel erweitern sollte.

Vance hatte sich gerade seine zweite Tasse Kaffee eingeschenkt, als Currie, sein alter englischer Butler und Faktotum, mit dem Telephon in der Hand an der Balkontür erschien.

»Es ist Mr. Markham, Sir«, sagte er entschuldigend. »Da es ziemlich dringend schien, habe ich mir die Freiheit genommen, ihm mitzuteilen, daß Sie zu Hause sind.« Er stöpselte das Telephon in einen Stecker an der Fußleiste und stellte den Apparat auf den Frühstückstisch.

»Gut so, Currie«, murmelte Vance und nahm den Hörer ab. »Mir ist alles recht, was diese verfluchte Monotonie unterbricht.« Dann sprach er mit Markham. »Ich muß schon sagen, alter Knabe, schlafen Sie denn überhaupt nicht? Ich bin gerade bei einem *Omelette aux fines herbes*. Wollen Sie sich nicht beteiligen? Oder sehnen Sie sich nur nach meinem melodischen Organ ...?«

Er brach abrupt ab, und der schalkhafte Ausdruck auf seinen hageren Zügen verschwand. Vance war ein deutlich nordischer

Typ mit einem langen, scharf geschnittenen Gesicht, grauen, weit auseinander stehenden Augen, einer schmalen Hakennase und einem geraden, ovalen Kinn. Auch sein Mund war fest und scharf geschnitten, zeigte aber einen zynisch grausamen Zug, der eher mediterran als nordisch wirkte. Sein Gesicht war stark und attraktiv, wenn auch nicht unbedingt schön. Es war das Gesicht eines Denkers und Einsiedlers; und eben diese Strenge, das gleichzeitig Sensible und Verschlossene daran, wirkte wie eine Schranke zwischen ihm und seinen Mitmenschen.

Obwohl er von Natur aus zurückhaltend und in der Unterdrükkung seiner Gefühlsregungen gründlich geschult war, bemerkte ich, daß er an jenem Morgen während des Telephonats mit Markham sein eifriges Interesse nicht völlig verhehlen konnte. Seine Stirn legte sich in leichte Falten, und seine Augen spiegelten seine Verblüffung wider. Von Zeit zu Zeit machte er sich Luft mit einem gemurmelten »Erstaunlich!« oder »Wirklich!« oder »Höchst außergewöhnlich!« – seinen bevorzugten Ausrufen, und als er einige Minuten mit Markham gesprochen hatte, zeichnete neugierige Erregung seine Miene.

»Auf jeden Fall!« sagte er. »Nicht um alle verlorenen Komödien des Menander würde ich das verpassen wollen ... Hört sich ja verrückt an ... Ich werfe mich sofort in Schale ... *Au revoir.«*

Er legte den Hörer auf und läutete nach Currie.

»Meinen grauen Tweed«, befahl er, »eine gedeckte Krawatte und den schwarzen Homburg.« Dann wandte er sich mit besorgter Miene wieder seinem Omelett zu.

Nach einer kurzen Weile sah er mich fragend an.

»Was wissen Sie vom Bogenschießen, Van?« fragte er.

Ich wußte nichts vom Bogenschießen, außer, daß es darin bestand, mit Pfeilen auf Zielscheiben zu schießen, und das gab ich auch zu.

»Sie sind nicht gerade erhellend, wissen Sie.« Ungeduldig steckte er sich eine seiner *Régie*-Zigaretten an. »Na, es scheint jedenfalls, als müßten wir uns ein bißchen um die Toxophilie kümmern. Ich bin zwar keine führende Autorität auf diesem Gebiet, aber damals in Oxford habe ich selbst ein bißchen mit dem Bogen rumgehampelt. Keine besonders spannende Freizeitbeschäftigung, noch langweiliger als Golf, aber genauso kompliziert.« Versonnen paffte er eine Weile vor sich hin. »Ich muß schon sagen – Van, bitte seien Sie so nett und holen mir mal Dr.

Elmers Band über das Bogenschießen aus der Bibliothek, da sollte einiges drinstehen.«[3]

Ich brachte ihm das Buch, und fast eine halbe Stunde lang vertiefte er sich darin, stöberte in den Kapiteln über Schützengilden, Turniere und Wettkämpfe und überflog die lange Tabelle der amerikanischen Rekorde. Schließlich lehnte er sich in seinem Sessel zurück. Es war deutlich zu sehen, daß er etwas gefunden hatte, das ihm arge Sorgen bereitete und seinen sensiblen Verstand zum Arbeiten brachte.

»Es ist ziemlich verrückt, Van«, bemerkte er, den Blick ins Leere gerichtet. »Eine mittelalterliche Tragödie im modernen New York! Wir tragen keine Schnürstiefel und Lederwämser mehr, und trotzdem – beim Jupiter!« Plötzlich richtete er sich auf. »Nein – nein! Es ist absurd. Ich lasse mich von Markhams verrücktem Bericht beeinflussen ...« Er trank noch einen Schluck Kaffee, aber seine Miene verriet mir, daß er sich nicht von der Idee freimachen konnte, die von ihm Besitz ergriffen hatte. »Noch einen Gefallen, Van«, sagte er schließlich. »Holen Sie mir mein deutsches Wörterbuch und Burton E. Stevensons *Home Book of Verse.«*

Als ich ihm die Bände gebracht hatte, schlug er ein Wort im Wörterbuch nach und schob dann das Buch beiseite.

»Das ist es wohl, leider – obwohl ich es die ganze Zeit schon wußte.«

Dann wandte er sich dem Abschnitt in Stevensons gigantischer Anthologie zu, der die Kinder- und Abzählreime enthält. Nach ein paar Minuten schloß er auch dieses Buch, streckte sich in seinem Sessel aus und blies eine lange Rauchfahne hinauf zur Markise.

»Das kann einfach nicht wahr sein«, protestierte er wie gegen sich selbst. »Es ist zu phantastisch, zu teuflisch, zu krankhaft. Ein Märchen aus Blut – eine Welt in Anamorphose – die Perversion aller Vernunft ... Es ist undenkbar, sinnlos, wie schwarze Magie und Hexerei und Thaumaturgie. Es ist schlichtweg schwachsinnig.«

Er blickte auf seine Uhr, erhob sich und ging nach drinnen und überließ mich meinen vagen Spekulationen über den Grund seiner befremdlichen Erregung. Eine Abhandlung über das Bogenschießen, ein deutsches Wörterbuch, eine Sammlung mit Kinderversen und Vance' unverständliche Äußerungen über

Wahnsinn und Phantastisches – was für einen Zusammenhang konnten diese Dinge nur haben? Ich versuchte, einen gemeinsamen Nenner zu finden, doch ohne den geringsten Erfolg. Kein Wunder, daß ich versagte. Selbst als Wochen später die Wahrheit, gestützt durch ein ganzes Bündel unwiderleglicher Fakten, herauskam, schien sie so unglaublich und verrucht, daß der normale Menschenverstand sie gar nicht fassen konnte.

Bald unterbrach Vance meine müßigen Spekulationen. Er war in Straßenkleidung und schien ungeduldig wegen Markhams Verspätung.

»Wissen Sie«, bemerkte er, »ich wollte etwas, was mich interessiert, ein hübsches, faszinierendes Verbrechen zum Beispiel, aber – Hand aufs Herz! – nach einem Alptraum habe ich mich nicht gerade gesehnt. Wenn ich Markham nicht so gut kennen würde, könnte ich fast glauben, er hält uns zum besten.«

Als Markham ein paar Minuten später den Dachgarten betrat, war es nur zu deutlich, daß er in tödlichem Ernst gesprochen hatte. Seine Miene war düster und besorgt, und er reduzierte seine übliche höfliche Begrüßung auf die kürzeste und knappste Förmlichkeit. Markham und Vance waren seit fünfzehn Jahren eng befreundet. Obwohl antipodische Naturen – der eine heftig und aggressiv, brüsk, geradeheraus und bis zur Schwerfälligkeit ernst, der andere leichtfertig, zynisch, entgegenkommend und über den vergänglichen Sorgen des Lebens stehend –, fanden sie aneinander das Anziehende des Gegensatzes, das so oft die Grundlage einer unzertrennlichen und lange währenden Freundschaft bildet.

Während seiner sechzehn Monate als Bezirksstaatsanwalt von New York hatte Markham Vance oft bei besonders schwerwiegenden Angelegenheiten zu Rate gezogen, und dieser hatte das Vertrauen in seine Urteilskraft in jedem einzelnen Fall gerechtfertigt. Tatsächlich gebührt fast ausschließlich Vance das Verdienst für die Aufklärung einer Vielzahl von Kapitalverbrechen, die sich während Markhams vierjähriger Amtszeit ereigneten. Seine Kenntnis der menschlichen Natur, seine ausgedehnte Belesenheit und kulturelle Beschlagenheit, sein gewitzter logischer Verstand und seine Witterung für die verborgene Wahrheit hinter den irreführenden Äußerlichkeiten – das alles machte ihn wie geschaffen für die Polizeiarbeit, eine Aufgabe, die er bei einigen Fällen, die unter Markhams Jurisdiktion fielen, inoffiziell erfüllte.

Man wird sich erinnern, daß Vance' erster Fall mit dem Mord an Alvin Benson[4] zu tun hatte, und hätte er sich nicht in diese Affäre eingemischt, bezweifle ich, daß die Wahrheit je ans Licht gekommen wäre. Dann folgte die berüchtigte Erdrosselung der Margaret Odell[5] – ein rätselhafter Mordfall, bei dem die gewöhnlichen Methoden der polizeilichen Ermittlung unausweichlich versagt hätten. Und letztes Jahr wären die Mörder der bereits erwähnten Greenes ohne Zweifel mit ihrer verblüffenden Untat davongekommen, wenn Vance ihre eigentliche Absicht nicht hätte vereiteln können.

Daher kam es nicht überraschend, daß Markham sich schon zu Beginn des Mordfalls Bischof an Vance wandte. Ich hatte bemerkt, daß er sich bei seinen Ermittlungen immer mehr auf dessen Hilfe verließ, und in diesem Fall war es ein besonderes Glück, daß er sich an Vance wandte, denn nur mit einer so profunden Kenntnis der abnormen psychischen Manifestationen des menschlichen Geistes, wie Vance sie besaß, konnte dieser satanische und erbarmungslose Plan durchkreuzt und der Übeltäter identifiziert werden.

»Das Ganze ist vielleicht nur eine Ente«, sagte Markham ohne Überzeugung. »Aber ich dachte, Sie wollten möglicherweise mitkommen...«

»Aber ja!« Vance lächelte Markham grimmig an. »Setzen Sie sich einen Moment, und erzählen Sie mir die Story im Zusammenhang. Die Leiche läuft Ihnen nicht weg. Und es ist besser, daß wir unsere Fakten in irgendeine Ordnung bringen, bevor wir die Überreste besichtigen. – Wer, zum Beispiel, ist bisher überhaupt in den Fall verwickelt? Und warum stürzt sich die Bezirksstaatsanwaltschaft noch keine Stunde nach dem Dahinscheiden des Verflossenen auf diesen Mordfall? Alles, was Sie mir bislang erzählt haben, läuft nur auf sinnloses Zeug hinaus.«

Markham setzte sich verdrossen auf eine Sessellehne und betrachtete das Ende seiner Zigarre.

»Verdammt, Vance! Erwarten Sie bloß nicht wieder einen Ihrer Schauerromane. Das Verbrechen – wenn es wirklich eins ist – scheint klar genug. Zugegeben, es ist eine ungewöhnliche Mordmethode, aber sie ist mit Sicherheit nicht sinnlos. Das Bogenschießen ist in letzter Zeit ziemlich in Mode gekommen. In ganz Amerika, in praktisch jeder Stadt und jedem College findet man heute Pfeile und Bogen.«

»Meinetwegen. Aber es ist lange her, seit man damit Leute namens Haan getötet hat.«

Markhams Augen wurden zu Schlitzen, und er schaute Vance forschend an.

»Diese Idee ist Ihnen also auch gekommen?«

»Gekommen? In dem Moment, als Sie den Namen des Opfers erwähnten, sprang sie mir ins Hirn.« Vance paffte an seiner Zigarette. »›Hinrich der Hahn, wer hat ihn getötet?‹ Noch dazu mit Pfeil und Bogen! ... Merkwürdig, wie die Verse, die man als Kind lernte, im Gedächtnis hängenbleiben. Wie hieß der unglückliche Mr. Haan übrigens mit Vornamen?«

»Joseph, glaube ich.«

»Weder erbaulich noch aufschlußreich ... Hatte er keinen zweiten Vornamen?«

»Hören Sie mal, Vance!« Markham erhob sich erregt. »Was hat der zweite Vorname des Ermordeten mit dem Fall zu tun?«

»Keinen blassen Schimmer. Nur, wenn wir sowieso verrückt werden, dann aber auch gründlich. Ein Funken Vernunft allein hat keinen praktischen Wert.«

Er läutete nach Currie und ließ sich das Telephonbuch holen. Markham protestierte, aber Vance tat so, als würde er nicht hören. Nachdem das Buch gebracht worden war, blätterte er ein paar Sekunden darin herum.

»Wohnte der Verblichene am Riverside Drive?« fragte er schließlich und hielt den Finger auf einen Namen, den er gefunden hatte.

»Ich glaube schon.«

»Schön, schön.« Vance schloß das Buch und fixierte den Staatsanwalt mit spöttischem Triumph. »Markham«, sagte er langsam, »im Telephonbuch steht nur ein Joseph Haan. Er wohnte am Riverside Drive, und sein zweiter Vorname lautet – Henrik, also Hinrich!«

»Was soll der Quatsch?« Markhams Tonfall war beinahe wütend. »Angenommen, er hieß wirklich Henrik – unterstellen Sie im Ernst, das hätte irgendwas damit zu tun, daß er ermordet worden ist?«

»Ehrenwort, alter Knabe, ich unterstelle überhaupt nichts.« Vance zuckte leicht mit den Schultern. »Ich notiere sozusagen bloß ein paar Fakten im Zusammenhang mit dem Fall. So steht die Sache jetzt: Mr. Joseph Henrik Haan – also Hinrich der

Hahn – ist mit Pfeil und Bogen getötet worden. Kommt das nicht Ihrem ordnungsliebenden Verstand verflixt merkwürdig vor?«

»Nein!« Markham spuckte die Verneinung förmlich aus. »Der Name des Toten ist durchaus verbreitet; und es ist ein Wunder, daß bei dieser Pfeil-und-Bogen-Manie im ganzen Land nicht noch mehr Leute getötet oder verletzt werden. Außerdem ist es absolut möglich, daß Haan durch einen Unfall umgekommen ist.«

»Ach du liebes bißchen!« Vance schüttelte bedauernd den Kopf. »Selbst wenn das wahr wäre, würde es in der Situation nicht weiterhelfen. Es würde sie nur noch merkwürdiger machen. Von den Tausenden begeisterter Bogenschützen in diesem Land wird ausgerechnet jemand namens Hinrich der Hahn bei einem Unfall mit einem Pfeil getötet! Solch eine Annahme müßte uns zum Spiritismus, zur Dämonologie und weiß Gott wohin führen. Sie glauben nicht zufällig an Eblisen und Azazelen und Dschinns, die den Menschen satanische Streiche spielen?«

»Muß ich denn ein mohammedanischer Mythologe sein, um zuzugeben, daß es Zufälle gibt?« versetzte Markham schroff.

»Aber mein Bester! Der berühmte lange Arm des Zufalls reicht nicht bis ins Unendliche. Es gibt immerhin Wahrscheinlichkeitsgesetze, die auf ziemlich genauen mathematischen Formeln beruhen. Der Gedanke, daß Männer wie Laplace[6] oder Czuber oder von Kries vergeblich gelebt haben sollen, würde mich betrüben. Die vorliegende Situation ist allerdings noch komplizierter, als Sie vermuten. Zum Beispiel haben Sie am Telephon erwähnt, daß der letzte, der mit Haan zusammen war, ein Mann namens Sperling war.«

»Und welche esoterische Bedeutung birgt dieses Faktum?«

»Vielleicht kennen Sie das andere Wort für *Sperling?«* deutete Vance freundlich an.

»Ich war auf der High School«, erwiderte Markham. Dann aber riß er die Augen auf und straffte sich.

Vance schob ihm das Wörterbuch über den Tisch.

»Na, schlagen Sie das Wort besser noch mal nach. Gründlichkeit kann nichts schaden. Ich habe es selber nachgeschaut. Ich fürchtete, meine Phantasie würde mir einen Streich spielen, und sehnte mich danach, das Wort schwarz auf weiß zu sehen.«

Schweigend schlug Markham das Buch auf und fuhr mit dem Blick die Seite entlang. Nachdem er einen Moment auf das Wort gestarrt hatte, riß er sich resolut zusammen, als wolle er eine

Verzauberung abschütteln. Dann wehrte er sich kampflustig: »*Sperling* heißt ›Spatz‹. Das weiß doch jedes Kind. Na und?«

»Aber sicher.« Gelassen zündete Vance sich eine weitere Zigarette an. »Und jedes Kind kennt die alten Kinderverse mit dem Titel ›Tod und Begräbnis von Hinrich dem Hahn‹, was?« Er blickte Markham herausfordernd an. Der stand reglos da und starrte hinaus in die Frühlingssonne. »Da Sie vorgeben, mit diesem Kinderklassiker nicht vertraut zu sein, gestatten Sie mir, die erste Strophe vorzutragen.«

Mich überlief ein Frösteln, als ob ein Gespenst im Raum gewesen wäre, als Vance die alten, vertrauten Zeilen wiederholte:

Hinrich der Hahn – wer hat ihn getötet?
Ich, sagte der Spatz. Mit Pfeil und mit Bogen
Das Wams ihm gerötet. War das eine Hatz!
Ich hab' ihn getötet.

Kapitel 2

Auf dem Schießstand

(Samstag, 2. April, 12.30 Uhr)

Langsam blickte Markham zu Vance hinüber. »Das ist Wahnsinn«, sagte er im Tonfall eines Mannes, der mit etwas gleichermaßen Unerklärlichem wie Erschreckendem konfrontiert wird.

»Na, na!« Vance drohte schelmisch mit dem Finger. »Das ist ein Plagiat. Ich habe es zuerst gesagt.« (Er versuchte wohl, seine eigene Bestürzung mit einer munteren Attitüde zu überspielen.) »Und jetzt sollte es wohl auch eine *Inamorata* geben, die Mr. Haans Dahinscheiden betrauert. Vielleicht erinnern Sie sich an die Strophe:

Hinrich der Hahn – wer wird ihn beweinen?
Ich, sagte die Taube, denn er war mein Liebster,
Jetzt habe ich keinen. Dem Tode zum Raube
Fiel Hinrich der Hahn.«

Markham zuckte leicht mit dem Kopf, und seine Finger klopften einen nervösen Rhythmus auf den Tisch. »Mein Gott, Vance! Bei dem Fall gibt es tatsächlich ein Mädchen. Und es kann sein, daß die ganze Sache auf Eifersucht zurückzuführen ist.«

»Man stelle sich vor! Ich fürchte, die Affäre entwickelt sich zu einer Art *Tableau vivant* für erwachsene Kindergärtner, was? Aber das wird uns unsere Aufgabe erleichtern. Wir müssen bloß das Heimchen finden.« – »Das Heimchen?«

»Oder die Grille, wenn Sie so wollen. Mein lieber Markham, ist es Ihnen entfallen?

Hinrich der Hahn – wer sah ihn fallen?
Ich, sagte die Grille, ich sehe noch gut,
Am besten von allen, und das ohne Brille,
Ich sah ihn fallen.«

»Bleiben Sie auf dem Teppich«, fuhr Markham ihn scharf an. »Dies ist kein Kinderspiel. Dies ist eine verdammt ernste Angelegenheit.«

Vance nickte versonnen. »Ein Kinderspiel ist manchmal die ernsteste Sache der Welt.« Seine Worte klangen merkwürdig und wie von weit her. »Mir gefällt dieser Fall nicht, ganz und gar nicht. Es ist zuviel Kind darin – aber das Kind ist alt geboren und mit krankem Gemüt. Die Sache wirkt wie eine gräßliche Perversion.« Er machte einen tiefen Zug an seiner Zigarette und schüttelte sich angewidert. »Erzählen Sie mir die Einzelheiten. Mal sehen, wo wir in dieser verkehrten Welt stehen.«

Markham setzte sich wieder. »Ich habe nicht viele Einzelheiten. Praktisch alles, was ich über den Fall weiß, habe ich Ihnen am Telephon gesagt. Der alte Professor Dillard hat mich angerufen, kurz bevor ich Kontakt mit Ihnen aufnahm –«

»Dillard? Doch nicht etwa zufällig Professor Bertrand Dillard?«

»Doch. Die Tragödie hat sich in seinem Haus ereignet. Kennen Sie ihn?«

»Nicht persönlich. Ich kenne ihn nur, wie ihn die wissenschaftliche Welt kennt – als einen der größten lebenden theoretischen Physiker. Ich besitze die meisten seiner Bücher. Wieso hat er ausgerechnet Sie angerufen?«

»Ich kenne ihn seit fast zwanzig Jahren. Ich habe an der Columbia bei ihm Mathematik gehört und später ein paar juristische Angelegenheiten für ihn erledigt. Als Haans Leiche gefunden wurde, hat er mich sofort angerufen – gegen halb zwölf. Ich habe Sergeant Heath von der Mordkommission benachrichtigt und ihm den Fall übertragen, obwohl ich ihm sagte, ich würde später selbst nachkommen. Dann habe ich Sie sofort angerufen. Der Sergeant und seine Männer warten jetzt bei Dillard auf mich.«

»Wie sieht seine häusliche Situation aus?«

»Der Professor hat, wie Sie wahrscheinlich wissen, vor rund zehn Jahren seinen Lehrstuhl aufgegeben. Seither wohnt er in der West 75th Street am Riverside Drive. Er hatte damals das Kind seines Bruders, ein Mädchen von fünfzehn Jahren, zu sich genommen. Mittlerweile ist sie an die fünfundzwanzig. Dann ist da noch sein Protegé Sigurd Arnesson, ein Kommilitone von mir aus dem College. Der Professor hat ihn während seines dritten Collegejahres adoptiert. Arnesson ist jetzt um die vierzig und lehrt Mathematik an der Columbia. Mit drei Jahren ist er von Norwegen hierher gekommen und wurde fünf Jahre später zur Waise. Er ist so etwas wie ein mathematisches Genie, und Dillard erkannte in ihm offenbar die Anlagen zu einem großen Physiker und hat ihn adoptiert.«

»Ich habe von Arnesson gehört«, nickte Vance. »Er hat kürzlich einige Modifikationen zu Mies' Theorie der Elektrodynamik beweglicher Körper veröffentlicht... Und diese drei, Dillard, Arnesson und das Mädchen, leben alleine?«

»Mit zwei Dienern. Dillard scheint ein recht üppiges Einkommen zu haben. Sie sind aber nicht viel allein. Das Haus ist eine Art Wallfahrtsort für Mathematiker, und es hat sich ein ansehnliches *Cénacle* entwickelt. Außerdem hat das Mädchen mit seinen sportlichen Ambitionen einen eigenen sozialen Anhang. Ich bin mehrmals im Haus gewesen, und immer waren Besucher da – mal ein oder zwei ernsthafte Studenten der abstrakten Wissenschaft oben in der Bibliothek, mal irgendwelche lärmenden jungen Leute im Wohnzimmer unten.«

»Und Haan?«

»Er gehörte zu Belle Dillards Gruppe – ein ältlich wirkender junger Gesellschaftslöwe, der mehrere Rekorde im Bogenschießen hielt...«

»Ja, ich weiß. Ich habe den Namen eben in diesem Buch über das Bogenschießen gefunden. Ein Mr. J.H. Haan scheint kürzlich in mehreren Turnieren die höchsten Punktzahlen erzielt zu haben. Und ich habe auch bemerkt, daß ein Mr. Sperling in mehreren großen Bogenschützen-Turnieren der Zweite war. Schießt Miß Dillard ebenfalls mit dem Bogen?«

»Ja, und zwar ziemlich begeistert. Sie hat sogar den Bogenclub von Riverside organisiert. Die reguläre Schießbahn liegt bei Sperlings Wohnsitz in Scarsdale, aber Miß Dillard hat einen Übungsstand im Hof des Hauses in der 75sten Straße eingerichtet. Auf diesem Schießstand wurde Haan getötet.«

»Aha! Und wie Sie sagen, war Sperling der letzte, mit dem er zusammen war. Wo ist unser Spatz jetzt?«

»Ich weiß es nicht. Er war kurz vor der Tragödie noch mit Haan zusammen, aber als man die Leiche fand, war er nicht mehr da. Ich nehme an, daß Heath zu diesem Punkt Neues zu berichten hat.«

»Und wo liegt das Motiv möglicher Eifersucht, auf das Sie eben angespielt haben?« Vance' Augenlider waren träge herabgesunken, und er rauchte mit lässigen, aber präzisen Bewegungen – ein Zeichen für sein intensives Interesse an dem Bericht seines Gegenübers.

»Professor Dillard sprach von zarten Banden zwischen seiner Nichte und Haan. Als ich ihn fragte, wer Sperling sei und welchen Status er im Hause Dillard hätte, vertraute er mir an, daß auch Sperling ein Verehrer des Mädchens sei. Am Telephon konnte ich nicht ins Detail gehen, aber ich hatte den Eindruck, daß Haan und Sperling Rivalen waren und daß Haan besser abschnitt.«

»Und daher tötete der Spatz Hinrich den Hahn.« Zweifelnd schüttelte Vance den Kopf. »Es kommt nicht hin. Das ist zu blitzeinfach. Es erklärt nicht die teuflisch perfekte Rekonstruktion des Kinderverses. Hinter dieser grotesken Angelegenheit steckt etwas Tieferes, etwas Dunkleres und Grausigeres. Wer hat Haan übrigens gefunden?«

»Dillard selbst. Er war auf den kleinen Balkon an der Rückfront des Hauses hinausgetreten und hatte Haan mit einem Pfeil im Herzen unten auf dem Schießplatz liegen sehen. Er eilte sofort hinunter – mit beträchtlichen Schwierigkeiten, denn der Alte leidet schwer unter Gicht –, und als er sah, daß der Mann tot war, rief er mich an. Das ist alles, was ich an Informationsvorsprung habe.«

»Nicht gerade besonders erhellend, aber immerhin nicht ganz uninteressant.« Vance erhob sich. »Markham, alter Freund, machen Sie sich auf etwas ziemlich Bizarres – und Abscheuliches gefaßt. Unfall und Zufall können wir ausschließen. Es stimmt zwar, daß normale Sportpfeile, die aus weichem Holz gemacht und mit kleinen, zerfransten Fiedern versehen werden, selbst mit einem mittelschweren Bogen geschossen ohne weiteres die Kleidung und die Brust eines Menschen durchdringen können, doch die Tatsache, daß ausgerechnet ein Herr Spatz jemanden namens Henrik Haan getötet haben soll, und zwar mit Pfeil und Bogen, schließt jedes willkürliche Zusammentreffen von Zufällen aus. Diese unglaubliche Konstellation beweist sogar im Gegenteil, daß hinter der ganzen Affäre eine subtile, diabolische Absicht steht.« Er ging zur Tür. »Kommen Sie, wir wollen etwas mehr über das herausfinden, was die österreichischen Polizisten so gelehrt den *Situs criminis* nennen.«

Wir verließen das Haus und fuhren mit Markhams Wagen nach Norden. Über die Fifth Avenue gelangten wir in den Central Park und kamen am Tor an der 72sten Straße wieder heraus, ein paar Minuten später bogen wir von der West End Avenue in die 75ste Straße ein. Das Haus der Dillards, Nr. 391, befand sich auf der rechten Seite, am unteren Ende des Blocks in Richtung des Flusses. Zwischen ihm und dem Riverside Drive ragte ein breites, fünfzehn Stockwerke hohes Wohnhaus empor. Das Haus des Professors schien sich wie zum Schutz in den Schatten dieses riesigen Gebäudes zu kauern.

Das Haus Dillard war aus grauem, verwittertem Kalkstein und gehörte den Zeiten an, da man noch bequeme und solide Häuser baute. Das dazugehörige Grundstück besaß eine zwölf Meter lange Straßenfront, und das Haus selbst war etwa neun Meter breit. Die verbleibenden drei Meter bildeten einen schmalen Hof, der das Haus von der Mietskaserne trennte und der zur Straße hin mit einer drei Meter hohen Steinmauer mit einem großen Eisentor in der Mitte abgeschlossen war.

Architektonisch gehörte das Haus zu einem modifizierten Kolonialstil. Eine kurze Treppe mit flachen Stufen führte von der Straße auf eine schmale, ziegelgesäumte Veranda, die mit vier weißen korinthischen Säulen geschmückt war. Im ersten Stock erstreckte sich eine Reihe von Flügelfenstern mit rechteckiger Bleiverglasung über die gesamte Breite der Front. Das waren, wie ich später erfuhr, die Fenster der Bibliothek. Das Gebäude hatte etwas Friedliches und ausgesprochen Altmodisches an sich. Es wirkte ganz und gar nicht wie der Schauplatz einer grausigen Mordtat.

Als wir vorfuhren, standen zwei Streifenwagen vor dem Eingang, und etwa ein Dutzend neugieriger Zuschauer hatte sich auf der Straße versammelt. Ein Polizist stand an eine der geriffelten Verandasäulen gelehnt und blickte mit gelangweilter Verachtung auf die Menge.

Ein betagter Butler ließ uns ein und führte uns in das Wohnzimmer links von der Eingangshalle, wo wir Sergeant Ernest Heath und zwei weitere Leute von der Mordkommission fanden. Der Sergeant, der rauchend und mit den Daumen in die Ärmellöcher seiner Weste gehakt am Tisch in der Mitte des Raumes stand, kam auf uns zu und streckte Markham freundlich die Hand entgegen.

»Ich bin froh, daß Sie gekommen sind, Sir«, sagte er, und der besorgte Ausdruck in den kalten blauen Augen schien ein wenig nachzulassen. »Ich habe auf Sie gewartet. An diesem Fall ist irgendwas verdammt faul.«

Er erblickte Vance, der sich im Hintergrund gehalten hatte, und seine breite, kampflustige Miene kräuselte sich zu einem gutgelaunten Lächeln.

»Wie geht's, Mr. Vance? Mir schwante so was, als würden Sie sich von diesem Fall verführen lassen. Was haben Sie die ganze Zeit getrieben?« Ich konnte nicht umhin, diese ungekünstelte Herzlichkeit des Sergeanten mit seiner Feindseligkeit bei seiner ersten Begegnung mit Vance anläßlich des Falles Benson zu vergleichen. Aber seit jenem ersten Treffen im prunkvollen Wohnzimmer des ermordeten Alvin war viel Wasser den Hudson hinabgeflossen, und zwischen Heath und Vance hatte sich eine herzliche Zuneigung entwickelt, die auf gegenseitigem Respekt und ehrlicher Bewunderung des anderen beruhte.

Vance streckte seine Hand aus, und ein Lächeln spielte um seine Mundwinkel.

»Die Wahrheit, Sergeant, ist, daß ich mich bemüht habe, den verlorenen Glanz eines Atheners namens Menander, eines dramatischen Rivalen von Philemon, wiederzuentdecken. Albern, nicht wahr?«

Heath grunzte verachtungsvoll. »Na, wenn Sie dabei so gut sind wie beim Entlarven von Ganoven, wird's wohl zu einer Verurteilung reichen.« Es war das erste Kompliment, das ich je über seine Lippen hatte kommen hören, und es zeugte nicht nur von seiner tiefverwurzelten Bewunderung für Vance, sondern auch von seinem eigenen verstörten und unsicheren Geisteszustand.

Markham spürte die Unentschlossenheit des Sergeant und fragte etwas abrupt: »Was genau scheint denn die Schwierigkeit beim vorliegenden Fall zu sein?«

»Ich habe nichts von einer Schwierigkeit gesagt, Sir«, erwiderte Heath. »Es sieht so aus, als hätten wir den Vogel, der es getan hat, festgenagelt. Aber ich bin nicht zufrieden, und – ach, zur Hölle! Mr. Markham, es ist irgendwie nicht natürlich, es ergibt keinen Sinn.«

»Ich glaube, ich verstehe, was Sie meinen.« Markham musterte den Sergeant anerkennend. »Sie neigen zu der Ansicht, daß Sperling der Schuldige ist?«

»Sicher, natürlich ist er der Schuldige«, erklärte Heath etwas übereifrig. »Aber das ist es nicht, was mir komisch vorkommt. Um die Wahrheit zu sagen, gefällt mir der Name von dem Kerl nicht, den er umgelegt hat – insbesondere, wo er doch mit Pfeil und Bogen umgelegt wurde...« Er zögerte und errötete ein bißchen. »Kommt Ihnen das nicht merkwürdig vor, Sir?«

Markham nickte verblüfft. »Sie erinnern sich also auch an Ihre Kinderreime«, sagte er und wandte sich ab.

Vance fixierte Heath mit schalkhaftem Blick.

»Sie haben Mr. Sperling gerade als ›Vogel‹ bezeichnet, Sergeant. Der Name war überaus treffend. Es war, wie Sie sich erinnern, ein Spatz, der den Hahn mit dem Pfeil getötet hat... Eine faszinierende Situation, was?«

Dem Sergeant traten die Augen leicht hervor, und das Kinn klappte ihm herunter. Er starrte Vance verblüfft an.

»Ich hab' doch gesagt, die Sache stinkt wie ein fauler Fisch!«

»Ich würde eher ›Vogel‹ sagen, meinen Sie nicht?«

»Sie würden sowieso was Hochgestochenes sagen, was keiner versteht«, erwiderte Heath aufgebracht. Er wurde immer streitsüchtig, wenn er überraschend mit etwas Unerklärlichem konfrontiert war.

Der diplomatische Markham intervenierte. »Berichten Sie uns die Einzelheiten des Falles, Sergeant. Ich nehme an, Sie haben die Hausbewohner verhört.«

»Nur vorläufig, Sir.« Heath schwang ein Bein über die Tischecke und zündete seine erloschene Zigarre wieder an. »Ich habe darauf gewartet, daß Sie aufkreuzen. Ich wußte, daß Sie den alten Herrn oben kennen, so daß ich nur die Routinesachen erledigt habe. Ich habe einen Mann draußen auf dem Hof postiert, der zusieht, daß keiner die Leiche berührt, bis Doc Doremus eintrifft[7] – er kommt nach dem Mittagessen. Ich habe die Leute von der Spurensicherung angerufen, bevor ich das Büro verließ, und sie müßten sich jeden Moment an die Arbeit machen, wenn ich auch nicht weiß, was sie ausrichten können...«

»Was ist mit dem Bogen, mit dem der Pfeil abgeschossen wurde?« warf Vance ein.

»Das war eine unserer größten Hoffnungen, aber der alte Mr. Dillard sagte, er hätte ihn auf dem Schießplatz aufgehoben und ins Haus gebracht. Wahrscheinlich hat er alle Fingerabdrücke verschmiert.«

»Was haben Sie in puncto Sperling unternommen?« wollte Markham wissen.

»Ich habe seine Adresse rausgefunden – er wohnt in einem Landhaus oben in Richtung Westchester – und zwei Männer hingeschickt, die ihn herbringen sollen, sobald sie ihn zu fassen kriegen. Dann habe ich mit den beiden Dienstboten gesprochen – mit dem alten Knaben, der Sie reingelassen hat, und mit seiner Tochter, einer Frau in mittlerem Alter, die das Kochen besorgt. Aber keiner von beiden scheint irgendwas zu wissen, oder sie stellen sich dumm. Danach habe ich versucht, die junge Dame des Hauses zu verhören.« Mit einer Geste der irritierten Verzweiflung hob der Sergeant die Hände. »Aber sie flennte und war völlig am Boden zerstört, so daß ich dachte, ich überlasse Ihnen das Vergnügen, sie auszufragen. Snitkin und Burke« – er deutete mit dem Daumen auf die beiden Beamten am Straßenfenster – »haben den Keller, den Durchgang und den Hinterhof abgesucht, ob es da irgendwelche Spuren gab, aber nur Nieten gezogen. Das ist alles, was ich bislang weiß. Sobald Doremus und die Spurenleute hier sind und wenn ich von Mann zu Mann mit Sperling geplaudert habe, kommt der Ball ins Rollen und der Karren aus dem Dreck.«

Vance seufzte vernehmlich.

»Sie sind so sanguinisch, Sergeant! Seien Sie nicht enttäuscht, wenn der Ball sich als Parallelepiped herausstellt, das gar nicht rollen kann. Es ist etwas verdammt Merkwürdiges an diesem ganzen Versezirkus, und wenn mich nicht alles täuscht, müssen Sie noch länger Blindekuh spielen.«

»Ach ja?« Heath blickte Vance mit ergebener Schläue an. Offensichtlich war er mehr oder weniger derselben Meinung.

»Lassen Sie sich von Mr. Vance nicht entmutigen, Sergeant«, mahnte Markham. »Er läßt seine Phantasie mit sich durchgehen.« Dann wandte er sich mit einer ungeduldigen Geste zur Tür. »Lassen Sie uns das Grundstück absuchen, bevor die anderen kommen. Danach werde ich mit Professor Dillard und den anderen Haushaltsmitgliedern sprechen. Und übrigens, Sergeant, haben Sie Mr. Arnesson gar nicht erwähnt. Ist er denn nicht zu Hause?«

»Er ist in der Universität, wird aber bald zurückerwartet.«

Markham nickte und folgte dem Sergeant in die Halle. Als wir den mit schweren Teppichen ausgelegten Flur hinabgingen, hörten wir ein Geräusch im Treppenhaus, und eine klare, aber leicht zitternde Frauenstimme sprach aus dem Halbdunkel von oben.

»Sind Sie das, Mr. Markham? Onkel dachte, er hätte Ihre Stimme erkannt. Er erwartet Sie in der Bibliothek.«

»Ich bin in wenigen Minuten da, Miß Dillard.« Markhams Ton war väterlich und voll Mitgefühl. »Und bleiben Sie bitte bei ihm, denn ich möchte auch mit Ihnen sprechen.«

Das Mädchen murmelte sein Einverständnis und verschwand am Kopf der Treppe.

Wir gingen weiter zur Hintertür der unteren Halle. Dahinter schloß sich ein enger Flur an, der vor einer Holztreppe endete. Sie führte ins Untergeschoß, und an ihrem Fuß kamen wir in einen langen, niedrigen Raum mit einer Tür, die sich direkt auf den Hof an der Westseite des Hauses öffnete. Diese Tür stand einen Spalt offen, und davor stand ein Mann von der Mordkommission, den Heath als Wachtposten zur Leiche beordert hatte.

Der Raum war offensichtlich einst ein Vorratskeller gewesen, aber umgebaut und renoviert worden und diente nun als eine Art Clubraum. Der Zementestrich war mit Kokosläufern belegt, und eine ganze Wand war mit einem Panorama des Bogenschießens im Lauf der Geschichte bemalt. In einem ovalen Paneel zur Linken hing eine riesige Abbildung eines Schießstandes mit der Aufschrift »Ziel für die Finsbury-Bogenschützen – London 1594«, die in einer Ecke Bloody House Ridge zeigte, Westminster Hall in der Mitte und Welsh Hall im Vordergrund. Außerdem standen ein Klavier und ein Phonograph im Zimmer, zahlreiche bequeme Korbsessel, ein bunt bezogenes Sofa, ein riesiger Korbtisch, übersät mit allerlei Sportzeitschriften, und ein kleiner Bücherschrank mit Werken über das Bogenschießen. In einer Ecke lagen einige Zielscheiben, deren goldene Scheiben und konzentrische farbige Ringe im Sonnenlicht, das durch die beiden Fenster vom Hof hereinflutete, glänzende Farbtupfer aufglitzern ließen. An der Wand neben der Tür hingen Langbögen verschiedener Größe und Schwere, und daneben stand eine große, altmodische Werkzeugtruhe. Darüber hing ein kleiner Wandschrank, an dem diverse Kleinigkeiten und Geräte baumelten, Armschützer, Schießhandschuhe, Schäfte, Visiere und Bogensehnen. Auf einer großen Eichenbohle zwischen der Tür und dem Westfenster war eine der interessantesten und umfassendsten Pfeilsammlungen angebracht, die ich je gesehen hatte.

Dieses Brett interessierte Vance besonders. Er rückte sein Monokel sorgfältig zurecht und schlenderte hinüber.

»Jagd- und Kampfpfeile«, bemerkte er. »Höchst verführerisch... Ah! Eine Trophäe scheint verschwunden zu sein. Und dazu noch in beträchtlicher Eile weggenommen. Die kleine Messingklammer, die sie gehalten hat, ist abscheulich verbogen.«

Auf dem Boden standen mehrere Köcher mit Wettkampfpfeilen. Vance beugte sich darüber, zog einen heraus und reichte ihn Markham.

»Dieser schlanke Schaft sieht nicht so aus, als könnte er eine Menschenbrust durchdringen. Aber Wettkampfpfeile können ein Reh noch aus achtzig Metern durchbohren. – Wieso fehlt dann aber ein Jagdpfeil vom Brett? Ein interessanter Punkt.«

Markham runzelte die Stirn und preßte die Lippen zusammen, und mir wurde klar, daß er sich an die vergebliche Hoffnung geklammert hatte, bei der Tragödie könnte es sich doch um einen Unfall handeln. Er warf den Pfeil entmutigt auf einen Stuhl und ging zur Außentür.

»Werfen wir mal einen Blick auf die Leiche und das Gelände«, sagte er barsch.

Als wir in die warme Frühlingssonne hinaustraten, überkam mich ein Gefühl der Isolation. Der enge, gepflasterte Hof, auf dem wir standen, wirkte wie eine Schlucht zwischen steilen Steinwällen. Er lag knapp anderthalb Meter unter dem Straßenniveau, das man über eine kurze Treppe erreichte, die zum Tor in der Mauer führte. Die glatte, fensterlose Rückwand des Hochhauses gegenüber reichte 50 Meter hinauf; das Dillardsche Haus war, obwohl es nur vier Stockwerke besaß, nach heutigen architektonischen Maßstäben sechs Geschosse hoch. Obwohl wir im Herzen von New York im Freien standen, konnte uns niemand sehen, außer von ein paar Seitenfenstern des Hauses Dillard und von einem einzelnen Erkerfenster eines Hauses auf der 76sten Straße aus, dessen Hinterhof an das Dillardsche Grundstück angrenzte.

Dieses andere Haus gehörte, wie wir bald erfahren sollten, einer gewissen Mrs. Drukker, der es bestimmt war, bei der Lösung des Mordfalles Haan eine wesentliche und tragische Rolle zu spielen. Einige hohe Weiden bildeten einen Sichtschutz gegen seine rückwärtigen Fenster, und nur das Erkerfenster an der Seite des Hauses hatte einen ungehinderten Ausblick auf den Teil des Hofes, wo wir standen.

Ich bemerkte, daß Vance seinen Blick auf diesem Erkerfenster verweilen ließ, und während er es betrachtete, sah ich einen Schimmer von Interesse über seine Züge flackern. Erst sehr viel später an diesem Tag konnte ich erraten, was seine Aufmerksamkeit erregt und festgehalten hatte.

Der Schießstand erstreckte sich von der Mauer des Dillardschen Anwesens an der 75sten Straße bis hinüber zu ihrem Gegenstück, der Straßenmauer des Grundstücks Drukker an der 76sten Straße, wo man auf einem flachen Sandbett einen Geschoßfang aus Strohballen aufgebaut hatte. Die Entfernung zwischen den beiden Mauern betrug etwa 65 Meter, was, wie ich später erfuhr, gerade ausreichte, um eine Schießbahn von 60 Metern aufzubauen, auf der man für alle gängigen Bogenturniere trainieren konnte, mit Ausnahme vielleicht der Double York Round für Männer.

Das Grundstück der Dillards war 45 Meter lang, die Länge des Grundstücks Drukker betrug also 20 Meter. Ein Segment des hohen Eisenzaunes, der die beiden Hinterhöfe einst getrennt hatte, war, wo er den jetzigen Schießstand durchschnitten hatte, entfernt worden. Am jenseitigen Ende der Schießbahn, das an die Westseite des Drukker-Grundstücks angrenzte, stand ein weiteres hohes Wohnhaus, das die Ecke Riverside Drive/76ste Straße einnahm. Zwischen den beiden massigen Gebäuden lief ein schmaler Durchgang, der zum Schießplatz hin durch einen hohen Bretterzaun mit einer kleinen, verschlossenen Tür versperrt war.

Der Klarheit halber füge ich diesem Bericht einen Plan der gesamten Szenerie bei, denn die Anordnung der verschiedenen topographischen und architektonischen Details hatte eine überragende Bedeutung für die Aufklärung des Verbrechens. Insbesondere auf folgende Punkte möchte ich die Aufmerksamkeit lenken: erstens auf den kleinen Balkon im ersten Stock des Hauses Dillard, der auf den Schießstand hinausgeht, zweitens auf das Erkerfenster im ersten Stock des Hauses Drukker, dessen Südwinkel den gesamten Schießstand bis hin zur 75sten Straße überblickt, und drittens auf den Durchgang zwischen den Appartementhäusern, der vom Riverside Drive zum Dillardschen Hinterhof führt.

Haans Leichnam lag fast unmittelbar vor der Tür des Clubraums. Er lag mit ausgebreiteten Armen auf dem Rücken, die Beine leicht angewinkelt, den Kopf in Richtung 76ste Straße.

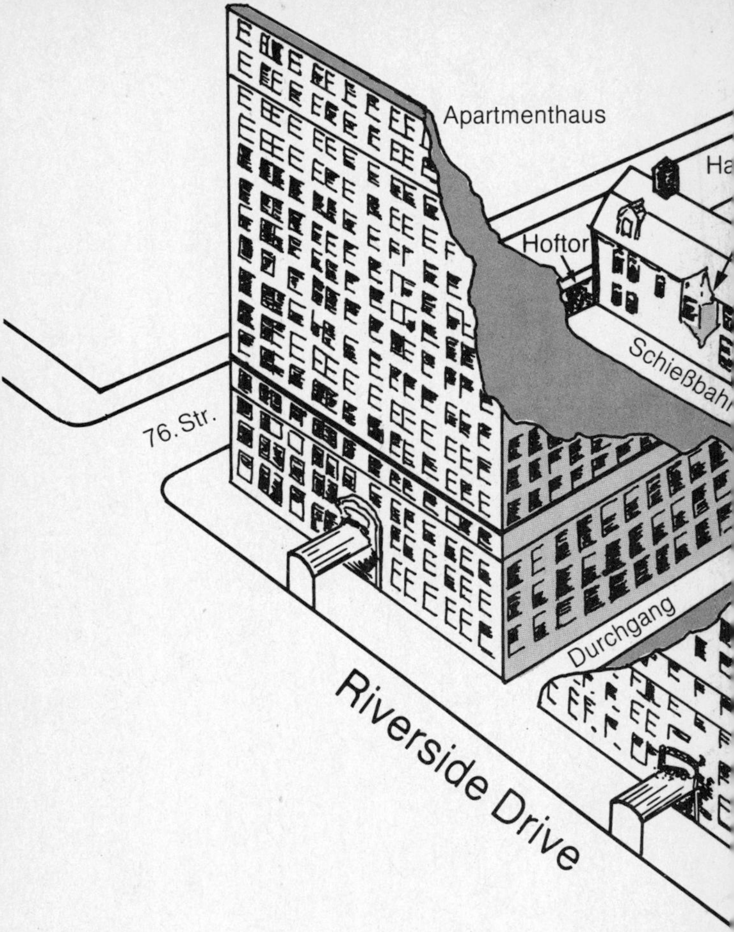
Apartmenthaus
Ha
Hoftor
Schießbah
76. Str.
Durchgang
Riverside Drive

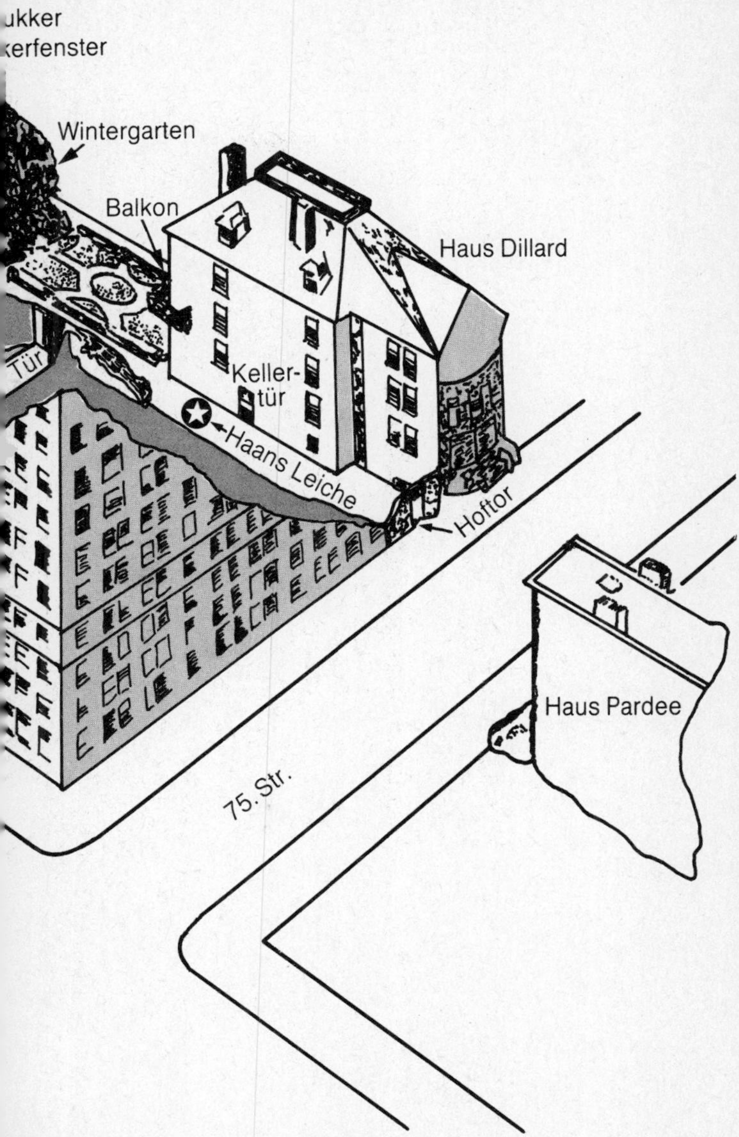

ukker
kerfenster
Wintergarten
Balkon
Haus Dillard
Tür
Keller-
tür
Haans Leiche
Hoftor
75. Str.
Haus Pardee

Haan war ein Mann von vielleicht fünfunddreißig Jahren, mittelgroß und mit einem Ansatz von Korpulenz. Sein bis auf einen kleinen blonden Schnurrbart glattrasiertes Gesicht hatte etwas rundlich Aufgequollenes an sich. Bekleidet war er mit einem zweiteiligen Sportanzug aus hellgrauem Flanell, einem zartblauen Seidenhemd und braunen Oxfordschuhen mit dicken Gummisohlen. Sein Hut aus perlbeigem Filz lag neben seinen Füßen.

Neben der Leiche war eine große Lache geronnenen Bluts. Sie hatte die Form einer großen Hand, die auf etwas zu zeigen schien. Aber was uns alle grausig fasziniert in seinen Bann schlug, war der schlanke Schaft, der senkrecht aus der linken Brustseite des Toten hervorragte. Der Pfeil stand vielleicht 50 Zentimeter hervor, und wo er in den Körper eingedrungen war, hatte die Blutung einen großen dunklen Fleck hinterlassen. Was diesen seltsamen Mord noch unglaubhafter wirken ließ, waren die schönen Federn des Pfeils. Sie waren hellrot, und über den Schaft liefen zwei türkisblaue Streifen, die den Pfeil extravagant wirken ließen. Mir kam die Tragödie so unwirklich vor, als hätte ich einer Szene aus einem Märchenspiel für Kinder zugesehen.

Mit halb geschlossenen Augen und den Händen in den Rocktaschen stand Vance da und schaute auf die Leiche hinab. Trotz seiner scheinbar gleichgültigen Miene konnte ich erkennen, daß er hellwach und sein Verstand damit beschäftigt war, die Einzelheiten der Szene, die sich ihm bot, zu ordnen.

»Äußerst bemerkenswert, dieser Pfeil«, konstatierte er. »Für Großwild gedacht... stammt ohne Zweifel aus der ethnologischen Sammlung, die wir gerade gesehen haben. Ein Volltreffer – direkt ins Herz, zwischen den Rippen hindurch und ohne die geringste Abweichung! Höchst ungewöhnlich!... Ich muß schon sagen, Markham, diese Treffsicherheit erscheint mir fast übernatürlich. Sicher, es hätte ein Zufallstreffer sein können; aber wer diesen Bock geschossen hat, hat nichts dem Zufall überlassen. Dieser starke Jagdpfeil, der offensichtlich von dem Brett da drinnen abgerissen wurde, deutet auf Vorbedacht und Planung –« Plötzlich beugte er sich über den Leichnam. »Aha! Sehr interessant. Die Kerbe am Pfeil ist ausgebrochen. Ich bezweifle, daß sie auch nur eine schlaffe Sehne halten würde.« Er wandte sich an Heath. »Sagen Sie, Sergeant, wo hat Professor Dillard den Bogen gefunden? Nicht weit vom Fenster des Clubraums, was?«

Heath zuckte zusammen.

»Tatsächlich, genau vor dem Fenster, Mr. Vance. Er liegt jetzt auf dem Klavier und wartet auf die Leute von der Spurensicherung.«

»Ich fürchte, sie werden nur die Fingerabdrücke des Professors finden.« Vance öffnete sein Etui und wählte noch eine Zigarette. »Und ich neige sehr zu der Ansicht, daß der Pfeil selbst nicht mit Fingerabdrücken behaftet ist.«

Heath sah Vance fragend an.

»Warum glauben Sie, daß der Bogen in der Nähe des Fensters gefunden wurde, Mr. Vance?« wollte er wissen.

»In Anbetracht der Lage von Mr. Haans Leiche scheint es nur logisch, finden Sie nicht?«

»Sie meinen, aus nächster Nähe erschossen?«

Vance schüttelte den Kopf.

»Nein, Sergeant. Ich bezog mich auf die Tatsache, daß die Füße des Verstorbenen zur Kellertür zeigen und daß seine Beine angezogen sind, obwohl er die Arme ausgebreitet hat. Würde ein Mann, den man ins Herz geschossen hat, so fallen?«

Heath dachte darüber nach.

»N-Nein«, gab er zu. »Er würde wohl eher zusammensacken. Und wenn er auf den Rücken fiele, würden die Beine ausgestreckt sein und die Arme angezogen.«

»Genau! Und sehen Sie mal – sein Hut. Wenn er rückwärts gefallen wäre, würde er hinter ihm liegen und nicht vor den Füßen.«

»Hören Sie mal, Vance«, sagte Markham scharf, »woran denken Sie?«

»Ach, an vieles. Aber alles läuft auf die völlig irrationale Ansicht hinaus, daß dieser Gentleman keineswegs mit Pfeil und Bogen erschossen wurde.«

»Warum dann in Gottes Namen – «

»Genau! Warum der völlige Wahnsinn dieser ausgefeilten Szenerie? In der Tat, Markham, diese Geschichte ist gespenstisch.«

Unterdessen hatte sich die Kellertür geöffnet, und begleitet von Detective Burke trat Dr. Doremus beschwingten Schrittes auf den Hof. Er begrüßte uns munter und schüttelte allen die Hände. Dann fixierte er Heath mit mürrischem Blick.

»Donner und Doria, Sergeant!« beschwerte er sich und rückte seinen Hut in eine noch verwegenere Schräglage. »Nur drei Stunden von vierundzwanzig verbringe ich mit Essen, und Sie suchen sich unweigerlich eine dieser drei Stunden aus, um mich mit Ihren verflixten Leichen zu belästigen. Sie ruinieren meine Verdauung.« Er sah sich verdrießlich um, und als er Haan erblickte, stieß er einen leisen Pfiff aus. »Um Gottes willen! Einen netten kleinen Mord haben Sie mir diesmal ausgesucht!«

Er kniete nieder und begann, mit seinen erfahrenen Händen die Leiche abzutasten.

Markham stand einen Moment da und schaute zu, aber bald wandte er sich an Heath.

»Während der Doktor mit seiner Untersuchung beschäftigt ist, gehe ich nach oben und plaudere ein bißchen mit Professor Dillard, Sergeant.« Dann sagte er zu Doremus: »Lassen Sie sich nochmal blicken, bevor Sie gehen, Doktor?«

»Sicher.« Doremus schaute nicht einmal auf. Er hatte den Leichnam auf die Seite gedreht und tastete den Hinterkopf ab.

Kapitel 3

Erinnerung an eine Prophezeiung

(Samstag, 2. April, 13.30 Uhr)

Als wir in die Haupthalle kamen, trafen gerade Captain Dubois und Detective Bellamy ein, die Experten für Fingerabdrücke aus dem Hauptquartier. Detective Snitkin, der offensichtlich auf sie gewartet hatte, führte sie sofort zur Kellertreppe, und Markham, Vance und ich gingen in den ersten Stock hinauf.

Die Bibliothek war ein großer, luxuriöser Raum von mindestens sieben Metern Länge, der die gesamte Breite des Hauses einnahm. Zwei Seiten waren bis zur Decke von großen Einbaubücherschränken gesäumt, und in der Mitte der Westwand erhob sich ein massiver bronzener Empirekamin. Neben der Tür stand ein erlesenes jakobinisches Sideboard, und gegenüber, neben den Fenstern zur 75sten Straße, stand ein enormer, mit Papieren und Broschüren übersäter, geschnitzter Schreibtisch. Es gab viele interessante Kunstgegenstände in dem Raum, und von der Täfelung neben dem Kaminsims schauten zwei Stiche von Dürer auf uns herab. Alle Sessel waren ausladend und mit dunklem Leder bezogen.

Professor Dillard saß am Schreibtisch, einen Fuß auf eine kleine, mit Taft bezogene Ottomane gestützt. In einer Ecke bei den Fenstern kauerte in einem geräumigen Armsessel seine Nichte, ein energisches, streng gekleidetes Mädchen mit kräftig geschnittenen Gesichtszügen nach klassischem Maß. Der alte Professor stand nicht auf, um uns zu begrüßen, und entschuldigte sich auch nicht für das Versäumnis. Er schien es als gegeben anzunehmen, daß wir von seinem Leiden wußten. Wir wurden nur flüchtig vorgestellt, und Markham erläuterte kurz Vance' und meine Anwesenheit.

»Ich bedaure, Markham«, begann der Professor, nachdem wir Platz genommen hatten, »daß eine Tragödie der Anlaß für dieses Treffen ist; aber es ist immer gut, Sie zu sehen. Ich nehme an, Sie wollen Belle und mich ins Kreuzverhör nehmen. Nun denn, fragen Sie, was Ihnen beliebt.«

Professor Bertrand Dillard war ein Mann in den Sechzigern, den eine sitzende, arbeitsame Lebensweise leicht gebeugt hatte, glattrasiert und mit einem markanten brachycephalischen Schädel, auf dem ein dicker weißer, zurückgekämmter Haarschopf prangte. Seine Augen waren, wenn auch klein, bemerkenswert intensiv und durchdringend, und die Falten um den Mund ließen jene grimmig verzogene Miene erkennen, die oft das Resultat der jahrelangen Konzentration auf schwierige Probleme ist. Seine Gesichtszüge waren die eines Träumers und Wissenschaftlers; und wie die Welt weiß, hatten sich die wilden Träume dieses Mannes von Raum und Zeit und Bewegung in einer neuen Grundlegung der naturwissenschaftlichen Tatsachen manifestiert. Selbst jetzt spiegelte seine Miene eine nach innen gekehrte Abwesenheit wider, als ob Haans Tod nur eine Störung des inneren Dramas seiner Gedankenwelt darstellte.

Markham zögerte einen Moment, bevor er antwortete. Dann sagte er betont entgegenkommend:

»Ich schlage vor, Sir, daß Sie mir einfach erzählen, was Sie über die Tragödie wissen. Dann stelle ich Ihnen die Fragen, die ich für unerläßlich halte.«

Professor Dillard griff nach einer alten Meerschaumpfeife auf einem Ständer neben sich. Als er sie gestopft und angezündet hatte, machte er es sich in seinem Sessel bequem.

»Ich habe Ihnen am Telephon praktisch alles gesagt, was ich weiß. Haan und Sperling sind heute morgen gegen zehn vorbeigekommen, um Belle zu besuchen. Aber sie war Tennis spielen gegangen, so daß sie unten im Wohnzimmer warteten. Ich hörte, wie sie sich etwa eine halbe Stunde unterhielten, bevor sie ins Clubzimmer im Keller gingen. Ich blieb hier und las etwa eine Stunde, doch als der Sonnenschein draußen so angenehm aussah, beschloß ich, auf den Balkon an der Rückseite des Hauses zu gehen. Ich war, ich würde sagen: fünf Minuten dort, als ich zufällig auf den Schießstand hinunterblickte und zu meiner Bestürzung Haan dort liegen sah – ein Pfeil steckte ihm in der Brust. Ich eilte, so schnell es meine Gicht erlaubte, hinunter, sah aber sofort, daß der arme Kerl tot war; dann habe ich Sie gleich angerufen. Außer dem alten Pyne, dem Butler, und mir selbst war niemand im Haus. Die Köchin war zum Markt, Arnesson um neun Uhr zur Universität gegangen und Belle immer noch beim Tennis. Ich schickte Pyne, um Sperling zu suchen, aber er war nirgends zu finden. Ich kehrte in die Bibliothek hier zurück, um auf Sie zu warten. Belle kam nach Hause, kurz bevor Ihre Männer eintrafen, und die Köchin fand sich kurz darauf ein. Arnesson wird erst nach zwei zurückerwartet.«

»Sonst war heute morgen niemand hier – keine Fremden oder Besucher?«

Der Professor schüttelte den Kopf. »Nur Drukker – ich glaube, Sie haben ihn hier einmal kennengelernt. Er wohnt in dem Haus hinter unserem. Er schaut oft vorbei, allerdings meistens, um Arnesson zu besuchen: Sie haben eine Menge gemeinsam. Er hat ein Buch über *Weltlinien in mehrdimensionalen Kontinuen* geschrieben. Der Mann ist auf seine Weise ein Genie; er hat den echten wissenschaftlichen Geist. Aber als er feststellte, daß Arnesson fort war, saß er eine Zeitlang bei mir, und wir unterhielten uns über die Brasilienexpedition der Royal Astronomical Society. Dann ging er nach Hause.«

»Wann war das?«

»Gegen halb zehn. Drukker war schon weg, als Haan und Sperling läuteten.«

»War es ungewöhnlich, Professor Dillard«, fragte Vance, »daß Mr. Arnesson an einem Samstagvormittag fort war?«

Der alte Professor blickte unvermittelt auf und zögerte kurz, bevor er antwortete.

»Eigentlich nicht ungewöhnlich, wenn er auch samstags meistens hier ist. Aber heute morgen hatte er einige wichtige Recherchen für mich in der Institutsbibliothek zu erledigen . . . Arnesson«, fügte er hinzu, »arbeitet mit mir an meinem nächsten Buch.«[8]

Ein kurzes Schweigen folgte, dann sagte Markham: »Sie sagten heute morgen, daß sich Haan und Sperling beide um Miß Dillards Hand bewarben . . .«

»Onkel!« Das Mädchen richtete sich in seinem Sessel auf und blickte den alten Professor zornig und vorwurfsvoll an. »Das war nicht fair.«

»Aber es stimmt, mein Schatz.« Seine Stimme war deutlich zärtlich geworden.

»Es stimmte – gewissermaßen«, gab sie zu. »Aber du hättest es nicht erwähnen müssen. Du weißt so gut wie die beiden, was sie für mich bedeuteten. Wir waren gute Freunde – das war alles. Gestern abend erst, als wir hier beisammen saßen, habe ich beiden ziemlich deutlich erklärt, daß ich mir die dummen Heiratsanträge nicht mehr anhören würde. Sie waren doch nur Jungen ... und jetzt ist einer tot – der arme Hinrich Hahn!« Sie bemühte sich tapfer, ihre Tränen zu unterdrücken.

Vance hob die Augenbrauen und beugte sich vor.

»›Hinrich der Hahn?‹«

»Ach, so haben wir ihn alle genannt. Wir haben ihn damit aufgezogen, weil er den Spitznamen nicht mochte.«

»Der Beiname war unvermeidlich«, bemerkte Vance mitfühlend. »Und ein ziemlich netter Spitzname war es obendrein, meinen Sie nicht? Den ursprünglichen Hinrich Hahn mochten ›alle Vögel in der Luft‹, und alle beklagten sie seinen Tod.« Während er sprach, beobachtete er das Mädchen genau.

»Ich weiß«, nickte sie. »Das habe ich ihm auch mal gesagt. Und Joseph haben auch alle gemocht. Man konnte gar nicht anders. Er war so – so gutmütig und freundlich.«

Vance lehnte sich wieder in seinen Sessel zurück, und Markham setzte das Verhör fort.

»Professor, Sie erwähnten eben, daß Sie gehört haben, wie sich Haan und Sperling im Wohnzimmer unterhielten. Haben Sie etwas von dem Gespräch verstehen können?«

Der alte Mann warf einen Seitenblick auf seine Nichte.

»Ist diese Frage wirklich wichtig, Markham?« fragte er nach kurzem Zögern.

»Es könnte wesentliche Bedeutung für die Situation haben.«

»Vielleicht.« Der alte Mann sog nachdenklich an der Pfeife. »Andererseits könnte meine Antwort einen irreführenden Eindruck provozieren und jemand anderem schweres Unrecht antun.«

»Vielleicht wollen Sie die Beurteilung mir überlassen.« Markhams Stimme war plötzlich ernst und eindringlich geworden.

Ein weiteres kurzes Schweigen folgte, das das Mädchen unterbrach.

»Warum erzählst du Mr. Markham nicht, was du gehört hast, Onkel? Was kann es schaden?«

»Ich habe an dich gedacht, Belle«, antwortete der Professor sanft. »Aber vielleicht hast du recht.« Er sah widerwillig auf. »Es ist nämlich so, Markham: Haan und Sperling hatten einen Wortwechsel wegen Belle. Ich habe nur wenig verstanden, aber soviel bekam ich mit, daß sie einander bezichtigten, unfair zu spielen – dem anderen im Weg zu stehen ...«

»Oh! Das haben sie nicht so gemeint«, unterbrach Miß Dillard vehement. »Sie haben einander immer gehänselt. Es gab tatsächlich ein bißchen Eifersucht zwischen den beiden, aber ich war nicht der wirkliche Grund. Wissen Sie, Raymond – Mr. Sperling – war der bessere Schütze. Aber letztes Jahr hat ihn Joseph bei mehreren Wettkämpfen geschlagen, und bei unserem letzten Jahresturnier ist er sogar Clubmeister geworden.«

»Und Sperling glaubte vielleicht«, fügte Markham hinzu, »er sei entsprechend auch in Ihrer Achtung gesunken.«

»Das ist absurd!« versetzte das Mädchen aufgebracht.

»Ich glaube, meine Liebe, wir können die Sache ruhig Mr. Markham überlassen«, beschwichtigte Profesor Dillard. Dann wandte er sich an Markham: »Wollten Sie noch weitere Fragen stellen?«

»Ich möchte alles wissen, was Sie mir über Haan und Sperling erzählen können – wer sie sind, ihr Freundeskreis, und wie lange Sie sie kennen.«

»Ich glaube, Belle kann Sie besser aufklären als ich. Beide Jungen gehörten zu ihrem Kreis. Ich habe sie nur gelegentlich gesehen.«

Fragend wandte Markham sich an das Mädchen.

»Ich kenne beide schon seit Jahren«, sagte sie prompt. »Joseph war acht oder zehn Jahre älter als Raymond und hat bis vor fünf Jahren in England gelebt. Dann sind seine Eltern gestorben. Er kam nach Amerika und hat sich auf dem Drive eine Junggesellenbude genommen. Er hatte reichlich Geld und führte ein müßiges Leben. Er widmete sich dem Fischen und Jagen und anderen Freiluftaktivitäten, ging ab und zu unter die Leute und war ein netter, angenehmer Freund, der immer beim Dinner einspringen oder als vierter Mann beim Bridge mitmachen konnte. Eigentlich war nicht viel los mit ihm – intellektuell, meine ich ...«

Sie hielt inne, als seien ihre Bemerkungen dem Toten gegenüber irgendwie illoyal, und Markham, der fühlte, was sie dachte, fragte einfach: »Und Sperling?«

»Er ist der Sohn eines reichen Fabrikanten von irgendwas – jetzt hat der Vater sich zurückgezogen. Sie wohnten in Scarsdale auf einem wunderschönen Landsitz – unsere Schützengilde hat dort ihren regulären Schießstand – und Raymond ist technischer

Berater für irgendeine Firma in der Stadt. Ich glaube allerdings, er arbeitet nur, um seinen Vater zu beruhigen, denn er geht nur zwei- oder dreimal die Woche ins Büro. Er hat an der Boston Tech seinen Abschluß gemacht, und ich habe ihn in den Ferien zu Hause kennengelernt. Raymond wird die Welt nie in Staunen versetzen, Mr. Markham, aber er ist ein wirklich feiner junger Mann, richtig amerikanisch: aufrichtig, fröhlich, ein bißchen schüchtern und absolut ehrlich.«

Nach den Beschreibungen des Mädchens konnte man sich Haan und Sperling mühelos vorstellen, und es war entsprechend schwierig, einen der beiden mit der düsteren Tragödie in Verbindung zu bringen, die uns in das Haus geführt hatte.

Markham saß eine Weile stirnrunzelnd da. Schließlich hob er den Kopf und blickte dem Mädchen direkt in die Augen.

»Sagen Sie, Miß Dillard, haben Sie eine Theorie oder Ahnung, die auf irgendeine Weise den Tod von Mr. Haan erklären könnte?«

»Nein!« Das Wort brach förmlich aus ihr hervor. »Wer hätte den armen Hinrich umbringen wollen? Er hatte keinen einzigen Feind auf der Welt. Die ganze Sache ist unfaßbar. Ich konnte nicht glauben, was passiert war, bis ich hinunterging und – es selbst gesehen habe. Selbst dann noch kam es mir nicht wirklich vor.«

»Und doch, liebes Kind«, warf Professor Dillard ein, »ist der Mann getötet worden. Es muß also etwas in seinem Leben gegeben haben, was du nicht gewußt oder vermutet hast. Wir finden ständig neue Sterne, von denen die alten Astronomen nicht glaubten, daß es sie gibt.«

»Ich kann nicht glauben, daß Joseph Feinde hatte«, erwiderte sie. »Ich will es nicht glauben. Es ist so total absurd.«

»Sie halten es also für unwahrscheinlich«, fragte Markham, »daß Sperling in irgendeiner Weise für Haans Tod verantwortlich ist?«

»Unwahrscheinlich?« Die Augen des Mädchens funkelten. »Es ist unmöglich!«

»Und trotzdem, Miß Dillard« – jetzt redete Vance in seinem lässigen, beiläufigen Tonfall – »*Sperling* bedeutet Spatz.«

Das Mädchen saß reglos da. Ihr Gesicht war totenbleich geworden, und ihre Hände umklammerten die Sessellehnen. Dann nickte sie – langsam, wie mit großer Mühe, und ihre Brust begann sich keuchend zu heben und zu senken. Plötzlich zitterte sie und preßte ihr Taschentuch vor das Gesicht.

»Ich habe Angst«, flüsterte sie.

Vance erhob sich, ging zu ihr und umfaßte tröstend ihre Schultern.

»Warum haben Sie Angst?«

Sie schaute auf und erwiderte seinen Blick. Er schien sie zu beruhigen, denn sie zwang sich ein Lächeln ab.

»Vor ein paar Tagen erst«, sagte sie mit gepreßter Stimme, »waren wir alle unten auf dem Schießstand, und Haan machte sich gerade fertig, eine American Round zu schießen, als Joseph die Kellertür öffnete und auf den Schießstand hinaustrat. Es bestand überhaupt keine Gefahr, aber Sigurd – Mr. Arnesson, wissen Sie – saß auf dem kleinen Balkon hinten und schaute uns zu. Und als ich Joseph im Scherz ›He! Achtung!‹ zurief, beugte sich Sigurd über die Brüstung und sagte: ›Sie wissen gar nicht, was Sie für ein Risiko eingehen, junger Mann. Sie sind Hinrich der Hahn, und dieser Schütze ist der Spatz, und Sie erinnern sich, wie es Ihrem Namensvetter erging, als ein Mr. Spatz mit Pfeil und Bogen hantierte.‹ – oder etwa in diesem Sinne. Niemand hat damals besonders darauf geachtet. Aber jetzt ...« Ihre Stimme erstarb in einem gequälten Flüstern.

»Komm, Belle, reiß dich zusammen«, meinte Professor Dillard beruhigend, aber etwas ungehalten. »Es war nur eins von Sigurds unangebrachten Wortspielen. Du weißt, daß er sich immer über die Wirklichkeit lustig macht – es ist seine einzige Ablenkung von der ständigen Beschäftigung mit dem Abstrakten.«

»Das nehme ich auch an«, antwortete das Mädchen. »Natürlich war es bloß ein Scherz. Aber jetzt wirkt er wie eine schreckliche Prophezeiung. Nur«, beeilte sie sich hinzuzufügen, »Raymond *kann* es nicht gewesen sein.«

Noch während sie sprach, öffnete sich plötzlich die Tür zur Bibliothek, und eine hochgewachsene, magere Gestalt erschien auf der Schwelle.

»Sigurd!« Belle Dillards verblüffter Ausruf klang ohne Frage erleichtert.

Sigurd Arnesson, Professor Dillards Schützling und Adoptivsohn, war ein eindrucksvoller Mann: über 1,80 Meter groß, drahtig, aufrecht und mit einem Kopf, der auf den ersten Blick für den Körper zu groß wirkte. Sein fast gelbes Haar war ungekämmt wie das einen Schuljungen, seine Nase hakenförmig und sein Kinn schlank und muskulös zugleich. Obwohl er nicht über vierzig Jahre alt sein konnte, zeigte sein Gesicht ein Netz von Falten. Seine Miene war die eines grimmigen Kobolds, aber die intensive intellektuelle Leidenschaft, die seine graublauen Augen erleuchtete, sprach gegen jede Oberflächlichkeit seines Wesens. Meine erste Reaktion auf diese Persönlichkeit war Sympathie und Respekt. Dieser Mann war ein tiefes Wasser mit enormen Möglichkeiten und hohen Fähigkeiten.

Als er an jenem Nachmittag den Raum betrat, erfaßte er uns alle mit einem schnellen, forschenden Blick. Er nickte Miß Dillard leicht zu und fixierte dann mit trockenem Amüsement im Blick den alten Professor.

»Was bitte hat sich in diesem dreidimensionalen Haus zugetragen? Draußen nichts als Autos und Menschen, ein Wächter am Portal . . . und als ich den Zerberus endlich überwunden hatte und von Pyne eingelassen wurde, drängten mich zwei unauffällig gekleidete Herren ohne Umstände oder Erklärungen hier herauf. Sehr amüsant, aber verwirrend . . . Ah! Erkenne ich da nicht den Bezirksstaatsanwalt? Guten Morgen, oder eher guten Mittag, Mr. Markham.«

Bevor Markham diese verspätete Begrüßung erwidern konnte, ließ sich Belle Dillard vernehmen.

»Sigurd, bleib bitte ernst. Mr. Haan ist getötet worden.«

»Hinrich der Hahn, meinst du wohl. Je nun! Was konnte der Kerl schon erwarten mit so einem Namen?« Die Neuigkeiten schienen ihn völlig ungerührt zu lassen. »Wer oder was hat ihn den Elementen zurückgegeben?«

»Wer es war, wissen wir nicht.« In Markhams Stimme lag ein leiser Vorwurf wegen der Frivolität des anderen. »Aber Mr. Haan wurde von einem Pfeil im Herz getötet.«

»Überaus passend.« Arnesson setzte sich auf eine Sessellehne und streckte seine langen Beine aus. »Was könnte stimmiger sein, als daß Hinrich der Hahn durch einen Pfeil sterben sollte, den der Bogen von – «

»Sigurd!« Belle Dillard schnitt ihm das Wort ab. »Hast du jetzt nicht genug Witze gemacht? Du weißt genau, daß Raymond es nicht getan hat.«

»Natürlich, Schwesterherz.« Der Mann schaute sie versonnen an. »Ich dachte an Mr. Haans ornithologischen Vorgänger.«

Langsam wandte er sich zu Markham. »Haben wir hier also einen richtigen Detektivroman, mit Leiche und Indizien und allem Drum und Dran? Kann man mich mit der Geschichte vertraut machen?«

Markham umriß ihm kurz die Situation, und er hörte mit konzentriertem Interesse zu. Nach dem Bericht fragte er: »Hat man keinen Bogen auf dem Schießstand gefunden?«

»Aha!« Zum ersten Mal seit dem Eintreffen des Mannes erwachte Vance aus seiner scheinbaren Lethargie und antwortete an Markhams Stelle. »Eine höchst treffende Frage, Mr. Arnesson. Jawohl, genau vor dem Kellerfenster, kaum drei Meter von der Leiche entfernt, ist ein Bogen gefunden worden.«

»Das vereinfacht die Sache natürlich«, meinte Arnesson ein wenig enttäuscht. »Jetzt gilt es nur noch, die Fingerabdrücke zu untersuchen.«

»Leider wurde der Bogen angefaßt«, erläuterte Markham. »Professor Dillard hat ihn aufgehoben und ins Haus gebracht.«

Neugierig wandte Arnesson sich an den älteren Mann.

»Was für ein Impuls hat Sie denn dazu getrieben, Sir?«

»Impuls? Mein lieber Sigurd, ich habe meine Gefühle nicht analysiert. Mir kam es jedoch so vor, als sei der Bogen ein wichtiges Beweisstück, und so habe ich ihn bis zum Eintreffen der Polizei in den Keller gelegt.«

Arnesson legte das Gesicht in Falten und kniff spöttisch ein Auge zu.

»Das hört sich an wie etwas, das unsere psychoanalytischen Freunde eine Erklärung durch Verdrängung nennen würden. Ich frage mich, was für eine unterbewußte Idee du tatsächlich im Kopf hattest – «

Es klopfte, und Burke steckte seinen Kopf durch die Tür.

»Doc Doremus wartet unten auf Sie, Chef. Er ist fertig mit der Untersuchung.« Markham stand auf und entschuldigte sich.

»Ich werde Sie im Moment nicht weiter belästigen. Es ist noch eine Menge Routinearbeit zu tun. Aber ich muß Sie bitten, bis auf weiteres hier oben zu bleiben. Ich werde noch einmal mit Ihnen sprechen, bevor ich gehe.«

Doremus wippte ungeduldig auf den Zehenspitzen, als wir zu ihm ins Wohnzimmer kamen.

»Nichts Kompliziertes an der Sache«, begann er, bevor Markham etwas sagen konnte. »Unser Sportsfreund wurde durch einen

Pfeil mit einer verflixt scharfen Spitze getötet, der durch den vierten Intercostalspalt ins Herz gedrungen ist. Ganz ordentlicher Wumm dahinter. Reichlich innere und äußere Blutungen. Er ist seit etwa zwei Stunden tot, würde ich sagen, was den Zeitpunkt des Todes auf halb zwölf legt. Das ist aber nur eine Schätzung. Keine Kampfspuren – die Kleidung ist intakt und keine Abschürfungen an den Händen. Der Tod ist wahrscheinlich eingetreten, ohne daß er auch nur wußte, was los war. Er hat allerdings eine häßliche Beule, wo sein Kopf auf den rauhen Beton aufgeschlagen ist, als er stürzte – «

»Also das ist interessant.« Vances schleppende Stimme unterbrach das Stakkato des Gerichtsarztes. »Wie schlimm ist die Beule, Doktor?«

Doremus blinzelte und blickte Vance erstaunt an.

»Schlimm genug, daß er wahrscheinlich den Schädel gebrochen hat. Ich konnte es natürlich nicht fühlen, aber er hat ein großes Hämatom am Hinterkopf, geronnenes Blut in Nase und Ohren und ungleich große Pupillen, was auf einen Schädelbruch hinweist. Nach der Autopsie weiß ich mehr darüber.« Er wandte sich wieder an den Staatsanwalt. »Sonst noch was?«

»Ich glaube nicht, Doktor. Lassen Sie uns nur möglichst bald das Ergebnis wissen.«

»Heute abend haben Sie es. Der Sergeant hat schon den Wagen bestellt.« Er schüttelte uns die Hand und eilte von dannen.

Heath stand brütend im Hintergrund.

»Na, das bringt uns auch nicht weiter, Sir«, klagte er und kaute wütend auf seiner Zigarre herum.

»Lassen Sie sich nicht unterkriegen, Sergeant«, tröstete ihn Vance. »Dieser Schlag auf den Schädel verdient unsere größte Aufmerksamkeit. Wissen Sie, ich bin der Meinung, daß er nicht allein von dem Sturz herrührt.«

Der Sergeant war nicht beeindruckt von dieser Bemerkung.

»Außerdem, Mr. Markham«, fuhr er fort, »waren weder auf dem Bogen noch auf dem Pfeil irgendwelche Fingerabdrücke. Dubois sagt, es sähe so aus, als hätte sie jemand abgewischt. Am Ende des Bogens, wo der alte Herr ihn angefaßt hat, waren ein paar Schmierspuren, aber sonst keine Idee von einem Fingerabdruck.« Eine Weile rauchte Markham in düsterem Schweigen.

»Was ist mit dem Griff von dem Tor, das zur Straße führt, und dem Türgriff von dem Durchgang zwischen den Mietshäusern?«

»Nichts!« schnaubte Heath verächtlich. »Beide aus rauhem, rostigem Eisen, das keine Fingerabdrücke annimmt.«

»Ich bin der Ansicht, Markham«, bemerkte Vance, »Sie fassen die Sache falsch an. Natürlich gibt es keine Fingerabdrücke. Wirklich, man baut doch nicht mühsam eine Szene auf und läßt dann alle Requisiten vor den Augen des Publikums liegen. Was wir herausbekommen müssen, ist, warum dieser besondere Impresario beschlossen hat, mit so verrückten Theatereffekten zu spielen.«

»So einfach ist es nicht, Mr. Vance«, warf Heath bitter ein.

»Habe ich unterstellt, es wäre einfach? Nein, Sergeant, es ist verteufelt schwierig. Es ist sogar schlimmer als schwierig: Es ist subtil und obskur und . . . abgefeimt.«

Kapitel 4

Eine mysteriöse Botschaft

(Samstag, 2. April, 14.00 Uhr)

Markham setzte sich resolut an den Tisch in der Mitte. »Ich schlage vor, Sergeant, wir knöpfen uns jetzt die beiden Dienstboten vor.«

Heath ging auf den Flur und erteilte einem seiner Leute einen Befehl. Ein paar Augenblicke später trat ein großer, finsterer, verstörter Mann ein und blieb in respektvollem Abstand stehen.

»Das ist der Butler«, erläuterte der Sergeant. »Er heißt Pyne.«

Markham musterte den Mann. Er war vielleicht sechzig Jahre alt. Seine Gesichtszüge waren deutlich akromegalisch, und diese Vergröberung hatte auch seine übrige Gestalt verformt. Seine Hände waren grob, die Füße breit und unförmig. Seine Kleidung saß schlecht, obgleich sie ordentlich gebügelt war, und sein hoher Klerikerkragen war mehrere Nummern zu weit. Die Augen unter den grauen buschigen Augenbrauen waren blaß und wäßrig und der Mund bloß ein Schlitz in dem ungesunden, aufgedunsenen Gesicht. Trotz seines völligen Mangels an physischen Vorzügen machte er jedoch den Eindruck von schlauer Kompetenz.

»Sie sind also der Butler der Familie Dillard«, meinte Markham. »Seit wann sind Sie bei der Familie, Pyne?«

»Es werden zehn Jahre, Sir.«

»Dann sind Sie in den Dienst getreten, gleich nachdem Professor Dillard seinen Lehrstuhl an der Universität verlassen hat?«

»Ich glaube schon, Sir.« Der Mann sprach mit tiefer, rasselnder Stimme.

»Was wissen Sie über die Tragödie, die sich heute morgen hier zugetragen hat?« Obwohl Markham die Frage unvermittelt stellte – ich vermute, in der Hoffnung, dem Mann ein Eingeständnis zu entlocken –, nahm Pyne sie mit äußerster Gelassenheit auf.

»Überhaupt nichts, Sir. Ich wußte nicht, daß etwas vorgefallen war, bis Professor Dillard mich in die Bibliothek rief und bat, nach Mr. Sperling zu schauen.«

»Hat er Ihnen danach von der Tragödie berichtet?«

»Er sagte: ›Mr. Haan ist ermordet worden, und ich möchte, daß Sie für mich Mr. Sperling finden.‹ – Das war alles, Sir.«

»Sie sind sicher, daß er ›ermordet‹ gesagt hat, Pyne?« warf Vance ein.

Zum ersten Mal zögerte der Butler, und ein wachsamer Ausdruck schlich sich in seinen Blick.

»Ja, Sir – da bin ich sicher. ›Ermordet‹ hat er gesagt.«

»Und haben Sie auf Ihrer Suche Mr. Haans Leiche gesehen?« bohrte Vance nach, während seine Augen verspielt das Muster der Tapete verfolgten.

Wieder folgte ein kurzes Zögern.

»Jawohl, Sir. Ich öffnete die Kellertür, um auf den Schießstand zu schauen, und da sah ich den armen jungen Gentleman . . .«

»Das muß ein großer Schock für Sie gewesen sein, Pyne«, kommentierte Vance trocken. »Haben Sie durch irgendeinen dummen Zufall die Leiche des armen jungen Gentleman berührt – oder vielleicht den Pfeil – oder den Bogen?«

Pynes wäßrige Augen glitzerten einen Augenblick.

»Nein – natürlich nicht, Sir . . . warum sollte ich, Sir?«

»Wahrhaftig, warum sollten Sie?« Vance seufzte erschöpft. »Aber den Bogen haben Sie gesehen?«

Der Mann blinzelte, als wollte er sich die Szene bildlich vorstellen.

»Ich weiß es nicht, Sir. Vielleicht ja, vielleicht nein. Ich erinnere mich nicht, Sir.«

Vance schien alles Interesse an ihm zu verlieren, und Markham nahm das Verhör wieder auf.

»Soweit ich weiß, Pyne, ist Mr. Drukker heute morgen gegen halb zehn hier gewesen. Haben Sie ihn gesehen?«

»Jawohl, Sir. Er benutzt immer die Kellertür, und er wünschte mir guten Morgen, als er am Anrichteraum oben an der Treppe vorbeikam.«

»Hat er auf demselben Weg das Haus verlassen?«

»Ich nehme an, Sir – allerdings war ich oben, als er ging. Er wohnt in dem Haus hinter – «

»Ich weiß.« Markham beugte sich vor. »Vermutlich waren Sie es, der heute morgen Mr. Haan und Mr. Sperling hereingelassen hat.«

»Ja, Sir. Gegen zehn.«

»Haben Sie sie noch einmal gesehen oder etwas von ihrer Unterhaltung gehört, als sie im Wohnzimmer warteten?«

»Nein, Sir. Ich war heute morgen die meiste Zeit in Mr. Arnessons Räumlichkeiten beschäftigt.«

»Aha!« Vance richtete seinen Blick auf den Mann. »Das ist im ersten Stock nach hinten hinaus, nicht wahr – das Zimmer mit dem Balkon?«

»Richtig, Sir.«

»Höchst interessant ... Und von diesem Balkon aus hat Professor Dillard Mr. Haans Leiche entdeckt. – Wie konnte er ohne Ihr Wissen den Raum betreten? Sie haben, glaube ich, gesagt, daß Sie von der Tragödie erst erfuhren, als der Professor Sie in die Bibliothek rief und Ihnen befahl, Mr. Sperling zu suchen.«

Der Butler wurde kreidebleich, und ich bemerkte, daß seine Finger nervös zuckten.

»Vielleicht habe ich Mr. Arnessons Zimmer für einen Moment verlassen«, erklärte er mit Mühe. »Ja – das ist wohl wahrscheinlich. Tatsächlich, Sir, ich erinnere mich, daß ich zum Wäscheschrank hinausgegangen bin ...«

»Oh, natürlich.« Vance fiel wieder in Lethargie.

Den Blick auf die Tischplatte geheftet, rauchte Markham eine Weile.

»Ist heute morgen sonst noch jemand ins Haus gekommen, Pyne?« fragte er unvermittelt.

»Niemand, Sir.«

»Und Sie können keine Erklärung für den Vorfall hier finden?«

Der Mann schüttelte heftig den Kopf und starrte ins Leere.

»Nein, Sir. Mr. Haan schien ein angenehmer, beliebter junger Mann zu sein. Er war nicht von der Sorte, die einen Mord herausfordert – wenn Sie verstehen, was ich meine.«

Vance blickte auf.

»Ich persönlich könnte nicht behaupten, daß ich genau verstehe, was Sie meinen, Pyne. Woher wissen Sie denn, daß es kein Unfall war?«

»Das weiß ich nicht, Sir«, war die ungerührte Antwort. »Aber ich weiß ein bißchen was vom Bogenschießen – wenn Sie die Bemerkung gestatten –, und ich habe sofort gesehen, daß Mr. Haan mit einem Jagdpfeil getötet wurde.«

»Sie sind sehr aufmerksam, Pyne«, nickte Vance, »und Sie haben völlig recht.«

Es war klar, daß dem Butler keine direkte Information zu entlocken war, und Markham entließ ihn abrupt und befahl Heath gleichzeitig, die Köchin hereinzuschicken.

Als sie eintrat, fiel mir sofort die Ähnlichkeit zwischen Vater und Tochter auf. Sie war eine schlampige Frau von etwa vierzig Jahren, ebenfalls hochgewachsen und kantig, mit einem schmalen, langen Gesicht und großen Händen und Füßen. Eine Überproduktion der Hypophysen lag offenbar in der Familie.

Ein paar einleitende Fragen ergaben, daß sie Beedle hieß, verwitwet war und nach dem Tod ihres Mannes vor fünf Jahren auf Pynes Empfehlung in Professor Dillards Haushalt gekommen war.

»Wann haben Sie heute morgen das Haus verlassen, Mrs. Beedle?« fragte Markham.

»Um Punkt halb elf.« Sie wirkte unruhig und wachsam, und ihre Stimme klang entschuldigend und streitlustig zugleich.

»Und wann sind Sie zurückgekommen?«

»Gegen halb eins. Dieser Mann« – sie sah Heath grimmig an – »hat mich hereingelassen und mich behandelt wie eine Verbrecherin.«

Heath grinste. »Die Zeit stimmt, Mr. Markham. Sie wurde sauer, weil ich sie nicht nach unten gehen lassen wollte.«

Markham nickte unverbindlich.

»Wissen Sie irgend etwas darüber, was heute morgen hier geschehen ist?« fuhr er fort und beobachtete die Frau scharf.

»Woher sollte ich? Ich war auf dem Jefferson-Markt.«

»Haben Sie Mr. Haan oder Mr. Sperling gesehen?«

»Kurz bevor ich wegging, kamen sie auf dem Weg zum Clubraum an der Küche vorbei.«

»Haben Sie gehört, was sie gesagt haben?«

»Ich horche nicht an Schlüssellöchern.«

Ärgerlich biß Markham die Zähne aufeinander und wollte gerade etwas sagen, als ihm Vance ganz freundlich zuvorkam.

»Der Bezirksstaatsanwalt meinte, daß vielleicht die Tür offenstand und daß Sie trotz Ihrer Bemühungen, nicht zu lauschen, etwas von ihrer Unterhaltung mitbekommen haben.«

»Die Tür stand vielleicht offen, aber gehört habe ich nichts«, antwortete sie verstockt.

»Dann können Sie uns nicht sagen, ob sonst noch jemand im Clubraum war?«

Mrs. Beedle kniff die Augen zusammen und schaute Vance berechnend an.

»Vielleicht war noch jemand da«, sagte sie langsam. »Ich glaubte sogar, ich hätte Mr. Drukker gehört.« Etwas Giftiges kam in ihre Stimme, und der Anflug eines harten Lächelns glitt über ihre dünnen Lippen. »Er war heute früh hier, um Mr. Arnesson zu besuchen.«

»Ach, war er das?« Vance tat überrascht. »Haben Sie ihn vielleicht gesehen?«

»Ich sah ihn hereinkommen, aber ich habe ihn nicht gehen sehen – jedenfalls ist er mir nicht aufgefallen. Er schlüpft zu jeder Tageszeit raus und rein.«

»Er schlüpft also, was? Man stelle sich vor! ... Übrigens, welche Tür benutzen Sie, wenn Sie einkaufen gehen?«

»Die Vordertür, Sir. Seit Miß Belle aus dem Keller ein Clubzimmer gemacht hat, nehme ich immer die Vordertür.«

»Dann haben Sie heute morgen den Clubraum nicht betreten?«

»Nein.«

Vance richtete sich in seinem Sessel auf.

»Danke für Ihre Hilfe, Mrs. Beedle. Wir brauchen Sie jetzt nicht mehr.«

Als die Frau uns verlassen hatte, erhob sich Vance und ging ans Fenster.

»Wir vergeuden zuviel Energie auf nutzlose Fährten, Markham«, meinte er. »Wir kommen nicht weiter, indem wir Dienstboten einschüchtern und die Hausbewohner verhören. Es gibt eine psychologische Mauer, die eingerissen werden muß, bevor wir anfangen können, die Gräben des Feindes zu stürmen. Jeder in diesem Verein hat ein Lieblingsgeheimnis, von dem er befürchtet, daß es herauskommt. Jeder hat uns bislang weniger gesagt, als er weiß, oder mehr. Entmutigend, aber wahr. Nichts von dem, was wir erfahren haben, fügt sich zum anderen. Wenn die zeitlichen Abläufe nicht zusammenpassen, kann man mit Sicherheit davon ausgehen, daß die unklaren Nahtstellen absichtlich aufgetrennt wurden. Zwischen all den Geschichten, die man uns in die Ohren geträufelt hat, habe ich keine einzige klare Verbindung gefunden.«

»Es ist wohl eher so, daß die Zwischenglieder fehlen«, argumentierte Markham, »und die werden wir nie finden, wenn wir unsere Verhöre nicht fortsetzen.«

»Sie vertrauen den Leuten zuviel.« Vance ging zum Tisch zurück. »Je mehr wir fragen, desto weiter werden wir in die Irre geführt. Nicht einmal Professor Dillard hat uns völlig aufrichtig Bericht erstattet. Er hält etwas zurück – einen Verdacht, den er nicht aussprechen will. Warum hat er den Bogen ins Haus geschafft? Arnesson hat den wunden Punkt getroffen, als er dieselbe Frage stellte. Schlauer Bursche, dieser Arnesson. Dann ist da unsere athletische junge Dame mit den muskulösen Waden. Sie ist in mehreren Liebesgespinsten verfangen, und sie versucht, sich und die ganze Bagage herauszuwinden, ohne jemand zu beschuldigen. Ein lobenswertes Ziel, aber keines, das zur unverfälschten Wahrheit führt. Pyne hat ebenfalls so seine Gedanken. Diese schlaffe Maske verbirgt einige faszinierende Ansichten. Aber wir werden seinen Cortex nie sondieren, wenn wir ihn mit Fragen schikanieren. An seinen vormittäglichen Verrichtungen ist auch was faul. Er sagt, er sei den ganzen Morgen in Arnessons Zimmer gewesen, aber offensichtlich wußte er nicht, daß der Professor ein Sonnenbad auf Arnessons Balkon genommen hat. Und dieses Alibi mit dem Wäscheschrank – viel zu einleuchtend. Und lassen Sie sich auch nicht von der Geschichte der Witwe Beedle zum Narren halten, Markham. Sie mag den allzu geselligen Mr. Drukker nicht, und als sie eine Chance sah, ihn mit hineinzuziehen, hat sie sie genutzt. Sie ›glaubt‹, sie habe seine Stimme im Clubraum gehört. Aber hat sie das wirklich? Wer weiß? Schon wahr, er könnte auf dem Heimweg mit den Sehnen und Speeren herumgespielt haben, und später sind vielleicht Haan und Sperling zu ihm gestoßen . . . Ja, diesen Punkt müssen wir untersuchen. Tatsächlich scheint eine höfliche Unterredung mit Mr. Drukker höchst angebracht . . .«

Wir hörten Schritte die Vordertreppe herabkommen, und Arnesson erschien im Türbogen des Wohnzimmers.

»Na, wer hat Hinrich den Hahn getötet?« fragte er mit satyrhaftem Lächeln.

Markham erhob sich ärgerlich und wollte gegen das Eindringen protestieren, aber Arnesson hob die Hand.

»Einen Moment, bitte. Ich bin hier, um meine begeisterten Dienste der edlen Sache der Gerechtigkeit zur Verfügung zu stellen – der irdischen Gerechtigkeit, wie Sie bitte beachten wollen. Philosophisch gesehen gibt es so etwas wie Gerechtigkeit natürlich nicht. Wenn es wirklich eine Gerechtigkeit gäbe, hätten wir alle eine Tracht Prügel im kosmischen Holzschuppen zu erwarten.« Er setzte sich Markham gegenüber und kicherte zynisch. »Tatsache ist, daß das bedauerliche und vorzeitige Ableben von Mr. Haan meine wissenschaftliche Natur reizt. Es bildet ein hübsches, ordentliches Problem. Es besitzt entschieden mathematischen Geschmack – keine undefinierten Ausdrücke, verstehen Sie, sondern klare Variablen mit bestimmten unbekannten Werten, die gefunden werden müssen. Na, und ich bin das Genie, das es lösen kann.«

»Was wäre denn Ihre Lösung, Arnesson?« Markham kannte und respektierte die Intelligenz des Mannes und schien sofort eine ernste Absicht hinter der höhnischen Frivolität zu spüren.

»Ah! Bislang habe ich noch nicht einmal die Gleichung aufgestellt.« Arnesson zog eine alte Bruyère-Pfeife hervor und streichelte sie liebevoll. »Aber ich habe immer schon ein bißchen Detektivarbeit auf absolut erdverbundenem Niveau leisten wollen – die unersättliche Neugier und natürliche Wissenslust des Physikers, verstehen Sie. Und ich vertrete schon lange die Theorie, daß man die mathematische Wissenschaft vorteilhaft auf die Trivialitäten des Lebens auf diesem unbedeutenden Planeten anwenden kann. Im Universum gibt es nichts außer dem Gesetz – es sei denn, Eddington hätte recht und es gäbe überhaupt kein Gesetz. Ich sehe keinen hinreichenden Grund, warum die Identität und der Aufenthaltsort eines Verbrechers nicht genauso bestimmt werden können, wie Leverrier die Masse und die Position des Neptun aus den beobachteten Abweichungen in der Umlaufbahn des Uranus berechnet hat. Sie erinnern sich, daß er nach seinen Berechnungen dem Berliner Astronomen Galle empfahl, auf einem bestimmten Längengrad der Ekliptik nach dem Planeten zu suchen.«

Arnesson hielt inne und stopfte seine Pfeife.

»Also, Mr. Markham«, fuhr er fort, und ich versuchte herauszubekommen, ob es dem Mann ernst war oder nicht, »ich hätte gern die Chance, auf dieses absurde Durcheinander die rein rationalen Mittel anzuwenden, die Leverrier bei der Entdeckung des Neptuns gebraucht hat. Aber ich brauche dazu sozusagen die Daten über die Störungen in der Umlaufbahn des Uranus – das heißt, ich muß alle variablen Faktoren der Gleichung kennen. Der Gefallen, um den zu bitten ich hergekommen bin, ist, daß Sie mich in Ihr Vertrauen ziehen und mir alle Fakten mitteilen. Eine

Art geistiger Partnerschaft. Ich werde dieses Problem nach wissenschaftlichen Gesichtspunkten für Sie bearbeiten. Es wird ein prima Sport sein, und außerdem würde ich gerne meine Theorie beweisen, daß die Mathematik die Grundlage aller Wahrheiten ist, so weit sie auch von der scholastischen Abstraktion entfernt sein mögen.« Endlich brachte er seine Pfeife zum Brennen und sank in seinen Sessel zurück. »Na, ist das ein Angebot?«

»Ich werde Ihnen gerne alles berichten, was wir wissen, Arnesson«, antwortete Markham nach einer kurzen Pause. »Aber ich kann Ihnen nicht versprechen, Ihnen alles mitzuteilen, was sich von jetzt an ergeben mag. Es könnte das Ziel der Strafverfolgung vereiteln und unsere Ermittlungen behindern.«

Vance hatte, von Arnessons erstaunlichem Ansinnen scheinbar gelangweilt, mit halb geschlossenen Augen dagesessen; jetzt aber wandte er sich mit beträchtlicher Lebhaftigkeit an Markham.

»Wissen Sie, eigentlich besteht kein Grund, warum wir Mr. Arnesson nicht die Chance geben sollten, dieses Verbrechen in den Bereich der angewandten Mathematik zu übertragen. Ich bin sicher, daß er die Diskretion wahren und unsere Informationen nur für wissenschaftliche Zwecke benutzen wird. Und man weiß ja nie – vielleicht brauchen wir seine hochqualifizierte Hilfe, bevor wir diese faszinierende Affäre erledigt haben.«

Markham kannte Vance gut genug, um zu erkennen, daß sein Vorschlag nicht unbedacht kam, und ich war in keiner Weise erstaunt, als er Arnesson anblickte und sagte: »Also gut. Wir geben Ihnen alle Daten, die Sie brauchen, um Ihre mathematische Formel auszuarbeiten. Möchten Sie irgend etwas Bestimmtes wissen?«

»Aber nein. Bislang kenne ich die Einzelheiten so gut wie Sie, und Pyne und der Beedle werde ich ihren Beitrag entlocken, wenn Sie gegangen sind. Aber wenn ich dieses Problem löse und den genauen Aufenthaltsort des Verbrechers bestimme, dann stibitzen Sie bitte nicht meine Erkenntnisse wie Sir George Airy die des armen Adams, als er seine Neptun-Berechnungen vor Leverrier veröffentlichte ...«

In diesem Moment öffnete sich die Haustür, und der uniformierte Beamte, der auf der Schwelle postiert war, kam mit einem Fremden herein.

»Dieser Herr hier sagt, er möchte den Professor sprechen«, verkündete er und glühte gleichsam vor Verdacht. Er drehte sich zu dem Mann um und wies mit einer Kopfbewegung auf Markham. »Das ist der Bezirksstaatsanwalt. Erzählen Sie ihm Ihr Problem.«

Der Neuankömmling schien etwas verlegen. Es war ein schlanker, gutgekleideter Mann mit einer unverkennbaren Aura von Kultur. Er war, ich würde sagen: fünfzig Jahre alt, obwohl sein Gesicht von einer gewissen unverwüstlichen Jugend zeugte. Sein Haar war schütter und leicht ergraut, seine Nase ein bißchen scharf und sein Kinn schmal, aber keineswegs schwach. Die von einer hohen, gewölbten Stirn überragten Augen waren sein eindrucksvollstes Merkmal. Es waren die Augen eines enttäuschten Träumers – halb traurig, halb vorwurfsvoll, als ob das Leben ihm einen Streich gespielt und ihn unglücklich und verbittert zurückgelassen hätte.

Er wollte gerade Markham ansprechen, als sein Blick auf Arnesson fiel.

»Oh, guten Morgen, Arnesson«, sagte er mit ruhiger, wohlmodulierter Stimme. »Ich hoffe, es ist nichts wirklich Schlimmes passiert.«

»Nur ein Todesfall, Pardee«, erwiderte der andere munter. »Der sprichwörtliche Sturm im Wasserglas.«

Markham ärgerte sich über die Unterbrechung.

»Was kann ich für Sie tun, Sir?« fragte er.

»Ich hoffe, ich störe nicht«, entschuldigte sich der Mann. »Ich bin ein Freund der Familie – ich wohne gegenüber und habe gesehen, daß hier etwas Ungewöhnliches passiert ist. Ich dachte, ich könne mich vielleicht nützlich machen.«

Arnesson kicherte. »Mein lieber Pardee! Warum kleiden Sie Ihre begreifliche Neugier ins Festgewand der Rhetorik?«

Pardee errötete. »Ich versichere Ihnen, Arnesson – « setzte er an, aber Vance unterbrach ihn.

»Sie sagen, Sie wohnen gegenüber, Mr. Pardee. Vielleicht haben Sie dieses Haus im Laufe des Vormittags beobachtet?«

»So kann man das wohl nicht sagen, Sir. Allerdings ist mein Arbeitszimmer zur 75sten Straße gelegen, und es stimmt, daß ich den größten Teil des Morgens am Fenster saß. Aber ich war mit Schreibarbeiten beschäftigt. Als ich nach dem Mittagessen wieder an die Arbeit ging, bemerkte ich die Menschenmenge und die Streifenwagen und auch den uniformierten Beamten an der Tür.«

Vance hatte ihn aus dem Augenwinkel beobachtet.

»Haben Sie heute morgen zufällig jemand das Haus betreten oder verlassen sehen, Mr. Pardee?« fragte er.

Der Mann schüttelte bedächtig den Kopf.

»Niemand Besonderen. Ich bemerkte, daß zwei junge Männer – Freunde von Miß Dillard – um zehn vorbeikamen, und ich sah Mrs. Beedle mit ihrem Einkaufskorb weggehen. Aber das ist alles, woran ich mich erinnere.«

»Haben Sie einen dieser beiden jungen Männer wieder gehen sehen?«

»Ich entsinne mich nicht.« Pardee runzelte die Brauen. »Und doch scheint mir, als sei einer von ihnen durch das Hoftor verschwunden. Aber das ist nur mein Eindruck.«

»Wann könnte das gewesen sein?«

»Das kann ich wirklich nicht sagen. Vielleicht eine Stunde nach seinem Kommen. Ich möchte mich da nur ungern festlegen.«

»Sie erinnern sich an keine andere Person, die das Haus heute morgen betreten oder verlassen hat?«

»Gegen halb eins sah ich Miß Dillard vom Tennisplatz zurückkommen, als ich gerade zum Essen gerufen wurde. Sie winkte mir sogar mit dem Schläger.«

»Und sonst niemand?«

»Ich fürchte nein.« In seiner ruhigen Antwort lag unverkennbares Bedauern.

»Einer der jungen Männer, die Sie hier eintreten sahen, ist getötet worden«, teilte Vance ihm mit.

»Mr. Haan – alias Hinrich der Hahn«, ergänzte Arnesson mit einer komischen Grimasse, die mich unangenehm berührte.

»Gütiger Himmel! Wie traurig!« Pardee wirkte aufrichtig schockiert. »Haan? War das nicht der Schützenkönig von Belles Club?«

»Sein einziger Anspruch auf Unsterblichkeit. Ja, das ist der Bursche.«

»Die arme Belle!« Etwas im Benehmen des Mannes veranlaßte Vance, ihn scharf zu mustern. »Ich hoffe, die Tragödie hat sie nicht allzusehr aufgeregt.«

»Sie dramatisiert die Sache natürlich«, gab Arnesson zur Antwort. »Die Polizei übrigens auch. Furchtbarer Wirbel um nichts. Die Erde ist übersät mit ›kleinen, kriechenden Gebilden aus unreinen Kohlenwasserstoffen‹ wie Haan – in diesem Aggregatzustand auch als ›Menschheit‹ bezeichnet.«

Pardee lächelte nachsichtig und bedrückt. Offenbar war er mit Arnessons Zynismen vertraut. Dann bat er Markham: »Ist es gestattet, daß ich mit Miß Dillard und ihrem Onkel spreche?«

»Aber natürlich«, antwortete Vance, bevor Markham einen Entschluß fassen konnte. »Sie finden sie in der Bibliothek, Mr. Pardee.«

Mit einem höflich gemurmelten Dank verließ der Mann den Raum.

»Komischer Kauz«, kommentierte Arnesson, als Pardee außer Hörweite war. »Erstickt im Geld und führt ein faules Leben. Seine einzige Leidenschaft sind Schachprobleme.«

»Schach?« Interessiert blickte Vance auf. »Ist er zufällig John Pardee, der Erfinder des berühmten Pardee-Gambits?«

»Eben der.« Arnessons Gesicht legte sich in humorvolle Falten. »Hat zwanzig Jahre damit zugebracht, eine bombensichere Offensive zu entwickeln, die dem Spiel neue Punkte hinter dem Komma verleihen sollte. Er hat ein Buch darüber geschrieben. Dann gab er sich ans Proselytenmachen wie ein Kreuzfahrer vor den Toren von Damaskus. Er ist schon immer ein großer Schachmäzen gewesen, hat Turniere finanziert und ist um die ganze Welt gehetzt, um bei den verschiedenen Treffen dabeizusein. Dadurch konnte er sein Gambit testen lassen. Bei den Vizechampions des Schachclubs von Manhattan erregte es beträchtliches Aufsehen. Dann organisierte der arme Pardee eine Reihe von Meisterschaftsturnieren. Trug alle Kosten selbst. Hat ihn übrigens ein Vermögen gekostet. Und natürlich legte er fest, daß nur das Pardee-Gambit gespielt werden durfte. Ja, ja, es war sehr traurig. Als sich Leute wie Dr. Lasker, Capablanca, Rubinstein und Finn damit auseinandersetzten, fiel es zusammen wie ein Kartenhaus. Fast jeder Spieler, der es benutzte, verlor. Es war disqualifiziert – sogar noch schlimmer als das berüchtigte Rice-Gambit. Ein schwerer Schlag für Pardee. Es hat ihm graue Haare gebracht und ihm den Mumm aus den Knochen gesogen. Kurz gesagt, es hat ihn alt gemacht. Er ist ein gebrochener Mann.«

»Ich kenne die Geschichte dieses Gambits«, murmelte Vance, den Blick nachdenklich zur Decke gerichtet. »Ich habe es selbst benutzt. Edward Lasker[9] hat es mir beigebracht . . .«

Wieder erschien der uniformierte Beamte in der Tür und gab Heath einen Wink. Der Sergeant erhob sich eilfertig – die Feinheiten des Schachspiels langweilten ihn offenbar – und ging in die

Halle hinaus. Einen Moment später kam er mit einem kleinen Zettel zurück.

»Hier ist was Komisches, Sir«, sagte er und reichte ihn Markham. »Der Mann draußen sah ihn gerade zufällig aus dem Briefkasten hängen und dachte, er wirft mal 'nen Blick drauf. Was halten Sie davon, Sir?«

Markham studierte das Blatt mit verwirrtem Erstaunen und reichte es wortlos an Vance weiter. Ich stand auf und sah ihm über die Schulter. Es hatte das übliche Schreibmaschinenformat und war gefaltet worden, damit es in den Briefkasten paßte. Es enthielt mehrere Zeilen, die auf einer Maschine mit ausgefallenen Typen und einem verblaßten blauen Farbband geschrieben worden waren. Die erste Zeile lautete:

Joseph Henrik Haan ist tot.

Die zweite Zeile fragte:

Hinrich der Hahn – wer hat ihn getötet?

Und darunter stand:

Sperling heißt Spatz.

Und rechts unten, anstelle der Unterschrift, standen in Großbuchstaben zwei Wörter:

DER BISCHOF

Kapitel 5

Der Schrei einer Frau

(Samstag, 2. April, 14.30 Uhr)

Nachdem Vance einen Blick auf die seltsame Botschaft und die noch seltsamere Unterschrift geworfen hatte, griff er mit jener langsamen Entschlossenheit nach seinem Monokel, die, wie ich wußte, ein lebhaftes, aber unterdrücktes Interesse verriet. Nachdem er das Augenglas zurechtgerückt hatte, studierte er das Blatt intensiv. Dann reichte er es Arnesson.

»Hier ist ein wertvoller Faktor für Ihre Gleichung.« Herausfordernd fixierte er den Mann.

Arnesson warf einen flüchtigen Blick auf die Botschaft und legte sie mit einer schiefen Grimasse auf den Tisch.

»Ich gehe davon aus, daß der Klerus nicht an diesem Problem beteiligt ist. Diese Leute sind notorisch unwissenschaftlich. Man kann sie nicht mit den Mitteln der Mathematik angreifen. ›Der Bischof‹«, sinnierte er. »Ich kenne keinen Herrn dieses Gewerbes. Ich glaube, ich werde dieses Abrakadabra bei meiner Gleichung ausschließen.«

»Wenn Sie das tun, Mr. Arnesson«, erwiderte Vance ernsthaft, »fürchte ich, daß Ihre Gleichung in Stücke bricht. Diese kryptische Epistel kommt mir ziemlich bedeutsam vor. Ich halte sie – wenn Sie mir diese laienhafte Bemerkung gestatten – für das mathematischste Element, das in diesem Fall bisher aufgetaucht ist. Es nimmt der Situation jede Spur von Zu- oder Unfall. Es ist sozusagen das *g*, die Schwerkraftkonstante, die all unsere Gleichungen beherrschen wird.«

Heath stand da und starrte mit regelrechtem Abscheu auf den maschinengeschriebenen Zettel.

»Das hat ein Irrer geschrieben, Mr. Vance«, erklärte er.

»Ohne Zweifel ein Irrer, Sergeant«, pflichtete ihm Vance bei. »Aber übersehen Sie nicht die Tatsache, daß genau dieser Irre viele interessante und intime Details gewußt haben muß – nämlich daß Mr. Haans zweiter Vorname Henrik lautete, daß der Gentleman mit Pfeil und Bogen getötet wurde und daß Mr. Sperling bei Haans Ableben in der Nähe war. Darüber hinaus muß dieser gutinformierte Irre Kenntnisse besessen haben, die auf ein Vorauswissen des Mordes hinauslaufen, denn der Zettel wurde offensichtlich geschrieben und in den Briefkasten gesteckt, bevor Sie und Ihre Mannen auf der Bildfläche erschienen.«

»Es sei denn«, konterte Heath verstockt, »er ist einer von diesen Gaffern auf der Straße, der Wind davon bekommen hat, was los ist, und diesen Zettel in den Kasten gesteckt hat, als der Beamte ihm gerade den Rücken zuwandte.«

»Nachdem er erst nach Hause gelaufen ist und diese Mitteilung schön säuberlich getippt hat, was?« Mit bedauerndem Lächeln schüttelte Vance den Kopf. »Nein, Sergeant, ich fürchte, diese Theorie reicht nicht aus.«

»Was zum Teufel bedeutet der Zettel dann?« wollte Heath aufgebracht wissen.

»Ich habe keinen blassen Schimmer.« Vance gähnte und stand auf. »Kommen Sie, Markham, lassen Sie uns ein paar Augenblicke mit Mr. Drukker vertändeln, den die Beedle so verabscheut.«

»Drukker!« rief Arnesson. »Wo kommt denn der ins Spiel?«

»Mr. Drukker«, erläuterte Markham, »ist heute morgen hergekommen, um Sie zu besuchen, und es besteht die entfernte Möglichkeit, daß er Haan und Sperling getroffen hat, bevor er nach Hause zurückkehrte.« Er zögerte. »Möchten Sie uns vielleicht begleiten?«

»Nein danke.« Arnesson klopfte seine Pfeife aus und erhob sich. »Ich habe einen Haufen Klausuren hier, die ich durchsehen muß. Vielleicht wäre es aber angebracht, Belle mitzunehmen. Lady Mae ist ein bißchen verdreht...«

»Lady Mae?«

»Mein Fehler. Hab' vergessen, daß Sie sie nicht kennen. Wir nennen sie alle Lady Mae. Höflichkeitsbezeugung. Macht der armen alten Seele Freude. Ich meine Drukkers Mutter. Seltsame Type.« Er tippte sich vielsagend an die Stirn. »Bißchen angeknackst. Oh, absolut harmlos. Schlau wie nur was, aber sozusagen mit Schlagseite. Sie hält Drukker für den Nabel der Welt. Bemuttert ihn wie ein Baby... traurige Situation... Ja, nehmen Sie besser Belle mit. Lady Mae mag Belle.«

»Ein guter Vorschlag, Mr. Arnesson«, meinte Vance. »Wollen Sie bitte Miß Dillard fragen, ob sie die Güte hat, uns zu begleiten?«

»Aber sicher.« Arnesson schloß uns alle in sein Abschiedslächeln ein – ein Lächeln, das gleichzeitig gönnerhaft und satirisch wirkte – und ging nach oben. Einige Augenblicke darauf stieß Miß Dillard zu uns.

»Sigurd sagt, Sie wollen Adolph besuchen. Ihm wird es sicherlich nichts ausmachen, aber die arme Lady Mae regt sich schon wegen der kleinsten Dinge so auf...«

»Wir werden sie nicht aufregen, hoffe ich«, sagte Vance beruhigend. »Aber Mr. Drukker war heute morgen hier, wissen Sie, und die Köchin sagt, sie meint, sie hätte ihn im Clubraum mit Mr. Haan und Mr. Sperling sprechen hören. Vielleicht kann er uns helfen.«

»Das wird er bestimmt, wenn er kann«, antwortete das Mädchen mit Nachdruck. »Aber seien Sie sehr vorsichtig mit Lady Mae, ja?«

In ihrer Stimme lag etwas Flehendes und Beschützendes, und Vance sah sie neugierig an.

»Erzählen Sie uns etwas über Mrs. Drukker – oder Lady Mae –, bevor wir sie besuchen. Warum sollen wir so vorsichtig sein?«

»Sie hat so ein tragisches Leben gehabt«, erläuterte das Mädchen. »Sie war einst eine große Sängerin – oh, nicht bloß eine zweitklassige Künstlerin, sondern eine Primadonna mit einer glanzvollen Karriere vor sich.[10] Sie heiratete einen führenden Wiener Kritiker, Otto Drucker,[11] und vier Jahre später wurde Adolph geboren. Als das Baby zwei Jahre alt war, ließ sie es bei einem Ausflug im Wiener Prater fallen, und von diesem Moment an veränderte sich ihr ganzes Leben. Adolphs Rückgrat war verletzt, und er wurde zum Krüppel. Lady Mae brach es das Herz. Sie machte sich selbst Vorwürfe wegen seiner Verletzung und gab ihre Karriere auf, um sich seiner Pflege zu widmen. Als ihr Mann ein Jahr später starb, brachte sie Adolph nach Amerika, wo sie einen Teil ihrer Jugend verbracht hatte, und kaufte das Haus, wo sie jetzt wohnt. Ihr ganzes Leben dreht sich um Adolph, der mit einem Buckel groß wurde. Sie hat alles für ihn geopfert und sorgt für ihn, als wäre er ein Baby...« Ein Schatten fiel auf ihr Gesicht. »Manchmal glaube ich – glauben wir alle, daß sie immer noch meint, er wäre noch ein Kind. Das ist bei ihr beinahe etwas, naja, krankhaft. Aber es ist die süße, schreckliche Krankheit einer rasenden Mutterliebe – eine Art zärtlicher Wahnsinn, wie Onkel es nennt. In den letzten Monaten ist sie sehr merkwürdig geworden – und eigensinnig. Ich habe sie oft angetroffen, wie sie deutsche Wiegenlieder und Kinderverse sang, mit den Armen auf der Brust verschränkt, als ob – oh, es sah so andächtig und so fürchterlich aus – als ob sie ein Baby hielte ... Und sie wird fürchterlich eifersüchtig wegen Adolph. Sie verachtet alle anderen Männer. Letzte Woche erst habe ich Mr. Sperling auf einen Besuch zu ihr mitgenommen – wir schauen oft bei ihr herein, sie wirkt so einsam und unglücklich –, und sie sah ihn beinahe wütend an und sagte: ›Warum sind Sie nicht auch ein Krüppel?‹ ...«

Das Mädchen verstummte und suchte unsere Blicke. »Verstehen Sie jetzt, warum ich Sie eben gebeten habe, vorsichtig zu sein? ... Lady Mae könnte denken, wir wären gekommen, um Adolph etwas anzutun.«

»Wir werden ihre Leiden nicht unnötig verschlimmern«, versicherte ihr Vance mitfühlend. Als wir dann in die Halle gingen, stellte er ihr eine Frage, die mir seine kurze, intensive Musterung des Hauses Drukker vom Vormittag wieder ins Gedächtnis rief. »Wo liegt Mrs. Drukkers Zimmer?«

Das Mädchen sah ihn erstaunt an, aber erwiderte prompt: »Auf der Westseite des Hauses – ihr Erkerfenster geht auf den Schießstand hinaus.«

»Aha!« Vance zog sein Zigarettenetui hervor und nahm sich bedächtig eine *Régie.* »Sitzt sie viel am Fenster?«

»Eine Menge. Lady Mae sieht uns immer zu, wenn wir schießen üben. Warum, weiß ich nicht. Ich bin sicher, daß es ihr Kummer macht, uns zuzusehen, denn Adolph ist nicht stark genug zum Schießen. Er hat es ein paarmal probiert, aber es strengte ihn an, und er mußte aufgeben.«

»Vielleicht sieht sie aus eben diesem Grund Ihrem Training zu, weil es sie quält – eine Art Selbstopferung, verstehen Sie? Solche Situationen sind sehr bedauerlich«, sagte Vance mit einem Zartgefühl, das für jemand, der seine wahre Natur nicht kannte, merkwürdig geklungen hätte. »Vielleicht«, fügte er hinzu, als wir durch die Kellertür den Schießstand betraten, »wäre es das beste, wenn wir erst Mrs. Drukker kurz aufsuchten. So können wir vielleicht die Mutmaßungen beschwichtigen, die unser Besuch ihr suggerieren könnte. Können wir ohne Mr. Drukkers Wissen zu ihrem Zimmer gelangen?«

»Aber ja.« Dem Mädchen gefiel die Idee. »Wir können von hinten hineingehen. Adolphs Arbeitszimmer, in dem er schreibt, ist nach vorne gelegen.«

Wir fanden Mrs. Drukker in dem großen Erker, mit Kissen auf einer altmodischen Chaiselongue gebettet. Miß Dillard begrüßte sie wie eine Tochter, beugte sich liebevoll besorgt über sie und küßte sie auf die Stirn.

»In unserem Haus ist heute morgen etwas ziemlich Schreckliches passiert, Lady Mae«, sagte sie, »und diese Herren möchten Sie sprechen. Ich habe ihnen angeboten, sie herzubringen. Es macht Ihnen doch nichts aus, nicht wahr?«

Als wir eintraten, war Mrs. Drukkers blasses, tragisches Gesicht von der Tür abgewandt gewesen, doch jetzt starrte sie uns mit blankem Entsetzen an. Sie war eine große Frau, schlank bis zur Auszehrung, und ihre Hände, die leicht angewinkelt auf den Sessellehnen ruhten, waren sehnig und faltig wie die Klauen der berühmten Vogelweiber. Auch ihr Antlitz war schmal und tief zerfurcht, aber nicht unattraktiv. Die Augen waren klar und lebhaft, die Nase gerade und dominierend. Obwohl sie weit über sechzig gewesen sein muß, hatte sie üppiges braunes Haar.

Mehrere Minuten lang rührte sie sich nicht und sprach kein Wort. Dann schlossen sich langsam ihre Hände und ihr Mund öffnete sich.

»Was möchten Sie?« fragte sie mit tiefer, voller Stimme.

»Mrs. Drukker«, antwortete Vance, »wie Miß Dillard Ihnen schon sagte, hat sich nebenan heute morgen eine Tragödie zugetragen, und da Ihr Fenster das einzige ist, das auf den Schießstand hinausgeht, könnten Sie möglicherweise etwas gesehen haben, was uns bei unseren Ermittlungen nützlich sein könnte.«

Die Wachsamkeit der Frau ließ spürbar nach, aber es dauerte einen Augenblick, bevor sie sprach.

»Und was ist passiert?«

»Ein gewisser Mr. Haan ist getötet worden. Vielleicht haben Sie ihn gekannt?«

»Der Bogenschütze – Belles Champion? . . . Ja, ich kannte ihn. Ein starkes, gesundes Kind, das einen schweren Bogen spannen konnte, ohne müde zu werden. Wissen Sie schon, wer ihn getötet hat?«

»Wir wissen es nicht.« Trotz seiner unbekümmerten Miene beobachtete Vance sie aufs genaueste. »Aber in Anbetracht dessen, daß er auf dem Schießstand in Sichtweite Ihres Fensters getötet wurde, hofften wir, Sie könnten uns vielleicht helfen.«

Mrs. Drukker senkte listig die Augenlider und faltete sichtlich zufrieden die Hände.

»Sind Sie sicher, daß er auf dem Schießstand getötet wurde?«

»Wir haben ihn auf dem Schießstand gefunden«, entgegnete Vance unverbindlich.

»Ich verstehe... Aber womit kann ich Ihnen helfen?« Sie lehnte sich entspannt zurück.

»Haben Sie heute morgen jemand auf dem Schießstand bemerkt?« fragte Vance.

»Nein!« stritt sie prompt und nachdrücklich ab. »Ich habe niemand gesehen. Ich habe den ganzen Tag noch nicht auf den Schießstand geschaut.«

Vance erwiderte standhaft ihren Blick und seufzte.

»Höchst bedauerlich«, murmelte er. »Hätten Sie heute morgen aus dem Fenster geschaut, hätten Sie möglicherweise die Tragödie gesehen... Mr. Haan wurde mit Pfeil und Bogen getötet, und es scheint keinerlei Tatmotiv zu geben.«

»Wissen Sie genau, daß er mit Pfeil und Bogen getötet wurde?« fragte sie, und ein Anflug von Farbe tönte ihre aschfahlen Wangen.

»Das sagte der Gerichtsarzt. Die Leiche hatte einen Pfeil im Herzen, als wir sie fanden.«

»Natürlich. Das versteht sich fast von selbst, oder?... Haan mit einem Pfeil im Herzen!« Den Blick gebannt in die Ferne gerichtet, sprach sie mit vager Zurückhaltung.

Ein gespanntes Schweigen folgte, und Vance trat ans Fenster.

»Haben Sie was dagegen, wenn ich mal hinausschaue?«

Mühsam riß die Frau sich von ihren entfernten Gedankengängen los.

»Aber natürlich nicht. Es ist allerdings keine besondere Aussicht. Im Norden sehe ich die Bäume auf der 76sten Straße und im Süden einen Teil des Grundstücks der Dillards. Aber diese Ziegelmauer gegenüber ist furchtbar deprimierend. Bevor das Hochhaus gebaut wurde, hatte ich einen schönen Ausblick auf den Fluß.«

Vance sah eine Weile auf den Schießstand hinab.

»Ja«, bemerkte er, »wenn Sie heute morgen nur am Fenster gewesen wären, hätten Sie vielleicht gesehen, was passiert ist. Sie haben eine gute Aussicht auf den Schießstand und die Kellertür der Dillards... Zu schade.« Er sah auf seine Uhr. »Ist Ihr Sohn zu Hause, Mrs. Drukker?«

»Mein Sohn! Mein Baby! Was wollen Sie von ihm?« rief sie besorgt und fixierte Vance mit giftigem Haß.

»Nichts Besonderes«, sagte er beruhigend. »Aber vielleicht hat er auf dem Schießstand etwas bemerkt – «

»Er hat niemand gesehen! Er kann niemand gesehen haben, weil er nicht hier war. Heute morgen ist er früh weggegangen und noch nicht zurückgekommen.«

Vance blickte die Frau mitleidig an. »Er war den ganzen Morgen weg? Wissen Sie, wo er war?«

»Ich weiß immer, wo er ist«, erwiderte Mrs. Drukker stolz. »Er sagt mir alles.«

»Hat er Ihnen auch gesagt, wohin er heute morgen gegangen ist?« beharrte Vance sanft.

»Natürlich. Aber ich kann mich gerade nicht daran erinnern. Lassen Sie mich überlegen...« Ihre langen Finger trommelten auf der Sessellehne, und ihr Blick schweifte unstet umher. »Ich kann mich nicht erinnern. Aber ich frage ihn, wenn er zurückkommt.«

Miß Dillard hatte dagestanden und sie mit wachsendem Erstaunen angesehen.

»Aber heute morgen war Adolph doch bei uns, Lady Mae. Er wollte Sigurd besuchen – «

Mrs. Drukker richtete sich auf. »Auf keinen Fall!« zischte sie und starrte das Mädchen mit einer gewissen Bosheit an. »Adolph mußte – irgendwas in der Stadt erledigen. Er war nicht mal in der Nähe Ihres Hauses – ich *weiß*, daß er das nicht war.«

Ihre Augen flackerten, und sie warf Vance einen herausfordernden Blick zu. Es war ein peinlicher Moment, aber was dann folgte, war noch unerträglicher.

Die Tür öffnete sich leise, und plötzlich streckte Mrs. Drukker die Arme aus.

»Mein kleiner Junge – mein Baby!« rief sie. »Komm her, Schatz.«

Aber der Mann an der Tür blieb stehen. Er blinzelte uns mit seinen kleinen Knopfaugen an, wie jemand, der in einer fremden

Umgebung aufwacht. Adolph Drukker war kaum anderthalb Meter groß. Er hatte das typisch gedrungene Aussehen des Buckligen. Seine Beine waren spindeldürr, und die Größe seines massigen verzerrten Torsos schien durch den riesigen, ausladenden Kopf noch gesteigert zu werden. Aber sein Gesicht war von Intelligenz geprägt, einer phantastischen, leidenschaftlichen Kraft, die einen in den Bann schlug. Professor Dillard hatte ihn ein mathematisches Genie genannt, und an dieser Einschätzung war nicht zu zweifeln.[12]

»Was hat das alles zu bedeuten?« fragte er mit hoher, zittriger Stimme und schaute auf Miß Dillard. »Sind das Freunde von dir, Belle?«

Das Mädchen wollte etwas sagen, aber Vance brachte sie mit einer Geste zum Schweigen.

»Die Wahrheit, Mr. Drukker«, erläuterte er ernst, »ist, daß sich nebenan eine Tragödie ereignet hat. Dies ist Mr. Markham, der Bezirksstaatsanwalt, Sergeant Heath von der Polizei, und auf unsere Bitte hat uns Miß Dillard hergeführt, damit wir Ihre Mutter fragen konnten, ob sie heute morgen nicht etwas Ungewöhnliches auf der Schießbahn bemerkt hat. Die Tragödie ist unmittelbar vor der Kellertür des Hauses Dillard passiert.«

Drukker schob das Kinn vor und zwinkerte mit den Augen.

»Eine Tragödie also. Was für eine Tragödie?«

»Ein gewisser Mr. Haan ist getötet worden – mit Pfeil und Bogen.«

Das Gesicht des Mannes begann krampfhaft zu zucken.

»Haan getötet? *Getötet?* . . . Wann?«

»Am späten Vormittag. Wahrscheinlich irgendwann zwischen elf und zwölf.«

»Zwischen elf und zwölf?« Schnell wandte Drukker den Blick zu seiner Mutter. Er schien sich zu erregen, und seine dicken, plumpen Finger spielten mit dem Revers seines Jacketts. »Was hast du gesehen?« Seine Augen blitzten, als er die alte Frau anstarrte.

»Was meinst du damit, mein Junge?« Die Antwort war ein panisches Geflüster.

Drukkers Miene wurde hart, und die Andeutung eines verächtlichen Grinsens spielte um seine Lippen.

»Ich meine, es war etwa um diese Zeit, daß ich hier im Zimmer jemand schreien hörte.«

»Das hast du nicht! Nein – nein!« Sie schnappte nach Luft und schüttelte verzweifelt den Kopf. »Du irrst dich, mein Sohn. Ich habe heute morgen nicht geschrien.«

»Na, irgend jemand hat geschrien.« Im Tonfall des Mannes klang eine kalte Unbarmherzigkeit mit. Dann fügte er nach einer Pause hinzu: »Es ist nämlich so, daß ich nach dem Schrei heraufgekommen bin und an der Tür gehorcht habe. Aber du bist auf und ab gegangen und hast ›Eia Popeia‹ gesummt, so daß ich wieder an die Arbeit ging.«

Mrs. Drukker preßte ein Taschentuch vor ihr Gesicht und schloß einen Moment die Augen.

»Du hast also zwischen elf und zwölf hier gearbeitet?« Ihre Stimme vibrierte jetzt vor unterdrückter Anspannung. »Aber ich habe dich mehrmals gerufen – «

»Ich habe dich gehört. Aber ich habe nicht geantwortet. Ich war zu beschäftigt.«

»Das war es also.« Sie wandte sich langsam zum Fenster. »Ich dachte, du wärest ausgegangen. Hattest du nicht gesagt – «

»Ich hatte gesagt, ich ginge zu den Dillards. Aber Sigurd war nicht da, und ich bin kurz vor elf zurückgekommen.«

»Ich habe dich nicht kommen sehen.« Die Frau hatte ihre Energien verbraucht und lag erschöpft in ihrem Sessel, den Blick auf die Ziegelmauer gegenüber gerichtet. »Und als ich dich rief und du nicht geantwortet hast, habe ich natürlich gedacht, du wärst noch unterwegs.«

»Ich habe die Dillards durch das Gartentor verlassen und bin im Park spazierengegangen.« Drukkers Stimme klang gereizt. »Dann bin ich hier durch die Vordertür hereingekommen.«

»Und du sagst, du hättest mich schreien hören . . . Aber warum hätte ich schreien sollen, mein Junge? Heute morgen hatte ich keine Rückenschmerzen.«

Drukker runzelte die Stirn, und seine kleinen Augen sprangen schnell zwischen Vance und Markham hin und her.

»Ich habe in diesem Zimmer jemand – eine Frau – schreien hören«, beharrte er. »Gegen halb zwölf.« Dann sank er auf einen Sessel und starrte trübsinnig zu Boden.

Dieser erstaunliche Dialog zwischen Mutter und Sohn hatte uns alle in Bann gehalten. Obwohl Vance neben der Tür vor einem alten Stich aus dem 18. Jahrhundert gestanden und ihn scheinbar konzentriert betrachtet hatte, wußte ich, daß ihm kein Wort und keine Nuance entgangen war. Jetzt drehte er sich auf dem Absatz um, machte Markham ein Zeichen, er solle sich nicht einmischen, und trat auf Mrs. Drukker zu.

»Es tut uns sehr leid, Madam, daß wir Sie belästigen mußten. Bitte verzeihen Sie uns, wenn Sie können.«

Er verbeugte sich und wandte sich an Miß Dillard.

»Möchten Sie uns zurückbegleiten? Oder finden wir allein nach unten?«

»Ich komme mit«, sagte das Mädchen, ging zu Mrs. Drukker und umarmte sie. »Es tut mir so leid, Lady Mae.«

Als wir auf den Flur hinaustraten, zögerte Vance, als sei ihm noch etwas eingefallen, und schaute sich nach Drukker um.

»Sie kommen besser mit, Sir«, sagte er in beiläufigem, aber eindringlichem Tonfall. »Sie kannten Mr. Haan, und vielleicht haben Sie eine Idee – «

»Geh nicht mit ihnen, mein Sohn!« rief Mrs. Drukker. Sie saß jetzt aufrecht, und ihre Miene war von Angst und Furcht verzerrt. »Geh nicht! Das ist der Feind! Er will dir wehtun . . .«

Drukker hatte sich erhoben.

»Warum sollte ich nicht mitgehen?« erwiderte er bockig. »Ich möchte herausfinden, was es mit dieser Angelegenheit auf sich hat. Vielleicht kann ich – wie man so sagt – ihnen helfen.« Und mit einer ungeduldigen Geste schloß er sich uns an.

Kapitel 6

»Ich, sagte der Spatz«

(Samstag, 2. April, 15.00 Uhr)

Als wir uns wieder im Wohnzimmer der Dillards befanden und Miß Dillard zu ihrem Onkel in die Bibliothek hinaufgegangen war, nahm Vance ohne Umschweife die Sache in die Hand.

»Ich wollte Ihre Mutter nicht beunruhigen, Mr. Drukker, und Sie in ihrer Gegenwart verhören, aber in Anbetracht dessen, daß Sie heute morgen kurz vor Mr. Haans Tod hier waren, ist es – als reine Routinemaßnahme – erforderlich, daß wir uns um alle Informationen bemühen, die Sie uns geben können.«

Drukker hatte sich am Kamin niedergelassen. Jetzt zog er vorsichtig den Kopf ein, gab aber keine Antwort.

»Sie sind gegen halb zehn hergekommen«, fuhr Vance fort, »ich glaube, um Mr. Arnesson zu besuchen.«

»Ja.«

»Über den Schießstand und durch die Kellertür?«

»Ich komme immer auf diesem Weg. Warum sollte ich um den Block gehen?«

»Aber Mr. Arnesson war heute morgen ausgegangen.«

Drukker nickte. »Zur Universität.«

»Und als Sie feststellten, daß Arnesson weg war, haben Sie sich eine Weile zu Professor Dillard in die Bibliothek gesetzt, soweit ich weiß, und über eine astronomische Expedition nach Südamerika gesprochen.«

»Über die Expedition der Royal Astronomical Society nach Sobral, um die Einsteinsche Lichtkrümmung zu überprüfen«, erläuterte Drukker.

»Wie lange waren Sie in der Bibliothek?«

»Keine halbe Stunde.«

»Und dann?«

»Ich bin runter in den Clubraum gegangen und habe mir eine Zeitschrift angeschaut. Darin stand ein Schachproblem – ein

Endspiel mit Zugzwang, zu dem es kürzlich zwischen Shapiro und Marshall kam –, und ich habe mich hingesetzt und es gelöst . . .«

»Einen Moment, Mr. Drukker.« Ein Beiklang von unterdrücktem Interesse kam in Vance' Stimme. »Sie interessieren sich für Schach?«

»In gewissem Maße. Ich verbringe allerdings nicht viel Zeit damit. Das Spiel ist nicht rein mathematisch, und es ist nicht spekulativ genug, um den ganz und gar wissenschaftlichen Verstand anzusprechen.«

»Fanden Sie die Stellung aus der Shapiro-Marshall-Partie schwierig?«

»Weniger schwierig als vielmehr vertrackt.« Mit listiger Miene sah Drukker Vance an. »Sobald ich herausgefunden hatte, daß ein scheinbar sinnloser Bauernzug der Ausweg aus der Sackgasse war, war die Lösung simpel.«

»Wie lange haben Sie dazu gebraucht?«

»Etwa eine halbe Stunde.«

»Sollen wir sagen, bis halb elf?«

»Das käme ungefähr hin.« Drukker verkroch sich noch tiefer in seinen Sessel, aber seine verhaltene Wachsamkeit ließ nicht nach.

»Dann müssen Sie im Clubraum gewesen sein, als Mr. Haan und Mr. Sperling dorthin kamen.«

Der Mann antwortete nicht sofort, und Vance, der so tat, als würde er sein Zögern nicht bemerken, fügte hinzu: »Professor Dillard sagt, sie seien gegen zehn ins Haus gekommen, und nachdem sie hier im Wohnzimmer eine Zeitlang gewartet hätten, seien sie in den Keller gegangen.«

»Wo ist Sperling denn jetzt überhaupt?« Drukkers Blick schoß argwöhnisch von einem zum anderen.

»Wir erwarten ihn jeden Moment«, erwiderte Vance. »Sergeant Heath hat zwei seiner Männer geschickt, ihn abzuholen.«

Der Bucklige hob die Augenbrauen. »Aha! Sperling wird also gewaltsam hergebracht.« Er legte seine klobigen Finger zu einem Zelt zusammen und betrachtete sie nachdenklich. Dann hob er langsam den Blick zu Vance. »Sie haben mich gefragt, ob ich Haan und Sperling im Clubraum gesehen habe. Ja, sie kamen gerade herunter, als ich ging.«

Vance lehnte sich zurück und streckte die Beine aus.

»Hatten Sie den Eindruck, Mr. Drukker, daß die beiden einen – euphemistisch gesagt – einen Wortwechsel hatten?«

Der Mann dachte einen Moment über diese Frage nach.

»Jetzt, wo Sie es erwähnen«, meinte er schließlich, »fällt mir tatsächlich ein, daß eine gewisse Kühle zwischen den beiden zu herrschen schien. Ich würde diesen Punkt allerdings ungern beschwören. Ich habe den Raum immerhin fast sofort verlassen, als sie hereinkamen.«

»Sie sind durch die Kellertür gegangen, sagten Sie, glaube ich, und dann zum Tor in der Mauer zur 75sten Straße. Stimmt das?«

Einen Augenblick lang schien Drukker nicht antworten zu wollen, aber dann sagte er mit gezwungener Lässigkeit: »Genau. Ich dachte, ich mache einen kleinen Spaziergang am Fluß, bevor ich wieder an die Arbeit gehe. Ich bin den Drive entlang und dann den Reitweg hochgegangen und an der 79sten Straße in den Park eingebogen.«

Mit seinem üblichen Argwohn gegen alle Aussagen gegenüber der Polizei stellte Heath die nächste Frage.

»Haben Sie irgendeinen Bekannten getroffen?«

Drukker wurde ärgerlich, aber schnell sprang Vance in die Bresche.

»Das ist eigentlich egal, Sergeant. Wenn es später nötig werden sollte, diesen Punkt zu verifizieren, können wir darauf zurückkommen.« Dann zu Drukker: »Sie sind um kurz vor elf von Ihrem Spaziergang zurückgekommen, sagten Sie wohl, und haben Ihr Haus durch die Vordertür betreten.«

»Das ist richtig.«

»Und Sie haben nicht zufällig irgend etwas auch nur im mindesten Ungewöhnliches gesehen, als Sie heute morgen hier waren?«

»Ich habe nichts gesehen außer dem, was ich Ihnen gesagt habe.«

»Und Sie sind so gut wie sicher, daß Sie Ihre Mutter gegen halb zwölf haben schreien hören?«

Vance regte sich nicht, als er diese Frage stellte, aber seine Stimme hatte eine leichte Veränderung im Ton angenommen, die auf Drukker eine verblüffende Wirkung hatte. Er hievte seinen plumpen Körper aus dem Sessel und funkelte Vance in drohender Wut von oben herab an. Seine winzigen runden Augen blitzten, und seine Lippen zuckten krampfhaft. Seine baumelnden Hände spannten und lockerten sich wie die eines Epileptikers.

»Worauf wollen Sie hinaus?« herrschte er Vance mit schriller Fistelstimme an. »Ich sage Ihnen doch, daß ich sie schreien hörte.

Es ist mir völlig egal, ob sie es zugibt oder nicht. Außerdem habe ich sie in ihrem Zimmer herumgehen hören. *Sie war zwischen elf und zwölf in ihrem Zimmer, verstehen Sie, und ich war in meinem Zimmer.* Sie können nichts anderes beweisen. Ich werde mich weder von Ihnen noch von sonst jemand darüber ausfragen lassen, was ich getan habe oder wo ich war. Das geht Sie verdammt noch mal nichts an – haben Sie mich verstanden?«

So von Sinnen war er in seinem Zorn, daß ich jeden Augenblick befürchtete, er würde sich auf Vance stürzen. Heath, der die potentielle Gefährlichkeit des Mannes spürte, war aufgestanden und vertrat ihm den Weg. Vance aber rührte sich nicht, zog gelassen an seiner Zigarette, und als die Wut des anderen verraucht war, sagte er ruhig und ohne eine Spur von Emotion: »Mehr wollten wir von Ihnen gar nicht wissen, Mr. Drukker. Und außerdem besteht wirklich kein Anlaß, daß Sie so außer Fassung geraten. Ich dachte nur, daß wir anhand des Schreis Ihrer Mutter die genaue Tatzeit bestimmen könnten.«

»Was kann denn ihr Schrei mit Haans Todeszeitpunkt zu tun haben? Hat sie Ihnen nicht gesagt, daß sie nichts gesehen hat?« Drukker wirkte erschöpft und lehnte sich schwer gegen den Tisch.

In diesem Moment erschien Professor Dillard im Türbogen. Hinter ihm stand Arnesson.

»Was ist denn hier los?« fragte der Professor. »Ich hörte den Lärm und bin heruntergekommen.« Kühl betrachtete er Drukker. »Hat Belle heute nicht schon genug durchgemacht, auch ohne daß Sie sie so erschrecken?«

Vamce war aufgestanden, aber bevor er etwas sagen konnte, trat Arnesson vor und drohte Drukker ironisch mit dem Finger.

»Sie sollten wirklich lernen, sich zu beherrschen, Adolph. Sie nehmen das Leben so entsetzlich ernst. Sie haben lange genug mit interstellaren Größenordnungen gearbeitet, um ein Gefühl für Proportionen zu bekommen. Warum messen Sie diesem Quentchen irdischen Lebens so viel Bedeutung bei?«

Drukker atmete röchelnd. »Diese Schweine – « begann er zu schimpfen.

»Aber mein lieber Adolph!« schnitt ihm Arnesson das Wort ab. »Die gesamte menschliche Rasse besteht aus Schweinen. Warum so persönlich werden?... Kommen Sie, ich begleite Sie nach Hause.« Und er nahm Drukker energisch beim Arm und führte ihn nach unten.

»Es tut uns sehr leid, daß wir Sie gestört haben, Sir«, entschuldigte sich Markham bei Professor Dillard. »Ohne erkennbaren Anlaß hat der Mann seine Beherrschung verloren. Diese Ermittlungen sind nicht gerade angenehm, aber wir hoffen, bald damit fertig zu sein.«

»Na, machen Sie jedenfalls so schnell Sie können, Markham. Und versuchen Sie bitte, Belle so viel wie möglich zu ersparen. Kommen Sie doch nochmal zu mir, bevor Sie gehen.«

Als Professor Dillard wieder nach oben gegangen war, wanderte Markham mit gerunzelten Augenbrauen und den Händen auf dem Rücken im Zimmer auf und ab.

»Was halten Sie von Drukker?« fragte er und blieb vor Vance stehen.

»Entschieden kein angenehmer Charakter. Physisch und psychisch krank. Ein geborener Lügner. Aber schlau – oh, verteufelt schlau. Ein abnormes Gehirn – das findet man oft bei derartigen Krüppeln. Manchmal entwickelt sich ein wirklich konstruktives Genie daraus, wie bei Steinmetz; aber oft befaßt es sich – wie bei Drukker – mit abstrusen Spekulationen auf fruchtlosen Gebieten. Aber trotzdem war unser kleiner verbaler Austausch nicht fruchtlos. Er hält etwas zurück, was er gern erzählen würde, aber er traut sich nicht.«

»Schon möglich«, erwiderte Markham zweifelnd. »Er ist recht empfindlich, was diese Stunde zwischen elf und zwölf Uhr betrifft. Und er hat Sie die ganze Zeit beobachtet wie eine Katze.«

»Ein Wiesel«, korrigierte ihn Vance. »Ja, seine schmeichelhafte Aufmerksamkeit ist mir ebenfalls aufgefallen.«

»Jedenfalls sehe ich nicht, daß er uns viel weitergeholfen hätte.«

»Nein«, stimmte Vance zu. »Vorwärtsgekommen sind wir nicht gerade. Aber zumindest kriegen wir endlich ein bißchen Gepäck an Bord. Unser reizbarer Zahlenzauberer hat einige sehr interessante Gedankenbahnen geöffnet. Und Mrs. Drukker strotzt geradezu vor Möglichkeiten. Wenn wir wüßten, was die beiden zusammen wissen, könnten wir den Schlüssel zu dieser albernen Angelegenheit finden.«

Heath war die letzte Stunde schweigsam gewesen und hatte den Vorgängen gelangweilt und verächtlich zugesehen. Jetzt aber richtete er sich kampflustig auf.

»Mr. Markham, so wahr ich hier stehe, sage ich Ihnen, daß wir unsere Zeit verplempern. Was nützt denn das ganze Gerede? Sperling ist der Junge, den wir haben wollen, und wenn meine Leute ihn anbringen und er ein bißchen ins Schwitzen gekommen ist, haben wir genug Material für eine Anklage. Er war hinter der kleinen Dillard her, und er war eifersüchtig auf Haan – nicht nur wegen dem Mädchen, sondern auch, weil Haan diese roten Stöckchen gerader schießen konnte als er. Hier in diesem Zimmer hat er sich mit Haan gezankt – der Professor hat sie dabei gehört, und den Aussagen zufolge war er ein paar Minuten vor dem Mord mit Haan unten...«

»Und«, ergänzte Vance ironisch, »sein Name bedeutet ›Spatz‹. *Quod erat demonstrandum.* Nein, Sergeant, das ist viel zu einfach. Es geht auf wie eine Patience mit gezinkten Karten. Diese Sache hier war viel zu sorgfältig geplant, als daß der Verdacht sofort auf den Schuldigen fallen könnte.«

»Ich sehe nichts sorgfältig Geplantes daran«, insistierte Heath. »Dieser Sperling wird sauer, greift sich einen Bogen und einen Pfeil von der Wand, folgt Haan nach draußen, schießt ihm ins Herz und haut ab.«

Vance seufzte.

»Sie sind viel zu geradlinig für diese verderbte Welt, Sergeant. Wenn die Dinge doch nur nach so naiven Mustern abliefen, dann wäre das Leben sehr einfach – und deprimierend. Aber das war nicht der *Modus operandi* bei Haans Ermordung. Erstens kann kein Bogenschütze auf ein bewegliches, menschliches Ziel schießen und genau zwischen die Rippen in den Lebensnerv, das Herz, treffen. Zweitens hat Haan diesen Schädelbruch. Er kann ihn beim Fallen bekommen haben, aber das ist unwahrscheinlich. Drittens lag sein Hut neben seinen Füßen, wo er nicht gewesen wäre, wenn er auf natürliche Weise hingefallen wäre. Viertens ist die Kerbe am Pfeil so ausgebrochen, daß ich bezweifle, ob sie die Sehne überhaupt gehalten hätte. Fünftens stand Haan mit dem Gesicht zum Pfeil, und beim Spannen und Zielen mit dem Bogen hätte er Zeit gehabt, um Hilfe zu rufen und in Deckung zu gehen. Sechstens...«

Vance machte eine Pause, um sich eine Zigarette anzuzünden.

»Beim Jupiter, Sergeant! Ich habe etwas übersehen. Wenn ein Mensch ins Herz gestochen wird, entsteht mit Sicherheit sofort eine Blutung, insbesondere wenn die Spitze der Waffe dicker ist als der Schaft und das Loch keinen entsprechenden Stopfen hat. Hören Sie mal! Es ist durchaus möglich, daß Sie ein paar Blutflekken auf dem Boden im Clubraum finden – höchstwahrscheinlich irgendwo an der Tür.«

Heath zögerte nur einen Moment. Lange Erfahrung hatte ihn gelehrt, daß man Vance' Vorschläge nicht auf die leichte Schulter nehmen sollte, und mit einem gutmütigen Knurren stand er auf und verschwand hinten im Haus.

»Ich glaube, Vance, allmählich verstehe ich, was Sie meinen«, bemerkte Markham mit sorgenvollem Blick. »Du meine Güte! Wenn Haans scheinbare Ermordung mit Pfeil und Bogen nur eine *ex post facto* gestellte Szene war, dann haben wir es mit jemand unfaßbar Teuflischem zu tun.«

»Es war die Tat eines Wahnsinnigen«, verkündete Vance mit ungewohntem Ernst. »Nein, nicht eines normalen Wahnsinnigen, der sich einbildet, er wäre Napoleon, sondern eines Verrückten mit einem so kolossalen Gehirn, daß er – menschlich betrachtet – die Vernunft in eine *Reductio ad absurdum* getrieben hat, also zu einem Punkt, wo der Humor selbst zu einer vierdimensionalen Formel wird.«

In Spekulationen versunken, zog Markham heftig an seiner Zigarre.

»Ich hoffe, Heath findet nichts«, sagte er endlich.

»Um Himmels willen, wieso?« wollte Vance wissen. »Wenn es keinen handfesten Beweis gibt, daß Haan sein Ende im Clubraum gefunden hat, wird das Problem nur juristisch komplizierter.«

Aber der handfeste Beweis war schon im Anmarsch. Ein paar Minuten später kehrte der Sergeant zurück, niedergeschlagen, aber aufgeregt. »Verdammt noch mal, Mr. Vance«, stieß er hervor, »Sie haben wirklich Grips.« Er machte keinen Versuch, die Bewunderung in seinem Blick zu verbergen. »Es ist nicht direkt Blut auf dem Fußboden, aber auf dem Beton ist eine dunkle Stelle, wo irgendwann heute jemand mit einem feuchten Lappen geschrubbt hat. Sie ist noch nicht trocken. Die Stelle ist direkt neben der Tür, wie Sie gesagt haben. Und was das Ganze noch fauler macht: Einer von diesen Teppichen war darübergezogen. Aber das schließt Sperling überhaupt nicht aus«, fügte er streitsüchtig hinzu. »Vielleicht hat er Haan drinnen erschossen.«

»Und dann das Blut aufgewischt, Pfeil und Bogen abgeputzt und die Leiche und den Bogen auf den Schießstand geschleift, bevor er sich verabschiedete? ... Warum denn? ... Zunächst einmal findet Bogenschießen nicht drinnen statt, Sergeant. Und Sperling weiß zu viel darüber, um einen Mord mit Pfeil und Bogen zu versuchen. So ein Treffer wie der, der Haans ereignisloses Leben beendete, wäre reines Glück gewesen. Teukros selbst hätte sich solcher Treffsicherheit nicht rühmen können – und Homer zufolge war Teukros der Meisterschütze der Griechen.«

Unterdessen kam Pardee auf seinem Weg nach draußen durch die Halle. Er hatte die Haustür fast erreicht, als Vance plötzlich aufstand und zum Türbogen ging.

»Ach, hallo, Mr. Pardee. Einen Augenblick bitte.«

Mit zuvorkommendem Einverständnis drehte der Mann sich um.

»Wir würden Sie gerne noch eine Sache fragen«, sagte Vance. »Sie haben erwähnt, daß Sie Mr. Sperling und die Beedle heute morgen durchs Hoftor gehen sahen. Sind Sie sicher, daß Sie niemand sonst das Tor haben benutzen sehen?«

»Ziemlich sicher. Das heißt, ich erinnere mich an sonst niemanden.«

»Ich dachte vor allem an Mr. Drukker.«

»Ach, Drukker?« Mit leichtem Nachdruck schüttelte Pardee den Kopf. »Nein, an den hätte ich mich erinnert. Aber Sie müssen bedenken: Hier könnten ein Dutzend Leute rein- oder rausgegangen sein, ohne daß ich es bemerkt hätte.«

»Durchaus, durchaus«, murmelte Vance nichtssagend. »Wie gut übrigens spielt Mr. Drukker eigentlich Schach?«

Pardee wirkte leicht überrascht.

»Praktisch gesehen spielt er überhaupt kein Schach«, erklärte er mit sorgsam gewählten Worten. »Er ist ein ausgezeichneter Analytiker und versteht die Theorie des Spieles erstaunlich gut. Aber im eigentlichen Spiel am Brett hat er nur wenig Übung.«

Als Pardee gegangen war, blickte Heath Vance triumphierend an. »Ich bemerke, Sir«, meinte er gutmütig, »daß ich nicht der einzige bin, der gern das Alibi von dem Buckligen überprüfen würde.«

»Tja, nur ist es ein Unterschied, ob man ein Alibi überprüft oder ob man verlangt, daß der Betreffende es selbst beweist.«

In diesem Moment flog die Haustür auf. Man hörte schwere Schritte in der Halle, und drei Männer erschienen im Türbogen.

Zwei davon waren offensichtlich Polizisten, und zwischen ihnen stand ein großer, gutaussehender junger Mann von etwa dreißig Jahren.

»Wir haben ihn, Sergeant«, verkündete einer der beiden Polizisten mit bösem, befriedigtem Lächeln. »Er ist von hier aus direkt nach Hause verduftet und war gerade am Packen, als wir zu ihm rein sind.«

Wütend sah Sperling sich im Raum um. Heath hatte sich vor dem Mann aufgebaut und musterte ihn triumphierend von oben bis unten.

»Na, junger Mann, Sie dachten wohl, Sie könnten türmen, was?« Beim Sprechen tanzte dem Sergeant die Zigarre zwischen den Lippen.

Sperling stieg die Farbe ins Gesicht, und störrisch verzog er seinen Mund.

»Ach so! Sie haben nichts zu sagen?« fuhr Heath fort und mahlte grimmig mit den Zähnen. »Sie sind also einer von den Schweigsamen, was? Na, wir werden Sie schon zum Reden bringen.« Er wandte sich an Markham. »Wie ist es, Sir? Soll ich ihn aufs Präsidium bringen?«

»Vielleicht hat Mr. Sperling nichts dagegen, hier ein paar Fragen zu beantworten«, meinte Markham ruhig.

Sperling betrachtete den Bezirksstaatsanwalt einen Moment lang, dann schweifte sein Blick zu Vance, der ihm ermutigend zunickte.

»Was für Fragen?« wollte er mit sichtlicher Selbstbeherrschung wissen. »Ich machte mich gerade bereit, um übers Wochenende zu verreisen, als diese beiden Rüpel gewaltsam in mein Zimmer eindrangen und mich ohne ein Wort der Erklärung oder auch nur die Möglichkeit, meine Familie zu benachrichtigen, herbrachten. Jetzt reden Sie vom Polizeipräsidium.« Er funkelte Heath böse an. »Na schön, bringen Sie mich ins Präsidium – und verdammt sollen Sie sein!«

»Um wieviel Uhr sind Sie heute morgen von hier fortgegangen, Mr. Sperling?« Vance' Tonfall war sanft und gewinnend und seine Miene beruhigend.

»Gegen viertel nach elf«, gab der Mann zur Antwort. »Rechtzeitig, um in der Grand Central Station den 11.40 nach Scarsdale zu erwischen.«

»Und Mr. Haan?«

»Ich weiß nicht, wann Haan gegangen ist. Er sagte, er wolle auf Belle – auf Miß Dillard warten. Ich habe ihn im Clubraum gelassen.«

»Haben Sie Mr. Drukker gesehen?«

»Ja – eine Minute lang. Er war im Clubraum, als Haan und ich hinuntergingen, aber er verließ uns sofort.«

»Durch das Tor? Oder ist er den Schießstand hinuntergegangen?«

»Ich erinnere mich nicht mehr – ich habe es nicht mal bemerkt . . . Hören Sie, was soll das Ganze überhaupt?«

»Mr. Haan ist heute morgen getötet worden«, antwortete Vance. »Irgendwann gegen elf Uhr.«

Sperling schienen die Augen aus dem Kopf zu treten.

»Haan getötet? Mein Gott! . . . Wer – wer hat ihn umgebracht?«

Der Mann fuhr sich mit der Zunge über die trockenen Lippen.

»Das wissen wir noch nicht», entgegnete Vance. »Ihm wurde mit einem Pfeil ins Herz geschossen.«

Sperling war wie betäubt von dieser Nachricht. Seine Augen schweiften unstet hin und her, und er wühlte in seiner Tasche nach einer Zigarette.

Heath trat auf ihn zu und streckte das Kinn vor.

»Vielleicht können Sie uns sagen, wer ihn getötet hat – *mit Pfeil und Bogen!«*

»Wie – wieso – meinen Sie, ich wüßte das?« brachte Sperling stammelnd hervor.

»Tja«, erwiderte der Sergeant erbarmungslos, »Sie waren doch eifersüchtig auf Haan, nicht? Sie haben sich mit ihm wegen dem Mädchen ganz schön in der Wolle gehabt, genau hier in diesem Zimmer, nicht? Und Sie waren allein mit ihm, bevor er erledigt wurde, nicht? Und Sie schießen ziemlich gut mit Pfeil und Bogen, nicht? – Deswegen glaube ich, daß Sie vielleicht was wissen.« Seine Augen verengten sich, und er zog die Oberlippe über die Zähne. »Also los! Raus damit! Niemand außer Ihnen hätte es tun können. Sie haben sich mit ihm über das Mädchen gestritten, und Sie waren der letzte, der ihn gesehen hat – *nur wenige Minuten, bevor er umgebracht wurde.* Und wer hätte ihn mit Pfeil und Bogen erschossen, wenn nicht ein Meisterschütze, hm? . . . Jetzt haben wir Sie!«

Ein seltsames Licht glomm in Sperlings Augen auf, und sein Körper straffte sich.

»Sagen Sie«, begann er in gepreßtem, unnatürlichem Tonfall, »haben Sie den Bogen gefunden?«

»Aber sicher haben wir ihn gefunden.« Heath lachte ungemütlich. »Genau da, wo Sie ihn gelassen haben – auf dem Schießstand.«

»Und was für ein Bogen war das?« Sperling blickte unverwandt auf einen Punkt in der Ferne.

»Was für ein Bogen?« wiederholte Heath. »Ein ganz normaler Bogen – «

Vance, der den Jungen aufmerksam beobachtet hatte, unterbrach ihn.

»Ich glaube, ich verstehe die Frage, Sergeant. Es war ein Damenbogen, Mr. Sperling. Ungefähr 155 Zentimeter und ziemlich leicht – unter dreißig Pfund, würde ich meinen.«

Sperling atmete langsam und tief ein, wie ein Mann, der sich auf einen bitteren Entschluß gefaßt macht. Dann teilten sich seine Lippen zu einem schwachen, grimmigen Lächeln.

»Was hat es noch für einen Zweck«, meinte er matt. »Ich dachte, ich hätte genug Zeit zu verschwinden . . . Ja, ich habe ihn getötet.«

Heath grunzte befriedigt, und seine Kampflust erstarb sofort. »Sie haben mehr Verstand, als ich dachte«, sagte er fast väterlich und nickte den beiden Polizisten sachlich zu. »Nehmt ihn mit, Jungs. Nehmt meine Karre – sie steht draußen. Und sperrt ihn nur ein – ich schreibe das Protokoll lieber selbst, wenn ich ins Büro komme.«

»Mitkommen, Kleiner«, befahl einer der beiden Polizisten und wandte sich zum Gehen.

Aber Sperling gehorchte nicht sofort. Statt dessen blickte er Vance flehend an.

»Könnte ich – wäre es nicht möglich – « begann er.

Vance schüttelte den Kopf.

»Nein, Mr. Sperling. Es wird das Beste sein, wenn Sie nicht mit Miß Dillard sprechen. Hat keinen Sinn, gerade jetzt ihre Gefühle zu strapazieren . . . Cheerio.«

Ohne ein weiteres Wort drehte sich der Junge um und trottete, flankiert von seinen Häschern, davon.

Kapitel 7

Vance kommt zu einem Schluß

(Samstag, 2. April, 15.30 Uhr)

Als wir wieder im Wohnzimmer allein waren, stand Vance auf, reckte sich und trat ans Fenster. Die gerade aufgeführte Szene mit ihrem verblüffenden Höhepunkt hatte uns alle etwas benommen gemacht. Ich glaube, wir dachten alle dasselbe, und als Vance sprach, brachte er gleichsam unsere Gedanken zum Ausdruck.

»Anscheinend sind wir wieder im Kindergarten . . . ›Ich, sagte der Spatz . . .‹ Ich muß schon sagen, Markham, das kommt mir ein bißchen zu dick vor.«

Langsam kam er zum Tisch zurück und drückte seine Zigarette aus. Er blickte Heath aus dem Augenwinkel an.

»Warum so trübsinnig, Sergeant? Singen und tanzen sollten Sie. Hat Ihr Schurke die verruchte Tat nicht gestanden? Erfüllt es Sie nicht mit Freude zu wissen, daß der Unhold bald im Kerker schmachtet?«

»Um die Wahrheit zu sagen, Mr. Vance«, erwiderte Heath mürrisch, »ich bin nicht zufrieden. Dieses Geständnis kam zu leicht, und – na, mir sind schon eine Menge solcher Vögel begegnet, aber der hier hat sich nicht benommen, als wäre er schuldig. Und das ist eine Tatsache, Sir.«

»Jedenfalls«, war Markhams hoffnungsvoller Beitrag, »wird sein überstürztes Geständnis die Neugier der Zeitungen dämpfen und uns freie Bahn geben, unsere Ermittlungen voranzutreiben. Dieser Fall wird verfluchtes Aufsehen erregen, aber solange die Reporter denken, der Schuldige sitzt im Gefängnis, werden sie uns nicht mit den jüngsten ›Entwicklungen‹ auf die Nerven fallen.«

»Ich sage nicht, daß er unschuldig ist«, versicherte Heath kampflustig und argumentierte offenkundig wider besseres Wissen. »Wir hatten ihn in der Klemme, und vielleicht hat er das kapiert und deshalb gesungen, weil er dachte, dann wird es beim Prozeß leichter für ihn. Vielleicht ist er gar nicht so dumm.«

»Das kommt nicht hin, Sergeant«, sagte Vance. »Die geistigen Prozesse dieses Knaben waren höllisch simpel. Er wußte, daß Haan auf Miß Dillard gewartet hatte, und er wußte auch, daß sie ihm gestern abend sozusagen einen Korb gegeben hat. Sperling hielt offenbar nicht viel von Haan, und als er hörte, daß der Gentleman durch die Hand eines Menschen mit einem kurzen, leichten Bogen gestorben war, kam er zu dem übereilten Schluß, Haan hätte bei seinem Werben die Grenzen der Schicklichkeit überschritten und diesmal einen richtigen Pfeil ins Herz bekommen. Da gab es für unseren edlen, ganz und gar viktorianischen Spatz nichts anderes, als sich an die Heldenbrust zu schlagen und zu proklamieren: ›*Ecce homo!*‹ ... Höchst beklagenswert.«

»Na«, grummelte Heath, »ich lasse ihn jedenfalls nicht mehr laufen. Wenn Mr. Markham kein Verfahren einleiten will, ist das seine Sache.«

Markham blickte den Sergeant nachsichtig an. Er wußte, unter welchem Druck der Mann stand, und es paßte zu seinem großherzigen Wesen, daß er sich durch die Worte des anderen nicht beleidigt fühlte.

»Vielleicht aber«, sagte er freundlich, »haben Sie nichts dagegen, Sergeant, die Ermittlungen trotzdem mit mir fortzusetzen, selbst wenn ich mich entscheide, kein Verfahren gegen Sperling einzuleiten.«

Heath packte sofort die Reue. Eifrig stand er auf, ging zu Markham und reichte ihm die Hand.

»Das wissen Sie doch, Sir!«

Markham ergriff die angebotene Hand und erhob sich mit einem zuvorkommenden Lächeln.

»Dann überlasse ich die Sache einstweilen Ihnen. Ich habe im Büro zu tun und habe Swacker gebeten, auf mich zu warten.«[13] Niedergeschlagen ging er in Richtung Halle. »Ich werde Miß Dillard und dem Professor die Lage erklären, bevor ich gehe. – Haben Sie etwas Bestimmtes vor, Sergeant?«

»Nun, Sir, ich dachte, ich schaue mich mal gründlich nach dem Lappen um, mit dem der Fußboden unten gewischt wurde. Dabei werde ich den Clubraum mal gründlich durchkämmen. Und dann nehme ich nochmal die Köchin und den Butler in die Zange – vor allem die Köchin. Sie muß ziemlich dicht dabei gewesen sein, als hier was passiert ist... Na und dann den üblichen Routinekram – in der Nachbarschaft rumfragen und so.«

»Lassen Sie mich die Ergebnisse wissen. Heute abend und morgen nachmittag bin ich im Stuyvesant Club zu finden.«

Vance hatte in der Tür auf Markham gewartet.

»Hören Sie, alter Knabe«, bemerkte er, als wir die Treppe hinuntergingen, »spielen Sie nicht die Bedeutung dieser kryptischen Notiz im Briefkasten herunter, ich habe den starken Verdacht, daß sie der Schlüssel zu dieser Kinderei sein könnte. Fragen Sie doch mal Professor Dillard und seine Nichte, ob ›Bischof‹ irgendeine besondere Bedeutung für sie hat.«

»Ich bin mir nicht so sicher«, entgegnete Markham zweifelnd. »Mit kommt sie völlig bedeutungslos vor. Aber ich werde Ihren Rat befolgen.«

Doch weder der Professor noch Miß Dillard konnten mit dem Wort ›Bischof‹ irgend eine persönliche Erinnerung verbinden, und der Professor war geneigt, Markham zuzustimmen, daß der Zettel keinerlei Bedeutung für den Fall habe.

»Auf mich wirkt er wie eine Requisite aus einem pubertären Melodram«, sagte er. »Es ist einfach abseitig, daß Haans Mörder sich ein Pseudonym wählt und Bekanntmachungen über sein Verbrechen verfaßt. Ich bin nicht vertraut mit Kriminellen, aber so ein Verhalten kommt mir nicht logisch vor.«

»Aber das Verbrechen selbst war unlogisch«, warf Vance höflich ein.

»Man kann nicht sagen, daß eine Sache unlogisch ist, Sir«, erwiderte der Professor trocken, »wenn man nicht die genauen Prämissen eines Syllogismus kennt.«

»Genau.« Vances Tonfall war ausgesucht höflich. »Daher braucht der Zettel selbst nicht außerhalb jeder Logik zu stehen.«

Taktvoll wechselte Markham das Thema. »Weshalb ich Sie sprechen wollte, Professor, war, um Ihnen zu sagen, daß Mr. Sperling soeben vorbeigekommen ist, und als er von Mr. Haans Tod erfuhr, gab er zu, ihn selbst getötet zu haben...«

»Raymond hat gestanden!« hauchte Miß Dillard.

Markham sah sie mitfühlend an. »Um offen zu sein, ich habe Mr. Sperling nicht geglaubt. Zweifellos hat eine irrige Vorstellung von Ritterlichkeit ihn dazu getrieben, das Verbrechen zu gestehen.«

»Ritterlichkeit?« wiederholte sie und beugte sich gespannt vor. »Was genau meinen Sie damit, Mr. Markham?«

Vance war es, der antwortete. »Der Bogen, der auf dem Schießstand gefunden wurde, war ein Damenbogen.«

»Oh!« Das Mädchen vergrub das Gesicht in den Händen, und ihr Körper wurde von Schluchzern geschüttelt.

Professor Dillard betrachtete sie mit einer Hilflosigkeit, die sich als Gereiztheit äußerte.

»Was soll der Unsinn, Markham?« herrschte er ihn an. »Jeder Schütze kann mit einem Damenbogen schießen ... Dieser unsägliche junge Idiot! Warum hat er Belle bloß durch sein überstürztes Geständnis unglücklich gemacht? ... Markham, mein Freund, tun Sie für den Jungen, was Sie können.«

Markham sicherte ihm das zu, und wir erhoben uns, um zu gehen.

»Übrigens, Professor Dillard«, sagte Vance und blieb an der Tür stehen, »bitte verstehen Sie mich nicht falsch, aber es besteht immerhin die Möglichkeit, daß es jemand mit Zutritt zu diesem Haus war, der sich den Scherz erlaubt hat, diesen Zettel zu schreiben. Gibt es im Haushalt zufällig eine Schreibmaschine?«

Selbstverständlich paßte dem Professor Vance' Frage nicht, aber er antwortete ziemlich höflich: »Nein – noch hat es meines Wissens je eine gegeben. Ich habe meine eigene Maschine vor zehn Jahren ausrangiert, als ich die Universität verließ. Eine Agentur erledigt all meine Schreibarbeiten.«

»Und Mr. Arnesson?«

»Er schreibt nie mit der Maschine.«

Als wir die Treppe hinabgingen, stießen wir auf Arnesson, der gerade von Drukker zurückkehrte.

»Ich habe unseren kleinen Leibniz besänftigt«, verkündete er und seufzte übertrieben. »Der arme alte Adolph! Die Welt ist zu viel für ihn. Wenn er in den relativistischen Formeln von Lorentz und Einstein wühlen kann, geht es ihm gut. Aber wenn er auf die Ebene des Alltäglichen hinabgezerrt wird, klappt er einfach zusammen.«

»Vielleicht interessiert es Sie«, meinte Vance beiläufig, »daß Sperling gerade den Mord gestanden hat.«

»Ha!« Arnesson kicherte. »Wie überaus passend. ›Ich, sagte der Spatz ...‹ Sehr hübsch. Ich weiß allerdings immer noch nicht, wie das mathematisch aufgeht.«

»Und da wir übereingekommen sind, Sie auf dem laufenden zu halten«, fuhr Vance fort, »hilft es Ihren Berechnungen vielleicht, daß wir Grund zu der Annahme haben, daß Haan im Clubraum getötet und danach auf den Schießstand gelegt wurde.«

»Freut mich zu hören.« Einen Moment wurde Arnesson ernsthaft. »Ja, das könnte mein Problem betreffen.« Er ging mit uns zur Vordertür. »Wenn ich Ihnen in irgendeiner Weise behilflich sein kann, melden Sie sich.«

Vance war stehengeblieben, um sich eine Zigarette anzuzünden, aber sein träger Blick sagte mir, daß er gerade eine Entscheidung fällte. Langsam wandte er sich Arnesson zu.

»Wissen Sie, ob Mr. Drukker oder Mr. Pardee eine Schreibmaschine haben?«

Arnesson zuckte kurz zusammen, und seine Augen blinzelten listig.

»Aha! Dieser Bischofs-Brief... Ich verstehe. Nur eine Frage der Gründlichkeit. Absolut richtig.« Er nickte befriedigt. »Ja, beide besitzen eine Schreibmaschine. Drukker tippt unaufhörlich – er denkt sozusagen mit den Tasten. Und Pardees Schachkorrespondenz ist so umfangreich wie die eines Filmstars. Er tippt auch alles selber.«

»Würde es Ihnen viel Mühe machen«, fragte Vance, »sich ein Schriftmuster der beiden Maschinen anzueignen, und außerdem je ein Blatt des Papiers, das diese beiden Gentlemen benutzen?«

»Überhaupt nicht.« Arnesson schien sich über den Auftrag zu freuen. »Heute nachmittag habe ich es für Sie. Wo finde ich Sie?«

»Mr. Markham wird im Stuyvesant Club sein. Sie können ihn dort anrufen, und er kann dafür sorgen – «

»Wozu die Sorgen? Ich werde meine Funde Mr. Markham persönlich überbringen. Nur zu gerne. Faszinierendes Spiel, ein Schnüffler zu sein.«

Vance und ich kehrten im Wagen des Bezirksstaatswalts nach Hause zurück, und Markham fuhr weiter ins Büro. Um sieben Uhr an diesem Abend trafen wir drei uns zum Dinner im Stuyvesant Club, und um halb neun saßen wir in Markhams Lieblingsecke der Lobby bei Zigaretten und Kaffee.

Während des Essens wurde der Fall nicht erwähnt. Die Abendzeitungen hatten kurze Berichte über Haans Tod gebracht. Heath war es offensichtlich gelungen, die Neugier der Reporter abzulenken und die Schwingen ihrer Phantasie zu stutzen. Da das Büro des Bezirksstaatsanwalts geschlossen war, konnten die Zeitungsleute Markham nicht mit Fragen bombardieren, und daher war die Abendpresse nur spärlich informiert. Der Sergeant hatte das Haus der Dillards gut bewacht, denn es war den Reportern nicht gelungen, zu einem der Bewohner vorzudringen.

Auf dem Weg vom Eßsaal hatte Markham eine Spätausgabe der *Sun* mitgenommen und blätterte sie gemächlich durch, während er seinen Kaffee schlürfte.

»Das ist das erste schwache Echo«, kommentierte er matt. »Wenn ich daran denke, was die Morgenzeitungen schreiben werden, läuft es mir kalt über den Rücken.«

»Wir können nichts tun, außer es zu ertragen«, lächelte Vance mitleidlos. »In dem Moment, wo so einem klugen Jungen von der Presse die Kombination Haan-Spatz-Pfeil auffällt, werden die Chefredakteure vor Freude verrückt spielen, und die Titelseiten im ganzen Land werden zu Anthologien von Kinderreimen.«

Markham verfiel in trübsinniges Schweigen. Schließlich schlug er ärgerlich mit der Faust auf die Sessellehne.

»Verdammt noch mal, Vance! Ich lasse nicht zu, daß Sie meine Phantasie mit diesen idiotischen Kinderreimen infizieren.« Dann fügte er mit unsicherem Eifer hinzu: »Das ist reiner Zufall, sage ich Ihnen. Es kann einfach nichts zu bedeuten haben.«

Vance seufzte. »*›Ändere die Meinung nach deinem Willen, sie bleibt dieselbe doch im stillen‹* – um Butler zu paraphrasieren.« Er griff in seine Jackentasche und zog ein Blatt Papier hervor. Wenn wir mal *pro tempore* alle Juvenilien beiseite lassen – hier ist eine erbauliche Chronologie, die ich vor dem Dinner aufgestellt habe . . . Erbaulich? Na, sie könnte es sein, wenn wir wüßten, wie man sie interpretieren muß.«

Markham studierte das Blatt ein paar Minuten lang. Vance hatte folgendes geschrieben:

9.00 Arnesson verläßt das Haus, um in die Universitätsbibliothek zu gehen.
9.15 Belle Dillard geht zum Tennisplatz.
9.30 Drukker kommt, um Arnesson zu besuchen.
9.50 Drukker geht in den Clubraum hinunter.
10.00 Haan und Sperling kommen und bleiben eine halbe Stunde im Wohnzimmer.
10.30 Haan und Sperling gehen in den Clubraum hinunter.
10.32 Nach eigenen Angaben verläßt Drukker das Grundstück durch das Hoftor und macht einen Spaziergang.

10.35 Mrs. Beedle geht zum Markt.
10.55 Drukker kehrt angeblich nach Hause zurück.
11.15 Sperling geht durch das Hoftor.
11.30 Drukker sagt, er hat aus dem Zimmer seiner Mutter einen Schrei gehört.
11.35 Professor Dillard geht auf den Balkon von Arnessons Zimmer.
11.40 Professor Dillard sieht Haans Leiche auf dem Schießstand.
11.45 Professor Dillard ruft das Büro des Bezirksstaatsanwalts an.
12.25 Belle Dillard kommt vom Tennisspielen zurück.
12.30 Die Polizei trifft im Hause Dillard ein.
12.35 Mrs. Beedle kommt vom Markt zurück.
14.00 Arnesson kommt von der Universität zurück.

Ergo: Haan wurde zwischen 11.15 (als Sperling verschwand) und 11.40 (als Professor Dillard die Leiche entdeckte) getötet. Die einzigen Personen, die bekanntermaßen zu dieser Zeit im Haus waren, sind Pyne und Professor Dillard.

Die Verteilung aller anderen in irgendeiner Weise mit dem Mord in Verbindung stehenden Personen war (laut den zur Zeit vorhandenen Aussagen und Beweisen) folgende:

1. Arnesson war zwischen 9.00 und 14.00 in der Universitätsbibliothek.
2. Belle Dillard war zwischen 9.15 und 12.25 auf dem Tennisplatz.
3. Drukker ist zwischen 10.32 und 10.55 durch den Park spaziert und war von 10.55 an in seinem Arbeitszimmer.
4. Pardee war den ganzen Vormittag zu Hause.
5. Mrs. Drukker war den ganzen Vormittag auf ihrem Zimmer.
6. Mrs. Beedle war von 10.35 bis 12.35 einkaufen.
7. Sperling war zwischen 11.15 und 11.40 auf dem Weg zur Grand Central Station; dann hat er den Zug nach Scarsdale genommen.

Schlußfolgerung: Wenn nicht mindestens eines dieser sieben Alibis entkräftet wird, fällt der ganze Verdacht und lastet sogar die eigentliche Verantwortlichkeit entweder auf Pyne oder auf Professor Dillard.

Als Markham das Blatt gelesen hatte, machte er eine verärgerte Geste.

»Ihre gesamten Vermutungen sind lachhaft«, sagte er gereizt, »und Ihre Schlußfolgerung ist ein *Non sequitur*. Die Chronologie trägt dazu bei, Haans Todeszeit zu bestimmen, aber Ihre Annahme, daß eine der Personen, die wir heute gesehen haben, notwendigerweise der Schuldige ist, ist purer Unsinn. Sie übergehen völlig die Möglichkeit, daß irgendein Außenseiter das Verbrechen begangen haben kann. Es gibt drei Möglichkeiten, den Schießstand und den Clubraum zu erreichen, ohne das Haus zu betreten: das Hoftor an der 75sten Straße, das andere Gartentor an der 76sten Straße und den Durchgang zwischen den beiden Hochhäusern, der zum Riverside Drive führt.«

»Oh, höchstwahrscheinlich wurde sogar einer dieser drei Eingänge benutzt«, entgegnete Vance. »Aber übersehen Sie bitte nicht die Tatsache, daß der versteckteste und daher der wahrscheinlichste dieser drei Zugänge – der schmale Durchgang nämlich – durch eine Tür verschlossen ist, zu der wohl niemand einen Schlüssel hat, außer einem Mitglied des Hauses Dillard. Ich kann mir nicht vorstellen, daß der Mörder durch eines der Hoftore den Schießstand betreten hat, er wäre ein zu großes Risiko eingegangen, gesehen zu werden.«

Mit ernster Miene beugte Vance sich vor. »Und es gibt noch weitere Gründe, Markham, warum wir Fremde und zufällig dahergelaufene Strolche ausschließen dürfen. Derjenige, der Haan zu seinem Schöpfer geschickt hat, muß über den genauen Stand der Dinge im Hause Dillard heute morgen zwischen Viertel nach elf und zwanzig vor zwölf Bescheid gewußt haben. Er wußte, daß Pyne und der alte Professor allein waren. Er wußte, daß Belle Dillard nicht im Haus herumlief. Er wußte, daß die Beedle weg war und ihn weder hören noch überraschen konnte. Er wußte, daß Haan, sein Opfer, da und Sperling gegangen war. Darüber hinaus wußte er einiges über die Räumlichkeiten, kannte zum Beispiel die Lage des Clubraums, denn es ist nur allzu klar, daß Haan in diesem Zimmer getötet wurde. Niemand, der nicht mit all diesen Einzelheiten vertraut war, hätte gewagt, das Grundstück zu betreten und einen so aufsehenerregenden Mord zu inszenieren. Ich sage Ihnen, Markham, es war jemand, der dem Zirkus Dillard sehr nahe stand – jemand, der genau herausfinden konnte, welche Bedingungen in diesem Hause heute vormittag herrschten.«

»Und was ist mit Mrs. Drukkers Schrei?«

»Ah, allerdings, was ist damit? Mrs. Drukkers Fenster könnte ein Faktor gewesen sein, den der Mörder übersehen hat. Oder er wußte davon und ging dieses eine Risiko ein, gesehen zu werden. Andererseits wissen wir nicht, ob die Dame geschrien hat oder nicht. Sie sagt nein, Drukker sagt ja. Jeder von beiden hat ein verborgenes Motiv, uns seine spezielle Version anzubieten. Drukker könnte von dem Schrei berichtet haben, um zu beweisen, daß er zwischen elf und zwölf zu Hause war, und Mrs. Drukker hat ihn vielleicht abgestritten aus Furcht, er sei nicht zu Hause gewesen. Es ist ganz wie eine *Olla potrida.* Aber das gehört nicht hierher. Im wesentlichen will ich darauf hinaus, daß nur ein Intimus des Hauses Dillard diese teuflische Affäre angezettelt haben kann.«

»Wir haben zu wenig Fakten, um diese Schlußfolgerung zu belegen«, gab Markham zu bedenken. »Der Zufall könnte eine Rolle gespielt haben – «

»Ach, kommen Sie, alter Knabe! Der Zufall kann einige dieser Zusammenhänge hervorbringen, aber nicht zwanzig davon. Und da ist ja noch dieser Zettel aus dem Briefkasten. Der Mörder kannte sogar Haans zweiten Vornamen.«

»Vorausgesetzt natürlich, daß es der Mörder war, der den Zettel geschrieben hat.«

»Möchten Sie lieber annehmen, ein verdrehter Spaßmacher habe durch Telepathie oder aus der Kristallkugel von dem Verbrechen erfahren, sich hinter die Schreibmaschine geklemmt, eine Dithyrambe komponiert, sei stehenden Fußes zum Haus geeilt und ohne erdenklichen Grund das gewaltige Risiko eingegangen, dabei gesehen zu werden, wie er den Zettel in den Briefkasten steckte?«

Bevor Markham antworten konnte, betrat Heath die Lobby und eilte zu unserer Ecke. Seine Besorgnis und Unruhe waren nicht zu übersehen. Fast ohne ein Wort der Begrüßung reichte er Markham ein mit der Maschine beschriftetes Kuvert.

»Das hat die *World* mit der Abendpost bekommen. Quinan, der Polizeireporter der *World,* hat es mir gerade gebracht, und er sagt, die *Times* und der *Herald* haben auch so einen. Die Briefe wurden heute um ein Uhr abgestempelt, so daß sie wahrscheinlich zwischen elf und zwölf aufgegeben wurden. Und außerdem, Mr. Markham, wurden sie in der Nähe des Hauses Dillard aufgegeben, denn sie wurden vom Postamt ›N‹ auf der West 69th Street abgestempelt.«

Markham zog den Inhalt des Kuverts heraus. Plötzlich riß er die Augen weit auf, und die Muskeln um seinen Mund verhärteten sich. Ohne aufzuschauen reichte er Vance den Brief. Er bestand aus einem einzigen, maschinengeschriebenen Blatt, und die Worte darauf waren dieselben wie auf dem Zettel, der im Briefkasten der Dillards gesteckt hatte. Tatsächlich war die Nachricht ein exaktes Duplikat der anderen: »Joseph Henrik Haan ist tot. Hinrich der Hahn – wer hat ihn getötet? Sperling heißt Spatz. – DER BISCHOF.«

Vance warf kaum einen Blick auf den Bogen.

»Absolut stimmig, meinen Sie nicht?« sagte er gleichgültig. »Der Bischof hatte Angst, die Öffentlichkeit könnte die Pointe seines Witzes verpassen, also hat er sie der Presse erklärt.«

»Haben Sie ›Witz‹ gesagt, Mr. Vance?« fragte Heath bitter. »Das ist nicht die Sorte Witz, die ich gewohnt bin. Dieser Fall wird immer verrückter – «

»Genau, Sergeant. Ein verrückter Witz.«

Ein Page trat auf den Bezirksstaatsanwalt zu, beugte sich diskret über seine Schulter und flüsterte ihm etwas zu.

»Führen Sie ihn sofort her«, befahl Markham. Und zu uns: »Es ist Arnesson. Wahrscheinlich hat er die Schriftproben.« Ein Schatten war über sein Gesicht geglitten, und er schaute sich noch einmal den Zettel an, den Heath ihm gebracht hatte. »Vance«, sagte er leise, »allmählich glaube ich, daß dieser Fall tatsächlich so bedrückend werden könnte, wie Sie meinen. Ich frage mich, ob die Schriften übereinstimmen . . .«

Doch als wir den Zettel mit den von Arnesson mitgebrachten Proben verglichen, konnten wir keinerlei Ähnlichkeiten feststellen. Nicht nur Schrifttype und -farbe unterschieden sich von denen von Drukkers und Pardees Maschine, sondern auch das Papier entsprach keiner der Proben, die Arnesson besorgt hatte.

Kapitel 8

Zweiter Akt
(Montag, 11. April, 11.30 Uhr)

Es ist nicht nötig, hier an das landesweite Aufsehen zu erinnern, das Haans Ermordung auslöste. Jeder weiß noch, wie die schockierende Tragödie in der Presse dargestellt wurde. Man gab ihr verschiedene Namen. Manche Zeitungen nannten sie den Mordfall Hinrich-der-Hahn. Andere sprachen, phantasievoller aber ungenauer, vom Hänschenklein-Killer. Doch die Unterschrift auf den maschinenschriftlichen Zetteln sprach das Gespür der Journalisten für das Geheimnisvolle an, und nach und nach setzte sich die Bezeichnung »Mordfall Bischof« für Haans Ermordung durch. Ihre ausgefallene und grausige Kombination von Horror und Kindergarten entzündete die Phantasie des Publikums, und die düsteren und krankhaften Implikationen der Einzelheiten wirkten auf das ganze Land wie ein grotesker Alptraum, dessen Atmosphäre sich nicht abschütteln ließ.

In der Woche nach der Entdeckung von Haans Leiche waren die Beamten der Mordkommission wie auch die, die mit dem Büro des Bezirksstaatsanwalts zusammenarbeiteten, Tag und Nacht mit ihren Ermittlungen beschäftigt. Der Umstand, daß die führenden New Yorker Morgenzeitungen Abschriften der Bischofs-Briefe erhalten hatten, hatte alle Vorstellungen, die Heath noch von Sperlings Schuld gehegt haben mochte, zunichte gemacht. Und obwohl er sich weigerte, der Unschuld des jungen Mannes sein offizielles Siegel aufzudrücken, machte er sich mit gewohntem Elan und gewohnter Hartnäckigkeit ans Werk, einen anderen und plausibleren Schurken zu finden. Die Ermittlungen, die er organisierte und überwachte, waren so umfassend wie damals im Mordfall Greene. Kein Abweg, der auch nur die magersten Hoffnungen auf ein Resultat rechtfertigte, wurde ausgespart, und sein Bericht hätte selbst den penibelsten Kriminologen der Universität Lausanne Freude gemacht.

Am Nachmittag des Mordtages hatten er und seine Leute nach dem Lappen gesucht, mit dem das Blut im Clubraum aufgewischt worden war, aber man fand keine Spur davon. Auch der Keller der Dillards wurde gründlich durchsucht, weil man hoffte, weitere Spuren zu finden. Doch obwohl Heath diese Aufgabe den Experten anvertraut hatte, war das Resultat negativ. Es stellte sich lediglich heraus, daß der Kokosläufer an der Tür erst kürzlich verschoben worden war, als ob jemand die geputzte Stelle auf dem Zementboden habe verdecken wollen. Diese Tatsache untermauerte aber lediglich die früheren Erkenntnisse des Sergeants.

Der Obduktionsbericht von Dr. Doremus verlieh der mittlerweile offiziell akzeptierten Theorie Gewicht, daß Haan im Clubraum getötet und dann auf den Schießstand geschleift worden war. Die Autopsie zeigte, daß man ihm mit einem schweren, runden Gegenstand sehr stark auf den Hinterkopf geschlagen hatte, was zu einer Kompressionsfraktur geführt hatte, die sich erheblich von einem Fissurbruch infolge eines Aufpralls auf eine ebene Fläche unterscheidet. Man veranstaltete eine Suchaktion nach der Waffe, mit der der Schlag geführt worden war, aber es wurde kein entsprechender Gegenstand gefunden.

Obwohl die Beedle und Pyne mehrmals von Heath verhört wurden, erfuhr er nichts Neues von ihnen. Pyne behauptete beharrlich, er sei den ganzen Morgen oben in Arnessons Zimmer gewesen, bis auf ein paar kurze Momente, in denen er draußen am Wäscheschrank und an der Haustür gewesen war, und er stritt hartnäckig ab, die Leiche oder den Bogen berührt zu haben, als Professor Dillard ihn geschickt hatte, um Sperling zu suchen. Der Sergeant war allerdings nicht völlig zufrieden mit der Aussage des Mannes.

»Dieser triefäugige alte Kormoran hat noch was im Ärmel«, bemerkte er angewidert zu Markham. »Aber damit er es ausspuckt, bräuchte man den Gummischlauch und die Wasserkur.«

In der Hoffnung, einen Anwohner zu finden, der während des Vormittags jemand durch das Hoftor der Dillards in der Mauer hatte herauskommen oder hineingehen sehen, wurden alle Häuser in der 75sten Straße zwischen der West End Avenue und dem Riverside Drive abgeklappert. Aber auch diese mühselige Kampagne führte zu nichts. Pardee schien der einzige Anlieger in Sichtweite des Dillardschen Hauses zu sein, der an jenem Morgen überhaupt jemand in der Nachbarschaft beobachtet hatte. Nach mehreren Tagen mühsamster Ermittlungen wurde dem Sergeant klar, daß er ohne Hilfe von außen oder durch den Zufall weiterkommen mußte.

Die verschiedenen Alibis der sieben Personen, die Vance in seiner Liste für Markham aufgeführt hatte, wurden so gründlich abgeklopft, wie die Umstände es gestatteten. Man konnte sie natürlich unmöglich komplett überprüfen, da sie im wesentlichen auf den Aussagen der Betroffenen beruhten. Darüber hinaus mußten die Ermittlungen mit äußerster Vorsicht durchgeführt werden, um auch nicht den geringsten Verdacht zu erregen. Die Ergebnisse dieser Nachforschungen waren folgende:

1. Arnesson war von mehreren Leuten, darunter einer Hilfsbibliothekarin und zwei Studenten, in der Universitätsbibliothek gesehen worden. Aber die von ihren Aussagen abgedeckten Zeitabschnitte waren weder zusammenhängend noch präzise.
2. Belle Dillard hatte auf dem öffentlichen Tennisplatz an der Ecke 119te Straße und Riverside Drive mehrere Sätze gespielt, aber weil sie zu mehr als vier Leuten gewesen waren, hatte sie ihren Platz zweimal einer Freundin überlassen, und keiner der Spieler konnte ausdrücklich bezeugen, daß sie während dieser Zeiten auf dem Platz geblieben war.
3. Die Zeit, zu der Drukker aus dem Clubraum verschwand, wurde von Sperling definitiv bestimmt, aber niemand war zu finden, der ihn danach noch gesehen hätte. Er gab zu, daß er im Park keinen Bekannten getroffen hatte, bestand aber darauf, daß er einige Minuten dort verweilt und mit ein paar fremden Kindern gespielt hatte.
4. Pardee war allein in seinem Arbeitszimmer gewesen. Seine alte Köchin und sein japanischer Kammerdiener hatten sich im rückwärtigen Teil des Hauses aufgehalten und ihn erst beim Mittagessen gesehen. Daher war sein Alibi absolut negativ.
5. Was den Aufenthalt von Mrs. Drukker an jenem Vormittag anging, mußte man sich auf ihr Wort verlassen, da sie zwischen 9.30 Uhr, als Drukker Arnesson besuchen ging, und 13.00 Uhr, als die Köchin ihr den Lunch brachte, niemand gesehen hatte.
6. Das Alibi der Beedle wurde mit hinreichender Vollständigkeit überprüft. Pardee hatte sie das Haus um 10.35 Uhr verlassen sehen, und mehrere Markthändler vom Jefferson-Markt erinnerten sich, sie zwischen 11.00 und 12.00 Uhr gesehen zu haben.

7. Die Tatsache, daß Sperling um 11.40 Uhr den Zug nach Scarsdale genommen hatte, wurde verifiziert: Also hatte er das Haus Dillard um die Zeit verlassen müssen, die er angegeben hatte, nämlich um 11.15 Uhr. Diese Bestätigung war allerdings bloß eine Routinesache, denn Sperling war praktisch aus dem Verdacht entlassen. Aber wenn sich, wie Heath erläuterte, herausgestellt hätte, daß er nicht den Zug um 11.40 Uhr genommen hätte, wäre seine Täterschaft durchaus wieder in den Bereich des Möglichen gerückt.

Nun begann der Sergeant mit breiter angelegten Ermittlungen und stieg in die Vergangenheit und die Verbindungen der Beteiligten ein. Diese Aufgabe war nicht schwierig. Alle erfreuten sich einer gewissen Bekanntheit, so daß es nicht kompliziert war, etwas über sie zu erfahren. Doch ließ sich keine einzige Sache ausgraben, die auch nur im entferntesten ein Licht auf den Mord an Haan hätte werfen können. Nicht einmal die Spur eines Motivs für das Verbrechen ließ sich erahnen, und nach einer Woche intensiver Ermittlungen und Überlegungen war der Fall immer noch in anscheinend undurchdringliches Dunkel gehüllt.

Sperling war nicht freigelassen worden. Der schlichte Augenschein sprach gegen ihn, und in Verbindung mit seinem absurden Geständnis war den Behörden ein solcher Schritt unmöglich. Aber Markham hatte mit den Anwälten, die Sperlings Vater mit der Sache beauftragt hatte, eine inoffizielle Besprechung gehabt, und ich glaube, man war zu einer Art *Gentlemen's Agreement* gekommen, denn obwohl die Staatsanwaltschaft keine Anstrengungen unternahm, Anklage zu erheben – und das, obwohl das Schwurgericht gerade tagte –, beriefen sich die Anwälte der Verteidigung nicht auf die Habeas-Corpus-Akte. Alles deutete darauf hin, daß sowohl Markham als auch Sperlings Anwälte darauf warteten, daß der echte Schuldige gefaßt würde.

Markham hatte mehrere Unterredungen mit den Mitgliedern des Hauses Dillard, im hartnäckigen Bemühen, irgendeine triviale Kleinigkeit herauszufinden, die zu fruchtbareren Fragestellungen führen könne, und Pardee war ins Büro des Bezirksstaatsanwalts bestellt worden, um zu bezeugen, was er am Morgen der Tragödie von seinem Fenster aus gesehen hatte. Mrs. Drukker war noch einmal befragt worden, aber sie stritt nicht nur entschieden ab, an jenem Morgen aus dem Fenster geschaut zu haben, sondern sie fand auch die Vorstellung lächerlich, daß sie geschrien hätte.

Als Drukker daraufhin verhört wurde, modifizierte er seine frühere Aussage ein wenig. Er erklärte, bezüglich der Richtung, aus der der Schrei kam, habe er sich möglicherweise geirrt, und er sei vielleicht von der Straße oder aus einem Hoffenster des Hochhauses heraufgedrungen. Er sagte sogar, es sei unwahrscheinlich, daß seine Mutter geschrien habe, denn als er einen Moment später an ihre Tür gekommen sei, habe sie ein altes deutsches Kinderlied aus Humperdincks *Hänsel und Gretel* gesungen. Überzeugt, daß von ihm oder Mrs. Drukker nichts mehr zu erfahren war, konzentrierte Markham sich endlich auf das Haus Dillard selbst.

Arnesson wohnte den informellen Besprechungen in Markhams Büro bei. Aber trotz seiner geschwätzigen und zynischen Bemerkungen schien er genauso in der Luft zu hängen wie wir anderen. Vance neckte ihn mit der mathematischen Formel, die den Fall lösen sollte, aber Arnesson bestand darauf, daß er keine Formel ausarbeiten könne, bis alle Faktoren des Theorems zur Verfügung stünden. Er schien die ganze Affäre für eine Posse Juvenals zu halten, und bei mehreren Anlässen gab Markham seinem Mißfallen Ausdruck. Er warf Vance vor, daß er Arnesson zu einem inoffiziellen Ermittlungsgenossen gemacht habe, aber Vance verteidigte sich damit, daß Arnesson früher oder später ein scheinbar irrelevantes Informationsbröckchen in die Debatte werfen werde, das sich als vorteilhafter *Point de départ* verwenden ließe.

»Seine kriminal-mathematische Theorie ist natürlich Quatsch«, meinte Vance. »Die Psychologie und nicht die abstrakte Naturwissenschaft wird dieses Mysterium schließlich in seine Elemente zerlegen. Aber wir brauchen Material, um weiterzukommen, und Arnesson kennt die Innereien des Hauses Dillard besser, als wir es je vermögen. Er kennt die Drukkers, er kennt Pardee, und es versteht sich von selbst, daß ein Mann, der so mit akademischen Würden überhäuft ist wie er, einen ungewöhnlich scharfen Verstand besitzt. Solange er dem Fall sein Denken und seine Aufmerksamkeit widmet, besteht die Chance, daß er auf etwas stößt, was absolut wichtig für uns ist.«

»Vielleicht haben Sie recht«, grummelte Markham, »aber das alberne Benehmen von dem Mann geht mir auf die Nerven.«

»Seien Sie etwas toleranter«, bat Vance. »Betrachten Sie seine Ironie im Verhältnis zu seinen wissenschaftlichen Überlegungen. Was ist natürlicher, als daß ein Mann, der seinen Verstand ständig in den weiten interplanetarischen Raum projiziert und mit Lichtjahren und Unendlichkeiten und hyperphysikalischen Dimensionen operiert, die Kleinlichkeiten dieses Lebens verächtlich belächelt? ... Ein Mordskerl, dieser Arnesson. Vielleicht nicht besonders anheimelnd oder bequem, aber verflucht interessant.«

Vance selbst hatte sich mit ungewohntem Ernst in den Fall vertieft. Seine Menander-Übersetzung hatte er endgültig beiseitegelegt. Er wurde launisch und bissig, ein sicheres Anzeichen dafür, daß er mit einem fesselnden Problem befaßt war. Jeden Abend nach dem Dinner setzte er sich in die Bibliothek und las stundenlang – nicht die Klassiker und Ästheten, mit denen er sich normalerweise die Zeit vertrieb, sondern solche Bücher wie Bernard Harts *The Psychology of Insanity,* Freuds *Der Witz und seine Beziehung zum Unbewußten,* Coriats *Abnormal Psychology* und *Repressed Emotions,* Lippos *Komik und Humor,* Daniel A. Huebschs *The Murder Complex,* Janets *Les Obsession et la Psychasthénie,* Donaths *Über Arithmomanie,* Riklins *Wish Fulfillment and Fairy Tales,* Leppmans *Die forensische Bedeutung der Zwangsvorstellungen,* Kuno Fischers *Über den Witz,* Erich Wulffens *Kriminalpsychologie,* Hollendens *The Insanity of Genius* und Groos' *Die Spiele des Menschen.*

Stunden verbrachte er mit dem Studium der Polizeiberichte. Zweimal besuchte er die Dillards, und einmal suchte er mit Belle Dillard Mrs. Drukker auf. Eines Abends diskutierte er mit Drukker und Arnesson lange über de Sitters Konzept vom physikalischen Raum als einer Lobatschewskischen Pseudosphäre, wobei er meines Erachtens beabsichtigte, Drukkers Mentalität auszuloten. Er las Drukkers Buch *World Lines in Multidimensional Continua* und verbrachte fast einen ganzen Tag damit, Janowskis und Tarraschs Analysen des Pardee-Gambits zu studieren.

Eines Sonntags, acht Tage nach dem Mord an Haan, sagte er zu mir: »*Eheu,* Van! Dieses Problem ist viel subtiler, als ich dachte. Eine normale Ermittlung wird es nie durchdringen. Es liegt in einer seltsamen Region des Gehirns, und das scheinbar Kindische daran ist sein furchtbarster und verblüffendster Aspekt. Der Täter wird sich auch nicht mit einem einzigen Coup zufriedengeben. Die perverse Phantasie, die dieses tierische Verbrechen ausgeheckt hat, ist unersättlich, und wenn wir nicht den abnormen psychischen Mechanismus bloßstellen können, der dahinter steht, werden wir uns mit noch mehr grimmigen Scherzen abfinden müssen ...«

Am nächsten Morgen schon bewahrheitete sich seine Prophezeiung. Um elf fuhren wir in Markhams Büro, um Heaths Bericht zu hören und das weitere Vorgehen zu erörtern. Obwohl seit Haans Ermordung neun Tage vergangen waren, war man mit dem Fall nicht weitergekommen, und die Kritik der Zeitungen an Polizei und Staatsanwaltschaft war bitter geworden. Daher begrüßte uns Markham an diesem Morgen recht niedergeschlagen. Heath war noch nicht eingetroffen, aber als er ein paar Minuten später kam, war es nur zu deutlich, daß auch er entmutigt war.

»Wohin wir uns auch wenden, Sir, jedesmal rennen wir vor eine Wand«, beschwerte er sich, nachdem er die Ermittlungsergebnisse seiner Leute vorgetragen hatte. »Es gibt nicht einmal die Spur von einem Motiv, und außer Sperling ist keiner in der Nähe, dem wir was anhängen können. Ich komme allmählich zu der Überzeugung, daß es ein Einbrecher war, der an dem Morgen in den Clubraum spaziert ist und diesen Schlamassel veranstaltet hat.«

»Einbrecher sind verflixt phantasielos, Sergeant«, konterte Vance, »und sie haben keinen Sinn für Humor. Dieser Bursche dagegen, der Haan auf die lange Reise geschickt hat, hatte sowohl Phantasie als auch Humor. Es hat ihm nicht gereicht, Haan einfach umzubringen, er mußte einen krankhaften Witz daraus machen. Damit die Öffentlichkeit auch die Pointe mitkriegte, hat er erläuternde Briefe an die Presse geschrieben. Klingt das für Sie wie die Handlungsweise eines umherziehenden Hausleerers?«

Unglücklich und schweigend saß Heath einige Minuten da und rauchte, endlich wandte er sich mit erschöpftem Kummer im Blick an Markham.

»Was hier in der Stadt so in letzter Zeit passiert, macht keinen Sinn«, klagte er. »Heute morgen erst wurde ein Kerl namens Sprigg im Riverside Park erschossen, oben an der 84sten Straße. Geld in der Tasche – nichts geklaut. Einfach erschossen. Ein junger Bursche, Student an der Columbia. Wohnte bei den Eltern, keine Feinde. Hatte seinen üblichen Spaziergang vor der

Vorlesung gemacht. Eine halbe Stunde später hat ihn ein Maurer tot aufgefunden.« Der Sergeant kaute wütend auf seiner Zigarre. »Jetzt müssen wir uns auch noch wegen diesem Meuchelmörder den Kopf zerbrechen, und wahrscheinlich machen uns die Zeitungen die Hölle heiß, wenn wir ihn nicht zack zack erwischen. Und es gibt nichts, absolut nichts, was uns weiterhilft.«

»Und doch, Sergeant«, sagte Vance tröstend, »ist es ein gewöhnliches Ereignis, daß ein Mann erschossen wird. Es gibt zahlreiche einfache Gründe für so ein Verbrechen. Das szenische und dramatische Beiwerk des Mordes an Haan ist es, was all unsere Deduktionsverfahren zum Scheitern bringt. Wenn es nur kein Kindermärchen wäre . . .«

Plötzlich verstummte er und senkte ein wenig die Lider. Er beugte sich vor und drückte entschlossen seine Zigarette aus.

»Haben Sie gesagt, dieser Bursche hieß Sprigg, Sergeant?«

Heath nickte düster.

»Da muß ich doch sagen . . .« Trotz Vance' Bemühen hatte sein Tonfall etwas Eifriges. »Wie hieß er mit Vornamen?«

Heath sah Vance verwirrt an, aber nach einer kurzen Pause zog er sein zerfleddertes Notizbuch hervor und blätterte es durch.

»John Sprigg«, antwortete er. »John E. Sprigg.«

Vance nahm sich eine neue Zigarette und zündete sie sehr bedächtig an.

»Und nun sagen Sie mir: Wurde er mit einer 32er erschossen?«

»Hä?« Heaths Augen wurden rund und sein Kinn schoß nach vorne. »Ja, mit einer 32er . . .«

»Und ihm wurde von oben in den Kopf geschossen?«

Der Sergeant sprang auf und starrte Vance geradezu lächerlich verblüfft an. Langsam nickte er mit dem Kopf.

»Das stimmt. Aber woher zum Teufel, Sir, wußten Sie – «

Mit einer Geste brachte Vance ihn zum Schweigen. Doch es war eher seine Miene als die Handbewegung, die die Frage abschnitt.

»Oh, beim Geiste meiner guten alten Tante!« Wie in Trance erhob er sich und starrte vor sich hin. Hätte ich ihn nicht so gut gekannt, ich hätte schwören mögen, daß er Angst hatte. Dann trat er an das hohe Fenster hinter Markhams Schreibtisch und schaute auf die grauen Steinmauern der Tombs hinab.

»Ich kann es nicht glauben«, murmelte er, »es ist so gespenstisch . . . Und doch ist es so!«

»Was soll das Gemurmel, Vance?« machte Markham seiner Ungeduld Luft. »Tun Sie nicht so verdammt geheimnisvoll! Woher haben Sie gewußt, daß Sprigg mit einer 32er in den Schädel geschossen wurde? Und worum geht es hier überhaupt?«

Vance drehte sich um und erwiderte Markhams Blick. »Verstehen Sie denn nicht?« fragte er leise. »Es ist der zweite Akt dieser teuflischen Parodie . . . Haben Sie Ihre Abzählreime vergessen?« Und mit gedämpfter Stimme, die einen Hauch von unaussprechlichem Grauen in das stickige alte Büro brachte, rezitierte er:

Es war einmal ein kleiner Herr,
Der hielt ein kleines Schießgewehr
In seiner kleinen Hand.
Johnny Sprigg, dem armen Tropf,
Schoß er mitten in den Kopf,
Und sein Hut fiel in den Sand.

Kapitel 9

Die Tensor-Formel

(Montag, 11. April, 11.30 Uhr)

Markham saß da und starrte Vance an wie hypnotisiert. Heath stand stocksteif, den Mund leicht offen und hielt die Zigarre ein paar Zentimeter von den Lippen entfernt. Der Sergeant bot einen fast komischen Anblick, und ich war nahe daran, nervös aufzulachen, aber zunächst schien mein Blut erstarrt zu sein und jede Bewegung unmöglich.

Markham war der erste, der etwas sagte. Er warf den Kopf wild in den Nacken und schlug heftig mit der Hand auf den Schreibtisch.

»Was ist das für eine neue Verrücktheit von Ihnen?« Verzweifelt wehrte er sich gegen Vance' haarsträubende Vermutung. »Allmählich glaube ich, der Fall Haan hat Ihrem Verstand geschadet. Kann denn kein Mann mit dem ganz normalen Namen Sprigg erschossen werden, ohne daß Sie versuchen, einen grotesken Hokuspokus daraus zu machen?«

»Und doch, mein guter alter Markham«, versetzte Vance milde, »müssen Sie zugeben, daß dieser besondere Johnny Sprigg mit einem kleinen Schießgewehr erschossen wurde, sozusagen von oben mitten durch den Kopf.«

»Und wenn schon!« Eine dumpfe Röte stieg in Markhams Gesicht auf. »Ist das ein Grund dafür, daß Sie rumlaufen und Kinderreime plappern?«

»Oh, ich muß aber bitten! Ich plappere nie, wissen Sie das nicht?« Vance hatte sich in einen Sessel gegenüber dem Schreibtisch des Bezirksstaatsanwaltes sinken lassen. »Ich bin vielleicht kein aufregender Rhetoriker, aber wirklich, plappern tue ich nicht.« Er lächelte Heath gewinnend zu. »Oder doch, Sergeant?«

Aber Heath hatte keine Meinung dazu. Immer noch verharrte er in seiner Pose des Erstaunens, obwohl seine Augen mittlerweile nur noch Schlitze in dem breiten, kampflustigen Gesicht waren. »Nehmen Sie im Ernst an – «, begann Markham, aber Vance unterbrach ihn.

»Ja! Ich nehme im Ernst an, daß derjenige, der Hinrich den Hahn mit dem Pfeil getötet hat, seinen grausigen Humor auch den unglückseligen Sprigg hat fühlen lassen. Zufall kommt nicht in Frage. Solche Parallelen würden aller Vernunft und Logik den Boden entziehen. Meiner Treu, die Welt ist schon verrückt genug, aber so eine Verrücktheit würde alle Wissenschaft und alles rationale Denken zur Auflösung bringen. Spriggs Tod ist ziemlich gräßlich, aber wir müssen uns damit befassen. Und so sehr Sie sich auch zwingen mögen, gegen seine unglaublichen Implikationen zu protestieren, Sie werden sie am Ende doch akzeptieren müssen.«

Markham war aufgestanden und lief nervös auf und ab.

»Ich gebe zu, daß dieses neue Verbrechen einige unerklärliche Elemente aufweist.« Sein Widerspruchsgeist war verflogen und sein Tonfall gemäßigt. »Aber wenn wir auch nur versuchsweise annehmen, daß hier irgendein Wahnsinniger rumläuft, der die Reime seiner Kindertage rekonstruiert, wüßte ich nicht, wie uns das weiterbringt. Das würde uns praktisch alle routinemäßigen Ermittlungswege verschließen.«

»Wissen Sie, das würde ich nicht sagen.« Nachdenklich zog Vance an seiner Zigarette. »Ich neige zu der Ansicht, daß uns erst so eine Annahme eine echte Ermittlungsbasis geben würde.«

»Aber sicher!« schnappte Heath mit beißendem Sarkasmus. »Wir brauchen nichts weiter zu tun, als diesen Spaßvogel unter sechs Millionen Leuten herauszufinden. Kinderspiel!«

»Lassen Sie sich nicht vom Nebel Ihrer Entmutigung einhüllen, Sergeant. Unser verspielter Spaßvogel ist ein ziemlich auffälliges ornithologisches Exemplar. Außerdem haben wir bestimmte Hinweise auf seinen Lebensraum...«

Markham wirbelte herum. »Was meinen Sie damit?«

»Nun, daß dieses zweite Verbrechen mit dem ersten nicht bloß psychologisch, sondern auch geographisch verwandt ist. Beide Morde wurden wenige Blocks weit voneinander begangen – unser destruktiver Dämon hat zumindest eine Schwäche für das Viertel, in dem das Haus Dillard liegt. Zudem schließen schon die Umstände der beiden Morde die Möglichkeit aus, daß er von weither gekommen wäre, um seinem krankhaften Humor in einer unbekannten Umgebung freien Lauf zu lassen. Wie ich Ihnen bereits schlüssig bewiesen habe, ist Haan von jemand ins Jenseits befördert worden, der alle Umstände im Hause Dillard zu genau dem Zeitpunkt kannte, da das grausige Drama aufgeführt wurde; und es ist natürlich klar, daß dieses zweite Verbrechen nicht so akkurat hätte inszeniert werden können, wenn der Impresario nicht mit Spriggs vormittäglichem Wandertrieb vertraut gewesen wäre. Tatsächlich beweist der gesamte Mechanismus dieser üblen Farcen, daß der Akteur die Umstände all seiner Opfer auf das genaueste kannte.«

Heath brach das lastende Schweigen, das darauf folgte. »Wenn Sie recht haben, Mr. Vance, schließt das Sperling aus.« Selbst dieses vernünftige Eingeständnis ging dem Sergeant nur widerwillig über die Lippen, doch zeigte es, daß Vance' Ausführungen nicht ohne Wirkung auf ihn geblieben waren. Verzweifelt wandte er sich an den Bezirksstaatsanwalt.

»Was meinen Sie, was wir tun sollten?«

Markham kämpfte noch dagegen an, Vance' Theorie zu akzeptieren, und gab keine Antwort. Dann setzte er sich plötzlich wieder an seinen Schreibtisch und trommelte mit den Fingern auf der Löschpapierunterlage. Ohne aufzublicken fragte er: »Wer bearbeitet den Fall Sprigg, Sergeant?«

»Captain Pitts. Zuerst haben sich die Leute vom Revier auf der 68sten Straße die Sache geschnappt, aber als die Neuigkeiten reinkamen, sind Pitts und ein paar von unseren Jungs hochgefahren, um es sich anzusehen. Pitts war gerade zurück, als ich herkam. Er meinte, es wäre hoffnungslos. Aber Inspector Moran hat ihm gesagt, er soll am Ball bleiben.«

Markham drückte auf den Knopf unter der Schreibtischecke, und Swacker, sein junger Sekretär, erschien in der Schwingtür, die zum Vorzimmer zwischen dem Privatbüro des Bezirksstaatsanwaltes und dem Wartezimmer führte.

»Holen Sie mir Inspector Moran[14] ans Telephon«, befahl er.

Als die Verbindung hergestellt war, zog er den Apparat zu sich heran und sprach einige Minuten. Dann hängte er ein und lächelte Heath matt zu.

»Sie bearbeiten jetzt offiziell den Fall Sprigg, Sergeant. Captain Pitts ist gleich hier, und dann wissen wir, woran wir sind.« Er fing an, einen Aktenstapel durchzusehen. »Ich muß mich davon überzeugen«, fügte er halbherzig hinzu, »daß Sprigg und Haan mit der gleichen Klappe geschlagen wurden.«

Pitts, ein kleiner, gedrungener Mann mit schmalem, harten Gesicht und einem schwarzen Zahnbürsten-Schnäuzer traf zehn Minuten später ein. Wie ich später erfuhr, war er einer der fähigsten Männer der Detektivabteilung. Seine Spezialität waren Wirtschaftsverbrechen. Er schüttelte Markham die Hand und zwinkerte Heath kollegial zu. Als er Vance und mir vorgestellt wurde, heftete er einen argwöhnischen Blick auf uns und verbeugte sich widerwillig. Er wollte sich gerade wieder abwenden, da veränderte sich plötzlich sein Gesichtsausdruck.

»Mr. Philo Vance etwa?« fragte er.

»Leider, ja. Es hat ganz den Anschein, Captain«, seufzte Vance.

Pitts grinste, trat auf ihn zu und streckte ihm die Hand entgegen.

»Freut mich, Sie kennenzulernen, Sir. Ich habe den Sergeant oft von Ihnen sprechen hören.«

»Mr. Vance unterstützt uns offiziell im Fall Haan, Captain«, erläuterte Markham, »und da dieser Sprigg in derselben Gegend umgebracht wurde, dachten wir, wir würden gerne Ihren vorläufigen Bericht über die Sache hören.« Er nahm ein Kistchen mit *Corona Perfectos* heraus und schob sie über den Tisch.

»Sie müssen nicht drumherumreden, Sir.« Der Captain lächelte, suchte eine Zigarre aus und hielt sie sich mit genießerischer Befriedigung an die Nase. »Der Inspector hat mit gesagt, daß Sie ein paar Ideen zu diesem neuen Fall haben und ihn übernehmen wollen. Um die Wahrheit zu sagen: Ich bin froh, daß ich ihn loswerde.« Lässig setzte er sich hin und zündete sich die Zigarre an. »Was wollen Sie wissen, Sir?«

»Die ganze Story«, erwiderte Markham.

Pitts setzte sich bequem zurecht.

»Na, ich war eben zufällig da, als der Fall gemeldet wurde – heute morgen kurz nach acht – und ich hab' mir ein paar von den Jungs geschnappt, und wir sind hoch. Die Leute vom Revier da waren schon dran, und gleichzeitig mit mir kam der stellvertretende Gerichtsarzt – «

»Haben Sie sich seinen Bericht angehört, Captain?« fragte Vance.

»Na klar, Sprigg ist mit einer 32er oben in den Kopf geschossen worden. Keine Kampfspuren, keine Abschürfungen, nichts. Nichts, was auffällt. Einfach nur erschossen.«

»Lag er auf dem Rücken, als er gefunden wurde?«

»Richtig. Mitten auf dem Weg, hübsch ordentlich ausgestreckt.«

»Und hat er sich bei dem Sturz auf den Asphalt nicht den Schädel gebrochen?« Diese Frage kam ganz beiläufig heraus.

Pitts nahm die Zigarre aus dem Mund und sah Vance verschlagen an.

»Ich glaube, ihr wißt hier tatsächlich ein bißchen was über den Fall.« Grimmig nickte er mit dem Kopf. »Ja, der Hinterkopf von dem Knaben war ziemlich verbeult. Er ist bestimmt übel hingeknallt – aber ich glaube, er hat es nicht gespürt – nicht mit der Kugel im Schädel...«

»Wo wir gerade von dem Geschoß sprechen, Captain – ist Ihnen nichts irgendwie merkwürdig vorgekommen?«

»Nun...ja«, gab Pitts zu und rollte seine Zigarre meditativ zwischen Daumen und Zeigefinger. »Die Oberseite eines Schädels ist nicht gerade die Stelle, wo ich normalerweise nach einem Einschuß suchen würde. Und der Hut war unbeschädigt – er muß ihm hingefallen sein, bevor man ihn umgelegt hat. Das kann man schon merkwürdig nennen, Mr. Vance.«

»Ja, Captain, verflixt merkwürdig... Und ich nehme an, der Schuß wurde auf kurze Distanz abgefeuert?«

»Kaum mehr als ein paar Zoll. Die Haare um das Loch waren versengt.« Er machte eine wegwerfende Handbewegung. »Trotzdem, der Kerl muß gesehen haben, wie der andere die Pistole zog, dann hat er sich geduckt und seinen Hut verloren. Das würde erklären, warum er auf so kurze Entfernung oben in den Kopf geschossen wurde.«

»Durchaus, durchaus. Bis darauf, daß er in diesem Fall nicht nach hinten gefallen wäre, sondern aufs Gesicht... Aber erzählen Sie weiter, Captain.«

Pitts nickte Vance zustimmend zu und fuhr fort.

»Als erstes habe ich dem Kerl die Taschen durchsucht. Er hatte eine echt goldene Uhr dabei und rund fünfzehn Dollar in Scheinen und Münzen. Ein Raubmord war es wohl nicht – es sei denn, der Kerl, der ihn erschossen hat, wäre in Panik geraten und getürmt. Aber es sah nicht so aus, denn frühmorgens ist niemand in der Ecke vom Park, und der Weg verschwindet da hinter einem Felsen, so daß man ihn nicht einsehen kann. Der Vogel, der das auf dem Gewissen hat, hat sich wenigstens eine prima Stelle ausgesucht... Na, jedenfalls habe ich ein paar Leute dagelassen, um die Leiche zu bewachen bis der Wagen kam, und bin hoch zu Spriggs Haus in der 93sten Straße gegangen – Name und Adresse hatte ich von ein paar Briefen aus seiner Tasche. Ich erfuhr, daß er an der Columbia studierte, bei seinen Eltern wohnte und die Angewohnheit hatte, nach dem Frühstück im Park spazierenzugehen. Heute morgen gegen halb acht verließ er das Haus – «

»Aha. Er hatte also die Angewohnheit, jeden Morgen durch den Park zu spazieren«, murmelte Vance. »Höchst interessant.«

»Selbst wenn, das führt uns nicht weiter«, erwiderte Pitts. »Eine Menge Leute tun morgens was für ihre Verdauung. Heute morgen war Sprigg auch nicht irgendwie anders. Er machte sich keine Sorgen, haben mir seine Leute gesagt, und er war richtig vergnügt, wie er sich verabschiedete! Danach bin ich auf einen Sprung in die Universität und habe mich umgehört, mit ein paar Studenten gesprochen, die ihn gekannt haben, und auch mit einem Dozenten. Sprigg war ein ruhiger Zeitgenosse. Hat keine Freundschaften geschlossen und sich ziemlich abseits gehalten. Ein ernster Bursche – hat immer nur für sein Studium gearbeitet. In seinen Kursen war er einer der Besten, und keiner hat ihn je mit irgendwelchen Mädchen rumziehen sehen. Hat Frauen nicht mal gemocht. War nicht gerade das, was man gesellig nennen würde. Allen Aussagen zufolge war er der letzte, der in irgendeinen Schlamassel geraten könnte. Eben deswegen kann ich nichts Besonderes dran finden, daß er erschossen wurde. Muß eine Art Unfall gewesen sein. Vielleicht hat man ihn mit wem verwechselt.«

»Und um wieviel Uhr wurde er gefunden?«

»Gegen Viertel vor acht. Ein Maurer vom neuen Dock an der 79sten Straße machte eine Abkürzung über die Böschung zu den Gleisen rüber und hat ihn gesehen. Er hat einem Verkehrspolizisten auf dem Drive Bescheid gesagt, und der hat die Wache vom Viertel angerufen.«

»Und Sprigg hat seine Wohnung in der 93sten Straße um halb acht verlassen.« Vance starrte meditativ an die Decke. »Er hatte also gerade genug Zeit, um zu dieser Stelle im Park zu gelangen, bevor er getötet wurde. Sieht so aus, als hätte jemand auf ihn gewartet, der seine Gewohnheiten kannte. Ordnung und Pünktlichkeit, was? ... Sieht nicht gerade nach Zufall aus, oder?«

Markham ignorierte die Stichelei und fragte Pitts: »Ist denn nichts gefunden worden, was möglicherweise als Indiz dienen könnte?«

»Nein, Sir. Meine Leute haben die Stelle ziemlich gründlich abgesucht, aber es ist nichts aufgetaucht.«

»Und in Spriggs Taschen – bei seinen Papieren?«

Kein bißchen. Ich habe den ganzen Kram im Büro – ein paar normale Briefe, ein bißchen Kleinkram . . .« Plötzlich verstummte er, als wäre ihm etwas eingefallen, und er zog ein eselsohriges Notizbuch aus der Tasche. »Da war noch das da«, sagte er ohne Enthusiasmus und reichte Markham einen dreieckigen, an den Rändern abgerissenen Zettel. »Den fand ich unter der Leiche. Er bedeutet überhaupt nichts, aber ich habe ihn eingesteckt – die Macht der Gewohnheit.«

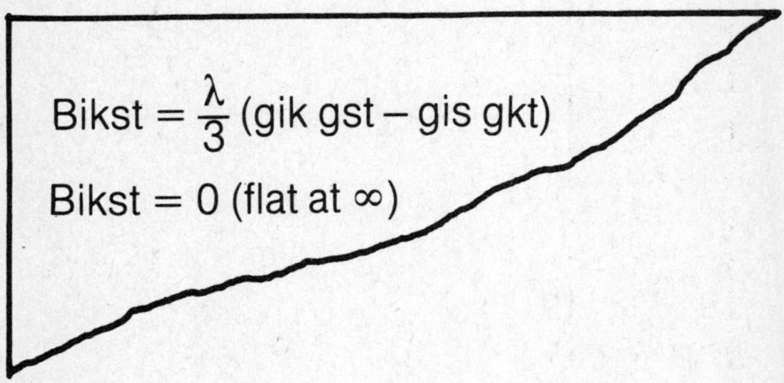

Der Zettel war kaum zehn Zentimeter breit und schien die abgerissene Ecke eines unlinierten Blattes Schreibpapier zu sein. Er enthielt einen Teil einer mathematischen Formel, war mit der Maschine geschrieben, aber das Lambda, die Gleichheitszeichen und das Symbol für Unendlich waren mit Bleistift eingefügt. Trotz seiner scheinbaren Irrelevanz füge ich den Zettel hier bei, denn er sollte in der Untersuchung um Spriggs Tod eine unheilvolle und verblüffende Rolle spielen.

Vance warf nur einen flüchtigen Blick auf das Beweisstück, aber Markham hielt es ein paar Augenblicke grübelnd in der Hand. Er wollte gerade etwas dazu sagen, als er Vance' Blick begegnete. Stattdessen warf er das Blatt mit leichtem Achselzucken achtlos auf den Tisch.

»Ist das alles, was Sie gefunden haben?«

»Das ist alles, Sir.«

Markham stand auf.

»Wir sind Ihnen sehr verbunden, Captain. Ich weiß nicht, was wir aus diesem Fall Sprigg machen werden, aber wir werden uns darum kümmern.« Er deutete auf das Kistchen *Perfectos.* »Stekken Sie sich ein paar ein, bevor Sie gehen.«

»Danke verbindlichst, Sir.« Pitts nahm sich die Zigarren, verstaute sie sorgsam in seiner Westentasche und schüttelte uns allen die Hand.

Als er gegangen war, erhob sich Vance eifrig und beugte sich über den Zettel auf Markhams Schreibtisch.

»Meine Güte!« Er nahm sein Monokel heraus und studierte die Symbole einige Augenblicke. »Höchst faszinierend. Wo habe ich diese Formel denn kürzlich noch gesehen? ... Ah! Der Riemann-Christoffel-Tensor natürlich! Drukker verwendet ihn in seinem Buch, um die Gaußsche Krümmung des sphärischen und homaloiden Raumes zu bestimmen ... Aber was hat Sprigg damit gemacht? Die Formel geht weit über den College-Lehrplan hinaus ...« Er hielt den Zettel ans Licht. »Dieselbe Sorte Papier wie das, auf dem die Nachrichten des Bischofs stehen. Und wahrscheinlich ist Ihnen aufgefallen, daß die Schrifttype ähnlich ist.«

Heath war herangetreten und untersuchte nun das Blatt.

»Es ist ganz dieselbe.« Die Tatsache schien ihn zu verwirren. »Das ist auf jeden Fall ein Bindeglied zwischen den beiden Verbrechen.«

Vance' Blick wurde nachdenklich. »Ein Bindeglied – ja. Aber daß diese Formel unter Spriggs Leiche lag, kommt mir so irrational vor wie der Mord selbst.«

Markham regte sich unbehaglich. »Sie sagen, es ist eine Formel, die Drukker in seinem Buch verwendet?«

»Ja. Aber dieses Faktum bringt ihn nicht unbedingt ins Spiel. Jeder fortgeschrittene Mathematiker kennt den Tensor. Er stellt einen technischen Ausdruck der nichteuklidischen Geometrie dar, und obwohl Riemann im Zusammenhang mit einem konkreten physikalischen Problem darauf gestoßen ist,[15] hat er mittlerweile erhebliche Bedeutung für die relativistische Mathematik bekommen. Er ist im abstrakten Sinne äußerst akademisch und kann keinen direkten Zusammenhang mit dem Mord an Sprigg haben.« Er setzte sich wieder. »Arnesson wird wohl entzückt sein. Vielleicht kann er einen verblüffenden Schluß daraus ziehen.«

»Ich sehe keinen Grund«, protestierte Markham, »Arnesson über diesen neuen Fall zu informieren. Mein Plan ist, ihn soweit wie möglich unter Verschluß zu halten.«

»Ich fürchte, der Bischof wird das nicht zulassen«, meinte Vance.

Markhams Kinnbacken traten hervor. »Meine Güte!« brach es aus ihm hervor. »Vor was für einer Teufelei stehen wir da? Ich erwarte jeden Moment, aufzuwachen und festzustellen, daß ich einen Alptraum erlebt habe.«

»Keine Chance, Sir«, grollte Heath. Entschlossen holte er tief Luft, wie jemand, der sich auf einen Kampf vorbereitet. »Was liegt an? Wie machen wir weiter? Ich muß Taten sehen!«

»Sie scheinen eine bestimmte Vorstellung von der Affäre zu haben«, bat Markham Vance. »Was schlagen Sie vor? Ich muß einfach zugeben, daß ich im schwärzesten Chaos schwimme.«

Vance tat einen tiefen Zug an seiner Zigarette. Dann beugte er sich vor, als wolle er seinen Worten Nachdruck verleihen.

»Markham, alter Knabe, man kann nur einen Schluß ziehen. Diese beiden Morde wurden vom selben Hirn erdacht, beide entstammen demselben grotesken Einfall, und da der erste von jemand begangen wurde, der die Verhältnisse im Hause Dillard genauestens kennt, folgt daraus, daß wir jetzt nach jemand schauen müssen, der zusätzlich zu diesem Wissen die sichere Information besaß, daß ein Mann namens Johnny Sprigg die Angewohnheit hatte, jeden Morgen in einem bestimmten Teil des Riverside Parks spazierenzugehen. Wenn wir so eine Person gefunden haben, müssen wir Zeit, Ort, Gelegenheit und mögliches Motiv überprüfen. Zwischen Sprigg und den Dillards besteht irgendeine Beziehung. Welche, weiß ich nicht. Aber unser erster Zug muß sein, sie herauszufinden. Was gäbe es für einen besseren Ausgangspunkt als das Haus Dillard selbst?«

»Wir essen erst was zu Mittag«, sagte Markham matt. »Dann machen wir uns auf den Weg.«

Kapitel 10

Verweigerte Hilfeleistung
(Montag, 11. April, 14.00 Uhr)

Es war nach zwei, als wir das Haus Dillard erreichten. Pyne öffnete auf unser Läuten, und wenn unser Besuch ihn in irgendeiner Weise überraschte, glückte es ihm bewundernswert gut, das zu verbergen. Allerdings entdeckte ich in der Art, wie er Heath anblickte, eine gewisse Verlegenheit. Seine Stimme war jedoch immer noch so flach und salbungsvoll wie die eines gut ausgebildeten Dienstboten.

»Mr. Arnesson ist noch nicht von der Universität zurück«, informierte er uns.

»Gedankenlesen ist, wie ich sehe, nicht Ihre Stärke, Pyne«, sagte Vance. »Wir sind gekommen, um Sie und Professor Dillard zu besuchen.«

Der Mann wirkte verstört, aber bevor er antworten konnte, erschien Miß Dillard in der Tür des Wohnzimmers.

»Ich dachte doch, ich hätte Ihre Stimme erkannt, Mr. Vance.« Sie schloß uns alle in ihr wehmütiges Begrüßungslächeln ein. »Bitte treten Sie ein... Lady Mae ist auf einen Sprung vorbeigekommen – wir wollen heute nachmittag zusammen einen Ausflug machen«, erklärte sie, während wir den Raum betraten.

Mrs. Drukker stand am Tisch, eine knochige Hand auf der Lehne des Sessels, aus dem sie sich offensichtlich gerade erhoben hatte. Die Angst stand in ihren Augen, als sie uns blinzelnd betrachtete, und ihre hageren Züge wirkten etwas verzerrt. Sie machte keine Anstalten zu sprechen, sondern stand stocksteif da, als warte sie auf eine fürchterliche Ankündigung, wie ein überführter Angeklagter, der in den Schranken des Gerichts seinen Urteilsspruch erwartet.

Belle Dillards angenehme Stimme entschärfte die gespannte Situation. »Ich laufe hoch und sage Onkel, daß Sie hier sind.«

Kaum hatte sie den Raum verlassen, da beugte Mrs. Drukker sich über den Tisch und flüsterte Markham mit ehrfurchtsvoller

Grabesstimme zu: »Ich weiß, warum Sie hier sind! Wegen dieses netten jungen Mannes, der heute morgen im Park erschossen wurde.«

So verblüffend und unerwartet waren ihre Worte, daß Markham nicht sofort antworten konnte. Es war Vance, der schließlich entgegnete: »Sie haben also von der Tragödie gehört, Mrs. Drukker? Wie konnte die Neuigkeit so schnell zu Ihnen gelangen?«

Ein verschlagener Blick stahl sich in die Miene der Frau und ließ sie wie ein böse alte Hexe aussehen.

»In der ganzen Nachbarschaft reden sie doch davon«, antwortete sie ausweichend.

»Wirklich? Das ist höchst bekümmerlich. Aber warum nehmen Sie an, daß wir hergekommen sind, um in dieser Sache zu ermitteln?«

»Hat der junge Mann nicht Johnny Sprigg geheißen?« Ein schwaches, grausiges Lächeln begleitete die Frage.

»Das ist richtig, John E. Sprigg. Das erklärt aber immer noch nicht seine Verbindung zu den Dillards.«

»Oh doch!« Mit einer Art entsetzter Genugtuung nickte sie mit dem Kopf. »Es ist ein Spiel – ein Kinderspiel. Erst Hinrich der Hahn ... dann Johnny Sprigg. Kinder müssen spielen – alle gesunden Kinder müssen spielen.« Plötzlich wandelte sich ihr Gesichtsausdruck. Ihre Miene wurde sanft und ihre Augen traurig.

»Ein ziemlich diabolisches Spiel, finden Sie nicht, Mrs. Drukker?«

»Warum auch nicht? Ist das Leben selbst nicht diabolisch?«

»Für manche von uns – ja.« Eine seltsame Sympathie färbte Vance' Worte, während er diese merkwürdige, tragische Gestalt vor uns anblickte. »Sagen Sie uns mal«, fuhr er in verändertem Tonfall eilig fort, »wissen Sie, wer der Bischof ist?«

»Der Bischof?« Verwirrt runzelte sie die Stirn. »Nein, den kenne ich nicht. Ist das wieder ein Kinderspiel?«

»Irgend etwas in der Art, vermute ich. Jedenfalls interessiert sich der Bischof für Hinrich den Hahn und für Johnny Sprigg. Er könnte sogar derjenige sein, der sich diese phantastischen Spielereien ausdenkt. Und wir suchen ihn, Mrs. Drukker. Wir hoffen, von ihm die Wahrheit zu erfahren.«

Vage schüttelte die Frau den Kopf. »Ich kenne ihn nicht.« Dann funkelte sie Markham strafend an. »Aber es wird Ihnen überhaupt nichts nützen, wenn Sie versuchen herauszufinden, wer Hinrich den Hahn getötet hat und wer Johnny Sprigg oben in den Kopf geschossen hat. Sie werden es nie erfahren – nie – *nie* . . .«

Ihre Stimme war lauter geworden und sie begann, krampfhaft zu zittern.

In diesem Moment betrat Belle Dillard den Raum, ging schnell zu Mrs. Drukker hinüber und legte ihr den Arm um die Schultern.

»Kommen Sie«, sagte sie beruhigend, »wir machen jetzt einen schönen langen Ausflug aufs Land, Lady Mae.« Vorwurfsvoll wandte sie sich zu Markham und sagte kühl: »Onkel möchte, daß Sie in die Bibliothek kommen.« Damit führte sie Mrs. Drukker aus dem Zimmer und den Flur hinab.

»Das ist ja vielleicht beknackt«, kommentierte Heath, der völlig verblüfft dabeigestanden hatte. »Sie hat die ganze Zeit von diesem Zeug mit Johnny Sprigg gewußt!«

Vance nickte. »Und unser Erscheinen hat ihr Angst gemacht. Allerdings ist ihr Verstand sensibel, aber verwirrt, Sergeant! Und so, wie sie ständig über die Verkrüppelung ihres Sohnes und die früheren Zeiten grübelt, als er noch war wie andere Kinder, ist es durchaus denkbar, daß sie zufällig auf die Bedeutung der Kinderreime für Haans und Spriggs Tod gestoßen ist . . . ich weiß es selber nicht.« Er sah Markham an. »In diesem Fall gibt es geheimnisvolle verborgene Strömungen – unglaubliche und erschreckende Implikationen. Man fühlt sich, als hätte man sich in die Höhlen der Dovre-Trolle aus Ibsens *Peer Gynt* verirrt, wo es nur Monster und Widernatürliches gibt.« Er zuckte mit den Schultern, obwohl ich wußte, daß er das Leichentuch des Grauens, das Mrs. Drukkers Worte über uns geworfen hatten, noch nicht völlig abgeschüttelt hatte. »Vielleicht finden wir bei Professor Dillard ein bißchen festen Grund.«

Der Professor empfing uns ohne sonderliche Begeisterung mit knapper Höflichkeit. Sein Schreibtisch war übersät mit Papieren, und es war deutlich, daß wir ihn mitten in der Arbeit gestört hatten.

»Warum dieser unerwartete Besuch, Markham?« fragte er, nachdem wir Platz genommen hatten. »Haben Sie etwas über Haans Tod zu berichten?« Er markierte eine Seite von Weyls *Space, Time and Matter,* lehnte sich widerwillig zurück und betrachtete uns ungehalten. »Ich bin sehr beschäftigt mit einem Problem aus Machs Mechanik...«

»Ich bedauere«, sagte Markham, »daß ich nichts über den Fall Haan zu berichten habe. Aber es hat hier im Viertel heute noch einen Mord gegeben, und wir haben Grund zu der Annahme, daß er vielleicht mit Haans Tod in Zusammenhang steht. Was ich Sie nun fragen wollte, Sir, ist, ob Ihnen der Name John E. Sprigg bekannt ist oder nicht.«

Schnell verschwand der Ärger aus Professor Dillards Miene.

»Hieß so der Getötete?« Sein Desinteresse war völlig verschwunden.

»Ja. Ein Mann namens John E. Sprigg ist heute morgen kurz nach halb acht im Riverside Park an der 84sten Straße erschossen worden.«

Der Blick des Professors schweifte zum Kaminsims, und er schwieg ein paar Augenblicke. Er schien etwas mit sich auszufechten.

»Ja«, sagte er schließlich, »ich – wir – kennen einen jungen Mann dieses Namens – obwohl es absolut unwahrscheinlich ist, daß es sich um dieselbe Person handelt.«

»Wer ist das?« Markhams Stimme klang eifrig und nachdrücklich.

Wieder zögerte der Professor. »Der Bursche, den ich im Kopf habe, ist Arnessons bester Student in Mathematik. Sein stärkster Diskussionspartner.«

»Woher kennen Sie ihn, Sir?«

»Arnesson hat ihn einige Male mitgebracht. Wollte, daß ich ihn kennenlerne und mich mit ihm unterhalte. Arnesson war auf den Burschen ziemlich stolz, und ich muß zugeben, er zeigte ungewöhnliche Begabung.«

»Sämtliche Mitglieder des Haushalts kannten ihn also?«

»Ja. Belle hat ihn ebenfalls kennengelernt, glaube ich. Und wenn Sie mit ›Haushalt‹ auch Pyne und Beedle meinen, dann sollte der Name auch ihnen geläufig sein.«

Vance stellte die nächste Frage. »War Sprigg auch bei den Drukkers bekannt, Professor Dillard?«

»Gut möglich. Arnesson und Drukker sehen sich ziemlich oft... Jetzt, wo ich darüber nachdenke, glaube ich, daß Drukker einmal abends hier war, als Sprigg uns besuchte.«

»Und Pardee – kannte er Sprigg ebenfalls?«

»Das kann ich Ihnen nicht sagen.« Der Professor trommelte ungeduldig auf der Sessellehne herum und drehte sich wieder zu Markham. »Sagen Sie«, seine Stimme hatte einen besorgten Unterton, »was sollen diese Fragen? Was hat unsere Bekanntschaft mit einem Studenten namens Sprigg mit dem Vorfall von heute morgen zu tun? Sie wollen mir doch wohl nicht erzählen, daß der Mann, der getötet wurde, Arnessons Student war?«

»Ich fürchte, es ist so«, sagte Markham.

Als der Professor wieder sprach, hatte seine Stimme einen ängstlichen, ja sogar furchtsamen Ton. »Selbst wenn, was kann dieser Umstand mit uns zu tun haben? Und wie kommen Sie darauf, seinen Tod mit Haans Tod zu verbinden?«

»Ich gebe zu, wir wissen noch nichts Genaues«, erklärte ihm Markham. »Aber die Sinnlosigkeit beider Verbrechen, der völlige Mangel eines Motivs in beiden Fällen, scheint sie doch auf merkwürdige Weise zu verknüpfen.«

»Natürlich. Sie meinen, Sie hätten kein Motiv gefunden. Aber wenn man bei allen Verbrechen ohne offensichtliches Motiv annähme, daß sie etwas miteinander zu tun hätten – «

»Da gibt es auch noch die Elemente von zeitlicher und räumlicher Nähe der beiden Fälle«, erläuterte Markham.

»Ist dies die Basis Ihrer Vermutungen?« Die Haltung des Professors war von geringschätzigem Wohlwollen. »Sie würden nie ein guter Mathematiker, Markham, aber Sie sollten wenigstens wissen, daß man keine Hypothese auf so wackligen Prämissen aufbauen kann.«

»Beide Namen«, warf Vance ein, »Henrik Haan und Johnny Sprigg, stammen aus ziemlich bekannten Kinderreimen.«

Der alte Mann starrte ihn mit unverhülltem Erstaunen an, und ganz langsam stieg ihm eine ärgerliche Röte ins Gesicht.

»Ihr Humor gehört nicht hierher, Sir.«

»Das ist doch nicht *mein* Humor!« erwiderte Vance traurig. »Die Scherze macht der Bischof.«

»Der Bischof?« Professor Dillard versuchte, seiner Irritation Herr zu werden. »Hören Sie, Markham, ich lasse mich nicht auf den Arm nehmen. Hier wird jetzt zum zweiten Mal in diesem Raum dieser mysteriöse Bischof erwähnt, und ich möchte wissen, was das zu bedeuten hat. Selbst wenn so ein Verrückter nach Haans Tod einen kranken Brief an die Zeitungen geschickt hat, was hat denn dieser Bischof mit Sprigg zu tun?«

»Unter Spriggs Leiche fand man einen Zettel mit einer mathematischen Formel, die auf derselben Maschine geschrieben wurde wie die Briefe des Bischofs.«

»Was?!« Der Professor beugte sich vor. »Dieselbe Maschine, sagen Sie? Und eine mathematische Formel? Was für eine Formel?«

Markham öffnete seine Brieftasche und streckte ihm den dreieckigen Fetzen Papier entgegen, den Pitts ihm gegeben hatte.

»Der Riemann-Christoffel-Tensor . . .« Eine ganze Weile saß Professor Dillard da und starrte auf das Blatt. Dann gab er es Markham zurück. Er schien plötzlich gealtert zu sein, und als er den Blick hob, lag Müdigkeit darin. »Ich sehe kein Licht in dieser Sache.« Sein Tonfall klang nach hoffnungsloser Resignation. »Aber vielleicht haben Sie recht damit, die eingeschlagene Richtung zu verfolgen. Was möchten Sie von mir?«

Markham war schlichtweg verwirrt durch das veränderte Benehmen seines Gegenübers.

»Vor allem bin ich gekommen, um nachzuprüfen, ob es eine Verbindung zwischen Sprigg und diesem Haus gab. Aber nun, da ich dieses Bindeglied habe, sehe ich offengestanden nicht, wie es in die Kette passen könnte. Trotzdem hätte ich gerne Ihre Erlaubnis, Pyne und die Beedle zu vernehmen, wie ich es für angebracht halte.«

»Fragen Sie sie, was Sie wollen, Markham. Sie sollen mir nie vorwerfen können, ich hätte Ihnen im Weg gestanden.«

Bittend sah er auf. »Aber Sie werden mich hoffentlich in Kenntnis setzen, bevor Sie irgendwelche drastischen Schritte unternehmen?«

»Das verspreche ich Ihnen, Sir.« Markham stand auf. »Ich fürchte jedoch, von drastischen Schritten sind wir zur Zeit noch weit entfernt.« Er streckte die Hand aus und seine Miene machte deutlich, daß er bei dem alten Mann eine verborgene Angst verspürt hatte und ihm seine Sympathie bezeugen wollte, ohne seine Gefühle aussprechen zu müssen.

Der Professor begleitete uns zur Tür. »Ich verstehe diesen getippten Tensor nicht«, murmelte er und schüttelte den Kopf. »Aber wenn ich irgend etwas für Sie tun kann . . .«

»Sie *können* etwas für uns tun, Professor Dillard«, sagte Vance, der an der Tür stehengeblieben war. »Am Morgen, als Haan getötet wurde, haben wir Mrs. Drukker vernommen – «

»Ah!«

»Und obwohl sie bestritten hat, am Vormittag am Fenster gesessen zu haben, besteht die Möglichkeit, daß sie zwischen elf und zwölf irgend etwas auf dem Schießstand hat passieren sehen.«

»Hat sie das angedeutet?« Ein unterdrücktes Interesse klang in der Frage des Professors mit.

»Nur bedingt. Erst Drukkers Aussage, er hätte seine Mutter schreien hören, und ihr Leugnen, geschrien zu haben, haben mich zur Ansicht gebracht, daß sie vielleicht etwas gesehen hat, was sie lieber vor uns verbergen würde. Und da fiel mir ein, daß Sie vielleicht mehr Einfluß auf sie haben als jeder andere, und wenn sie tatsächlich etwas beobachtet hat, könnten Sie sie vielleicht zum Sprechen bewegen.«

»Nein!« Professor Dillard klang fast schroff, doch gleich darauf legte er Markham seine Hand auf den Arm und wechselte den Tonfall. »Es gibt ein paar Dinge, um die Sie mich nicht bitten dürfen. Wenn diese arme, verschüchterte Frau an jenem Morgen am Fenster etwas gesehen hat, müssen Sie es selbst herausfinden. Ich werde mich nicht daran beteiligen, sie zu quälen, und hoffe aufrichtig, daß auch Sie sie nicht in Sorge versetzen. Es gibt andere Mittel und Wege herauszufinden, was Sie wissen möchten.« Er sah Markham direkt in die Augen. »*Sie* darf nicht diejenige sein, die es Ihnen sagt. Hinterher würde es Ihnen selbst leid tun.«

»Wir müssen soviel herausfinden, wie wir können«, antwortete Markham resolut, aber freundlich. »In dieser Stadt geht ein Satan um, und ich kann nicht die Hände in den Schoß legen, um jemand eine Peinlichkeit zu ersparen – so tragisch diese Peinlichkeit auch sein mag. Aber ich versichere Ihnen, daß ich niemand ohne Not quälen werde.«

»Haben Sie schon mal daran gedacht«, fragte Professor Dillard ruhig, »daß die Wahrheit, die Sie suchen, noch erschreckender sein könnte als die Verbrechen selbst?«

»Das Risiko werde ich eingehen müssen. Doch selbst wenn ich wüßte, daß es so wäre, würde mich das nicht im geringsten wankend machen.«

»Bestimmt nicht. Aber ich bin viel älter als Sie, Markham. Ich hatte schon graues Haar, als Sie noch ein Knabe waren, der sich mit Exponenten und Logarithmen herumschlug. Wenn man alt wird, lernt man die wahren Proportionen des Universums kennen. Alle Verhältnisse wandeln sich. Die Wertschätzung, die wir einst für gewisse Dinge verspürt haben, verliert ihre Bedeutung. Deswegen sind die Alten nachsichtiger: Sie wissen, daß Werte von Menschenhand keinerlei Bedeutung haben.«

»Aber solange wir mit menschlichen Werten leben müssen«, brachte Markham vor, »ist es meine Pflicht, sie zu verteidigen. Und trotz aller persönlicher Sympathie kann ich keinen Weg ausschlagen, der möglicherweise zur Wahrheit führt.«

»Vielleicht haben Sie recht«, seufzte der Professor. »Aber in diesem Fall dürfen Sie mich nicht bitten, Ihnen zu helfen. Wenn Sie die Wahrheit erfahren, seien Sie gnädig. Vergewissern Sie sich, daß Ihr Unhold zurechnungsfähig ist, bevor Sie verlangen, daß man ihn auf den elektrischen Stuhl schickt. Es gibt ebenso den kranken Verstand wie den kranken Körper, und oft gehören die beiden zusammen.«

Als wir uns ins Wohnzimmer zurückgezogen hatten, zündete sich Vance seine Zigarette sorgfältiger als gewöhnlich an.

»Der Professor«, sagte er, »ist keinesweg glücklich über Spriggs Tod, und obgleich er es nicht zugeben wollte, hat die Tensor-Formel ihn überzeugt, daß Sprigg und Haan zur selben Gleichung gehören. Aber er war verteufelt leicht zu überzeugen. Warum wohl? Außerdem hat er nicht zugeben wollen, daß Sprigg hier bekannt war. Ich behaupte nicht, daß er einen Verdacht hat, aber er hat eine Befürchtung... Verflixt sonderbar, sein Benehmen. Offenbar möchte er den Lauf der Gerechtigkeit, den Sie mit so rührendem Eifer betreiben, nicht hemmen, Markham. Aber noch entschiedener hat er nichts dafür übrig, Ihren Kreuzzug zu unterstützen, sobald die Drukkers ins Spiel kommen. Ich frage mich, was hinter seiner Rücksicht auf Mrs. Drukker steckt. Vorderhand möchte ich nicht behaupten, daß der Professor ein sentimentales Wesen ist. Aber was sollte diese Platitüde über den kranken Geist und den kranken Körper? Klingt wie ein Prospekt für ein Kursus in Körperkultur, was?... Ach was! Gehen wir Pyne und Konsorten ein paar Fragen stellen.«

Markham saß betrübt da und rauchte. Ich hatte ihn selten so niedergeschlagen gesehen.

»Ich wüßte nicht, was wir von denen erhoffen dürfen«, meinte er. »Na, egal – Sergeant, holen Sie Pyne herein.«

Als Heath gegangen war, blickte Vance Markham schalkhaft an. »Wissen Sie, Sie sollten sich wirklich nicht so hängen lassen.

Lassen Sie sich von Terenz trösten: *Nil tam difficile est, quin quaerendo investigari possit.* Und, meiner Treu, das ist ein schwieriges Problem ...« Auf einmal wurde er ernst. »Wir haben es hier mit unbekannten Größen zu tun. Wir sind gegen eine fremde, anomale Macht angetreten, die nicht gemäß den anerkannten Verhaltensregeln operiert. Sie ist zugleich subtil – oh, unendlich subtil – und fremdartig. Aber zumindest wissen wir, daß sie irgendwo aus dem Dunstkreis dieses alten Hauses entspringt, und wir müssen in jedem psychologischen Winkel und jeder Nische suchen. Irgendwo in unserer Nähe liegt der unsichtbare Drache. Also lassen Sie sich nicht von den Fragen schockieren, die ich Pyne stellen werde. Wir müssen an den unwahrscheinlichsten Stellen suchen ...«

Wir hörten, wie sich Schritte der Tür näherten, und einen Moment später erschien Heath mit dem alten Butler im Schlepptau.

Kapitel 11

Der gestohlene Revolver

(Montag, 11. April, 15.00 Uhr)

Setzen Sie sich, Pyne«, sagte Vance höflich. »Professor Dillard hat uns gestattet, Sie zu vernehmen, und wir erwarten, daß Sie all unsere Fragen beantworten.«

»Gewiß, Sir«, antwortete der Mann. »Ich bin sicher, daß Professor Dillard keinen Grund hat, etwas verbergen zu wollen.«

»Ausgezeichnet.« Vance lehnte sich lässig zurück. »Um also anzufangen: Wann haben Sie heute morgen das Frühstück serviert?«

»Um halb neun, Sir, wie immer.«

»Waren alle Familienmitglieder zugegen?«

»Aber ja, Sir.«

»Wer weckt morgens die Familie? Und um welche Zeit?«

»Ich selbst, Sir, um halb acht. Ich klopfe an die Tür und – «

» – warten auf eine Antwort?«

»Ja, Sir, immer.«

»Also denn, Pyne: Haben heute morgen alle geantwortet?«

Der Mann neigte nachdrücklich den Kopf. »Ja, Sir.«

»Und keiner kam zu spät zum Frühstück?«

»Alle waren absolut pünktlich, Sir – wie üblich.«

Vance beugte sich vor und klopfte seine Zigarette am Kamingitter ab.

»Haben Sie heute morgen vor dem Frühstück zufällig jemand das Haus verlassen oder zurückkommen sehen?«

Die Frage war beiläufig gestellt, aber ich bemerkte, daß die halb geschlossenen Augenlider des Butlers überrascht zuckten.

»Nein, Sir.«

»Selbst wenn Sie niemand gesehen haben«, bohrte Vance weiter, »wäre es nicht möglich, daß ein Hausbewohner ausgegangen und zurückgekehrt ist, ohne daß Sie davon erfuhren?«

Zum ersten Mal bei diesem Verhör schien Pyne nur widerwillig zu antworten. »Nun, Sir, das ist so«, sagte er verlegen, »jeder hätte heute morgen die Vordertür benutzen können, ohne daß ich es wußte, weil ich im Eßzimmer war und den Tisch deckte. Und die Tür vom Clubzimmer hätte übrigens auch jeder benutzen können, weil meine Tochter die Küchentür normalerweise geschlossen hält, wenn sie das Frühstück zubereitet.«

Nachdenklich paffte Vance einen Moment. Dann fragte er in gleichmütigem, beiläufigem Tonfall: »Besitzt jemand hier im Haus einen Revolver?«

Der Mann riß die Augen weit auf.

»Nicht – nicht daß ich wüßte«, antwortete er stockend.

»Haben Sie je vom Bischof gehört, Pyne?«

»Aber nein, Sir!« Sein Gesicht verlor die Farbe. »Meinen Sie den Mann, der diese Briefe an die Zeitungen geschrieben hat?«

»Ich meinte bloß den Bischof«, sagte Vance sorglos. »Aber sagen Sie mir: Haben Sie davon gehört, daß heute morgen im Riverside Park ein Mann getötet wurde?«

»Ja, Sir. Der Hausmeister von nebenan hat es mir erzählt.«

»Sie kannten doch den jungen Mr. Sprigg, oder?«

»Ich habe ihn ein paarmal hier im Haus gesehen.«

»War er in letzter Zeit einmal da?«

»Letzte Woche, Sir. Ich glaube, am Donnerstag.«

»Wer war sonst noch hier?«

Pyne runzelte die Stirn, als versuche er, sich zu erinnern.

»Mr. Drukker«, sagte er nach einem Moment. »Und wie mir jetzt einfällt, kam auch Mr. Pardee. Sie waren zusammen bei Mr. Arnesson im Zimmer und haben sich bis spät in die Nacht unterhalten.«

»In Mr. Arnessons Zimmer also, was? Kommt es denn häufiger vor, daß Mr. Arnesson in seinem Privatzimmer Besucher empfängt?«

»Nein, Sir«, erklärte der Butler, »aber der Professor arbeitete gerade in der Bibliothek, und Miß Dillard war mit Mrs. Drukker hier im Wohnzimmer.«

Vance schwieg eine Weile.

»Das ist alles, Pyne«, sagte er endlich. »Aber schicken Sie uns bitte sofort die Beedle herauf.«

Mrs. Beedle kam und baute sich mit verstockter Aggressivität vor uns auf. Vance stellte ihr im Grunde die gleichen Fragen wie Pyne. Ihre zumeist einsilbigen Antworten fügten dem, was wir bereits erfahren hatten, nichts hinzu. Aber zum Schluß des kurzen Verhörs fragte Vance sie, ob sie am Morgen vor dem Frühstück zufällig aus dem Küchenfenster geschaut habe.

»Ich habe ein paarmal rausgesehen«, sagte sie vorsichtig. »Warum sollte ich nicht rausgucken?«

»Haben Sie jemand auf dem Schießstand oder im Hinterhof gesehen?«

»Niemand außer dem Professor und Mrs. Drukker.«

»Keine Fremden?« Vance bemühte sich, den Eindruck zu erwecken, als hätte Professor Dillards und Mrs. Drukkers Anwesenheit auf dem Hinterhof keinerlei Bedeutung. An der langsamen, entschlossenen Bewegung jedoch, mit der er sein Zigarettenetui aus der Tasche holte, erkannte ich, daß diese Information ihn brennend interessierte.

»Nein«, erwiderte die Frau barsch.

»Um welche Zeit haben Sie den Professor und Mrs. Drukker bemerkt?«

»Vielleicht um acht.«

»Haben Sie miteinander gesprochen?«

»Ja. – Jedenfalls«, ergänzte sie, »sind sie im Garten auf und ab gegangen.«

»Ist es üblich, daß die beiden vor dem Frühstück im Hof spazierengehen?«

»Mrs. Drukker kommt oft früh heraus und geht zwischen den Beeten spazieren. Und ich nehme an, der Professor hat wohl das Recht, jederzeit in seinem eigenen Hof spazierenzugehen.«

»Sein Recht darauf stelle ich gar nicht in Frage, Mrs. Beedle«, sagte Vance milde. »Ich fragte mich nur, ob er die Angewohnheit hat, dieses Recht zu solch früher Stunde auszuüben.«

»Ja, heute morgen hat er es ausgeübt.«

Vance entließ die Frau, stand auf und trat ans Fenster. Er war nachhaltig verwirrt. Mehrere Minuten stand er da und sah die Straße hinab zum Fluß.

»Sieh an«, murmelte er. »Ein hübscher Tag, um die Natur zu genießen. Um acht Uhr hat die Lerche heute morgen ohne Zweifel ihre Schwingen ausgebreitet, und – wer weiß – vielleicht lauerte eine Schlange im Dornbusch. Trotzdem, meiner Treu, nicht alles war da in Ordnung in der Welt.«

Markham erkannte die Anzeichen von Vance' Verblüffung.

»Was fällt Ihnen dazu ein?« fragte er. »Ich bin geneigt, die Informationen der Beedle zu ignorieren.«

»Das Problem ist, daß wir uns bei diesem Fall nicht leisten können, irgend etwas zu ignorieren, Markham«, meinte Vance leise und drehte sich dabei nicht um. »Ich gebe allerdings zu, daß die Enthüllungen der Beedle derzeit bedeutungslos sind. Wir haben lediglich erfahren, daß zwei Akteure unseres Melodrams heute morgen, kurz nachdem man Sprigg das Lebenslicht ausgeblasen hat, bereits auf den Beinen und aktiv waren. Das Freiluftrendezvous des Professors mit Mrs. Drukker könnte natürlich einer unserer hochgeschätzten Zufälle sein. Andererseits könnte es auch ein Hinweis auf eine sentimentale Einstellung des alten Herren gegenüber der Dame sein ... Ich glaube, wir müssen ein paar diskrete Erkundigungen über sein morgendliches Stelldichein anstellen, was? ...«

Plötzlich lehnte er sich ans Fenster. »Ah! Da kommt Arnesson. Sieht ein bißchen aufgeregt aus.«

Einen Augenblick später hörte man das Schloß der Vordertür aufgehen, und Arnesson marschierte den Flur hinab. Als er uns erblickte, kam er schnell ins Wohnzimmer und platzte ohne ein Wort der Begrüßung heraus: »Was höre ich da – Sprigg ist erschossen worden?« Gespannt sprang sein Blick von einem zum anderen. »Ich nehme an, Sie sind hier, um mich über ihn zu befragen. Na, schießen Sie los.« Er warf eine pralle Aktenmappe auf den Tisch und setzte sich abrupt auf eine Stuhlkante. »Heute morgen war ein Beamter oben im College und hat blöde Fragen gestellt und sich benommen wie ein Schmierenkomödiant ... Eine Mordtat – eine grausige Mordtat! Was wir über einen gewissen John E. Sprigg wüßten? Und so weiter ... Hat ein paar Anfänger um ein ganzes Semester geistigen Wachstums gebracht und eine harmlose junge Englischlehrerin fast zum Nervenzusammenbruch getrieben. Ich habe diesen Operettenpolizisten nicht selbst gesehen – hatte gerade Vorlesung. Aber er hatte die Stirn zu fragen, mit welchen Frauen Sprigg zu tun gehabt hätte. Sprigg und Frauen! Der Junge hatte nichts im Kopf außer seiner Arbeit. Der klügste Kerl im Mathekurs. Hat nicht eine Stunde gefehlt. Als er sich heute morgen nicht gemeldet hat, wußte ich, daß etwas Ernstes passiert war. Mittags hat dann alles gesummt vor Mord ... Was können Sie mir dazu sagen?«

»Wir können Ihnen dazu gar nichts sagen, Mr. Arnesson.« Vance hatte ihn aufmerksam beobachtet. »Allerdings haben wir eine weitere Determinante für Ihre Formel. Johnny Sprigg ist heute morgen mit einem kleinen Schießgewehr von oben in den Kopf geschossen worden.«

Arnesson starrte Vance einen Augenblick regungslos an. Dann warf er den Kopf zurück und ließ ein grimmiges Lachen hören.

»Noch so ein fauler Zauber, was? Genau wie Hinrich Hahns Tod ... Lassen Sie hören.«

Vance schilderte ihm kurz die Einzelheiten des Verbrechens. »Könnten Sie, Mr. Arnesson, irgendwelche Details ergänzen, die uns weiterbringen?«

»Meine Güte, nein!« Der Mann wirkte aufrichtig erstaunt. »Nicht das mindeste. Sprigg ... einer der schlauesten Studenten, die ich je hatte. Eine Art Genie, wirklich! Zu schade, daß seine Eltern ihn John genannt haben – gibt doch genug andere Namen. Das hat sein Schicksal anscheinend besiegelt, und ein Irrer schießt ihm in den Kopf. Offenbar derselbe Scherzbold, der Haan mit dem Pfeil erledigt hat.« Er rieb sich die Hände – der abstrakte Philosoph in ihm hatte die Oberhand gewonnen. »Ein hübsches Problem. Haben Sie mir alles gesagt? Ich brauche alle bekannten Faktoren. Vielleicht stoße ich dabei auf ein neues mathematisches Verfahren – wie Kepler.« Die Vorstellung ließ ihn kichern. »Wissen Sie noch – Keplers *Doliometrie?* Sie wurde zum Fundament der Infinitesimalrechnung. Er ist darauf gekommen, als er versuchte, ein Faß für seinen Wein zu konstruieren mit einem Minimum an Holz und einem Maximum an Inhalt. Vielleicht werden die Formeln, die ich zur Lösung dieser Verbrechen ausarbeite, der Forschung neue Gebiete öffnen. Ha! Dann werden Sprigg und Haan zu Märtyrern!«

Selbst unter Berücksichtigung seiner lebenslangen Passion für das Abstrakte kam mir der Humor des Mannes besonders geschmacklos vor. Aber Vance schien sein kaltblütiger Zynismus nichts auszumachen.

»Eine Sache gibt es noch«, sagte er, »die ich zu erwähnen versäumt habe.« Er wandte sich an Markham, bat um den Zettel mit der Formel und gab ihn Arnesson. »Das wurde bei Spriggs Leiche gefunden.«

Der andere warf einen flüchtigen Blick darauf.

»Wie ich sehe, hat der Bischof wieder seine Hand im Spiel. Dasselbe Papier und dieselbe Schrift wie seine Mitteilungen ... Aber woher hat er diesen Riemann-Christoffel-Tensor? Wenn es irgendein anderer Tensor gewesen wäre, meinetwegen der

G-Sigma-Tau-Tensor – darauf hätte jeder stoßen können, der sich für angewandte Physik interessiert. Aber der hier ist nicht verbreitet, und diese Fassung hier ist eigenwillig und ungewöhnlich. Bestimmte Terme ausgelassen ... Donnerwetter! Erst vor ein paar Tagen habe ich mit Sprigg darüber gesprochen. Er hat ihn sich auch aufgeschrieben.«

»Pyne erwähnte die Tatsache, daß Sprigg am Donnerstagabend hier war«, warf Vance ein.

»Ach, wirklich? ... Donnerstag – stimmt. Pardee war auch da. Und Drukker. Wir haben über die Gaußschen Koordinaten gesprochen. Dann kam dieser Tensor zur Sprache – ich glaube, Drukker hat ihn zuerst erwähnt. Und Pardee hatte die verrückte Idee, die höhere Mathematik auf das Schachspiel anzuwenden ...«

»Spielen Sie übrigens Schach?« fragte Vance.

»Früher mal. Jetzt nicht mehr. Ein schönes Spiel – wenn diese Spieler nicht wären. Komische Käuze, die Schachspieler.«

»Die Figuren nicht minder«, entgegnete Vance.

Arnesson überlegte einen Moment. Dann hellte seine Miene sich auf. »Ach, der Läufer hat es Ihnen angetan, was? An diesen Bischof hatte ich auch schon gedacht.«

Heath blickte Markham ratlos an, bis Vance ihm zur Hilfe kam: »Es gibt nämlich eine Schachfigur, die sowohl ›Läufer‹ als auch ›Bischof‹ genannt wird, Sergeant. Wobei mir einfällt, Arnesson: Haben Sie je das Pardee-Gambit studiert?«

(Damals konnte ich die scheinbare Bedeutungslosigkeit von Vance' Fragen nicht verstehen, und ich bemerkte, daß auch Markham erste Anzeichen von Ungeduld erkennen ließ.)

»Der arme alte Pardee!« Arnesson lächelte gefühllos. »Kein schlechter Elementarmathematiker. Hätte High-School-Lehrer werden sollen. Aber er hat zuviel Geld. Hat sich aufs Schachspiel geworfen. Ich habe ihm gesagt, daß sein Gambit nicht wissenschaftlich ist. Habe ihm sogar gezeigt, wie man es schlagen kann. Aber er wollte es nicht einsehen. Dann kamen Capablanca, Vidmar und Tartakower und haben es in der Luft zerrissen. Genau wie ich ihm prophezeit hatte. Das hat sein Leben ruiniert. Seit Jahren fummelt er an einem neuen Gambit herum, aber er kriegt es nicht zusammen. Liest Weyl, Silberstein, Eddington und Mach und hofft, sie würden ihn inspirieren.«

»Das ist überaus interessant.« Vance reichte Arnesson, der sich beim Sprechen seine Pfeife gestopft hatte, sein Streichholzetui hinüber. »Waren Pardee und Sprigg gute Bekannte?«

»Aber nein, Pardee hat ihn hier zweimal getroffen, das ist alles. Allerdings kennt er Drukker gut. Fragt ihn ständig über Potentiale und Skalare und Vektoren aus. Hofft, auf etwas zu stoßen, was das Schachspiel revolutioniert.«

»Hat er sich für den Riemann-Christoffel-Tensor interessiert, als Sie kürzlich darüber gesprochen haben?«

»Könnte ich nicht behaupten. Ein bißchen außerhalb seines Gebietes. Die Krümmung der Raumzeit kann man nicht unter ein Schachbrett klemmen.«

»Was halten Sie davon, daß diese Formel bei Sprigg gefunden wurde?«

»Ich halte gar nichts davon. Wenn sie in Spriggs Handschrift wäre, würde ich sagen, sie ist ihm aus der Tasche gefallen. Aber wer würde sich schon die Mühe machen, eine mathematische Formel mit der Maschine zu tippen?«

»Der Bischof anscheinend.«

Arnesson nahm die Pfeife aus dem Mund und grinste.

»Bischof X. Wir müssen ihn finden. Er steckt voller Streiche. Ein perverser Sinn für Humor.«

»Offenbar«, meinte Vance lässig. »Übrigens, ich hätte beinahe vergessen, Sie zu fragen: Beherbergt das Haus Dillard irgendwelche Revolver?«

»Oho!« Arnesson kicherte vor unverhohlenem Entzücken. »Daher also bläst der Wind! ... Tut mir leid, aber ich muß Sie enttäuschen. Keine Revolver. Keine Tapetentüren. Keine Geheimtreppen. Alles offen und unverdeckt.«

Vance seufzte theatralisch. »Traurig, traurig ... Und ich hatte so eine zauberhafte Theorie.«

Belle Dillard war geräuschlos den Gang hinabgekommen und stand jetzt in der Tür. Offensichtlich hatte sie Vance' Frage und Arnessons Antwort gehört.

»Aber es gibt doch zwei Revolver im Haus, Sigurd«, erklärte sie. »Erinnerst du dich nicht an die alten Revolver, mit denen ich auf dem Land Zielübungen gemacht habe?«

»Ich dachte, die hättest du schon lange weggeschmissen.« Arnesson stand auf und rückte ihr einen Sessel heran. »Als wir letzten Sommer aus Hopatcong zurückkamen, habe ich dir gesagt, daß in diesem guten Land nur Einbrecher und Banditen Schußwaffen besitzen dürfen ...«

»Aber ich habe dir nicht geglaubt«, protestierte sie. »Ich weiß nie, wann du Spaß machst und wann du es ernst meinst.«

»Und Sie haben sie behalten, Miß Dillard?« fragte Vance mit ruhiger Stimme.

»Wieso – ja.« Sie warf Heath einen abschätzenden Blick zu. »Durfte ich das nicht?«

»Ich nehme an, im technischen Sinne war es illegal. Allerdings« – Vance lächelte ermunternd – »glaube ich nicht, daß der gute Sergeant das Gesetz gegen Sie auf den Plan ruft. Wo sind sie jetzt?«

»Unten im Clubraum. Sie sind in einer Schublade im Waffenschrank.«

Vance erhob sich.

»Hätten Sie die Güte, Miß Dillard, uns zu zeigen, wo Sie sie hingelegt haben? An mir nagt die Neugier – ich möchte sie sehen, wissen Sie.«

Das Mädchen zögerte und sah Arnesson ratsuchend an. Als er nickte, wandte sie sich ohne ein Wort um und ging den Weg zum Clubraum voran.

»Sie sind im Schrank neben dem Fenster«, sagte sie. Sie trat heran und zog eine kleine Schublade heraus. Ganz hinten, unter einem Wust von Kleinkram, lag ein 38er-Automatic-Colt.

»He!« rief sie. »Es ist nur einer da. Der andere ist weg.«

»Das war eine kleinere Pistole, nicht wahr?« fragte Vance.

»Ja ...«

»Eine 32er?«

Das Mädchen nickte und blickte Arnesson bestürzt an.

»Na, er ist eben weg, Belle«, meinte er und zuckte mit den Achseln. »Nichts dran zu machen. Vielleicht hat ihn einer deiner jungen Schießgesellen genommen, um sich das Lebenslicht auszupusten, nachdem er sich beim Indianerspielen im Hof blamiert hatte.«

»Sei bitte ernst, Sigurd«, bat sie ein bißchen verschüchtert. »Wo könnte er sein?«

»Ha! Noch ein dunkles Geheimnis«, spottete Arnesson. »Merkwürdiges Verschwinden eines ausrangierten 32ers.«

Vance, der die Verlegenheit des Mädchens bemerkte, wechselte das Thema. »Vielleicht hätten Sie die Güte, Miß Dillard, uns zu Mrs. Drukker zu begleiten. Es gibt noch ein paar Dinge, die wir mit ihr besprechen möchten, und da Sie hier sind, nehme ich an, daß der Ausflug aufgeschoben wurde.«

Ein Schatten des Kummers überflog das Gesicht des Mädchens.

»Oh, Sie dürfen Sie heute nicht aufregen.« Ihr Tonfall hatte etwas tragisch Flehendes. »Lady Mae ist sehr krank. Ich verstehe es nicht – sie wirkte so vergnügt, als ich mich oben mit ihr unterhalten habe. Aber nachdem sie Sie und Mr. Markham gesehen hatte, war sie verändert: Sie hatte einen Schwächeanfall und ... oh, etwas Schreckliches schien sie zu quälen. Als ich sie ins Bett brachte, wiederholte sie ständig in diesem Flüsterton: ›Johnny Sprigg, Johnny Sprigg‹ ... Ich habe den Arzt angerufen, und er ist sofort herübergekommen. Er sagte, sie brauchte strikte Ruhe ...«

»Es ist nicht so wichtig«, beruhigte sie Vance. »Natürlich warten wir. Wer ist denn ihr Arzt, Miß Dillard?«

»Whitney Barstead. Er behandelt sie, solange ich zurückdenken kann.«

»Ein guter Mann«, nickte Vance. »Es gibt keinen besseren Neurologen im ganzen Land. Wir werden nichts ohne seine Erlaubnis tun.« Miß Dillard blickte ihn dankbar an. Dann entschuldigte sie sich und ging.

Als wir wieder im Wohnzimmer waren, postierte sich Arnesson vor dem Kamin und betrachtete Vance mit satirischem Blick.

»›Johnny Sprigg, Johnny Sprigg.‹ Ha! Lady Mae hat es sofort kapiert. Sie mag verrückt sein, aber bestimmte Gehirnlappen bei ihr sind überaktiv. Ein unberechenbares Stückchen Maschine, das menschliche Gehirn. Einige der größten Rechenkünstler Europas sind schwachsinnig. Und ich kenne ein paar Schachmeister, die brauchen Krankenschwestern, die sie anziehen und füttern.«

Vance schien ihm nicht zuzuhören. Er war vor einer kleinen Vitrine neben der Tür stehengeblieben und offenbar in die Betrachtung einer altchinesischen Jadeplastik versunken.

»Dieser Elefant gehört nicht dorthin«, bemerkte er beiläufig und zeigte auf eine winzige Figur der Kollektion. »Er ist ein *Bunjinga* – eine Fälschung, wissen Sie. Geschickt gemacht, aber nicht authentisch. Wahrscheinlich die Kopie eines Mandschu-Stückes.« Er unterdrückte ein Gähnen und wandte sich an Markham. »Ich würde sagen, alter Knabe, wir können hier nichts mehr tun. Schlage vor, wir trollen uns. Wir können vielleicht noch eben dem Professor Bescheid sagen, bevor wir gehen ... Macht es Ihnen was aus, hier auf uns zu warten, Mr. Arnesson?«

Verdutzt hob Arnesson die Brauen, aber sofort faltete sich sein Gesicht zu einem herablassenden Lächeln.

»Aber nein. Machen Sie nur.« Und er fing an, seine Pfeife neu zu stopfen.

Professor Dillard war sehr verärgert über unser zweites Eindringen.

»Wir haben gerade erfahren«, sagte Markham, »daß Sie heute morgen vor dem Frühstück mit Mrs. Drukker gesprochen haben ...«

Zornig mahlte der Professor mit den Kinnbacken. »Geht es die Behörde des Bezirksstaatsanwaltes irgend etwas an, wenn ich in meinem Garten mit einer Nachbarin rede?«

»Gewiß nicht, Sir. Aber ich stecke mitten in einer Ermittlung, die Ihr Haus nachhaltig betrifft, und ich nahm an, ich hätte das Recht, um Ihre Hilfe nachsuchen zu dürfen.«

Der alte Mann stotterte einen Moment. »Also gut«, stimmte er gereizt zu, »ich habe niemand außer Mrs. Drukker gesehen – wenn es das ist, was Sie wissen wollen.«

Vance mischte sich ein. »Das war es nicht, weswegen wir gekommen sind, Professor Dillard. Wir wollten Sie lediglich fragen, ob Mrs. Drukker heute morgen den Eindruck gemacht hat, als ahnte sie, was gerade im Riverside Park passiert war.«

Der Professor wollte schon eine scharfe Erwiderung geben, hielt sich dann aber zurück und sagte einfach: »Nein, sie hat mir nicht den Eindruck gemacht.«

»Wirkte sie irgendwie besorgt oder, sagen wir, aufgeregt?«

»Das tat sie nicht!« Professor Dillard erhob sich und sah Markham in die Augen. »Ich verstehe absolut, worauf Sie hinauswollen, aber ich dulde es nicht. Ich habe Ihnen gesagt, Markham, daß ich mich nicht an der Verfolgung oder Verleumdung dieser unglücklichen Frau beteiligen werde. Das ist alles, was ich Ihnen zu sagen habe.« Er setzte sich wieder an seinen Schreibtisch. »Ich bedauere, aber ich habe heute sehr viel zu tun.«

Wir gingen ins Erdgeschoß hinab und verabschiedeten uns von Arnesson. Er winkte uns herzlich zu, als wir hinausgingen, aber sein Lächeln hatte etwas von gönnerhafter Verachtung an sich, als hätte er die uns gerade erteilte Abfuhr mitangesehen und freue sich darüber.

Auf dem Bürgersteig blieb Vance stehen und zündete sich eine Zigarette an.

»Und jetzt eine kurze Plauderei mit dem traurigen und ehrenwerten Mr. Pardee. Ich weiß nicht, was er uns sagen kann, aber ich sehne mich danach, mich mit ihm zu unterhalten.«

Doch Pardee war nicht zu Hause. Sein japanischer Diener informierte uns, sein Herr sei höchstwahrscheinlich im Manhattan Chess Club.

»Morgen ist noch Zeit genug«, bemerkte Vance zu Markham, als wir das Haus verließen. »Ich werde morgen früh mit Dr. Barstead in Verbindung treten und versuchen, ein Treffen mit Mrs. Drukker zu vereinbaren. Pardee können wir in derselben Tour unterbringen.«

»Ich hoffe nur«, grollte Heath, »daß wir morgen mehr erfahren als heute.«

»Sie übersehen zwei tröstliche Glückfälle, Sergeant«, entgegnete Vance. »Wir haben herausgefunden, daß jeder, der mit dem Hause Dillard zu tun hat, Sprigg kannte und ohne weiteres von seinen Morgenspaziergängen am Hudson hätte wissen können. Außerdem haben wir erfahren, daß der Professor und Mrs. Drukker sich heute morgen um acht Uhr im Garten ergingen. Und wir haben entdeckt, daß ein 32er Revolver aus dem Clubraum verschwunden ist. Dieser Wissensschatz ist zwar nicht beschämend groß, aber das ist doch was – das ist ganz entschieden was.«

Während wir in die Stadt fuhren, raffte Markham sich aus seiner düsteren Versunkenheit auf und musterte Vance forschend.

»Ich habe beinahe Angst, diesen Fall weiterzuverfolgen. Er wird allmählich zu unheilvoll. Und wenn die Zeitungen Wind von diesem Johnny-Sprigg-Reim bekommen und die beiden Morde in Zusammenhang bringen, möchte ich gar nicht an die blutrünstigen Sensationsmeldungen denken, die folgen werden.«

»Ich fürchte, da hängen Sie drin, alter Knabe«, seufzte Vance. »Ich bin kein bißchen medial veranlagt, habe nie etwas geträumt, was in Erfüllung ging, und weiß nicht, wie sich ein telepathischer Anfall anfühlt, aber irgend etwas sagt mir, daß der Bischof die Presse von diesem Abzählreim in Kenntnis setzen wird. Die Pointe seines neuen Witzes ist noch dunkler als seine Hinrich-der-Hahn-Komödie. Er wird Sorge tragen, daß sie niemand entgeht.

Selbst ein Gruselhumorist, der seine Vorführungen mit Leichen garniert, braucht sein Publikum. Darin liegt die große Schwäche seiner unsäglichen Verbrechen. Sie ist beinahe unsere einzige Hoffnung, Markham.«

»Ich rufe mal bei Quinan an«, sagte Heath, »und finde heraus, ob er etwas bekommen hat.«

Doch diese Mühe blieb dem Sergeant erspart. Der Reporter der *World* wartete vor Markhams Büro auf uns, und Swacker komplimentierte ihn sofort hinein.

»Hallo, Mr. Markham.« Quinans Benehmen war erfrischend respektlos, aber trotzdem zeigte er Anzeichen einer nervösen Erregung. »Ich habe hier was für Sergeant Heath. Im Präsidium haben sie mir gesagt, er bearbeitet den Fall Sprigg, und er würde gerade mit Ihnen zusammensitzen. Also bin ich mal rübergeschossen.« Er griff in die Tasche, nahm ein Blatt heraus und reichte es Heath. »Ich bin mächtig großzügig und nett zu Ihnen, Sergeant, und als Gegenzug erwarte ich ein bißchen Insiderinformationen ... Werfen Sie mal einen Blick auf dieses Dokument. Das hat Amerikas größtes Familienmagazin gerade bekommen.«

Es handelte sich um ein Blatt einfachen Schreibmaschinenpapiers und enthielt den Vers von Johnny Sprigg, mit ungewöhnlichen Typen und hellblauem Farbband geschrieben. Unten rechts in der Ecke stand in Großbuchstaben die Unterschrift: DER BISCHOF.

»Und hier ist der Umschlag, Sergeant.« Abermals wühlte Quinan in seiner Tasche.

Der Poststempel gab als Uhrzeit 9.00 Uhr an, und wie die erste Nachricht war auch diese im Bezirk des Postamtes »N« aufgegeben worden.

Kapitel 12

Besuch um Mitternacht

(Dienstag, 12. April, 10.00 Uhr)

Am nächsten Morgen brachten die Titelseiten der Stadtzeitungen Sensationsmeldungen, die Markhams schlimmste Befürchtungen übertrafen. Außer der *World* hatten noch zwei weitere führende Morgenzeitungen ebensolche Nachrichten erhalten wie die, die Quinan uns gezeigt hatte, und das Aufsehen, das ihre Veröffentlichung erregte, war enorm. Die gesamte Stadt war in Angst und Schrecken, und obwohl man hie und da halbherzige Versuche wagte, den Aspekt des Wahnsinns bei den Verbrechen durch Zufälligkeiten hinwegzuerklären und die Mitteilungen des Bischofs als das Werk eines Witzboldes abzutun, waren alle Zeitungen und die breite Mehrheit der Öffentlichkeit absolut überzeugt, daß sich ein neuer und entsetzlicher Typ von Killer diese Stadt zum Opfer erkoren hatte.[16]

Markham und Heath wurden von Reportern bestürmt, aber der Schleier der Geheimhaltung blieb undurchdringlich. Es fiel kein Wort darüber, daß man Grund zur Annahme hatte, die Lösung sei im Umfeld des Hauses Dillard zu suchen, und auch der fehlende 32er Revolver wurde nicht erwähnt. Sperling gegenüber nahm die Presse eine teilnahmsvolle Haltung ein. Man war mittlerweile allgemein der Ansicht, der junge Mann sei das Opfer unglücklicher Umstände geworden, und jegliche Kritik an Markhams Zögern, ihn unter Anklage zu stellen, wurde sofort fallengelassen.

Markham berief eine Konferenz im Stuyvesant Club ein. Sowohl Inspector Moran von der Ermittlungsabteilung als auch Chief Inspector O'Brien[17] nahmen daran teil. Die beiden Morde wurden eingehend erörtert, und Vance deutete seine Gründe an, warum er glaubte, man werde die Lösung zum Schluß entweder im Hause Dillard oder in nächster Nähe davon finden.

»Wir stehen mittlerweile mit allen Personen in Verbindung«, schloß er seinen Vortrag, »die ausreichende Kenntnis von den

Lebensumständen der beiden Opfer hatten, um die Verbrechen erfolgreich durchzuführen, und unsere einzige Möglichkeit besteht darin, daß wir uns auf diese Personen konzentrieren.«

Inspector Moran neigte zur selben Ansicht. »Bis darauf«, schränkte er ein, »daß mir keiner der von Ihnen erwähnten Akteure vorkommt wie ein blutrünstiger Irrer.«

»Der Mörder ist kein Irrer im herkömmlichen Sinne«, entgegnete Vance. »Wahrscheinlich ist er in jedem anderen Punkt normal. Bis auf diese eine krankhafte Stelle hat er vielleicht sogar ein brillantes Gehirn – zu brillant, würde ich sagen. Er hat durch reine, übertriebene Spekulation jedes Gefühl für Proportionen verloren.«

»Aber läßt sich denn selbst so ein pervertierter Supermann ohne Motiv in derart gräßliche Späße ein?« fragte der Inspector.

»Oh, es gibt durchaus ein Motiv. Hinter der monströsen Konzeption dieser Morde liegt eine enorme Triebkraft – eine Triebkraft, deren effektive Resultate die Form eines satanischen Humors annehmen.«

O'Brien beteiligte sich nicht an der Diskussion. Obschon die vagen Andeutungen ihn faszinierten, störte er sich an deren theoretischem Charakter.

»Dieses Geschwätz«, polterte er gewichtig, »mag für Leitartikel in Ordnung sein, aber es bringt nichts.« Er drohte Markham mit seiner dicken schwarzen Zigarre. »Was wir tun müssen, ist, jedem Hinweis nachgehen und irgendein juristisch brauchbares Beweisstück ausgraben.«

Schließlich beschloß man, die Botschaften des Bischofs von Experten analysieren zu lassen und den Versuch zu unternehmen, die Schreibmaschine und das Papier ausfindig zu machen. Systematisch sollte nach Zeugen geforscht werden, die morgens zwischen sieben und acht Uhr im Riverside Park etwas gesehen haben konnten. Spriggs Gewohnheiten und Bekanntenkreis sollten einer genauen Untersuchung unterzogen werden, und ein Mann sollte den Briefkastenleerer dieses Bezirkes verhören in der Hoffnung, daß er beim Leeren der verschiedenen Kästen die an die Zeitungen adressierten Umschläge bemerkt hatte und sagen konnte, in welchen Kasten sie tatsächlich eingeworfen worden waren.

Man plante noch weitere Routinemaßnahmen, und Moran schlug vor, für eine Weile drei Männer Tag und Nacht in der

Nähe der Tatorte zu postieren, die nach möglichen Entwicklungen oder verdächtigen Handlungen der Beteiligten Ausschau halten sollten. Polizei und Staatsanwaltschaft sollten eng zusammenarbeiten. Natürlich übernahm Markham in stillschweigendem Einverständnis mit Heath das Kommando.

»Ich habe die Bewohner des Hauses Dillard und des Hauses Drukker bereits im Zusammenhang mit Haans Ermordung vernommen«, erläuterte Markham Moran und O'Brien, »und den Fall Sprigg habe ich mit Professor Dillard und mit Arnesson durchgesprochen. Morgen suche ich Pardee und die Drukkers auf.«

An diesem Morgen um kurz vor zehn stellte sich Markham, begleitet von Heath, bei Vance ein.

»Das kann nicht so weitergehen«, meinte er nach der äußerst flüchtigen Begrüßung. »Wenn irgend jemand etwas weiß, müssen wir es herausfinden. Ich werde jetzt die Schrauben anziehen und zur Hölle mit den Folgen.«

»Geben Sie es ihnen, auf jeden Fall.« Vance wirkte bedrückt. »Ich bezweifle allerdings, ob es etwas nützt. Dieses Rätsel werden Sie nicht mit den gewöhnlichen Verfahren lösen. Allerdings habe ich Barstead angerufen. Er sagt, wir dürfen heute vormittag mit Mrs. Drukker sprechen. Doch zuvor habe ich mich mit ihm selber verabredet. Mich drängt es, mehr über die Drukkersche Pathologie zu erfahren. Einen Buckel bekommt man normalerweise nicht von einem Sturz, meinen Sie nicht?«

Wir fuhren sofort zu dem Arzt nach Hause und wurden unverzüglich vorgelassen. Dr. Barstead war ein großer, gemütlicher Mann, dessen zuvorkommendes Benehmen mir vorkam wie durch lange Übung erworben.

Vance kam sofort zur Sache.

»Wir haben Grund zu der Annahme, Doktor, daß Mrs. Drukker und vielleicht auch ihr Sohn indirekt mit Mr. Haans Tod im Hause von Professor Dillard zu tun haben. Und bevor wir sie vernehmen, möchten wir gerne von Ihnen etwas über die neurologische Situation wissen, der wir entgegentreten – soweit Ihr Berufsethos das gestattet.«

»Bitte drücken Sie sich etwas genauer aus, Sir«, erwiderte Dr. Barstead mit defensiver Zurückhaltung.

»Man hat mir gesagt«, fuhr Vance fort, »daß Mrs. Drukker sich für die Kyphose ihres Sohnes verantwortlich hält, aber, soweit ich weiß, resultieren solche Mißbildungen gewöhnlich nicht aus bloßen Körperverletzungen.«

Langsam nickte Dr. Barstead mit dem Kopf. »Das ist durchaus zutreffend. Eine Kompressionsparaplegie des Rückenmarks kann die Folge einer Verrenkung oder Verletzung sein, aber das so entstehende Trauma wäre fokal-transversaler Art. Die Spondylitis oder Wirbelentzündung ist in der Regel tuberkulösen Ursprungs, und diese Wirbelsäulentuberkulose tritt am häufigsten bei Kindern auf. Oft liegt sie schon bei der Geburt vor. Zwar kann ein Unfall den Krankheitsausbruch provozieren, wenn dadurch ein Infektionsherd definiert oder ein latenter Herd angeregt wird, und ohne Zweifel führt dieser Umstand zu dem Glauben, der Unfall selbst würde zur Erkrankung führen. Aber Schmaus und Horsley haben übereinstimmend die echte pathologische Anatomie der Wirbelkaries dargestellt. Drukkers Mißbildung ist ohne Frage tuberkulösen Ursprungs. Sogar die Verkrümmung ist ausgesprochen rund, was dafür spricht, daß die Wirbel stark betroffen sind, und es liegt keinerlei Skoliose vor. Außerdem hat er alle lokalen Symptome der Spondylitis.«

»Natürlich haben Sie Mrs. Drukker die Sachlage erläutert.«

»Bei mehreren Gelegenheiten, doch ohne Erfolg. Aufgrund eines ausgeprägten Dranges zu einem übersteigerten Märtyrertum klammert sie sich nämlich an die Vorstellung, sie sei schuld am Zustand ihres Sohnes. Diese irrige Annahme ist ihr zur fixen Idee geworden. Sie bestimmt ihre gesamte geistige Haltung und gibt ihrem Leben, das sie vierzig Jahre lang als Dienst und Opfer geführt hat, einen Sinn.«

»In welchem Maße«, fragte Vance, »würden Sie sagen, daß diese Neurose ihren Verstand beeinträchtigt hat?«

»Das ist schwierig zu sagen und keine Frage, die ich erörtern möchte. Allerdings kann ich folgendes dazu bemerken: Sie ist wirklich krank, und ihre Wertvorstellungen sind verzerrt. Es hat – und das sage ich Ihnen absolut vertraulich – zuweilen Anzeichen für eine deutliche Halluzinose gegeben, in deren Mittelpunkt ihr Sohn steht. Sein Wohlergehen ist ihr zur Besessenheit geworden. Es gibt praktisch nichts, was sie nicht für ihn tun würde.«

»Wir wissen Ihr Vertrauen zu schätzen, Doktor ... Wäre es nicht logisch anzunehmen, daß ihre Erregung gestern aus einer Angst oder einem Schock im Zusammenhang mit seinem Wohlergehen entstanden ist?«

»Ohne Zweifel. Außer was ihn betrifft, hat sie kein eigenes emotionelles oder geistiges Leben. Aber ob ihr zeitweiliger Zusammenbruch an einer echten oder an einer eingebildeten Befürchtung lag, kann man nicht beurteilen. Zu lange schon lebt sie im Grenzland zwischen Wirklichkeit und Phantasie.«

Ein kurzes Schweigen folgte, und dann fragte Vance: »Und was Drukker selbst betrifft – würden Sie ihn als uneingeschränkt verantwortlich für seine Taten bezeichnen?«

»Da er mein Patient ist«, erwiderte Dr. Barstead mit kühlem Vorwurf, »und da ich keine Schritte unternommen habe, ihn einweisen zu lassen, halte ich Ihre Frage für eine Unverschämtheit.«

Markham beugte sich zu ihm herüber und sagte gebieterisch: »Wir haben keine Zeit für Spitzfindigkeiten, Doktor. Wir untersuchen eine Serie kaltblütiger Morde. Mr. Drukker ist in diese Mordtaten verwickelt – in welchem Maße, wissen wir noch nicht. Aber es ist unsere Pflicht, das herauszufinden.«

Der erste Impuls des Arztes war, Markham die Stirn zu bieten, aber offenbar überlegte er es sich, denn schließlich antwortete er in beiläufigem Tonfall: »Ich habe keinen Grund, Sir, Ihnen irgendwelche Informationen vorzuenthalten. Aber Mr. Drukkers Verantwortlichkeit anzuzweifeln, bedeutet, mir Nachlässigkeit im Punkte der öffentlichen Sicherheit vorzuwerfen. Vielleicht habe ich aber auch die Frage dieses Herrn mißverstanden.« Er betrachtete Vance einen kurzen Moment. »Es gibt natürlich verschiedene Grade der Verantwortlichkeit«, fuhr er in professoralem Ton fort. »Wie oft bei Opfern einer Kyphose, ist Mr. Drukkers Verstand überentwickelt. Alle seine geistigen Prozesse sind sozusagen nach innen gerichtet, und der Mangel an normalen körperlichen Reaktionen führt oft dazu, Hemmnisse und Verirrungen hervorzubringen. Aber ich habe keinerlei Anzeichen dieses Leidens bei Mr. Drukker festgestellt. Er ist erregbar und neigt zur Hysterie, aber schließlich ist die Psychokinese eine verbreitete Begleiterscheinung seiner Krankheit.«

»Was für Formen nehmen seine Vergnügungen an?« wollte Vance mit beiläufiger Höflichkeit wissen.

Dr. Barstead dachte einen Moment nach. »Kinderspiele, würde ich sagen. Diese Art der Entspannung ist bei Behinderten nicht ungewöhnlich. In Mr. Drukkers Fall könnten wir sie vielleicht eine Wunscherfüllung im Wachzustand nennen. Da er keine normale Kindheit gehabt hat, klammert er sich an alles, was ihm ein Gefühl jugendlicher Rehabilitation gibt. Seine kindischen Aktivitäten dienen dazu, die Monotonie seines rein geistigen Lebens zu kompensieren.«

»Und was hält Mrs. Drukker von seinem Spieltrieb?«

»Sie ermuntert ihn, was völlig richtig ist. Ich habe oft gesehen, wie sie sich über die Mauer am Spielplatz im Riverside Park lehnte und ihm zuschaute. Und immer führt sie den Vorsitz bei den Kinderparties, die er zu Hause veranstaltet.«

Ein paar Minuten darauf verabschiedeten wir uns. Als wir in die 76ste Straße einbogen, holte Heath tief Luft, als würde er aus einem Alptraum erwachen, und setzte sich im Wagen aufrecht.

»Haben Sie das kapiert mit den Kinderspielen?« fragte er beklommen. »Meine Güte, Mr. Vance! Was wird aus diesem Fall noch werden?«

In Vance' Blick lag eine merkwürdige Trauer, als er auf die nebelverhangenen Klippen von Jersey am anderen Flußufer starrte.

Im Hause Drukker öffnete auf unser Läuten eine stattliche deutsche Frau, die sich resolut vor uns aufbaute und uns argwöhnisch mitteilte, Mr. Drukker sei zu beschäftigt, um jemand zu empfangen.

»Sie sollten ihm mitteilen«, meinte Vance, »daß der Bezirksstaatsanwalt ihn sofort sprechen will.«

Seine Worte hatten eine merkwürdige Wirkung auf die Frau. Sie schlug die Hände vors Gesicht und ihr starker Busen hob und senkte sich krampfhaft. Dann machte sie beinahe panisch kehrt und eilte die Treppe hinauf. Wir hörten sie an eine Tür klopfen, vernahmen Stimmen, und ein paar Sekunden später kam sie zurück und teilte uns mit, Mr. Drukker werde uns in seinem Arbeitszimmer empfangen.

»Als wir an der Frau vorbeigingen, wandte sich Vance plötzlich um, fixierte sie geheimnisvoll und fragte: »Wann ist Mr. Drukker gestern morgen aufgestanden?«

»Ich – ich weiß nicht«, stammelte sie völlig verschreckt. »Ja, ja, jetzt fällt es mir wieder ein. Um neun – wie immer.«

Vance nickte und ging weiter.

Drukker empfing uns an einem langen Tisch stehend, der mit Büchern und Manuskriptblättern bedeckt war. Er verbeugte sich ernst, bat uns aber nicht, Platz zu nehmen.

Vance studierte ihn einen Moment lang, als versuchte er, das Geheimnis zu lüften, das hinter seinem rastlosen, hohlen Blick lag.

»Mr. Drukker«, begann er, »es ist nicht unser Wunsch, Ihnen unnötigen Ärger zu verursachen, aber wir haben erfahren, daß Sie mit Mr. John Sprigg bekannt waren, der, wie Sie vielleicht wissen, gestern morgen hier in der Nähe erschossen wurde. Könnten Sie sich irgendeinen Grund vorstellen, weshalb ihn jemand hätte töten können?«

Drukker straffte sich. Obwohl er versuchte, sich in der Gewalt zu behalten, zitterte seine Stimme ein wenig, als er antwortete.

»Ich kannte Mr. Sprigg nur flüchtig. Was seinen Tod angeht, kann ich keinerlei Mutmaßungen anstellen ...«

»Bei seiner Leiche fand man einen Zettel, auf dem der Riemann-Christoffel-Tensor stand, den Sie in Ihrem Buch, und zwar in dem Kapitel über die Endlichkeit des Raumes, einführen.« Während er sprach, zog Vance eines der maschinenschriftlichen Blätter auf dem Tisch zu sich heran und warf einen beiläufigen Blick darauf.

Drukker schien es nicht bemerkt zu haben. Vance' Worte hatten seine Aufmerksamkeit erregt.

»Ich verstehe das nicht«, sagte er vage, »darf ich die Aufzeichnung mal sehen?«

Markham kam seiner Bitte sofort nach. Nachdem er das Blatt einen Moment betrachtet hatte, gab Drukker es zurück, und seine kleinen Augen verengten sich heimtückisch.

»Haben Sie Arnesson nach seiner Meinung gefragt? Genau über dieses Thema hat er letzte Woche mit Sprigg gesprochen.«

»Aber ja«, erwiderte Vance unbekümmert. »Mr. Arnesson erinnerte sich an den Vorfall, konnte aber keinerlei Aufklärung geben. Wir dachten, vielleicht gelingt es Ihnen, sein Versagen wettzumachen.«

»Ich bedauere, Ihnen nicht behilflich sein zu können.« Der Tonfall von Drukkers Antwort konnte eine Spur Herablassung nicht verhehlen. »Jeder könnte den Tensor benutzen. Weyls und Einsteins Werke sind voll davon. Es gibt kein Copyright darauf ...« Er beugte sich über ein drehbares Büchergestell und zog eine kleine Oktavbroschüre heraus. »Hier in Minkowskis *Relativitätsprinzip* steht er auch, nur mit anderen Symbolen – zum Beispiel ein T statt des Bs, und griechische Buchstaben als

Indizes.« Er griff nach einem anderen Band. »Auch Poincaré verwendet ihn in seinen *Hypothèses Cosmogoniques,* allerdings wieder mit anderen Symbolen.« Verächtlich warf er die Bücher auf den Tisch. »Warum kommen Sie damit zu mir?«

Drukkers Hände ergriffen die Tischkante, und er beugte sich mit erregt glitzernden Augen vor.

»Nicht die Tensor-Formel allein war es, die unsere müden Schritte zu Ihrer Tür lenkte«, sagte Vance heiter. »Wir haben beispielsweise Grund zu der Annahme, daß Spriggs Tod mit Haans Ermordung in Zusammenhang steht...«

»In Zusammenhang – Sprigg und Haan? Sie glauben doch nicht etwa an diesen Zeitungsquatsch, oder?... Das ist eine verdammte Lüge!« Sein Gesicht verzerrte sich, und seine Stimme schrillte in höchsten Tönen. »Das ist ein krankhafter Blödsinn... Es gibt keinen Beweis, sage ich Ihnen – nicht den geringsten!«

»Hinrich der Hahn und Johnny Sprigg, wissen Sie«, ließ sich Vance' sanfte, beharrliche Stimme vernehmen.

»So ein Quatsch! So ein verrückter Quatsch! Oh mein Gott! Ist die Welt wahnsinnig geworden?...« Drukker taumelte, schlug mit einer Hand auf den Tisch und wirbelte die Papiere durch die Luft.

Mit mildem Erstaunen blickte Vance ihn an.

»Kennen Sie nicht den Bischof, Mr. Drukker?«

Der Mann hörte auf zu schwanken, beruhigte sich und starrte Vance durchbohrend an. Sein Mund war an den Mundwinkeln zurückgezogen und erinnerte an das schiefe Grinsen der fortschreitenden Muskeldystrophie.

»Sie auch! Sie sind wahnsinnig geworden!« Er ließ seinen Blick über uns schweifen. »Ihr verdammten, unglaublichen Narren! So jemand wie den Bischof gibt es nicht! Hinrich den Hahn oder Johnny Sprigg hat es nie gegeben! Und da stehen Sie, erwachsene Männer, und versuchen, mich – *mich,* einen Mathematiker, mit Kindermärchen zu erschrecken!...« Er fing an, hysterisch zu lachen.

Schnell ging Vance zu ihm hin, nahm ihn beim Arm und führte ihn zu seinem Stuhl. Langsam erstarb sein Gelächter, und er winkte müde ab.

»Jammerschade, daß Haan und Sprigg getötet wurden«, sagte er matt und farblos. »Aber Kinder sind die einzigen Menschen, die zählen ... Wahrscheinlich werden Sie den Mörder finden. Wenn nicht, werde ich Ihnen vielleicht helfen. Aber lassen Sie nicht Ihre Phantasie mit sich durchgehen. Halten Sie sich an die Fakten ... die Fakten ...«

Der Mann war erschöpft, und wir gingen.

»Er hat Angst, Markham, verteufelte Angst«, bemerkte Vance, als wir wieder auf dem Gang waren. »Ich wüßte wirklich ganz gern, was in diesen vertrackten Gehirnwindungen versteckt ist.«

Er führte uns den Gang hinab zu Mrs. Drukkers Tür.

»Diese Art, eine Dame zu besuchen, ist nicht das beste Benehmen. Wirklich, Markham, wissen Sie, ich bin nicht zum Polizisten geboren. Ich hasse das Schnüffeln.«

Eine schwache Stimme antwortete auf unser Klopfen. Mrs. Drukker, blasser als gewöhnlich, lag auf ihrer Chaiselongue am Fenster. Ihre weißen, klauenartigen Hände ruhten leicht angewinkelt auf den Sessellehnen, und mehr denn je erinnerte sie mich an die Bilder der rasenden Harpyen, die in der Geschichte der Argonauten den Phineus quälen.

Bevor wir etwas vorbringen konnten, sagte sie mit gepreßter, verängstigter Stimme: »Ich wußte, daß Sie kommen würden – ich wußte, daß Sie noch nicht fertig damit sind, mich zu quälen ...«

»Sie zu quälen, Mrs. Drukker«, entgegnete Vance sanft, »wäre das letzte, was uns in den Sinn käme. Wir brauchen nur Ihre Hilfe.«

Vance' Benehmen schien ihre Besorgnis ein wenig zu dämpfen, und sie studierte ihn berechnend.

»Wenn ich Ihnen nur helfen könnte!« murmelte sie. »Aber man kann nichts tun – nichts ...«

»Sie könnten uns sagen, was Sie am Tag, als Mr. Haan starb, von Ihrem Fenster aus gesehen haben«, sagte Vance freundlich.

»Nein – nein!« Ihre Augen traten entsetzt hervor. »Ich habe nichts gesehen – ich war an dem Morgen gar nicht am Fenster. Töten Sie mich, aber meine letzten Worte sind nein – nein – *nein!*«

Vance beharrte nicht auf dem Punkt. »Mrs. Beedle hat uns gesagt«, fuhr er fort, »daß Sie oft früh aufstehen und im Garten spazierengehen.«

»Oh ja.« Diese Worte begleitete ein erleichtertes Seufzen. »Ich schlafe morgens nicht gut. Ich wache oft mit einem dumpfen, bohrenden Schmerz im Rückgrat auf, und die Muskeln im Rükken sind dann steif und tun weh. Also stehe ich auf und gehe im Hof spazieren, wenn das Wetter es erlaubt.«

»Mrs. Beedle hat Sie gestern morgen im Garten gesehen.«

Zerstreut nickte die Frau.

»Und sie hat Professor Dillard bei Ihnen gesehen.«

Wiederum nickte sie, doch sofort darauf warf sie Vance einen kampflustigen und fragenden Blick zu.

»Er leistet mir manchmal Gesellschaft«, erklärte sie hastig. »Ich tue ihm leid, und er bewundert Adolph. Er hält ihn für ein großes Genie. Und er ist wirklich ein Genie! Er wäre heute ein großer Mann – wie Professor Dillard, wenn seine Krankheit nicht gewesen wäre. Es ist alles meine Schuld. Ich habe ihn fallen lassen, als er noch ein Baby war ...« Ein trockenes Schluchzen erschütterte ihren mageren Körper, und ihre Finger zuckten krampfhaft.

Nach einem Augenblick fragte Vance: »Worüber haben Sie und Professor Dillard gestern im Garten gesprochen?«

Plötzlich schlich sich etwas Verschlagenes in die Miene der Frau. »Vor allem über Adolph«, sagte sie mit allzu auffälliger Beiläufigkeit.

»Haben Sie sonst noch jemand im Hof oder auf dem Schießstand gesehen?« Vance' unnachgiebiger Blick ruhte auf der Frau.

»Nein!« Abermals überkam sie ein Gefühl von Furcht.

»Aber es war noch jemand da, oder? Jemand, der nicht gesehen werden wollte.«

Sie nickte eifrig. »Ja! Es war noch jemand da – und er glaubt, ich habe ihn gesehen ... Aber das habe ich nicht! Oh gütiger Gott, das habe ich nicht! ...« Sie vergrub ihr Gesicht in den Händen, und ihr Körper zuckte. »Wenn ich ihn bloß gesehen hätte! Wenn ich es doch bloß wüßte! Aber Adolph war es nicht – mein kleiner Junge. Er hat geschlafen. Gott sei Dank, er hat geschlafen!«

Vance trat dicht an die Frau heran. »Warum danken Sie Gott, daß es nicht Ihr Sohn war?« fragte er freundlich.

Verblüfft schaute sie auf. »Wieso, erinnern Sie sich nicht? Gestern morgen hat ein kleiner Mann mit einem kleinen Schießgewehr Johnny Sprigg erschossen – derselbe kleine Mann, der Hinrich den Hahn mit Pfeil und Bogen getötet hat. Das Ganze ist ein furchtbares Spiel – und *ich habe Angst* ... Aber ich darf nichts verraten – ich *kann* nichts verraten. Der kleine Mann könnte etwas Entsetzliches tun. Vielleicht« – ihre Stimme klang dumpf vor Angst – »vielleicht hat er die krankhafte Vorstellung, daß ich die ›alte Frau‹ bin, die ›in einem Schuh wohnte‹ ...«

»Kommen Sie, Mrs. Drukker!« Vance zwang sich zu einem tröstlichen Lächeln. »Das ist doch Unsinn, Sie lassen diese Angelegenheit an Ihrem Verstand zehren. Für alles gibt es eine absolut vernünftige Erklärung. Und ich habe das Gefühl, daß Sie selbst uns helfen können, diese Erklärung zu finden.«

»Nein – nein! Ich kann nicht – ich darf nicht! Ich verstehe es selbst nicht.« Sie holte tief und resolut Luft und preßte die Lippen aufeinander.

»Warum können Sie es uns nicht sagen?« insistierte Vance.

»Weil ich es nicht weiß«, heulte sie. »Ich wünschte bei Gott, ich wüßte es. Ich weiß nur, daß hier etwas Schreckliches im Gange ist – ein grimmer Fluch hängt über diesem Haus ...«

»Woher wissen Sie das?«

Die Frau begann heftig zu zittern, und ihr Blick schweifte ziellos durch den Raum. »Weil« – ihre Stimme war kaum zu hören – »weil der kleine Mann letzte Nacht hier war!«

Ein Schaudern überlief mich, als sie das sagte, und ich hörte, wie sogar der unerschütterliche Sergeant Luft holte. Dann ertönte Vance' gelassene Stimme: »Woher wissen Sie, daß er da war, Mrs. Drukker? Haben Sie ihn gesehen?«

»Nein, gesehen habe ich ihn nicht, aber er hat versucht, in dieses Zimmer einzudringen – durch diese Tür.« Schwankend deutete sie auf die Tür zum Gang, durch die wir eben gekommen waren.

»Sie müssen es uns erzählen«, sagte Vance, »oder wir sind zu dem Schluß gezwungen, daß Sie sich die Geschichte ausgedacht haben.«

»Aber ich habe sie mir nicht ausgedacht – Gott ist mein Zeuge!« An der Aufrichtigkeit der Frau gab es keinen Zweifel. Etwas war passiert, was ihr Todesangst eingejagt hatte. »Ich lag noch wach im Bett. Die kleine Uhr auf dem Kamin hatte gerade Mitternacht geschlagen, und ich hörte auf dem Gang ein leises Scharren. Ich drehte den Kopf zur Tür – hier auf dem Tisch brannte ein kleines Nachtlicht – und dann sah ich, wie sich der Türknopf langsam drehte – geräuschlos, als ob jemand versuchte hereinzukommen, ohne mich zu wecken –«

»Einen Moment, Mrs. Drukker«, unterbrach Vance. »Schließen Sie nachts immer die Tür ab?«

»Bis vor kurzem habe ich es nie getan – seit Mr. Haans Tod. Ich fühle mich seither irgendwie unsicher – ich kann nicht erklären, warum . . .«

»Ich verstehe schon. Bitte fahren Sie fort. Sie sahen, wie der Türknopf sich drehte. Und dann?«

»Ja – ja. Er bewegte sich langsam – hin und her. Ich lag hier im Bett, starr vor Schreck. Nach einer Weile gelang es mir zu rufen – ich weiß nicht, wie laut. Plötzlich drehte sich der Türknopf nicht mehr, und ich hörte, wie sich Schritte schnell entfernten – den Gang hinab . . . Ich schaffte es aufzustehen. Dann ging ich zur Tür und horchte. Ich hatte Angst – Angst um Adolph. Und ich hörte, wie diese leisen Schritte die Treppe hinabgingen – «

»Welche Treppe?«

»Hinten die – zur Küche . . . Dann fiel die Tür vom Wintergarten ins Schloß, und alles war wieder still . . . Lange noch kniete ich am Schlüsselloch und lauschte und wartete. Aber nichts geschah, und schließlich stand ich auf . . . Irgend etwas schien mir zu sagen, daß ich die Tür öffnen müsse. Ich hatte eine Todesangst – und doch wußte ich, daß ich die Tür aufmachen mußte . . .« Ein Schaudern überlief sie. »Leise drehte ich den Schlüssel im Schloß und ergriff den Türknopf. Als ich die Tür langsam nach innen zog, fiel ein kleiner Gegenstand, der draußen auf dem Türknopf gestanden hatte, klappernd zu Boden. Im Gang brannte eine Lampe – ich lasse nachts immer eine brennen –, und ich versuchte, nicht nach unten zu schauen. Ich habe es versucht – *versucht* . . . aber ich konnte den Blick nicht vom Boden abwenden. Und dort zu meinen Füßen lag – oh gütiger Gott! – da lag etwas! . . .«

Sie konnte nicht weitersprechen. Der Schreck schien ihr die Zunge zu lähmen. Doch Vance' kühle, gefühllose Stimme beruhigte sie.

»Was war es, was da auf dem Boden lag, Mrs. Drukker?«

Mühsam erhob sich die Frau, stützte sich einen Augenblick auf das Fußende des Bettes und ging dann zu ihrer Frisierkommode. Sie zog eine kleine Schublade auf, griff hinein und wühlte darin herum. Dann streckte sie uns ihre geöffnete Hand entgegen. Darauf lag eine kleine Schachfigur – ebenholzschwarz auf der Blässe ihrer Haut. Es war der Läufer – der Bischof!

Kapitel 13

Im Schatten des Bischofs

(Dienstag, 12. April, 11.00 Uhr)

Vance nahm Mrs. Drukker die Figur ab und ließ sie in seine Rocktasche gleiten.

»Es wäre gefährlich, Madame«, meinte er mit nachdrücklichem Ernst, »wenn bekannt würde, was letzte Nacht hier vorgefallen ist. Sollte die Person, die Ihnen diesen Streich gespielt hat, erfahren, daß Sie die Polizei informiert haben, könnten weitere Versuche folgen, Sie einzuschüchtern. Daher darf kein Wort von dem, was Sie uns gesagt haben, über Ihre Lippen kommen.«

»Darf ich es nicht einmal Adolph erzählen?« fragte die Frau zerstreut.

»Niemandem! Sie müssen absolutes Stillschweigen bewahren, sogar vor Ihrem Sohn.«

Ich verstand nicht, warum Vance diesen Punkt so betonte, aber binnen weniger Tage wurde es mir nur zu klar. Der Grund für seinen Rat wurde uns mit tragischer Gewalt vor Augen geführt, und mir wurde klar, daß er, als Mrs. Drukker ihre Enthüllungen machte, bereits eine unheimlich präzise Erklärung ausgearbeitet und bestimmte Möglichkeiten vorhergesehen hatte, die wir anderen nicht einmal vermutet hätten.

Wenige Augenblicke später empfahlen wir uns und gingen über die Hintertreppe hinunter. Acht oder zehn Stufen unter dem Obergeschoß machte das Treppenhaus auf einem Absatz eine scharfe Biegung nach rechts und führte in einen kleinen dunklen Durchgang mit zwei Türen – einer auf der linken Seite, die zur Küche führte, und einer zweiten schräg gegenüber, die zum Wintergarten ging.

Wir traten sofort auf die jetzt im hellen Sonnenschein daliegende Veranda hinaus und standen wortlos da, während wir versuchten, die Stimmung abzuschütteln, in die Mrs. Drukkers erschreckendes Erlebnis uns versetzt hatte.

Markham war der erste, der etwas sagte.

»Glauben Sie, Vance, daß derjenige, der gestern nacht die Schachfigur hergebracht hat, der Mörder von Haan und Sprigg ist?«

»Ganz ohne Zweifel. Der Zweck seines mitternächtlichen Besuches ist gräßlich klar. Er paßt perfekt zu dem, was bereits ans Licht gekommen ist.«

»Mir kommt es wie ein rücksichtsloser Streich vor«, gab Markham zurück, »die Tat eines betrunkenen Taugenichts.«

Vance schüttelte den Kopf.

»Dies ist das einzige in diesem ganzen Alptraum, was nicht als das Werk eines wahnsinnigen Humors gelten kann. Es war ein tödlich ernster Besuch. Der Teufel selbst ist nie so ernst wie dann, wenn er seine Spuren verwischt. Unser spezieller Teufel war im Zugzwang, und er hat kühn gespielt. Meiner Treu, ich würde beinahe seine joviale Stimmung derjenigen vorziehen, die ihn gestern nacht dazu veranlaßt hat, hier einzubrechen. Na, immerhin haben wir jetzt etwas Handfestes, womit wir weitermachen können.«

Ungeduldig ob all unserer Theorien griff Heath schnell die letzte Bemerkung auf. »Und das wäre, Sir?«

»Zunächst einmal dürfen wir davon ausgehen, daß unser schachspielender Troubadour gründlich vertraut war mit den Räumlichkeiten dieses Hauses. Das Nachtlicht in der oberen Halle mag zwar seinen Schimmer auf die Hintertreppe bis zum ersten Absatz geworfen haben, aber der Rest des Weges muß im Dunkeln gelegen haben. Darüber hinaus ist der Grundriß des hinteren Hausteiles ziemlich kompliziert. Ohne also das Gebäude genau zu kennen, hätte er nicht so geräuschlos seinen Weg im Dunkeln finden können. Zudem wußte der Besucher offensichtlich, in welchem Zimmer Mrs. Drukker schlief. Und überdies muß er gewußt haben, wann Drukker gestern nacht zurückkam, denn er hätte seinen Besuch nicht riskiert, wenn er nicht sicher gewesen wäre, daß die Luft rein war.«

»Das nützt uns nicht viel«, grummelte Heath. »Wir arbeiten doch schon die ganze Zeit mit der Theorie, daß der Mörder über alles unterrichtet war, was mit den beiden Häusern zu tun hat.«

»Stimmt. Aber man kann auf vertrautem Fuß mit einer Familie stehen und doch nicht wissen, wann jeder einzelne an einem bestimmten Abend zu Bett geht, oder auch nur, wie man sich heimlich Zutritt verschafft. Zu alledem, Sergeant, war unser mitternächtlicher Besucher jemand, der wußte, daß Mrs. Drukker die Angewohnheit hatte, ihre Türe nachts nicht abzuschließen, denn er hatte alle Absicht, in ihr Zimmer einzudringen. Er hatte nicht bloß vor, sein kleines Memento draußen zu deponieren und wieder zu verschwinden. Das beweist das geräuschlose und verstohlene Drehen am Türknopf.«

»Vielleicht hat er Mrs. Drukker bloß wecken wollen, damit sie es sofort findet«, meinte Markham.

»Warum hat er dann so vorsichtig den Türknopf betätigt – als ob er vermeiden wollte, jemand zu wecken? Am Knopf rütteln, leise klopfen oder sogar die Schachfigur an die Tür zu werfen hätte diesen Zweck viel besser erfüllt . . . Nein, Markham, er hatte eine weitaus unheilvollere Absicht; aber als er sie durch die verschlossene Tür vereitelt sah und Mrs. Drukkers Angstschrei hörte, stellte er den Bischof dorthin, wo sie ihn fand, und floh.«

»Trotzdem«, argumentierte Heath, »jeder hätte wissen können, daß sie nachts ihre Türe aufläßt, und jeder hätte den Plan von dem Haus in Erfahrung bringen und sich im Dunkeln zurechtfinden können.«

»Aber wer, Sergeant, hatte einen Schlüssel zur Hintertür? Und wer hat ihn gestern um Mitternacht benutzen können?«

»Vielleicht war die Tür gar nicht abgeschlossen«, konterte Heath. »Wenn wir die Alibis von allen überprüfen, kriegen wir vielleicht eine Spur.«

Vance seufzte.

»Wahrscheinlich werden Sie zwei oder drei Leute ohne jedwelches Alibi finden. Und wenn der Besuch gestern nacht geplant war, wird der Betreffende auch ein überzeugendes Alibi vorbereitet haben. Wir haben es nicht mit einem Dummkopf zu tun, Sergeant. Wir spielen ein Spiel auf Leben und Tod gegen einen gerissenen und einfallsreichen Mörder, der so schnell denken kann wie wir und der sich lange in den Subtilitäten der Logik geübt hat . . .«

Als wäre ihm plötzlich etwas eingefallen, drehte er sich um, ging ins Haus und winkte uns, ihm zu folgen. Er begab sich direkt in die Küche, wo die deutsche Frau, die uns eingelassen hatte, vierschrötig an einem Tisch saß und das Mittagessen vorbereitete. Als wir eintraten, stand sie auf und wich vor uns zurück. Von ihrem Verhalten verwirrt, betrachtete Vance sie einige Augenblicke schweigend. Dann schweifte sein Blick zum Tisch, wo eine große Aubergine lag, die der Länge nach halbiert und ausgeschabt worden war.

»Ah!« rief er und schaute sich an, was auf einigen Tellern lag, die auf dem Tisch standen. »*Aubergines à la Turque,* was? Ein famoses Gericht. Aber an Ihrer Stelle würde ich das Hammelfleisch ein bißchen feiner hacken. Und nicht zuviel Käse, er lenkt von der *Sauce espagnole* ab, die Sie da vorbereiten, wie ich sehe.« Mit einem gewinnenden Lächeln blickte er auf. »Wie heißen Sie übrigens?«

Sein Benehmen setzte die Frau gehörig in Erstaunen, hatte aber auch den Effekt, ihre Befürchtungen zu dämpfen.

»Menzel«, sagte sie dumpf. »Grete Menzel.«

»Wie lange sind Sie schon bei den Drukkers?«

»Es werden fünfundzwanzig Jahre.«

»Eine lange Zeit«, bemerkte Vance nachdenklich. »Sagen Sie mir: Warum waren Sie erschrocken, als wir heute morgen herkamen?«

Plötzlich wurde die Frau verstockt, und ihre großen Hände schlossen sich energisch.

»Ich war nicht erschrocken. Aber Mr. Drukker war beschäftigt – «

»Vielleicht hatten Sie gedacht, wir seien gekommen, um ihn zu verhaften«, warf Vance ein.

Ihre Pupillen weiteten sich, aber sie gab keine Antwort.

»Wann ist Mr. Drukker gestern morgen aufgestanden?« fuhr Vance fort.

»Das habe ich Ihnen gesagt . . . um neun, wie immer.«

»Wann ist Mr. Drukker aufgestanden?« Sein hartnäckiger, doch distanzierter Tonfall war viel beeindruckender, als jede dramatische Intonation es hätte sein können.

»Ich sage Ihnen doch – «

»Die Wahrheit, Frau Menzel!« forderte Vance in ihrer Muttersprache. »Um wieviel Uhr ist er aufgestanden?«

Der psychologische Effekt der wiederholten Frage zeigte sich sofort. Die Frau hob die Hände zum Gesicht, und ein unterdrückter Schrei wie der eines in die Enge getriebenen Tieres kam über ihre Lippen.

»Ich – ich weiß nicht«, jammerte sie. »Ich habe ihn um halb neun gerufen, aber er hat nicht geantwortet. Ich habe den Türknopf gedreht – es war nicht abgeschlossen, und – oh mein Gott! – er war weg.«

»Wann haben Sie ihn danach gesehen?« fragte Vance ruhig.

»Um neun. Ich bin nochmal hinaufgegangen, um ihm zu sagen, daß das Frühstück fertig ist. Er war in seinem Arbeitszimmer – an seinem Schreibtisch – und arbeitete wie verrückt, völlig außer sich. Er befahl mir zu gehen.«

»Ist er zum Frühstück heruntergekommen?«

»Ja – ja. Eine halbe Stunde später kam er herunter.« Die Frau lehnte sich schwer gegen das Abtropfbrett am Waschbecken, und Vance zog ihr einen Stuhl heran.

»Setzen Sie sich, Mrs. Menzel«, sagte er freundlich. Als sie seiner Aufforderung gefolgt war, fragte er: »Warum haben Sie mir heute morgen erzählt, Mr. Drukker sei um neun aufgestanden?«

»Ich mußte – man hat es mir befohlen.« Ihr Widerstand war gebrochen, und sie atmete schwer, als wäre sie erschöpft. »Als Mrs. Drukker gestern nachmittag von Miß Dillard zurückkam, sagte sie mir, wenn mir jemand diese Frage über Mr. Drukker stellen würde, sollte ich ›Neun Uhr‹ sagen. Ich mußte ihr schwören, daß ich das sage ...« Ihre Stimme erstarb, und ihr Blick wurde leicht glasig. »Ich hatte Angst, etwas anderes zu sagen.«

Vance schien immer noch verwirrt. Nach ein paar tiefen Zügen an seiner Zigarette bemerkte er: »Was Sie uns da erzählt haben, sollte Sie nicht so in Bestürzung versetzen. Es ist nicht unnatürlich, daß eine kranke Frau wie Mrs. Drukker solch phantastische Maßnahmen ergreift, um ihren Sohn vor einem Verdacht zu schützen, wenn in der Nachbarschaft ein Mord begangen wurde. Sie leben sicherlich lang genug mit ihr zusammen, um sich darüber klar zu sein, wie sehr sie alle Vorkommnisse überspitzt, wenn es um ihren Sohn geht. Ich bin sogar überrascht, daß Sie es so ernst nehmen ... Haben Sie sonst irgendeinen Grund, Mr. Drukker mit diesem Verbrechen in Zusammenhang zu bringen?«

»Nein – Nein!« Verstört schüttelte die Frau den Kopf.

Stirnrunzelnd trat Vance ans Gartenfenster. Plötzlich schwang er sich herum. Er war energisch und unnachgiebig geworden.

»Wo waren Sie an dem Morgen, als Mr. Haan getötet wurde, Mrs. Menzel?«

Eine bemerkenswerte Veränderung überkam die Frau. Ihr Gesicht wurde blaß, ihre Lippen zuckten und sie rang verzweifelt die Hände. Sie versuchte, ihre starrenden Augen von Vance abzuwenden, aber irgend etwas in seinem Blick hielt sie gefangen.

»Wo waren Sie, Mrs. Menzel?« wiederholte er scharf seine Frage.

»Ich war – hier – « setzte sie an, brach abrupt ab und warf Heath, der sie unablässig beobachtete, einen aufgeregten Blick zu.

»Sie waren in der Küche?«

Sie nickte. Es schien ihr die Sprache verschlagen zu haben.

»Und Sie haben Mr. Drukker von den Dillards zurückkommen sehen?«

Wieder nickte sie.

»Genau«, sagte Vance. »Und er kam durch die Hintertür durch den Wintergarten herein und ging nach oben ... Und er wußte nicht, daß Sie ihn durch die Küchentür gesehen haben ... Und später fragte er, wo Sie zu der Zeit gesteckt hätten ... Und als Sie ihm sagten, Sie seien in der Küche gewesen, warnte er Sie davor, etwas darüber verlauten zu lassen ... Und dann erfuhren Sie, daß Mr. Haan ein paar Minuten, bevor Drukker hereinkam, gestorben war ... Und als Mrs. Drukker Ihnen gestern befahl zu sagen, er sei erst um neun aufgestanden, und als Sie davon hörten, daß noch jemand hier in der Nähe umgebracht worden war, schöpften Sie Verdacht und bekamen Angst ... Das stimmt doch, oder, Mrs. Menzel?«

Die Frau schluchzte vernehmlich in ihre Schürze. Sie mußte nicht antworten, denn es war klar, daß Vance die Wahrheit erraten hatte.

Heath nahm die Zigarre aus dem Mund und funkelte sie wütend an. »Na so was! Sie haben mich an der Nase rumgeführt«, fauchte er und schob sein Kinn vor. »Sie haben mich angelogen, als ich Sie vorgestern verhört habe. Die Ermittlungen behindert, was?«

Sie schaute Vance verschüchtert und hilfesuchend an.

»Mrs. Menzel hatte nicht vor, die Ermittlungen zu behindern, Sergeant«, sagte er. »Und jetzt, da sie uns die Wahrheit berichtet hat, meine ich, können wir über ihr absolut natürliches Täuschungsmanöver hinwegsehen.« Bevor Heath Zeit zu einer Antwort hatte, wandte er sich an die Frau und fragte in sachlichem Tonfall: »Schließen Sie jeden Abend die Tür zum Wintergarten ab?«

»Ja – jede Nacht«, antwortete sie matt. Die Reaktion auf den Schrecken hatte sie apathisch gemacht.

»Sind Sie sicher, daß Sie gestern abend abgeschlossen haben?«

»Um halb zehn – als ich zu Bett ging.«

Vance ging hinüber und inspizierte das Schloß.

»Ein Schnappschloß«, bemerkte er, als er zurückkam. »Wer hat einen Schlüssel zu dieser Tür?«

»Ich habe einen Schlüssel, und Mrs. Drukker – sie hat auch einen.«

»Sind Sie sicher, daß sonst niemand einen Schlüssel besitzt?«

»Niemand außer Miß Dillard ...«

»Miß Dillard?« Auf einmal vibrierte Vance' Stimme vor Interesse. »Warum hat sie denn einen?«

»Sie hat ihn schon seit Jahren. Sie gehört sozusagen zur Familie. Zwei- oder dreimal am Tag kommt sie rüber. Wenn ich weggehe, schließe ich die Hintertür ab. Und da sie einen Schlüssel hat, erspart das Mrs. Drukker die Mühe, herunterzukommen und sie reinzulassen.«

»Ganz klar«, murmelte Vance und meinte dann: »Wir werden Sie nicht weiter belästigen, Mrs. Menzel.« Er trat auf die kleine Veranda hinaus.

Als sich die Tür hinter uns geschlossen hatte, deutete er auf die Drahtgittertür zum Hof.

»Sie bemerken, daß jemand den Maschendraht vom Rahmen weggebogen hat, so daß man hineingreifen und den Türknopf drehen kann. Entweder Mrs. Drukkers Schlüssel oder der von Miß Dillard – wahrscheinlich aber der letztere – wurde benutzt, um die Haustür zu öffnen.«

Heath nickte. Dieser handfeste Aspekt des Falles gefiel ihm. Aber Markham paßte nicht auf. Zornig und nachdenklich stand er im Hintergrund und rauchte. Auf einmal drehte er sich resolut um und wollte gerade wieder ins Haus gehen, als Vance ihn am Arm festhielt.

»Nein, nein, Markham! Das wäre Stümperei. Mäßigen Sie Ihren Zorn. Sie sind so verflixt impulsiv, finden Sie nicht?«

»Aber verdammt nochmal, Vance!« Markham schüttelte seine Hand ab. »Drukker hat uns angelogen, als er sagte, er wäre vor Haans Ermordung zum Hoftor der Dillards hinausgegangen – «

»Natürlich hat er das. Ich habe schon die ganze Zeit vermutet, sein Bericht, wie er jenen Vormittag verbracht habe, wäre ein bißchen ausgeschmückt gewesen. Aber es hat keinen Sinn, jetzt hinaufzugehen und ihn anzuschnauzen. Er wird einfach sagen, die Köchin würde sich irren.«

Markham war nicht überzeugt.

»Aber was war gestern morgen? Ich möchte wissen, wo er war, als die Köchin ihn um halb neun gerufen hat. Warum ist Mrs. Drukker so eifrig bemüht, uns vorzumachen, er hätte geschlafen?«

»Wahrscheinlich ist auch sie in sein Zimmer gegangen und hat gesehen, daß er weg war. Dann hat sie von Spriggs Tod gehört, im Fieber ist ihre Phantasie mit ihr durchgegangen, und sie machte sich daran, ihn mit einem Alibi zu versehen. Aber wenn Sie vorhaben, ihn mit den Unstimmigkeiten in seiner Geschichte zu schikanieren, beschwören Sie bloß Ärger herauf.«

»Da bin ich nicht so sicher«, erwiderte Markham mit bedeutsamem Ernst. »Vielleicht beschwöre ich eine Lösung für diese grausige Angelegenheit herauf.«

Vance antwortete nicht sofort. Er stand da und blickte auf die zitternden Schatten, die die Weiden auf den Rasen warfen. Endlich sagte er mit leiser Stimme:

»Wir können uns dieses Risiko nicht leisten. Wenn das, was Sie denken, sich als wahr erweist, und wenn Sie die gerade erhaltenen Informationen preisgeben, dann könnte der kleine Mann, der gestern hier war, sich wieder im oberen Gang zu schaffen machen. Und diesmal gibt er sich vielleicht nicht damit zufrieden, seine Schachfigur *vor der Tür* zu lassen.«

Markhams Blick nahm etwas Erschrockenes an. »Sie meinen, ich könnte die Sicherheit der Köchin gefährden, wenn ich jetzt ihre Aussage gegen ihn verwende?«

»Das Schreckliche an dieser Affäre ist, daß hinter jeder Ecke Gefahr lauern kann, bis wir die Wahrheit kennen«, sagte Vance mit vor Entmutigung matter Stimme. »Wir können nicht riskieren, jemand bloßzustellen ...«

Die Tür zur Veranda öffnete sich, und Drukker, dessen kleine Augen im Sonnenlicht blinzelten, erschien auf der Schwelle. Sein Blick blieb auf Markham ruhen, und ein verschlagenes, abstoßendes Lächeln verzerrte seinen Mund.

»Ich hoffe, ich störe nicht«, entschuldigte er sich mit einem bedrohlichen Blinzeln, »aber die Köchin hat mir gerade mitgeteilt, sie hätte Ihnen erzählt, daß sie mich am Morgen von Mr.

Haans bedauerlichem Ableben hier durch die Hintertür habe hereinkommen sehen.«

»Oh, mein Gott!« murmelte Vance, wandte sich ab und beschäftigte sich damit, sich eine neue Zigarette anzuzünden. »Das ruiniert alles.«

Drukker warf ihm einen fragenden Blick zu und richtete sich mit einer Art zynischer Tapferkeit auf.

»Und weiter, Mr. Drukker?« wollte Markham wissen.

»Ich wollte Ihnen lediglich versichern«, erwiderte der Mann, »daß die Köchin sich irrt. Offenbar hat sie das Datum verwechselt – wissen Sie, ich komme und gehe so oft durch diese Hintertür. Am Morgen von Mr. Haans Tod habe ich, wie ich Ihnen bereits erklärte, den Schießstand durch das Tor auf der 75sten Straße verlassen und bin nach einem kleinen Spaziergang im Park durch den Vordereingang ins Haus zurückgekommen. Ich habe Grete überzeugt, daß sie sich irrt.«

Vance hatte ihm gespannt zugehört. Jetzt drehte er sich um und erwiderte sein Lächeln mit einem freimütigen Blick.

»Haben Sie sie zufällig mit einer Schachfigur überzeugt?«

Drukker warf den Kopf vor und sog rasselnd die Luft ein. Seine verkrümmte Gestalt straffte sich, die Muskeln um Augen und Mund begannen zu zucken, und die Sehnen an seinem Hals traten hervor wie Peitschenschnüre. Einen Moment dachte ich, er würde die Beherrschung verlieren, aber mit einiger Anstrengung hielt er sich in der Gewalt.

»Ich verstehe Sie nicht, Sir.« Seine Stimme bebte vor Zorn. »Was hat eine Schachfigur damit zu tun?«

»Schachfiguren haben mancherlei Namen«, deutete Vance sanft an.

»Wollen Sie *mir* etwas über Schach erzählen?« Grimmige Verachtung zeichnete Drukkers Züge, aber ihm gelang ein Grinsen. »Mancherlei Namen, sicherlich. Da gibt es König und Königin, Turm, Springer, Läufer – « Er verstummte. »*Der Bischof!* . . .« Er lehnte den Kopf an den Türrahmen und begann, widerlich zu kichern. »So! Das also meinen Sie? *Der Bischof!* Sie sind ein Haufen schwachsinniger Kinder bei einem albernen Spiel.«

»Wir haben ausgezeichnete Gründe zu glauben«, sagte Vance mit beeindruckender Gelassenheit, »daß das Spiel von jemand anderem gespielt wird – mit dem Bischof aus dem Schachspiel als Leitsymbol.«

Drukker faßte sich. »Nehmen Sie die Hirngespinste meiner Mutter nicht zu ernst«, gab er zu bedenken. »Ihre Phantasie spielt ihr oft einen Streich.«

»Aha! Und warum erwähnen Sie in diesem Zusammenhang Ihre Mutter?«

»Sie haben gerade mit ihr gesprochen, nicht wahr? Und ich muß sagen, daß Ihre Bemerkungen ganz nach ihren harmlosen Halluzinationen klingen.«

»Andererseits«, entgegnete Vance milde, »hat Ihre Mutter vielleicht durchaus Grund für ihre Vorstellungen.«

Drukkers Augen verengten sich, und er sah schnell zu Markham hinüber. »Quatsch!«

»Na gut«, seufzte Vance, »wir wollen uns nicht über diesen Punkt streiten.« Dann fügte er in anderem Tonfall hinzu: »Es könnte uns allerdings weiterbringen, Mr. Drukker, wenn wir wüßten, wo Sie gestern morgen zwischen acht und neun Uhr waren.«

Der Mann öffnete leicht den Mund, als wolle er etwas sagen, schloß aber schnell wieder die Lippen, stand da und blickte Vance mit berechnendem Blick an. Endlich antwortete er mit hoher, nachdrücklicher Stimme. »Ich habe gearbeitet – in meinem Arbeitszimmer – von sechs bis halb zehn.« Er hielt inne, merkte aber offenbar, daß eine ausführlichere Erklärung erwünscht war. »Ich arbeite seit einigen Monaten an einer Modifikation der Fresnelschen Äthertheorie zur Begründung der Lichtinterferenzen, die die Quantentheorie nicht erklären kann. Dillard meinte, ich würde es nicht schaffen« – ein fanatischer Glanz kam in seine Augen –, »doch als ich gestern morgen erwachte, waren mir bestimmte Faktoren des Problems klarer geworden, und ich stand auf und ging in mein Arbeitszimmer ...«

»Da waren Sie also«, meinte Vance lässig. »Es ist nicht so wichtig. Entschuldigen Sie, daß wir Sie heute behelligt haben.« Er nickte Markham zu und ging zur Glastür. Als wir auf den Schießstand hinaustraten, drehte er sich um und sagte mit einem liebenswürdigen Lächeln: »Mrs. Menzel steht unter unserem Schutz. Es würde uns zutiefst betrüben, wenn ihr etwas zustieße.«

Mit einer Art hypnotisierter Faszination sah Drukker uns nach.

Im Augenblick, da wir außer Hörweite waren, trat Vance an Heath heran. »Sergeant«, sagte er besorgt, »diese standhafte deutsche Hausfrau hat vielleicht ungewollt ihren Kopf in eine

Schlinge gesteckt. Und auf mein Wort – ich habe Angst. Lassen Sie das Haus Drukker heute nacht besser von einem guten Mann bewachen – von hinten, unter diesen Weiden. Und sagen Sie ihm, er soll beim ersten Schrei oder Ruf eindringen . . . Ich kann besser schlafen, wenn ich weiß, daß ein Engel mit Uniform Mrs. Menzels Schlaf bewacht.«

»Kapiere, Sir.« Heath machte eine grimmige Miene. »Heute nacht wird sie kein Schachspieler stören.«

Kapitel 14

Eine Schachpartie

(Dienstag, 12. April, 11.30 Uhr)

Als wir langsam auf das Haus der Dillards zugingen, wurde beschlossen, sofort Ermittlungen darüber anzustellen, wo jeder in der vergangenen Nacht gewesen war, der in irgendeiner Weise mit diesem gräßlichen Drama etwas zu tun hatte.

»Wir müssen allerdings aufpassen, daß nicht das Geringste darüber verlautet, was Mrs. Drukker passiert ist«, warnte Vance. »Unser mitternächtlicher Bischofsbote wollte nicht, daß wir von seinem Besuch erfahren. Er glaubte, die arme Frau wäre zu verängstigt, um uns davon zu berichten.«

»Ich neige zu der Ansicht«, wandte Markham ein, »daß Sie der Episode zuviel Bedeutung beimessen.«

»Aber mein Lieber!« Vance blieb abrupt stehen und legte dem anderen beide Hände auf die Schultern. »Sie sind zu feinsinnig – das ist Ihr großes Handicap. Sie fühlen nicht, Sie sind kein Naturkind. Die Poesie Ihrer Seele ist zur Prosa geworden. Ich hingegen lasse meine Phantasie ungehindert schwelgen, und ich sage Ihnen, der Bischof vor Mrs. Drukkers Tür war kein Karnevalsscherz, sondern die Verzweiflungstat eines Wahnsinnigen. Er sollte eine Warnung sein.«

»Sie glauben, daß sie etwas weiß?«

»Ich glaube, Sie hat gesehen, wie Haans Leiche auf den Schießstand gebracht wurde. Und ich glaube, sie hat noch etwas gesehen, etwas, was sie für ihr Leben gern lieber nicht gesehen hätte.«

Schweigend gingen wir weiter. Wir hatten die Absicht, durch das Hoftor auf die 75ste Straße hinauszutreten und uns an der Vordertür der Dillards zu melden, aber als wir am Clubraum vorbeigingen, öffnete sich die Kellertür, und Belle Dillard kam uns eifrig entgegen.

»Ich sah Sie den Schießstand herabkommen«, richtete sie das Wort mit besorgtem Nachdruck an Markham. »Über eine Stunde schon warte ich darauf, mit Ihnen Verbindung aufzunehmen. Ich habe in Ihrem Büro angerufen ...« Sie wurde aufgeregt. »Es ist etwas Merkwürdiges passiert. Oh, vielleicht hat es nichts zu bedeuten ... aber als ich heute morgen hier durchs Clubzimmer kam, weil ich Lady Mae besuchen wollte, überkam mich eine Regung, noch einmal zum Waffenschrank zu gehen und in die Schublade zu schauen. Es schien so ... so verrückt, daß der kleine Revolver gestohlen sein sollte ... Und da lag er – vor meinen Augen – neben der anderen Pistole!« Sie hielt den Atem an. »Mr. Markham, jemand hat ihn letzte Nacht in die Schublade zurückgelegt!«

Diese Information elektrisierte Heath. »Haben Sie ihn berührt?« fragte er erregt.

»Wieso ... nein ...«

Ohne Umschweife stürmte er an ihr vorbei, ging zum Werkzeugschrank und riß die Schublade auf. Neben der größeren Automatik, die wir gestern gesehen hatten, lag eine kleine 32er mit Perlmuttgriff. Die Augen des Sergeants glitzerten, als er sie mit seinem Bleistift am Abzugsbügel faßte und beschwingt aufhob. Er hielt sie ans Licht und schnüffelte am Ende des Laufs.

»Eine Kammer ist leer«, verkündete er befriedigt. »Und sie ist vor kurzem abgefeuert worden ... Das sollte uns weiterbringen.« Er wickelte den Revolver zärtlich in ein Taschentuch und schob ihn in die Rocktasche. »Ich werde Dubois auf die Fingerabdrücke ansetzen, und Captain Hagedorn[18] soll die Geschosse überprüfen.«

»Also wirklich, Sergeant«, meinte Vance aufgekratzt, »glauben Sie tatsächlich, der Gentleman, den wir suchen, hätte Pfeil und Bogen abgewischt, aber sein Monogramm auf dem Revolver hinterlassen?«

»Ich verfüge nicht über Ihre Phantasie, Mr. Vance«, entgegnete Heath stur. »Daher tue ich, was getan werden muß.«

»Da haben Sie völlig recht.« Mit gutmütiger Anerkennung für die hartnäckige Gründlichkeit des anderen lächelte Vance. »Vergeben Sie mir, daß ich versucht habe, Ihren Eifer zu dämpfen.«

Er wandte sich zu Belle Dillard. »Vor allem sind wir hergekommen, um mit dem Professor und Mr. Arnesson zu sprechen. Aber es gibt auch etwas, worüber wir gerne mit Ihnen reden würden. Wir haben erfahren, daß Sie einen Schlüssel zur Hintertür des Hauses Drukker besitzen.«

Sie nickte verwirrt. »Ja, schon seit Jahren habe ich einen. Ich laufe soviel hin und her, und es erspart Lady Mae eine Menge Mühe...«

»Uns interessiert an dem Schlüssel nur, daß ihn jemand benutzt haben könnte, der kein Recht dazu hatte.«

»Aber das ist unmöglich. Ich verleihe ihn nie. Ich bewahre ihn immer in meiner Handtasche auf.«

»Ist allgemein bekannt, daß Sie einen Schlüssel von Drukkers haben?«

»Wieso – ja, ich glaube schon.« Sie war deutlich verblüfft. »Ich habe nie ein Hehl daraus gemacht. Die Familie weiß es bestimmt.«

»Und haben Sie diesen Umstand vielleicht erwähnt oder preisgegeben, als Fremde zugegen waren?«

»Sicherlich – obwohl ich mich nicht an eine bestimmte Gelegenheit erinnere.«

»Sind Sie sicher, daß Sie den Schlüssel jetzt haben?«

Sie schaute Vance verstört an und griff ohne ein Wort nach einer kleinen Schlangenleder-Handtasche, die auf dem Rattantisch lag. Sie öffnete sie und griff schnell in eine Innentasche.

»Ja!« verkündete sie erleichtert. »Er ist da, wo er immer ist. – Warum fragen Sie danach?«

»Es ist wichtig, daß wir erfahren, wer Zugang zum Haus Drukker hatte«, erklärte ihr Vance. Bevor sie ihn weiter ausfragen konnte, fragte er: »Könnte Ihnen der Schlüssel letzte Nacht möglicherweise entwendet, das heißt, ohne ihr Wissen aus Ihrer Tasche genommen worden sein?«

Angst schlich sich in ihre Miene. »Oh, was ist passiert?« setzte sie an, aber Vance unterbrach sie.

»Bitte, Miß Dillard! Es gibt keinen Grund zur Besorgnis. Wir versuchen nur, gewisse entfernte Möglichkeiten im Zusammenhang mit unseren Ermittlungen auszuschließen. Sagen Sie: Könnte gestern abend jemand den Schlüssel genommen haben?«

»Niemand«, antwortete sie beunruhigt. »Ich bin um acht ins Theater gegangen und hatte die Handtasche die ganze Zeit dabei.«

»Wann haben Sie den Schlüssel das letzte Mal benutzt?«

»Gestern abend nach dem Dinner. Ich bin rübergelaufen, um nachzuschauen, wie es Lady Mae ging, und um gute Nacht zu sagen.«

Vance runzelte leicht die Stirn. Ich konnte sehen, daß diese Information nicht zu der Theorie paßte, die er sich zurechtgelegt hatte.

»Sie haben den Schlüssel nach dem Dinner benutzt«, rekapitulierte er, »und haben ihn den restlichen Abend in der Handtasche behalten, ohne sie einmal aus den Augen zu lassen. Ist das richtig, Miß Dillard?«

Das Mädchen nickte. »Ich hatte die Tasche sogar während der Vorstellung auf dem Schoß«, erläuterte sie.

Nachdenklich musterte Vance die Handtasche. »Na gut«, sagte er leichthin, »so endet die Romanze mit dem Schlüssel – Und jetzt gehen wir Ihren Onkel noch einmal stören. Glauben Sie nicht, daß Sie vielleicht unsere Vorhut bilden sollten, oder müssen wir die Zitadelle ohne Kriegserklärung stürmen?«

»Onkel ist ausgegangen«, informierte sie uns. »Er ist auf dem Drive spazierengegangen.«

»Und Mr. Arnesson, nehme ich an, ist noch nicht von der Universität zurück.«

»Nein, aber er wird zu Mittag da sein. Dienstag nachmittags hat er keine Vorlesung.«

»Dann werden wir in der Zwischenzeit mit Beedle und dem ehrenwerten Pyne konferieren. Und ich darf andeuten, daß es Mrs. Drukker unendlich gut täte, wenn Sie ihr einen Besuch abstatteten.«

Mit einem verstörten Lächeln glitt das Mädchen durch die Kellertür hinaus.

Heath machte sich sofort auf die Suche nach der Beedle und Pyne und brachte sie ins Wohnzimmer, wo Vance sie über den vergangenen Abend verhörte. Es kam jedoch nichts Entscheidendes dabei heraus. Sie waren beide um zehn Uhr zu Bett gegangen. Ihre Zimmer lagen im dritten Stock an der Seite des Hauses, und sie hatten nicht einmal Miß Dillard gehört, als sie aus dem Theater zurückkam. Vance fragte sie nach Geräuschen auf dem Schießstand und gab ihnen zu verstehen, daß die Tür zum Drukkerschen Wintergarten möglicherweise gegen Mitternacht ins Schloß gefallen sei. Aber anscheinend hatten beide um diese Zeit schon geschlafen. Schließlich wurden sie mit der Warnung entlassen, nichts davon zu verraten, was man sie gerade gefragt hatte.

Fünf Minuten später kam Professor Dillard herein. Obwohl er überrascht war, uns zu sehen, begrüßte er uns herzlich.

»Endlich einmal haben Sie eine Besuchszeit gewählt, Markham, wo ich nicht in die Arbeit vertieft bin. Noch mehr Fragen, nehme ich an. Na, kommen Sie für Ihr Verhör mit in die Bibliothek. Da ist es gemütlicher.« Er führte uns hinauf, und als wir Platz genommen hatten, bestand er darauf, uns ein Glas Port anzubieten, und schenkte sich selbst auch eines ein.

»Drukker sollte auch hier sein«, bemerkte er. »Er hat eine Vorliebe für meinen '96er, wenn er ihn auch nur zu ausgesuchten Anlässen trinkt. Ich sage ihm immer, er solle mehr Portwein trinken, aber er glaubt, das sei schlecht für ihn, und weist auf meine Gicht hin. Aber zwischen Gicht und Portwein besteht keinerlei Zusammenhang – das ist reiner Aberglaube. Anständiger Port ist der bekömmlichste Wein überhaupt. In Oporto kennt man keine Gicht. Ein bißchen physische Stimulation würde Drukker guttun ... Der arme Kerl. Sein Verstand ist wie ein Hochofen, der den Körper verzehrt. Ein brillanter Mann, Markham. Wenn er genug Energie hätte, um mit seinem Gehirn Schritt zu halten, wäre er einer der größten Physiker der Welt.«

»Mir hat er gesagt«, bemerkte Vance, »daß Sie ihn damit aufgezogen hätten, er wäre unfähig, eine Modifikation der Quantentheorie in bezug auf die Lichtinterferenz auszuarbeiten.«

Der alte Mann lächelte reumütig.

»Stimmt. Ich wußte, daß ihn ein bißchen Kritik zu Höchstleistungen anspornen würde. Tatsache ist, daß Drukker etwas Revolutionärem auf der Spur ist. Er hat bereits ein paar sehr interessante Theoreme ausgearbeitet ... Aber ich bin nicht sicher, ob Sie hergekommen sind, um darüber zu sprechen. Was kann ich für Sie tun, Markham? Oder vielleicht sind Sie gekommen, um mir etwas Neues zu berichten?«

»Leider haben wir keine Neuigkeiten. Wir sind gekommen, um uns Ihrer Hilfe gegen ...« Markham zögerte, als wäre er unsicher, wie er vorgehen solle, und Vance übernahm die Rolle des Fragenden.

»Seit wir gestern hier waren, hat sich die Lage beträchtlich geändert. Ein paar neue Punkte haben sich ergeben, und es besteht die Möglichkeit, daß unsere Ermittlungen erleichtert würden, wenn wir genau wüßten, wo sich die Bewohner Ihres Hauses gestern abend aufgehalten haben. Davon könnten sogar bestimmte Faktoren des Falles entscheidend beeinflußt worden sein.«

Mit leichtem Erstaunen hob der Professor den Kopf, bemerkte aber nichts dazu, sondern meinte bloß: »Diese Informationen sind schnell gegeben. Welche Hausbewohner meinen Sie?«

»Niemand Besonderen«, beeilte sich Vance zu versichern.

»Na, mal sehen ...« Er zog seine alte Meerschaumpfeife hervor und begann, sie zu stopfen. »Belle, Sigurd und ich haben um sechs allein zu Abend gegessen. Um halb acht kam Drukker vorbei, und ein paar Minuten später schneite Pardee herein. Dann sind Sigurd und Belle um acht ins Theater gegangen, und um halb elf sind Drucker und Pardee aufgebrochen. Ich habe mich um kurz nach elf hingelegt, nachdem ich das Haus abgeschlossen hatte – Pyne und die Beedle hatte ich früh zu Bett gehen lassen. Das ist wohl alles, was ich Ihnen sagen kann.«

»Habe ich richtig verstanden, daß Miß Dillard und Mr. Arnesson gemeinsam ins Theater gegangen sind?«

»Ja. Sigurd beehrt das Theater nur selten, aber wenn, dann nimmt er Belle immer mit. Meistens geht er in Ibsen-Stücke. Er ist nämlich ein treuergebener Ibsen-Fan. Seine amerikanische Erziehung hat seine Begeisterung für Norwegen nicht im mindesten gedämpft. In der norwegischen Literatur ist er so beschlagen wie jeder Professor der Universität Oslo, und die einzige Musik, die er wirklich mag, ist die von Grieg. Wenn er ins Konzert oder ins Theater geht, können Sie ziemlich sicher sein, daß die Programme größtenteils norwegisch sind.«

»Es war also ein Stück von Ibsen, das er sich gestern angeschaut hat?«

»*Rosmersholm*, glaube ich. In New York findet gerade ein Festival mit Ibsens Dramen statt.«

Vance nickte. »Walter Hampden führt Regie. Haben Sie Mr. Arnesson oder Miß Dillard gesehen, als sie aus dem Theater zurückkamen?«

»Nein, ich vermute, sie sind ziemlich spät zurückgekommen. Belle hat mir heute morgen erzählt, daß sie nach dem Stück ins Plaza essen gegangen sind. Sigurd muß aber jeden Moment zurückkommen, und Sie können die Einzelheiten von ihm erfahren.« Obwohl der Professor geduldig klang, war es deutlich, daß die scheinbar irrelevanten Fragen ihn ärgerten.

»Hätten Sie die Güte, Sir«, bohrte Vance nach, »uns die Umstände von Mr. Drukkers und Mr. Pardees Besuch nach dem Dinner hier mitzuteilen?«

»An ihrem Besuch war nichts Besonderes. Sie schauen abends öfters herein. Drukker hatte vor, mit mir seine Modifikation der Quantentheorie zu erörtern, doch als Pardee kam, ließen wir das Thema fallen. Pardee ist ein guter Mathematiker, aber die moderne Physik geht über seinen Horizont.«

»Haben Mr. Drukker oder Mr. Pardee Miß Dillard gesehen, bevor sie ins Theater ging?«

Bedächtig nahm Professor Dillard die Pfeife aus dem Mund, und seine Miene wurde mißmutig.

»Ich muß schon sagen«, entgegnete er gereizt, «daß ich keinen Sinn darin entdecken kann, diese Fragen zu beantworten. Wenn Ihnen allerdings«, fuhr er in etwas milderem Tonfall fort, »meine häuslichen Kleinigkeiten irgendwie von Nutzen sein können, werde ich natürlich gerne ins Detail gehen.« Er betrachtete Vance einen Moment. »Ja, Drukker und Pardee haben Belle gestern beide gesehen. Wir alle einschließlich Sigurd waren vielleicht eine halbe Stunde zusammen hier in diesem Raum, bis es Zeit fürs Theater war. Wir haben sogar oberflächlich über Ibsens Genie gesprochen, und Drukker hat Sigurd sehr verärgert, als er behauptete, Hauptmann sei ihm überlegen.«

»Und um acht Uhr, folgere ich, sind Mr. Arnesson und Miß Dillard aufgebrochen und haben Sie, Mr. Pardee und Mr. Drukker hier allein gelassen.«

»Das ist richtig.«

»Und um halb zehn, sagten Sie wohl, sind Mr. Drukker und Mr. Pardee gegangen. Sind sie zusammen gegangen?«

»Sie sind zusammen nach unten gegangen«, erwiderte der Professor, jetzt schon merklich gereizt. »Drukker ist, glaube ich, nach Hause gegangen, aber Pardee hatte eine Verabredung im Manhattan Chess Club.«

»Mr. Drukker scheint ein bißchen früh nach Hause gegangen zu sein«, sinnierte Vance, »insbesondere, da er doch gekommen war, um mit Ihnen ein ihn stark beschäftigendes Thema zu erörtern und er bis zu seinem Aufbruch keine Gelegenheit dazu gehabt hatte.«

»Drukker geht es nicht gut.« Die Stimme des Professors war abermals bemüht geduldig. »Wie ich Ihnen bereits sagte, wird er schnell müde. Und gestern abend war er ungewöhnlich erschöpft. Er klagte sogar über seine Mattigkeit und sagte, er wolle sofort zu Bett gehen.«

»Ja ... das kommt hin«, murmelte Vance. »Er hat uns eben gesagt, er sei gestern morgen um sechs aufgestanden und habe gearbeitet.«

»Das überrascht mich nicht. Wenn sich ein Problem in seinem Kopf festgesetzt hat, arbeitet er unablässig daran. Leider hat er keine normalen Reaktionen, die ein Gegengewicht zu seiner verzehrenden Leidenschaft für die Mathematik bilden könnten. Es hat Zeiten gegeben, da ich um sein geistiges Wohlergehen fürchtete.«

Aus irgendeinem Grund überging Vance diesen Punkt.

»Sie haben Mr. Pardees gestrige Verabredung im Schachclub erwähnt«, sagte er, nachdem er sich sorgfältig eine neue Zigarette angezündet hatte. »Hat er erwähnt, was das für ein Treffen war?«

Professor Dillard lächelte mit herablassender Güte.

»Er hat eine ganze Stunde darüber gesprochen. Anscheinend hat sich ein gewisser Mr. Rubinstein – ein Genie der Schachwelt, soweit ich weiß, der gerade dieses Land besucht – zu drei Schaukämpfen mit ihm bereit erklärt. Der letzte fand gestern statt. Um zwei Uhr haben sie angefangen und um sechs eine Pause eingelegt. Eigentlich wollten sie um sechs Uhr zu Ende spielen, aber Rubinstein fungierte bei irgendeinem Dinner in der Stadt als Ehrengast, so daß das Endspiel auf elf Uhr angesetzt wurde. Pardee saß wie auf heißen Kohlen, denn er hatte die erste Partie verloren und die zweite Remis gespielt, und wenn er gestern abend gewonnen hätte, hätte er mit Rubinstein gleichgezogen. So wie die Partie um sechs Uhr stand, meinte er, ausgezeichnete Chancen zu haben, aber Drukker war anderer Meinung ... Er muß von hier direkt zum Club gegangen sein, denn es war halb elf vorbei, als er und Drukker hinausgingen.«

»Rubinstein ist ein starker Spieler«, bemerkte Vance. In seinem Tonfall machte sich ein neues Interesse bemerkbar, das er sich zu verbergen bemühte. »Er ist einer der Großmeister des Schachspiels. 1911 hat er in San Sebastian Capablanca geschlagen, und zwischen 1907 und 1911 hielt man ihn für den Herausforderer des Weltmeisters Dr. Lasker.[19] ... Ja, ihn zu schlagen, wäre eine schmucke Feder für Pardees Hut gewesen. Schon mit Rubinstein sich messen zu dürfen, ist kein geringes Kompliment. Trotz der Berühmtheit seines Gambits hat man Pardee nie als Meisterspieler eingestuft. Haben Sie zufällig vom Ausgang der Partie gestern abend gehört?«

Abermals bemerkte ich ein schwaches, nachsichtiges Lächeln um des Professors Mundwinkel. Er machte den Eindruck, als würde er aus großer intellektueller Höhe wohlwollend auf die närrischen Spielchen der Kinder hinabblicken.

»Nein«, antwortete er, »ich habe nicht nachgefragt. Aber ich schätze, daß Pardee verloren hat, denn als Drukker auf die Schwächen seiner bisherigen Stellung hinwies, war er seiner Sache sicherer als gewöhnlich. Drukker ist von Natur aus vorsichtig und äußert kaum je eine entschiedene Ansicht zu einem Problem, ohne ausgezeichnete Gründe dafür zu haben.«

Erstaunt hob Vance die Brauen. »Wollen Sie etwa sagen, daß Pardee seine unbeendete Partie mit Drukker analysiert und den möglichen Ausgang erörtert hat? Solch ein Vorgehen ist nicht nur unmoralisch, sondern jeder Spieler würde dafür auch disqualifiziert werden.«

»Ich bin nicht mit der Etikette des Schachspiels vertraut«, versetzte Professor Dillard scharf, »aber ich bin sicher, daß Pardee sich in diesem Punkt keinen ethischen Verstoß zuschulden kommen lassen würde. Und tatsächlich fällt mir ein, daß er hier am Tisch mit den Schachfiguren beschäftigt war, als Drukker herantrat, um zuzuschauen, und Pardee ihn bat, keine Ratschläge zu geben. Die Erörterung der Stellung fand etwas später statt und war völlig allgemein gehalten. Ich glaube nicht, daß eine bestimmte Strategie erwähnt wurde.«

Vance beugte sich langsam vor und drückte seine Zigarette mit der gespannten Entschiedenheit aus, die ich schon seit langem als Zeichen einer unterdrückten Erregung an ihm kannte. Dann erhob er sich wie beiläufig und trat an den Schachtisch in der Ecke. Eine Hand auf die exquisite Einlegearbeit der alternierenden Quadrate gestützt, blieb er dort stehen.

»Sie sagten, daß Mr. Pardee gerade dabei war, seine Stellung an diesem Brett zu analysieren, als Mr. Drukker zu ihm herüberkam.«

»Ja, das stimmt.« Professor Dillard klang gezwungen höflich. »Drukker setzte sich ihm gegenüber und studierte die aufgestellte Position. Er setzte zu einer Bemerkung an, aber Pardee bat ihn, nichts zu sagen. Nach etwa einer Viertelstunde räumte Pardee die Figuren weg, und dann sagte ihm Drukker, die Partie sei verloren – er habe sich in eine Stellung hineinmanövriert, die zwar günstig aussehe, im Grunde aber schwach sei.«

Vance hatte seine Finger ziellos über das Brett wandern lassen und zwei oder drei Figuren aus dem Kistchen genommen und zurückgeworfen, als würde er damit spielen.

»Erinnern Sie sich genau, was Mr. Drukker sagte?« fragte er, ohne aufzublicken.

»Ich habe nicht genau zugehört – das Thema interessierte mich nicht gerade brennend.« Die Ironie in seiner Antwort war nicht zu überhören. »Aber soweit ich mich entsinne, sagte Drukker, Pardee hätte gewinnen können, wenn es sich um eine Blitzpartie gehandelt hätte, aber Rubinstein sei ein notorisch langsamer und vorsichtiger Spieler und würde den Schwachpunkt in Pardees Stellung unweigerlich finden.«

»Hat Pardee diese Kritik zurückgewiesen?« Vance schlenderte zu seinem Sessel zurück und nahm sich eine neue Zigarette aus seinem Etui, aber er setzte sich nicht wieder hin.

»Das hat er – sogar entschieden. Drukker hat ein zum Widerspruch reizendes Benehmen. Und was sein Schachspiel angeht, ist Pardee überempfindlich. Tatsache ist, daß er auf Drukkers Vorhaltungen hin weiß vor Zorn wurde. Da wechselte ich das Thema, und als die beiden gingen, war der Zwischenfall anscheinend vergessen.«

Wir blieben nur noch wenige Minuten. Markham erging sich in Entschuldigungen und bemühte sich, für den erheblichen Ärger, den unser Besuch ihm verursacht haben mußte, Abbitte zu leisten. Er war nicht erbaut von Vance' scheinbar albernem Beharren auf den Einzelheiten von Pardees Schachpartie, und als wir ins Wohnzimmer hinabgegangen waren, brachte er sein Mißfallen zum Ausdruck.

»Ihre Fragen nach dem Verbleib der verschiedenen Hausbewohner gestern abend konnte ich ja noch verstehen, aber daß Sie auf Pardees und Drukkers Zerwürfnis wegen einer Schachpartie herumgehackt haben, dafür weiß ich keine Entschuldigung. Wir haben Besseres zu tun, als zu tratschen.«

»Abscheu vor dem Tratsch war es auch, der Tennysons Isabel ihr ganzes beschauliches Leben lang auszeichnete«, erwiderte Vance verschmitzt. »Aber – auf mein Wort, Markham! – unser Leben ist nicht Isabels. Ehrlich gesagt: War's auch Geplauder, hatt' es doch Methode. Ich habe geschwatzt – und Erfahrungen gesammelt.«

»Was haben Sie erfahren?« wollte Markham wissen.

Mit einem vorsichtigen Blick in die Halle beugte Vance sich vor und senkte die Stimme.

»Ich habe erfahren, mein lieber Lykurg, daß ein schwarzer Bischof aus dem Spiel in der Bibliothek fehlt und daß die Schachfigur von Mrs. Drukkers Tür zu den anderen Figuren oben paßt!«

Kapitel 15

Eine Unterredung mit Pardee

(Dienstag, 12. April, 12.30 Uhr)

Diese Neuigkeit hatte eine beträchtliche Wirkung auf Markham. Wie gewöhnlich in erregtem Zustand erhob er sich und begann, mit auf dem Rücken verschränkten Händen auf und ab zu gehen. Und obschon Heath die Bedeutung von Vance' Enthüllung etwas langsamer begriff, paffte er heftig an seiner Zigarre – ein Anzeichen, daß er mit einer schwierigen Kombination der Fakten beschäftigt war.

Bevor einer der beiden einen Kommentar abgeben konnte, öffnete sich die hintere Tür des Korridors, und leichte Schritte näherten sich dem Wohnzimmer. Belle Dillard, von Mrs. Drukker zurückgekehrt, erschien in der Tür. Ihre Miene war besorgt, und ihr Blick ruhte auf Markham, als sie fragte:

»Was haben Sie Adolph heute morgen gesagt? Er ist in einem fürchterlichen Zustand von Angst. Er läuft herum und prüft alle Türschlösser und Fensterriegel, als ob er Einbrecher befürchtete, und die arme Grete hat er erschreckt, als er ihr sagte, sie solle in ihrem Zimmer nur ja nachts den Riegel vorlegen.«

»Aha! Er hat Mrs. Menzel gewarnt, was?« sinnierte Vance. »Höchst interessant.«

Schnell blickte das Mädchen zu ihm hin.

»Ja, aber er will mir nichts erklären. Er ist aufgeregt und tut geheimnisvoll. Und das Merkwürdigste an seinem Benehmen ist, daß er sich weigert, in die Nähe seiner Mutter zu kommen... Was hat das zu bedeuten, Mr. Vance? Ich habe das Gefühl, daß etwas Schreckliches in der Luft liegt.«

»Ich weiß nicht genau, was es zu bedeuten hat«, antwortete Vance mit leiser und bekümmerter Stimme. »Und ich fürchte mich, es auch nur zu interpretieren...« Er schwieg einen Moment. »Wir müssen abwarten und schauen, was passiert. Heute abend wissen wir vielleicht mehr. Es besteht kein Grund, daß Sie sich aufregen, Miß Dillard.« Er lächelte beruhigend. »Wie fanden Sie Mrs. Drukker?«

»Es schien ihr viel besser zu gehen. Aber sie macht sich noch über irgendwas Sorgen, und ich glaube, es hat mit Adolph zu tun, denn sie hat die ganze Zeit, während ich da war, von ihm gesprochen und mich dauernd gefragt, ob mir in letzter Zeit etwas Ungewöhnliches an seinem Benehmen aufgefallen wäre.«

»Das ist angesichts der Umstände nur natürlich«, erwiderte Vance. »Aber Sie dürfen sich nicht von ihrer krankhaften Einstellung anstecken lassen. – Und um jetzt das Thema zu wechseln: Meines Wissens waren Sie gestern abend, unmittelbar bevor Sie ins Theater gingen, etwa eine halbe Stunde in der Bibliothek. Sagen Sie, Miß Dillard – wo war Ihre Handtasche während dieser Zeit?«

Die Frage verblüffte sie, aber nach kurzem Zögern antwortete sie: »Als ich in die Bibliothek kam, habe ich sie mit meinem Cape auf den kleinen Tisch neben der Tür gelegt.«

»War das die Schlangenleder-Handtasche mit dem Schlüssel darin?«

»Ja. Sigurd mag keine Abendkleidung, und wenn wir zusammen ausgehen, trage ich immer meine Tageskleidung.«

»Sie haben also die Tasche während der halben Stunde auf dem Tisch gelassen und den Rest des Abends bei sich gehabt. – Und heute morgen?«

»Ich bin vor dem Frühstück kurz spazierengegangen und habe sie mitgenommen. Später habe ich sie ungefähr eine Stunde auf dem Hutständer im Flur gelassen, aber als ich gegen zehn zu Lady Mae aufbrach, habe ich sie mitgenommen. Dann entdeckte ich, daß die Pistole wieder da war, und schob meinen Besuch auf. Ich ließ die Handtasche im Clubraum, bis Sie und Mr. Markham kamen, und seither habe ich sie ständig bei mir.«

Vance dankte ihr flüchtig. »Und nun, da die Wanderungen der Handtasche so gründlich erforscht sind, versuchen Sie bitte, alles diesbezügliche zu vergessen.« Sie wollte gerade etwas fragen, aber er kam ihrer Neugier zuvor und sagte schnell: »Ihr Onkel hat uns erzählt, daß Sie gestern abend im Plaza gegessen haben. Sie müssen spät nach Hause gekommen sein.«

»Ich bleibe nie lange weg, wenn ich mit Sigurd irgendwohin gehe«, antwortete sie mit einem weiblichen Klagen in der Stimme. »Er hat eine tiefverwurzelte Abneigung gegen jede Art von Nachtleben. Ich habe ihn gebeten, länger zu bleiben, aber er sah so kläglich drein, daß ich nicht das Herz hatte auszuharren. Wir sind daher schon um halb eins nach Hause gekommen.«

Vance erhob sich mit einem verbindlichen Lächeln.

»Es war riesig nett von Ihnen, unsere dumme Fragerei so lange zu ertragen... Jetzt werden wir mal bei Mr. Pardee hereinschneien und schauen, ob er irgendwelche Geistesblitze anzubieten hat. Ich glaube, um die Zeit ist er meistens zu Hause.«

»Ich bin sogar sicher.« Das Mädchen begleitete uns zur Halle. »Er war hier, kurz bevor Sie kamen, und sagte, er würde heimgehen, um sich seiner Korrespondenz zu widmen.«

Wir wollten gerade gehen, da verharrte Vance.

»Ach, Miß Dillard, da ist übrigens noch eine Sache, die ich zu fragen vergessen habe. Als Sie gestern abend mit Mr. Arnesson nach Hause kamen, woher wußten Sie, daß es genau halb eins war? Ich habe bemerkt, daß Sie keine Armbanduhr tragen.«

»Sigurd sagte es mir«, erklärte sie. »Ich war ziemlich sauer, daß er mich so früh nach Hause brachte, und als wir in die Halle kamen, habe ich ihn ironisch gefragt, ob er wüßte, wie spät es sei. Er hat auf die Uhr geschaut und gesagt, es sei halb eins...«

In diesem Moment öffnete sich die Haustür und Arnesson kam herein. Er starrte uns mit gespieltem Erstaunen an, dann erblickte er Belle Dillard.

»Hallo, Schwesterlein«, rief er erfreut. »In den Händen der Gendarmerie, wie ich sehe.« Er warf uns einen amüsierten Blick zu. »Warum dieses Konklave? Dieses Haus ist eine richtige Polizeiwache geworden. Auf der Jagd nach Spuren von Spriggs Mörder? Ha! Aufgeweckter junger Mann von neidischem Professor beseitigt und so, he?... Ich hoffe, ihr Burschen habt Diana die Jägerin nicht dem Dritten Grad unterzogen.«

»Nichts dergleichen«, versetzte das Mädchen. «Sie sind überaus rücksichtsvoll gewesen. Und ich habe ihnen erzählt, was für ein alter Stiesel du bist – mich um halb eins nach Haus zu bringen!«

»Ich glaube, ich war schon sehr großzügig«, grinste Arnesson. »Viel zu spät für ein Kind wie dich, um noch draußen zu sein.«

»Es muß schrecklich sein, wenn man so senil und – mathematisch interessiert ist«, erwiderte sie heftig und lief die Treppe hinauf.

Arnesson zuckte mit den Schultern und sah ihr nach, bis sie verschwunden war. Dann fixierte er Markham mit zynischem

Blick. »Na, welch frohe Botschaft bringen Sie? Was Neues über das letzte Opfer?« Er führte uns zurück ins Wohnzimmer. »Wissen Sie, der Knabe fehlt mir. Er hätte es weit gebracht. Verfluchte Schande, daß er ausgerechnet Johnny Sprigg heißen mußte. Selbst ›Hänschenklein‹ wäre ungefährlicher gewesen, denn der ist schließlich wieder nach Haus gekommen, und das ließe sich ja wohl schlecht zu einem Mord verarbeiten . . .«

»Wir haben nichts zu berichten, Arnesson«, unterbrach ihn Markham, den die Albernheiten des Mannes aufregten. »Die Lage ist unverändert.«

»Also nur ein Freundschaftsbesuch, nehme ich an. Bleiben Sie zum Essen?«

»Wir behalten uns das Recht vor«, sagte Markham kühl, »den Fall auf jede Weise zu untersuchen, die uns ratsam erscheint. Und wir sind Ihnen keine Rechenschaft schuldig für unser Tun.«

»Soso! Es *ist* also etwas passiert, was an Ihnen nagt«, meinte Arnesson sarkastisch. »Ich dachte, man hätte mich als Beisitzer akzeptiert, aber ich sehe, daß ich wieder ins Dunkel zurückgeworfen werde.« Er seufzte kunstvoll und nahm die Pfeife heraus. »Der Lotse muß von Bord! Erst Bismarck, jetzt ich. Jammerschade.«

Vance hatte versonnen rauchend am Türbogen gestanden und Arnessons Klagen offensichtlich nicht beachtet. Jetzt trat er ins Zimmer. »Wirklich, Markham, wissen Sie, Mr. Arnesson hat eigentlich recht. Wir hatten zugestimmt, ihn auf dem Posten zu belassen, und wenn er uns irgendwie nützlich ein soll, muß er alle Fakten kennen.«

»Sie selbst waren es doch«, protestierte Markham, »der auf die möglichen Gefahren verwies, wenn wir die Ereignisse der vergangenen Nacht erwähnen würden.«

»Stimmt. Aber da hatte ich unser Versprechen gegenüber Mr. Arnesson vergessen. Und ich bin sicher, daß wir auf seine Diskretion vertrauen dürfen.« Dann berichtete Vance detailliert, was Mrs. Drukker letzte Nacht widerfahren war.

Mit gespannter Aufmerksamkeit hörte Arnesson zu. Mir fiel auf, daß sein sardonischer Gesichtsausdruck allmählich einer berechnenden Nüchternheit wich. Ein paar Minuten saß er da in nachdenklichem Schweigen und mit der Pfeife in der Hand.

»Das ist bestimmt ein entscheidender Faktor für das Problem«, bemerkte er endlich. »Er verändert unsere Konstante. Jetzt wird mir klar, daß das Ganze aus einem anderen Blickwinkel berechnet werden muß. Der Bischof befindet sich offenbar unter uns. Aber warum sollte er Lady Mae heimsuchen?«

»Man berichtete, sie habe fast genau zur Zeit von Haans Tod geschrien.«

»Aha!« Arnesson richtete sich auf. »Ich verstehe Ihre Folgerung. Am Morgen von Hinrich Hahns Ableben hat sie den Bischof von Ihrem Fenster aus gesehen, und er kam später zurück und hockte sich auf ihren Türknopf, um sie zu warnen, daß sie stillhält.«

»So etwas in der Art vielleicht... Haben Sie jetzt genug Koeffizienten, um Ihre Formel auszuarbeiten?«

»Ich würde gern einen Blick auf diesen schwarzen Bischof werfen. Wo ist er jetzt?«

Vance griff in die Tasche und hielt ihm die Figur entgegen. Arnesson griff begierig danach, und seine Augen funkelten einen Moment. Er drehte den Läufer in seiner Hand und gab ihn zurück.

»Sie scheinen diesen besonderen Bischof wiederzuerkennen«, flötete Vance. »Sie haben durchaus recht. Er wurde von Ihrem Spiel in der Bibliothek entliehen.«

Bedächtig nickte Arnesson eine Bestätigung. »Das glaube ich auch.« Plötzlich wandte er sich zu Markham, und ein ironisches Grinsen kam in seine hageren Gesichtszüge. »War es das, warum ich im unklaren gelassen werden sollte? Stehe ich also unter Verdacht? Wie weiland Pythagoras! Welche Strafe steht auf dem abscheulichen Verbrechen, Schachfiguren in der Nachbarschaft zu verteilen?«

Markham stand auf und ging in Richtung Halle.

»Sie stehen nicht unter Verdacht, Arnesson«, antwortete er, ohne den Versuch zu machen, sein Mißfallen zu verbergen. »Der Bischof wurde Mrs. Drukker um Punkt Mitternacht dagelassen.«

»Und ich kam dafür eine halbe Stunde zu spät. Tut mir leid, daß ich Sie enttäuscht habe.«

»Lassen Sie es uns wissen, wenn Ihre Formel funktioniert«, meinte Vance, als wir durch die Vordertür hinausgingen. »Wir müssen jetzt Mr. Pardee einen kleinen Besuch abstatten.«

»Pardee? Oho! Wo es um Bischöfe und Läufer geht, ziehen Sie einen Schachexperten hinzu, was? Ich verstehe Ihren Gedankengang – zumindest hat er den Vorzug, einfach und direkt zu sein...«

Er stand auf der kleinen Terrasse wie ein komischer Wasserspeier und schaute uns nach, als wir die Straße überquerten.

Pardee empfing uns mit seiner üblichen ruhigen Höflichkeit. Die tragische, enttäuschte Miene, die zu seinem gewöhnlichen Erscheinen gehörte, war noch stärker betont als sonst, und als er uns in seinem Arbeitszimmer die Sessel heranrückte, benahm er sich wie jemand, dessen Interesse am Leben erloschen ist und der bloß noch die reine Mechanik des Daseins durchläuft.

»Wir sind hergekommen, Mr. Pardee«, begann Vance, »um möglichst viel über Spriggs Ermordung gestern morgen im Riverside Park zu erfahren. Für alle Fragen, die wir Ihnen stellen werden, haben wir durchaus gute Gründe.«

Pardee nickte resigniert.

»Welche Richtung dieses Verhör auch nehmen wird, ich werde nicht gekränkt sein. Nach der Lektüre der Zeitungen ist mir klar, wie außergewöhnlich das Problem ist, dem Sie gegenüberstehen.«

»Dann informieren Sie uns doch bitte zunächst, wo Sie gestern morgen zwischen sieben und acht waren.«

Eine blasse Röte überzog Pardees Gesicht, aber er antwortete mit leiser, gleichmütiger Stimme: »Ich war im Bett. Ich bin erst um kurz vor neun aufgestanden.«

»Haben Sie nicht die Gewohnheit, vor dem Frühstück im Park spazierenzugehen?«

(Ich wußte, daß das eine reine Vermutung war, denn Pardees Gewohnheiten waren im Zuge der Ermittlungen noch nicht zur Sprache gekommen.)

»Das ist zwar richtig«, erwiderte der Mann ohne jedes Zögern. »Aber gestern bin ich nicht ausgegangen – ich hatte am Tag davor bis spät in die Nacht gearbeitet.«

»Wann haben Sie von Spriggs Tod gehört?«

»Beim Frühstück. Meine Köchin wiederholte mir den Tratsch aus der Nachbarschaft. Die offizielle Darstellung der Tragödie habe ich in der Frühausgabe der *Sun* gelesen.«

»Und natürlich haben Sie eine Abbildung der Nachricht des Bischofs in der Morgenzeitung gesehen. Was halten Sie von der Sache, Mr. Pardee?«

»Schwer zu sagen.« Zum ersten Mal zeigten seine matten Augen ein Lebenszeichen. »Es ist eine unglaubliche Situation. Alles spricht gegen die mathematische Wahrscheinlichkeit, daß eine solche Folge von Ereignissen Zufall sein kann.«

»Richtig«, pflichtete Vance bei. »Und wo wir gerade von der Mathematik sprechen: Ist Ihnen der Riemann-Christoffel-Tensor ein Begriff?«

»Ich kenne ihn«, gab er zu. »Drukker benutzt ihn in seinem Buch über Weltlinien. Meine Mathematik ist allerdings nicht von der physikalischen Art. Wenn mich das Schachspiel nicht bestrickt hätte«, er lächelte traurig »wäre ich Astronom geworden. Die größte geistige Befriedigung gleich nach dem Manövrieren mit den Faktoren einer komplizierten Schachstellung ist es, glaube ich, die Himmel zu kartieren und neue Planeten zu entdecken. Für meine Amateurbeobachtungen habe ich sogar ein 5-Zoll-Äquatorialteleskop auf dem Dach.«

Vance hörte Pardee aufmerksam zu und erörterte mit ihm einige Minuten lang Professor Pickerings kürzliche Bestimmung des transneptunischen O^{20} – sehr zu Markhams Verwirrung und zum Ärger des Sergeants. Endlich brachte er das Gespräch auf die Tensor-Formel zurück.

»Soweit ich weiß, waren Sie letzten Dienstag bei den Dillards, als Mr. Arnesson mit Drukker und Sprigg über den Tensor sprach.«

»Ja, ich entsinne mich, daß das Thema aufkam.«

»Wie gut haben Sie Sprigg gekannt?«

»Nur flüchtig. Ich habe ihn ein paarmal bei Arnesson getroffen.«

»Auch Sprigg scheint die Angewohnheit gehabt zu haben, vor dem Frühstück im Riverside Park spazierenzugehen«, bemerkte Vance nebenbei. »Sind Sie einander dort je begegnet?«

Seine Augenlider zuckten leicht und er zögerte, bevor er antwortete. »Nie«, sagte er schließlich.

Vance schien sich damit zufriedenzugeben. Er stand auf, trat ans Fenster zur Straße und schaute hinaus.

»Ich dachte, man könne von hier vielleicht den Schießstand einsehen. Aber ich sehe, die Ecke schneidet einem den Blick völlig ab.«

»Ja, der Schießstand ist recht privat. Gegenüber der Mauer ist sogar ein unbebautes Grundstück, so daß niemand hinüberschauen kann ... Dachten Sie an einen möglichen Zeugen für Haans Tod?«

»Daran und noch an anderes.« Vance drehte sich um. »Sie machen sich wohl nicht viel aus dem Bogenschießen?«

»Es ist eine Kleinigkeit zu anstrengend für mich. Miß Dillard hat einmal versucht, mich für diesen Sport zu interessieren, aber ich war kein besonders vielversprechender Mitstreiter. Allerdings bin ich mit ihr auf mehreren Turnieren gewesen.«

Pardees Stimme war ungewöhnlich weich geworden, und aus irgendeinem Grund, den ich nicht genau erklären konnte, hatte ich das Gefühl, er mache sich etwas aus Belle Dillard. Vance muß den gleichen Eindruck gehabt haben, denn nach einer kurzen Pause sagte er: »Es ist Ihnen hoffentlich klar, daß wir nicht die Absicht haben, uns ohne Not in anderer Leute Privatangelegenheiten zu mischen, aber die Frage nach dem Motiv der beiden Morde, die wir untersuchen, liegt noch im dunkeln, und da Haans Tod zunächst versehentlich einem Wettstreit um Miß Dillards Zuneigung zugeschrieben wurde, könnte es uns weiterbringen, wenn wir ganz allgemein die wirklichen Präferenzen der jungen Dame kennen würden... Als Freund der Familie wissen Sie wahrscheinlich darüber Bescheid, und wir würden Ihr Vertrauen in dieser Angelegenheit zu schätzen wissen.«

Pardees Blick schweifte aus dem Fenster, und die Andeutung eines Seufzers entwich ihm.

»Ich hatte immer das Gefühl, daß sie und Arnesson eines Tages heiraten würden. Aber das ist nur eine Vermutung. Sie hat mir einmal ziemlich bestimmt zu verstehen gegeben, daß sie nicht an die Ehe denken würde, bevor sie dreißig sei.« (Man konnte sich leicht vorstellen, in welchem Zusammenhang Belle Dillard Pardee diese Erklärung abgegeben hatte. Anscheinend hatte sein Gefühlsleben ebenso wie sein intellektuelles die Niederlage kennengelernt.)

»Sie glauben also nicht«, bohrte Vance nach, »daß sie ihr Herz ernstlich an den jungen Sperling gehängt hat?«

Pardee schüttelte den Kopf. »Allerdings«, führte er aus, »hat ein Martyrium, wie er es gerade durchlebt, eine bestürzend sentimentale Wirkung auf Frauen.«

»Miß Dillard sagte mir, daß Sie sie heute morgen besucht haben.«

»Ich schaue gewöhnlich tagsüber mal bei ihr vorbei.« Er fühlte sich offensichtlich nicht wohl und war, wie es mir vorkam, ein bißchen verlegen.

»Kennen Sie Mrs. Drukker gut?«

Pardee warf Vance einen schnellen, fragenden Blick zu.

»Nicht besonders«, sagte er. »Ich habe sie natürlich ein paarmal getroffen.«

»Sind Sie je in ihrem Haus gewesen?«

»Oft, aber immer, um Drukker zu besuchen. Seit Jahren schon interessiert mich das Verhältnis der Mathematik zum Schachspiel...«

Vance nickte. »Wie ist übrigens gestern nacht Ihre Partie mit Rubinstein ausgegangen? Ich habe heute morgen keine Zeitung gelesen.«

»Ich habe nach dem vierundvierzigsten Zug aufgegeben«, sagte der Mann hoffnungslos. »Rubinstein fand eine Schwäche in meinem Angriff, die ich völlig übersehen hatte, als ich bei der Unterbrechung meinen Zug im versiegelten Umschlag hinterlegte.«

»Wie Professor Dillard uns sagte, hat Drukker den Ausgang vorausgesehen, als er gestern abend mit Ihnen die Stellung erörterte.« Ich verstand nicht, warum Vance diese Episode so betonte, wußte er doch, welche Wunde sie für Pardee bedeutete. Auch Markham runzelte die Stirn über Vances scheinbar unverzeihlich taktlose Bemerkung.

Pardee errötete und rutschte in seinem Sessel herum. »Drukker hat gestern abend zuviel gesagt«, behauptete er nicht ohne Bitterkeit. »Wenn er auch kein Turnierspieler ist, sollte er doch wissen, daß solche Diskussionen über Hängepartien tabu sind. Ich habe seiner Prophezeiung ehrlich gesagt nicht viel Gewicht beigemessen. Ich dachte, mein versiegelter Zug hätte die Situation berücksichtigt, aber Drukker hat weiter gesehen als ich. Seine Analyse war verblüffend gründlich.« Der Neid des Selbstmitleids klang darin durch, und ich spürte, daß er Drukker so bitterlich haßte, wie es sein scheinbar sanftes Wesen gestattete.

»Wie lange hat die Partie gedauert?« fragte Vance beiläufig.

»Es ist kurz nach eins geworden. In der Nachtsitzung gab es nur noch vierzehn Züge.«

»Waren viele Zuschauer da?«

»In Anbetracht der vorgerückten Stunde ungewöhnlich viele.«

Vance drückte seine Zigarette aus und stand auf. Als wir im unteren Korridor auf dem Weg zur Haustür waren, blieb er plötzlich stehen, fixierte Pardee mit sardonisch amüsiertem Blick und sagte: »Wissen Sie, gestern um Mitternacht ist der schwarze Bischof wieder umgegangen.«

Seine Worte hatten eine erstaunliche Wirkung. Pardee richtete sich auf, als hätte man ihm ins Gesicht geschlagen, und seine Wangen wurden kreidebleich. Eine geschlagene halbe Minute starrte er Vance an mit Augen, die wie Kohlen glühten. Seine Lippen zuckten, doch brachte er kein Wort hervor. Wie in einer übermenschlichen Anstrengung wandte er sich steif ab und ging zur Tür. Er riß sie auf und hielt sie auf, bis wir hinausgegangen waren.

Während wir den Riverside Drive zum Wagen des Bezirksstaatsanwaltes hinaufgingen, den er vor dem Haus Drukker in der 76sten Straße hatte stehenlassen, verlangte Markham in scharfem Ton zu wissen, was Vance' letzte Bemerkung hatte bedeuten sollen.

»Ich hegte die Hoffnung«, erläuterte Vance, »daß er sich zu einem wissenden oder verstehenden Blick würde hinreißen lassen. Aber, meiner Treu, Markham, so einen Knalleffekt habe ich nicht erwartet. Erstaunlich, wie er reagiert hat. Ich kapiere es nicht – überhaupt nicht ...«

Er verlor sich in seinen Gedanken. Später, als der Wagen an der 72sten Straße auf den Broadway abbog, straffte er sich und dirigierte den Chauffeur zum Sherman Square Hotel.

»Ich habe ein unwiderstehliches Verlangen, mehr über diese Schachpartie zwischen Pardee und Rubinstein zu erfahren. Einen Grund dafür habe ich nicht – reine Neugier meinerseits. Aber seit der Professor es erwähnt hat, nagt der Gedanke an mir ... Von elf Uhr bis nach eins – das ist eine verflixt lange Zeit, um eine unterbrochene Partie von nur vierundvierzig Zügen zu Ende zu spielen.«

Wir hielten an der Ecke Amsterdam Avenue und 71ste Straße, und Vance verschwand im Manhatten Chess Club. Es dauerte ganze fünf Minuten, bis er zurückkam. In der Hand hielt er einen Zettel voller Notizen. Seine Miene zeigte allerdings keine Spur von Triumph.

»Meine weithergeholte, aber bezaubernde Theorie«, sagte er mit einer Grimasse, »ist an den Klippen der prosaischen Fakten gescheitert. Ich habe gerade mit dem Clubsekretär gesprochen, die gestrige Sitzung hat zwei Stunden und neunzehn Minuten in Anspruch genommen. Es scheint eine geistsprühende Schlacht gewesen zu sein, voll esoterischer Winkelzüge und strategischer Finten. Gegen halb zwölf hatten die Zuschauer den Experten

Pardee bereits zum Sieger gekürt, aber da legte Rubinstein ein Meisterstück der gründlichen Analyse an den Tag und machte sich daran, Pardees Taktik in der Luft zu zerreißen – genau wie Drukker es vorhergesagt hatte. Erstaunlicher Kopf, dieser Drukker . . .«

Es war deutlich zu merken, daß er nicht völlig zufrieden war mit dem, was er erfahren hatte, und seine nächsten Worte brachten seinen Mißmut zum Ausdruck.

»Ich dachte, wenn ich schon dabei bin, kann ich gleich dem Sergeant ein wenig nacheifern und mich mit etwas Routinearbeit versorgen. Ich habe mir also die Aufzeichnungen von dem Spiel von gestern abend geliehen und die Züge abgeschrieben. Vielleicht werde ich die Partie irgendwann mal durchgehen, wenn mir die Decke auf den Kopf fällt.«

Und mit, wie es mir vorkam, ungewöhnlicher Sorgfalt faltete er das Blatt zusammen und legte es in seine Brieftasche.

Kapitel 16

Dritter Akt

(Dienstag, 12. April, bis Samstag, 16. April)

Nach dem Mittagessen im Élysée fuhren Markham und Heath weiter in die Stadt. Ein harter Nachmittag lag vor ihnen. Bei Markham hatten sich Routinearbeiten angehäuft, und der Sergeant, der den Fall Sprigg zusätzlich zu den Ermittlungen im Fall Haan übernommen hatte, mußte zwei verschiedene Maschinen in Gang halten, all seine Berichte koordinieren, unzählige Fragen seiner Vorgesetzten beantworten und versuchen, die Unersättlichkeit einer ganzen Armee von Reportern zu befriedigen. Vance und ich gingen in eine Ausstellung moderner französischer Kunst bei Knoedlers, nahmen im St. Regis den Tee und trafen Markham zum Dinner im Stuyvesant Club. Um halb neun stießen Heath und Inspector Moran zwecks einer inoffiziellen Konferenz zu uns, aber obwohl sie fast bis Mitternacht dauerte, kam nichts Greifbares dabei heraus.

Und auch der folgende Tag brachte nur Entmutigungen. Nach dem Bericht von Captain Dubois hatte der Revolver, den Heath ihm gegeben hatte, keine Fingerabdrücke getragen. Captain Hagedorn identifizierte die Waffe als diejenige, mit der Sprigg erschossen worden war, aber das untermauerte lediglich unsere schon feste Überzeugung. Der Mann, der hinter dem Haus der Drukkers auf Posten gestanden hatte, hatte eine ereignislose Nacht verbracht. Niemand hatte das Haus betreten oder verlassen, und um elf Uhr waren alle Fenster dunkel gewesen. Erst am Morgen, als die Köchin an ihre Tagesarbeit ging, waren wieder Geräusche aus dem Haus gedrungen. Mrs. Drukker war um kurz nach acht im Garten erschienen, und um halb zehn war Drukker vorne hinausgegangen und hatte zwei Stunden lesend im Park gesessen.

Zwei Tage vergingen. Haus Dillard wurde weiterhin bewacht, Pardee unablässig beobachtet, und jede Nacht stand ein Mann unter den Weidenbäumen hinter dem Haus Drukker postiert. Aber nichts Ungewöhnliches passierte, und trotz der unermüdlichen Aktivitäten des Sergeants schienen alle vielversprechenden Ermittlungsansätze im Sande zu verlaufen. Heath und Markham waren beide höchst besorgt. Die Zeitungen übertrafen sich gegenseitig mit farbiger Rhetorik, und die Unfähigkeit von Polizei und Staatsanwaltschaft, bei dem Geheimnis um zwei spektakuläre Morde auch nur einen Schritt weiterzukommen, weitete sich schnell zu einem politischen Skandal aus.

Vance suchte Professor Dillard auf und erörterte mit ihm den Fall in groben Zügen. Am Dienstag nachmittag verbrachte er auch eine Stunde mit Arnesson, weil er hoffte, die Ausarbeitung der angekündigten Formel hätte eine Einzelheit ans Licht gebracht, die sich als Ausgangspunkt für neue Spekulationen hätte eignen können. Doch das Gespräch enttäuschte ihn, und er beklagte sich bei mir, daß Arnesson nicht völlig offen zu ihm gewesen wäre. Zweimal ging er in den Manhattan Chess Club und versuchte, Pardee zu einem Gespräch zu verleiten, aber jedesmal wurde er mit kalter Höflichkeit abgewiesen. Ich bemerkte, daß er keinen Versuch unternommen hatte, sich mit Drukker oder Mrs. Drukker zu verständigen, und als ich ihn fragte, warum er sie übergangen hätte, antwortete er: »Von beiden ist im Moment die Wahrheit nicht zu erfahren. Beide spielen ein Spiel, und beide haben große Angst. Bis wir definitive Beweise haben, wird jeder Versuch, sie ins Kreuzverhör zu nehmen, mehr Schaden anrichten als nützen.«

Diese definitiven Beweise sollten am nächsten Tag aus einer Ecke kommen, die wir zuletzt erwartet hätten, und sie markierten den Anfang der letzten Phase unserer Ermittlungen – einer Phase, die mit so düsterer, aufrüttelnder Tragik und so unaussprechlichem Entsetzen befrachtet war, mit dermaßen willkürlicher Grausamkeit und monströsem Humor, daß ich es selbst jetzt, Jahre später, bei der Niederschrift dieser Reportage, kaum glauben kann, daß die Ereignisse schließlich doch nicht bloß ein grotesker Traum von märchenhafter Verruchtheit waren.

Am Freitagabend berief der verzweifelte Markham eine weitere Konferenz ein. Arnesson bat um die Erlaubnis, daran teilzunehmen, und um 16 Uhr trafen wir uns alle, einschließlich Inspector Morans, im Privatbüro des Bezirksstaatsanwalts im alten Kriminalgericht. Arnesson war während der Unterredung ungewöhnlich schweigsam und erging sich kein einziges Mal in seinen gewöhnlichen Witzeleien. Er hörte allem aufmerksam zu, was vorgebracht wurde, und schien es absichtlich zu vermeiden, eine Meinung zu äußern, selbst als er von Vance direkt darum gebeten wurde.

Wir saßen vielleicht eine halbe Stunde zusammen, als Swacker leise hereinkam und dem Bezirksstaatsanwalt ein Memorandum auf den Schreibtisch legte. Markham warf einen Blick darauf und runzelte die Stirn. Nach einem Augenblick signierte er zwei Vordrucke und gab sie Swacker.

»Füllen Sie die sofort aus, und geben Sie sie Ben[21]«, befahl er. Als der Mann die äußere Flurtür wieder hinter sich geschlossen hatte, erklärte er die Unterbrechung: »Sperling hat mir gerade ausrichten lassen, er möchte mich sprechen. Er sagt, er hätte Informationen, die vielleicht wichtig seien. Ich dachte, in Anbetracht der Umstände wäre es jetzt vielleicht angebracht, mit ihm zu reden.«

Zehn Minuten später wurde Sperling von einem Hilfssheriff aus dem Untersuchungsgefängnis hereingebracht. Er begrüßte Markham mit einem freundlichen, jungenhaften Lächeln und nickte Vance vergnügt zu. Dann verbeugte er sich – ein bißchen steif, dachte ich – vor Arnesson, dessen Anwesenheit ihn zu überraschen und zu verunsichern schien. Markham bat ihn, Platz zu nehmen, und Vance bot ihm eine Zigarette an.

»Ich wollte mit Ihnen über eine Sache sprechen, Mr. Markham«, begann er ein bißchen schüchtern, »die Ihnen vielleicht weiterhilft... Sie erinnern sich, als Sie mich über meine Begegnung mit Haan im Clubraum verhörten, wollten Sie wissen, welchen Weg Mr. Drukker nahm, als er uns verließ. Ich sagte Ihnen, ich hätte nichts bemerkt, außer, daß er durch die Kellertür verschwunden sei... Nun, Sir, ich hatte eine Menge Zeit zum Nachdenken, und natürlich bin ich im Geiste alles durchgegangen, was an diesem Morgen passiert ist. Ich weiß nicht, wie ich es erklären soll, aber mir ist jetzt alles viel klarer. Bestimmte – man könnte vielleicht sagen – Eindrücke sind mir wieder eingefallen...«

Er verstummte und sah auf den Teppich herab. Dann hob er den Kopf und fuhr fort: »Einer dieser Eindrücke hat mit Mr. Drukker zu tun – und das ist es, weshalb ich Sie sprechen wollte. Gerade heute nachmittag stellte ich mir gewissermaßen vor, ich wäre wieder im Clubraum und würde mit Haan reden, und plötzlich schoß mir das Bild des hinteren Fensters durch den Kopf, und mir fiel folgendes ein: Als ich an jenem Morgen aus dem Fenster schaute, um zu sehen, wie das Wetter für meine Reise wäre, sah ich Mr. Drukker in der Laube hinter dem Haus sitzen...«

»Wann war das?« fragte Markham knapp.

»Nur ein paar Sekunden, bevor ich mich zum Bahnhof aufmachte.«

»Dann deuten Sie also an, daß Mr. Drukker, statt das Grundstück zu verlassen, in die Laube gegangen und dort geblieben ist, bis Sie gingen.«

»Es hat ganz den Anschein, Sir«, gab Sperling widerwillig zu.

»Sind Sie völlig sicher, daß Sie ihn gesehen haben?«

»Ja, Sir. Ich erinnere mich jetzt genau. Mir ist sogar eingefallen, wie komisch er die Beine übereinandergeschlagen hatte.«

»Würden Sie das beschwören«, fragte Markham ernst, »wenn Sie wüßten, daß das Leben eines Menschen von Ihrer Aussage abhängt?«

»Das würde ich, Sir«, erwiderte Sperling einfach.

Nachdem der Sheriff den Häftling aus dem Raum eskortiert hatte, schaute Markham Vance an.

»Ich meine, das gibt uns eine Basis.«

»Ja. Die Aussage der Köchin hatte wenig Wert, da Drukker sie einfach bestritten hat, und sie ist diese Art von loyaler, verstockter Deutschen, die sein Leugnen noch unterstützen würde, wenn ihm eine echte Gefahr drohte. Jetzt verfügen wir über eine wirksame Waffe.«

»Mir kommt es so vor«, meinte Markham nach ein paar Minuten nachdenklichen Schweigens, »als ob wir einen guten Indizienfall gegen Drukker beisammen hätten. Nur wenige Sekunden, bevor Haan getötet wurde, war er im Dillardschen Hof. Er hätte ohne weiteres sehen können, wie Sperling ging, und da er gerade von Professor Dillard kam, wußte er, daß die restliche Familie ausgegangen war. Mrs. Drukker leugnet, daß sie an jenem Morgen vom Fenster aus jemand gesehen hätte, aber sie hat geschrien, als Haan starb, und wurde panisch vor Angst, als wir kamen, um Drukker zu verhören. Sie hat ihn sogar vor uns gewarnt und nannte uns ›den Feind‹. Ich glaube, daß sie Drukker nach Hause kommen sah, unmittelbar nachdem Haans Leiche auf den Schießstand gelegt worden war. Drukker war nicht in seinem Zimmer, als Sprigg getötet wurde, und sowohl er als auch seine Mutter haben sich nach Kräften bemüht, diese Tatsache zu verschleiern. Er wurde aufgeregt, als wir auf die Morde zu sprechen kamen, und hat sich über die Idee lustig gemacht, daß sie in Zusammenhang stünden. Wirklich, sein Verhalten ist in vieler Hinsicht höchst verdächtig gewesen. Außerdem wissen wir, daß er anormal und unausgeglichen ist und mit Hingabe Kinderspiele treibt. In Anbetracht dessen, was Dr. Barstead uns mitgeteilt hat, ist es durchaus möglich, daß er Wirklichkeit und Phantasie verwechselt und diese Verbrechen in einem Moment vorübergehenden Wahns begangen hat. Die Tensor-Formel ist ihm nicht nur vertraut, sondern er könnte sie auch auf irgendeine absonderliche Weise mit Sprigg in Zusammenhang gebracht haben – als Resultat von Arnessons Gespräch darüber mit Sprigg. Was die Nachrichten vom Bischof betrifft, können sie zur Wahnwelt seiner kranken Spiele gehören – Kinder brauchen ein zustimmendes Publikum, wenn sie eine neue Unterhaltung erfinden. Daß er das Wort ›Bischof‹ gewählt hat, liegt wahrscheinlich an seinem Interesse für das Schachspiel – eine verspielte Signatur, die Verwirrung stiften soll. Und diese Annahme wird weiterhin davon unterstützt, daß an der Tür seiner Mutter tatsächlich ein Läufer oder Bischof aus dem Schachspiel auftauchte. Möglicherweise befürchtete er, daß sie ihn an jenem Morgen gesehen hat, und wollte sie so zum Schweigen bringen, ohne seine Schuld offen einzugestehen. Er hätte die Tür zum Wintergarten ohne weiteres von innen zuschlagen können, ohne einen Schlüssel zu besitzen, um so den Eindruck zu erwecken, daß der Bischofsbote durch die Hintertür hereingekommen und verschwunden wäre. Außerdem wäre es ihm ein leichtes gewesen, am Abend, als Pardee seine Partie analysierte, den Läufer aus der Bibliothek zu entwenden ...»

Markham fuhr noch einige Zeit fort, seinen Fall gegen Drukker aufzubauen. Er war gründlich und ging ins Detail, und seine Zusammenfassung berücksichtigte praktisch alle Indizien, die sich mittlerweile angesammelt hatten. Die Logik und Unvoreingenommenheit, mit der er die verschiedenen Faktoren zusammensetzte, war eindrucksvoll und überzeugend, und seinem Resümee folgte ein langes Schweigen.

Endlich stand Vance auf, als ob er die Spannung seiner Gedanken durchbrechen wollte, und ging ans Fenster.

»Vielleicht haben Sie recht, Markham«, gab er zu. »Aber mein Haupteinwand gegen Ihre Schlußfolgerung ist, daß der Fall gegen Drukker zu stimmig ist. Ich hatte ihn von Anfang an für einen möglichen Täter gehalten, aber je verdächtiger er sich benahm und je mehr auf ihn hinwies, desto mehr fühlte ich mich geneigt, ihn aus dem Verdacht zu entlassen. Das Gehirn, das diese abscheulichen Morde ausgeheckt hat, ist zu schlau, zu teuflisch und gerissen, um sich in einem Netz von Indizien zu verstricken wie dem, das Sie um Drukker gezogen haben. Drukker hat ein erstaunliches Gemüt – seine Intelligenz und sein Verstand sind tatsächlich anomal hoch, und es ist schwierig, sich vorzustellen, daß er so viele Fallstricke übersehen hätte, wenn er schuldig wäre.«

»Man kann von der Polizei kaum erwarten«, versetzte Markham scharf, »daß sie einen Fall zu den Akten legt, weil die Beweise zu schlüssig sind.«

»Andererseits«, fuhr Vance fort und ignorierte den Einwurf, »ist es klar, daß Drukker, selbst wenn er unschuldig ist, etwas weiß, was eine direkte und überaus wichtige Bedeutung für den Fall hat. Mein bescheidener Vorschlag wäre, ihm diese Information zu entlocken. Sperlings Aussage hat uns den Angelpunkt für dieses Unterfangen gegeben ... Na, Mr. Arnesson, was meinen Sie dazu?«

»Gar nichts«, antwortete er. »Ich bin nur ein unbeteiligter Zuschauer. Allerdings würde ich den armen Adolph nicht gern hinter Schloß und Riegel sehen.« Obwohl er sich nicht festlegen wollte, war deutlich zu merken, daß er derselben Ansicht war wie Vance.

Heath meinte typischerweise, schnelles Handeln sei angebracht, und äußerte sich dementsprechend.

»Wenn er irgendwas zu sagen hat, wird er es schon ausspucken, wenn er erst mal eingebuchtet ist.«

»Das ist eine schwierige Situation«, ließ sich Inspector Moran mit sanfter, bedächtiger Stimme vernehmen. »Wir können uns keinen Fehler leisten. Wenn Drukkers Aussage jemand anders belastet, machen wir uns lächerlich, wenn wir den Falschen verhaften.«

Vance schaute Markham an und nickte.

»Warum holen wir ihn nicht erst einmal her und schauen, ob wir ihn überreden können, sein Gewissen zu erleichtern? Sie können einen Haftbefehl über seinem Kopf baumeln lassen, als eine Art von moralischem Anstoß, meinen Sie nicht? Wenn er dann noch spröde und zugeknöpft bleibt, legen Sie ihn in Ketten und lassen ihn von dem wackeren Sergeant in die Bastille bringen.«

Markham saß da und trommelte unentschlossen auf dem Schreibtisch. Sein Kopf war von einer Qualmwolke eingehüllt, und er paffte nervös an seiner Zigarre. Schließlich schob er energisch das Kinn vor und wandte sich an Heath.

»Bringen Sie Drukker morgen früh um neun Uhr her. Nehmen Sie einen Streifenwagen und einen Blanko-Haftbefehl mit, für den Fall, daß er was dagegen hat.« Seine Miene war grimmig und entschlossen. »Dann werde ich herauskriegen, was er weiß – und entsprechend handeln.«

Damit war die Konferenz beendet. Es war schon nach fünf, und Markham, Vance und ich fuhren zusammen zum Stuyvesant Club hinauf. Unterwegs setzten wir Arnesson an der U-Bahn ab, und er verabschiedete sich fast wortlos. Sein schalkhafter Zynismus schien ihn völlig verlassen zu haben. Nach dem Dinner entschuldigte sich Markham, er sei müde, und Vance und ich gingen in die Metropolitan und hörten Geraldine Farrar in *Louise.*[22]

Der nächste Morgen begann düster und neblig. Currie weckte uns um halb acht, da Vance vorhatte, dem Verhör Drukkers beizuwohnen, und um acht Uhr frühstückten wir vor einem kleinen Feuer im Kamin der Bibliothek. Auf dem Weg in die Stadt wurden wir durch den Verkehr aufgehalten, aber obwohl es schon Viertel nach neun war, als wir im Büro des Bezirksstaatsanwalts ankamen, waren Drukker und Heath noch nicht eingetroffen.

Vance machte es sich in einem geräumigen Ledersessel bequem und zündete eine Zigarette an.

»Ich fühle mich heute morgen recht aufgekratzt«, bemerkte er. »Wenn Drukker seine Geschichte erzählt, und wenn sie so ist, wie ich glaube, dann kennen wir die Kombination des Schlosses.«

Er hatte kaum ausgesprochen, als Heath ins Büro stürmte, sich ohne jeden Gruß vor Markham aufbaute, die Arme hob und sie mit einer Geste der hoffnungslosen Resignation fallen ließ.

»Tja, Sir, heute morgen werden wir Drukker nicht mehr vernehmen – und überhaupt nie mehr«, platzte er heraus. »Er ist gestern abend von dieser hohen Mauer im Riverside Park gefallen, gleich bei seinem Haus, und hat sich das Genick gebrochen. Wurde erst heute morgen um sieben gefunden. Jetzt ist er im Leichenschauhaus... Prima Zufall, was?« Angewidert sank er in einen Sessel.

Ungläubig starrte Markham ihn an. »Sind Sie sicher?« fragte er.

»Ich war da, bevor sie die Leiche abtransportiert haben. Einer von der Wache rief mich an, als ich gerade aus dem Büro ging. Ich bin hingerast und habe soviel erfahren, wie ich konnte.«

»Was haben Sie herausgefunden?« Markham kämpfte gegen ein Gefühl überwältigender Entmutigung an.

»Da war nicht viel rauszukriegen. Ein paar Kinder haben die Leiche heute morgen gegen sieben im Park gefunden – samstags sind immer massenhaft Kinder da, und die Leute von der Wache sind nichts wie hin und haben den Polizeiarzt gerufen. Der Doc sagt, Drukker muß gestern abend gegen zehn von der Mauer gefallen sein. Er war sofort tot. An dieser Stelle – genau gegenüber der 76sten Straße – ist die Mauer über dem Spielplatz gut zehn Meter hoch. Sie säumt den Reitweg, und es ist ein Wunder, daß sich noch nicht mehr Leute da das Genick gebrochen haben. Die Kinder laufen die ganze Zeit auf dem Sims rum.«

»Ist Mrs. Drukker benachrichtigt worden?«

»Nein. Ich dachte, ich komme besser erst her und höre, was Sie unternehmen wollen.«

Niedergeschlagen lehnte Markham sich zurück.

»Ich wüßte nicht, was wir groß unternehmen könnten.«

»Es wäre vielleicht ratsam«, schlug Vance vor, »Arnesson in Kenntnis zu setzen. Er wird wohl derjenige sein, der sich darum kümmern muß... Bei Gott, Markham! Allmählich glaube ich, dieser Fall wird zu einem Alptraum. Drukker war unsere größte Hoffnung, und genau in dem Moment, in dem die Chance bestand, daß wir ihn zum Reden zwingen können, stolpert er von einer Wand – « Abrupt verstummte er. »Von einer Wand!...« Er sprang auf. *»Ein Buckliger fällt von der Wand!... Ein Buckel!...«*

Wir starrten ihn an, als hätte er den Verstand verloren, und ich gebe zu, daß sein Gesichtsausdruck mich frösteln ließ. Mit starrem Blick, als hätte er einen bösen Geist gesehen, drehte er sich langsam zu Markham um und sagte mit einer Stimme, die ich kaum wiedererkannte: »Noch ein wahnsinniges Melodram – noch so ein Kinderreim... Diesmal ist es ›Buckelmuckel‹!«

Das verblüffte Schweigen, das darauf folgte, wurde von einem gepreßten Lachen des Sergeants gebrochen.

»Das geht ein bißchen weit, meinen Sie nicht, Mr. Vance?«

»Das ist absurd!« erklärte Markham und betrachtete Vance mit aufrichtiger Besorgnis. »Lieber Freund, Sie lassen diesen Fall zu sehr an Ihren Nerven zehren. Es ist nichts passiert, außer daß ein Mann mit einem Buckel im Park von einem Mauervorsprung gestürzt ist. Das ist traurig, ich weiß, und genau jetzt ist es doppelt traurig.« Er ging zu Vance hinüber und legte ihm eine Hand auf die Schulter. »Lassen Sie den Sergeant und mich diese Sache schaukeln – wir sind dergleichen gewohnt. Verreisen Sie und spannen Sie aus. Warum fahren Sie nicht nach Europa, wie sonst immer im Frühling –?«

»Ach, gerne – gerne!« seufzte Vance und lächelte matt. »Die Seeluft würde mir guttun und so. Mich wieder auf den Teppich holen, was? Die Ruinen dieses einstmals edlen Gehirns wieder aufbauen ... Ich gebe auf! Der dritte Akt dieser entsetzlichen Tragödie wird praktisch vor Ihren Augen gespielt, und Sie ignorieren ihn mit heiterer Gelassenheit.«

»Ihre Phantasie hat Sie übermannt«, versetzte Markham mit der Geduld der tiefempfundenen Zuneigung. »Machen Sie sich keine Gedanken mehr darüber. Essen Sie morgen mit mir zu abend. Dann werden wir darüber sprechen.«

In diesem Moment schaute Swacker herein und sagte zum Sergeant: »Quinan von der *World* ist hier. Er will Sie sehen.«

Markham schwang herum.

»Oh, mein Gott! ... Bringen Sie ihn her!«

Quinan trat ein, winkte uns einen fröhlichen Gruß zu und reichte dem Sergeant einen Brief.

»Noch ein *Billet doux* – heute morgen angekommen. Welche Vergünstigungen erwarten mich für meine Großmut?»

Gebannt sahen wir zu, wie Heath den Brief öffnete. Ich erkannte sofort das Papier und die blaßblauen Lettern der ausgefallenen Schrift. Auf dem Blatt stand:

Buckelmuckel saß auf der Wand,
Buckelmuckel fiel in den Sand.
Der König hat all seine Reiter gesandt,
Doch Roß und Reiter brachten Buckelmuckel
Nicht zurück auf die Wand.

Und in Großbuchstaben die ominöse Unterschrift:

DER BISCHOF.

Kapitel 17

Ein Licht in der Nacht

(Samstag, 16. April, 9.30 Uhr)

Als Heath Quinan mit Versprechungen losgeworden war, die jedes Reporterherz hätten höher schlagen lassen[23], herrschte einige Minuten gebanntes Schweigen im Büro. ›Der Bischof‹ hatte wieder ein grausiges Werk vollbracht, und der Fall war mittlerweile zu einem dreifachen Schrecken geworden, dessen Lösung scheinbar weiter entfernt lag denn je zuvor. Indessen war es nicht die Unlösbarkeit dieser unglaublichen Verbrechen, die uns am meisten betroffen machte, sondern der inhärente Schrecken, der wie eine üble Ausdünstung aus den Taten selbst emporstieg.

Vance, der düster auf und ab ging, machte seiner Verstörung Luft.

»Das ist schändlich, Markham – das ist das reine, unaussprechliche Böse ... Diese Kinder im Park – an ihrem freien Tag früh draußen, um nach ihren Träumen zu suchen – in ihre Spiele und Verkleidungen versunken ... und dann die Schweigen gebietende Wirklichkeit – die garstige, überwältigende Desillusionierung ... Sehen Sie nicht das Verruchte daran? Diese Kinder haben Bukkelmuckel gefunden – *ihren Buckelmuckel,* mit dem sie gespielt hatten – wie er tot am Fuße der berühmten Wand lag – einen Buckelmuckel, den sie anfassen und beweinen konnten, zerbrochen und verdreht, und keiner bringt ihn je wieder zurück auf die Wand ...«

Er blieb am Fenster stehen und schaute hinaus. Der Nebel hatte sich verzogen, und die blasse Frühlingssonne verteilte ihr Licht über die grauen Steine der Stadt. In der Ferne glitzerte der goldene Adler auf dem Gebäude der New York Life.

»Na, man darf einfach nicht sentimental werden«, bemerkte er mit einem gezwungenen Lächeln und drehte sich wieder zum Zimmer. »Es zersetzt die Intelligenz und lähmt die dialektischen Prozesse. Da wir nun wissen, daß Drukker nicht das kapriziöse

Opfer der Gesetze der Schwerkraft war, sondern daß eine helfende Hand bei seinem Abschied von dieser Welt mitgewirkt hat, gilt wohl, je früher wir uns aufraffen, desto besser.«

Obwohl sein Stimmungswandel ganz offensichtlich eine *Tour de force* war, rüttelte er uns aus unserer brütenden Apathie auf. Markham griff nach dem Telephon und einigte sich mit Inspector Moran, daß Heath den Fall Drukker übernahm. Dann rief er im Büro des Gerichtsarztes an und bat um einen sofortigen Autopsiebericht. Heath stand energisch auf, trank drei Becher Eiswasser und stellte sich, den Derby tief in die Stirn gezogen, breitbeinig vor dem Bezirksstaatsanwalt auf und wartete auf Handlungsanweisungen.

Markham rückte nervös hin und her.

»Ein paar Leute von Ihrer Abteilung sollten ein Auge auf die Häuser der Drukkers und der Dillards halten, Sergeant. Haben Sie heute morgen mit jemand von ihnen gesprochen?«

»Ich hatte noch keine Zeit dazu, Sir, und außerdem dachte ich, es wäre bloß ein Unfall. Aber ich habe den Jungs gesagt, sie sollen dableiben, bis ich zurückkomme.«

»Was hat der Arzt gesagt?«

»Nur, daß es wie ein Unfall aussieht und daß Drukker an die zehn Stunden tot gewesen sein muß...«

Vance schob eine Frage ein. »Hat er außer dem Genickbruch einen Schädelbasisbruch erwähnt?«

»Tja, Sir, er hat nicht direkt gesagt, der Schädel wäre gebrochen, aber er behauptete, Drukker sei mit dem Hinterkopf aufgeschlagen.« Heath nickte verstehend. »Ich vermute, es wird sich schon als Schädelbruch herausstellen – wie bei Haan und Sprigg.«

»Ohne Zweifel. Die Technik unseres Mörders scheint einfach und wirkungsvoll zu sein. Er versetzt seinen Opfern einen Schlag aufs Dach, der sie entweder betäubt oder sofort tötet, und macht sie dann für die Rollen zurecht, die er ihnen in seinem Marionettenspiel zugedacht hat. Drukker hatte sich sicherlich über die Mauer gelehnt – perfekt postiert für solch einen Angriff. Es war neblig, und die Szenerie lag ein bißchen im Dunkeln. Dann kam der Schlag auf den Schädel, ein leichter Schubs, und Drukker fiel geräuschlos über die Brüstung – das dritte Opfer auf dem Altar der alten Frau Holle.«

»Was mich stutzig macht«, erklärte Heath mit finsterem Zorn, »ist, warum Guilfoyle[24], den ich hinter dem Haus von Drukker als

Wache postiert hatte, nicht durchgegeben hat, daß Drukker die ganze Nacht unterwegs war. Er ist um acht Uhr ins Büro zurückgekommen, aber ich habe ihn verpaßt. Meinen Sie nicht, Sir, wir sollen mal rausfinden, was er weiß, bevor wir da hinfahren?«

Markham stimmte zu, und Heath bellte einen Befehl ins Telephon. Guilfoyle schaffte den Weg vom Polizeipräsidium zum Kriminalgericht in weniger als zehn Minuten. Der Sergeant stürzte sich fast auf ihn, als er hereinkam.

»Um wieviel Uhr hat Drukker gestern abend das Haus verlassen?« donnerte er.

»Gegen acht – gleich nach dem Dinner.« Guilfoyle war verlegen, und sein Tonfall war so hündisch sanft wie der eines Mannes, den man bei einer Pflichtverletzung ertappt hat.

»Wo ist er hinausgegangen?«

»Er kam zur Hintertür hinaus, ging über den Schießstand und betrat das Haus Dillard durch den Clubraum.«

»Ein Freundschaftsbesuch?«

»Es hatte den Anschein, Sergeant. Er verbringt eine Menge Zeit bei den Dillards.«

»Hm! Und wann ist er nach Hause gekommen?«

Guilfoyle trat verlegen von einem Fuß an den anderen.

»Scheint so, als wäre er nicht nach Hause gekommen, Sergeant.«

»Ach, scheint es so?« Heaths Entgegnung triefte vor Sarkasmus. »Ich dachte, nachdem er sich den Hals gebrochen hatte, wäre er vielleicht zurückgekommen, um sich mit Ihnen die Zeit zu vertreiben.«

»Ich meinte bloß, Sergeant – «

»Sie meinten bloß, daß Drukker, der Vogel, den Sie im Auge behalten sollten, um acht die Dillards besuchen gegangen ist, und dann haben Sie sich höchstwahrscheinlich in die Laube gesetzt und ein kleines Schönheitsschläfchen gemacht . . . Wann sind Sie aufgewacht?«

»He, erlauben Sie mal!« sprudelte Guilfoyle. »Ich habe nicht geschlafen. Ich war die ganze Nacht auf Posten. Nur weil ich zufällig nicht gesehen habe, wie der Kerl nach Hause kam, habe ich noch lange nicht im Dienst auf dem Ohr gelegen.«

»Na, wenn Sie ihn nicht zurückkommen sahen, warum haben Sie dann nicht durchgegeben, daß er das Wochenende auf dem Land oder irgendwo verbringt?«

»Ich dachte, er müßte vorne reingegangen sein.«

»Haben Sie schon wieder gedacht? Ist Ihr Gehirn heute morgen nicht ziemlich abgeschlafft?«

»Erlauben Sie mal, Sergeant! Mein Job war nicht, Drukker zu beschatten. Sie haben mir gesagt, ich soll das Haus bewachen und aufpassen, wer rein und raus geht, und beim ersten Anzeichen von Schwierigkeiten eindringen. Hören Sie, es war so: Drukker ist um acht zu den Dillards gegangen, und ich habe die Fenster vom Haus der Drukkers beobachtet. Gegen neun geht die Köchin nach oben und macht in ihrem Zimmer Licht. Eine halbe Stunde später geht das Licht aus, und ich sage mir, sie ist in der Falle. Dann wird gegen zehn das Licht im Zimmer von Drukker angemacht – «

»Wie war das?«

»Sie haben richtig gehört. Das Licht in Drukkers Zimmer geht gegen zehn an, und ich sehe, wie sich darin ein Schatten bewegt. Jetzt frage ich Sie, Sergeant: Hätten Sie nicht selber angenommen, daß der Bucklige durch die Vordertür zurückgekommen ist?«

Heath grunzte.

»Kann schon sein«, gab er zu. »Sind Sie sicher, daß es zehn Uhr war?«

»Ich habe nicht auf die Uhr gesehen, aber hier stehe ich und sage Ihnen, es war nicht viel später als zehn.«

»Und wann ist das Licht in Drukkers Zimmer ausgegangen?«

»Gar nicht. Es hat die ganze Nacht gebrannt. Er war ein komischer Kauz. Er hatte keine geregelte Arbeitszeit, und das Licht bei ihm war schon zweimal fast bis zum Morgen angewesen.«

»Durchaus verständlich«, ließ sich Vance' träge Stimme vernehmen. »Er hatte in letzter Zeit an einem schwierigen Problem gearbeitet. Aber sagen Sie mal, Guilfoyle: Was war mit dem Licht in Mrs. Drukkers Zimmer?«

»Das gleiche wie immer. Die alte Dame läßt die ganze Nacht in ihrem Zimmer eine Lampe brennen.«

»Hat vor dem Haus Drukker gestern nacht jemand Wache gestanden?« fragte Markham Heath.

»Nur bis sechs Uhr am Abend, Sir. Wir hatten Drukker tagsüber von einem Mann beschatten lassen, aber der hat um sechs Dienstschluß, wenn Guilfoyle hinten seinen Posten antritt.«

Einen Moment herrschte Schweigen. Dann wandte sich Vance an Guilfoyle.

»Wie weit waren Sie gestern abend von der Pforte zum Durchgang zwischen den beiden Mietshäusern entfernt?«

Der Mann zögerte, um sich die Szene vor Augen zu rufen.

»Fünfzehn bis zwanzig Meter, würde ich sagen.«

»Und zwischen Ihnen und dem Durchgang lagen der Drahtzaun und die Zweige von den Bäumen.«

»Ja, Sir. Der Blick war mehr oder weniger abgeschnitten, wenn Sie das meinen.«

»Wäre es möglich gewesen, daß jemand, der vom Haus Dillard kam, durch diese Tür hinausgegangen und zurückgekehrt wäre, ohne daß Sie es bemerkt hätten?«

»Schon möglich«, gab der Detektiv zu, »vorausgesetzt natürlich, der Kerl hätte nicht gesehen werden wollen. Gestern abend war es dunkel und neblig, und es kommt immer eine Menge Verkehrslärm vom Drive hoch, der seine Schritte übertönt hätte, wenn er besonders vorsichtig war.«

Als der Sergeant Guilfoyle ins Büro zurückgeschickt hatte, wo er auf weitere Befehle warten sollte, machte Vance seiner Verblüffung Luft.

»Das ist eine verflixt komplizierte Situation. Um acht Uhr hat Drukker die Dillards besucht, und um zehn wurde er im Park über die Mauer geschubst. Wie Sie bemerkt haben, wurde das Blatt, das Quinan uns eben gezeigt hat, um 23.00 Uhr abgestempelte – was bedeutet, daß es wahrscheinlich *vor der Tat* getippt wurde. Der Bischof hatte seine Komödie also geplant und die Pressemitteilung vorbereitet. Seine Kühnheit ist erstaunlich. Doch es gibt eine Annahme, an die wir uns halten können – daß nämlich der Mörder jemand ist, der genau über Drukkers Aufenthalt und Vorhaben zwischen acht und zehn Uhr Bescheid wußte.«

»Ihre Theorie besagt also«, meinte Markham, »daß der Mörder über den Weg zwischen den Mietshäusern weggegangen und zurückgekommen ist.«

»Oh, keineswegs. Ich habe keine Theorie. Ich habe Guilfoyle nur für den Fall nach dem Weg gefragt, daß sich herausstellt, daß man niemand außer Drukker in den Park hat gehen sehen. In diesem Fall könnten wir als Hypothese annehmen, daß der Mörder der Entdeckung entging, indem er den Durchgang benutzt und durch den Block zum Park abgekürzt hat.«

»Mit dieser Möglichkeit für den Mörder«, bemerkte Markham betrübt, »ist es ziemlich egal, wer gesehen wurde, wie er mit Drukker hinausging.«

»Genau. Derjenige, der diese Farce inszeniert hat, kann ganz offen unter den Augen eines wachsamen Häschers in den Park marschiert sein, oder er hat sich verstohlen den Durchgang entlang geschlichen.«

Bedrückt nickt Markham eine Zustimmung.

»Aber was mich am meisten beschäftigt«, fuhr Vance fort, »ist das Licht in Drukkers Zimer, das die ganze Nacht brannte. Es wurde etwa um die Zeit angedreht, als der arme Kerl in die Ewigkeit plumpste. Und Guilfoyle sagt, als das Licht anging, habe er gesehen, wie sich dort jemand bewegte – «

Er verstummte und blieb einige Augenblicke mit konzentrierter Miene stehen.

»Hören Sie, Sergeant, Sie wissen wohl nicht, ob man Drukkers Hausschlüssel in seiner Tasche gefunden hat?«

»Nein, Sir, aber das habe ich gleich heraus. Der Inhalt seiner Taschen wird bis nach der Autopsie aufbewahrt.«

Heath ging zum Telephon, und einen Moment darauf sprach er mit dem diensthabenden Sergeant vom Leichenschauhaus an der 68sten Straße. Einige Minuten vergingen mit Warten, dann grunzte er und knallte den Hörer auf die Gabel.

»Er hatte überhaupt keinen Schlüssel dabei.«

»Aha!« Vance nahm einen tiefen Zug von seiner Zigarette und ließ den Rauch langsam entweichen. »Allmählich glaube ich, daß der Bischof sich nach dem Mord Drukkers Schlüssel angeeignet und seinem Zimmer einen Besuch abgestattet hat. Ich weiß, das klingt unglaublich, aber das tut auch alles andere in dieser phantastischen Angelegenheit.«

»Aber was kann er damit nur bezweckt haben?« protestierte Markham ungläubig.

»Das wissen wir noch nicht. Mir kommt es jedoch so vor, daß wir, wenn wir das Motiv dieser erstaunlichen Verbrechen erfahren, auch den Grund dieses Besuches verstehen werden.«

Mit verschlossener Miene nahm Markham seinen Hut vom Schrank.

»Machen wir uns lieber auf den Weg.«

Aber Vance rührte sich nicht, sondern blieb versonnen rauchend am Schreibtisch stehen.

»Wissen Sie, Markham«, sagte er, »mir kommt es so vor, als sollten wir zuerst Mrs. Drukker besuchen. In diesem Haus hat es gestern nacht eine Tragödie gegeben, etwas Seltsames hat sich abgespielt, das einer Erklärung bedarf, und jetzt wird sie uns vielleicht das Geheimnis verraten, das in ihrem Kopf eingeschlossen ist. Darüber hinaus wurde sie noch nicht von Drukkers Tod in Kenntnis gesetzt, und bei all dem Geschwätz und den Gerüchten in der Nachbarschaft wird bestimmt binnen kurzem etwas zu ihr durchsickern. Ich fürchte die Folgen des Schocks, wenn sie die Neuigkeit erfährt. Ich meine sogar, wir sollten uns sofort Barstead schnappen und mitnehmen. Was halten Sie davon – soll ich ihn anrufen?«

Markham stimmte zu, und Vance erläuterte dem Arzt die Situation mit knappen Worten.

Wir holten Barstead ab und begaben uns unverzüglich zum Hause Drukker. Auf unser Läuten öffnete Mrs. Menzel, deren Gesicht deutlich zeigte, daß sie von Drukkers Tod wußte. Nach einem flüchtigen Blick führte Vance sie von der Treppe weg ins Wohnzimmer und fragte mit leiser Stimme:

»Hat Mrs. Drukker die Nachricht schon gehört?«

»Noch nicht«, antwortete sie mit erschreckter, bebender Stimme. »Miß Dillard kam vor einer Stunde herüber, aber ich sagte ihr, die Herrin sei ausgegangen. Ich hatte Angst, sie nach oben zu führen. Irgend etwas stimmt da nicht...« Sie begann, heftig zu zittern.

»*Was* stimmt nicht, Mrs. Menzel?« Vance legte ihr beruhigend eine Hand auf den Arm.

»Ich weiß nicht. Aber sie hat den ganzen Morgen nichts von sich hören lassen. Sie ist nicht zum Frühstück heruntergekommen... und ich habe Angst, hinaufzugehen und sie zu wecken.«

»Wann haben Sie von dem Unfall vernommen?«

»Schon früh um acht. Der Zeitungsjunge hat es mir gesagt, und ich habe all die Leute unten auf dem Drive gesehen.«

»Fürchten Sie sich nicht«, tröstete sie Vance. »Wir haben den Arzt dabei, und wir werden uns um alles kümmern.«

Er ging in den Korridor zurück und dann voraus nach oben. Als wir zu Mrs. Drukkers Zimmer kamen, klopfte er leise, und als keine Antwort kam, öffnete er die Tür. Der Raum war leer. Die Nachtlampe brannte noch auf dem Tisch, und ich bemerkte, daß das Bett unbenutzt war.

Ohne ein Wort ging Vance wieder die Treppe zur Halle hinab. Dort gab es nur noch zwei weitere Zimmertüren, und eine davon führte, wie wir wußten, zu Drukkers Arbeitszimmer. Ohne zu zögern, trat Vance auf die andere zu und öffnete, ohne anzuklopfen. Die Jalousien waren herabgelassen, aber da sie weiß und lichtdurchlässig waren, mischte sich das graue Tageslicht mit dem gespenstischen gelben Schimmer des altmodischen Kandelabers. Die Lichter, die Guilfoyle die ganze Nacht hatte brennen sehen, waren nicht gelöscht worden.

Vance erstarrte auf der Schwelle, und ich sah Markham, der direkt vor mir stand, zusammenfahren.

»Heilige Muttergottes!« keuchte der Sergeant und bekreuzigte sich.

Am Fußende des schmalen Bettes lag Mrs. Drukker – komplett bekleidet. Ihr Gesicht war aschfahl, ihre Augen starrten gräßlich ins Leere, und die Hände waren in die Brust verkrallt.

Barstead sprang vor und beugte sich über sie. Nachdem er sie ein paarmal berührt hatte, richtete er sich auf und schüttelte langsam den Kopf.

»Exitus. Wahrscheinlich schon fast die ganze Nacht tot.« Er beugte sich wieder über die Leiche und begann mit seiner Untersuchung. »Wissen Sie, sie litt schon seit Jahren an chronischer Nephritis, Arteriosklerose und Hypertrophie des Herzens... Ein plötzlicher Schock hat zu einer akuten Herzerweiterung geführt... Ja, ich würde sagen, sie ist um dieselbe Zeit gestorben wie Drukker... gegen zehn Uhr.«

»Ein natürlicher Tod?« fragte Vance.

»Ohne jeden Zweifel. Eine Adrenalinspritze ins Herz hätte sie retten können, wenn ich hier gewesen wäre...«

»Keine Zeichen für Gewalteinwirkung?«

»Keine. Wie gesagt, sie ist an einer Herzerweiterung infolge des Schocks gestorben. Ein klarer Fall – in jeder Hinsicht wie aus dem Lehrbuch.«

Kapitel 18

Die Mauer im Park

(Samstag, 16. April, 11.00 Uhr)

Als der Arzt Mrs. Drukkers Leiche auf das Bett gelegt und mit einem Laken zugedeckt hatte, gingen wir wieder nach unten. Barstead verabschiedete sich sofort, nachdem er versprochen hatte, dem Sergeant binnen einer Stunde den Totenschein zu schicken.

»Es ist zwar im wissenschaftlichen Sinne korrekt, von einem natürlichen Tod infolge eines Schocks zu sprechen«, meinte Vance, als wir allein waren, »aber jetzt kommt es darauf an, die Ursache dieses plötzlichen Schocks festzustellen. Offenbar hat sie mit Drukkers Tod zu tun. Nun frage ich mich . . .»

Impulsiv drehte er sich um und betrat das Wohnzimmer. In einer Haltung von banger Erwartung saß Mrs. Menzel, wo wir sie verlassen hatten. Vance ging zu ihr und sagte freundlich: »Ihre Herrin ist im Laufe der Nacht an Herzversagen gestorben. Und es ist besser, daß sie ihren Sohn nicht überlebt hat.«

»Gott geb' ihr die ewige Ruh'!« murmelte die Frau in ihrer Muttersprache. »Ja, es ist das Beste so . . .«

»Ihr Ende ereilte sie gestern abend gegen zehn Uhr. Waren Sie um diese Zeit noch wach, Mrs. Menzel?«

»Ich war die ganze Nacht wach«, sagte sie leise und verschüchtert.

Vance betrachtete sie mit halb geschlossenen Augen.

»Berichten Sie uns, was Sie gehört haben.«

»Gestern abend ist jemand hergekommen!«

»Ja, gegen zehn ist jemand gekommen – durch die Vordertür. Haben Sie ihn hereinkommen hören?«

»Nein, aber nachdem ich zu Bett gegangen war, hörte ich Stimmen aus Mr. Drukkers Zimmer.«

»War es denn etwas Ungewöhnliches, um zehn Uhr abends in seinem Zimmer Stimmen zu hören?«

»Aber es war nicht *er!* Er hatte eine hohe Stimme, und das war eine tiefe und mürrische.« Verstört und furchtsam blickte die Frau auf. »Die andere Stimme war die von Mrs. Drukker ... und die ist nachts nie in Mr. Drukkers Zimmer gegangen.«

»Wieso konnten Sie bei geschlossen Türen so deutlich hören?«

»Mein Zimmer liegt genau über dem von Mr. Drukker«, erklärte sie. »Und ich machte mir Sorgen – wo doch all diese scheußlichen Sachen passiert sind, daher bin ich aufgestanden und habe oben an der Treppe gehorcht.«

»Da kann ich Ihnen keinen Vorwurf machen«, meinte Vance. »Was haben Sie gehört?«

»Zuerst klang es, als würde die Herrin sich beklagen, aber unmittelbar darauf begann sie zu lachen, und dann sagte der Mann etwas mit ärgerliche Stimme. Aber bald hörte ich ihn ebenfalls lachen. Danach klang es, als würde die arme Herrin beten – ich hörte, wie sie ›Oh Gott – oh Gott!‹ sagte. Dann redete der Mann weiter – sehr ruhig und leise... Und nach einer kleinen Weile war es, als würde die Dame etwas aufsagen – ein Gedicht...«

»Würden Sie das Gedicht wiedererkennen?... War es:

Buckelmuckel saß auf der Wand,
Buckelmuckel fiel in den Sand...?«

»Bei Gott, das ist's! Genau so hat es sich angehört!«

Neuerliches Entsetzen zeichnete die Züge der Frau. »Und Mr. Drukker ist gestern nacht von der Wand gefallen...!«

»Haben Sie sonst noch etwas gehört, Mrs. Menzel?« Vance' sachliche Stimme unterbrach ihr wirres Gestammel, in dem sie Drukkers Tod mit den Versen, die sie gehört hatte, in Verbindung brachte. Langsam schüttelte sie den Kopf. »Nein. Danach war alles still.«

»Haben Sie jemand Mr. Drukkers Zimmer verlassen hören?«

Voll panischer Furcht nickte sie Vance zu. »Ein paar Minuten später öffnete und schloß jemand sehr leise die Tür, und ich hörte, wie Schritte im Dunkeln den Gang entlanggingen. Dann knarrte die Treppe, und kurz darauf fiel die Haustür ins Schloß.«

»Was haben Sie darauf getan?«

»Ich habe noch kurze Zeit gelauscht und bin dann wieder zu Bett gegangen. Aber ich konnte nicht einschlafen...«

»Jetzt ist ja alles vorbei«, sagte Vance tröstend. »Sie haben nichts zu befürchten. Am besten gehen Sie in Ihr Zimmer und legen sich hin und warten, bis wir Sie brauchen.«

Widerwillig ging die Frau nach oben.

»Ich glaube«, sagte Vance, »wir können jetzt ziemlich genau erraten, was sich gestern abend hier abgespielt hat. Der Mörder nahm Drukkers Schlüssel an sich und kam durch die Vordertür herein. Er wußte, daß Mrs. Drukkers Räume zum Hof hin liegen, und rechnete ohne Zweifel damit, sein Vorhaben in Drukkers Zimmer durchzuführen und auf dem gleichen Wege wieder zu verschwinden. Aber Mrs. Drukker hatte ihn gehört. Vielleicht hat sie ihn mit dem ›kleinen Mann‹ in Verbindung gebracht, der den Bischof vor ihrer Tür hinterlassen hatte, und gefürchtet, ihr Sohn sei in Gefahr. Jedenfalls ist sie sofort in Drukkers Zimmer gegangen. Die Tür hat wohl einen Spalt aufgestanden, und ich glaube, sie erblickte den Eindringling und erkannte ihn. Verblüfft und neugierig trat sie ins Zimmer und fragte ihn, was er dort wollte. Möglicherweise hat er geantwortet, er sei gekommen, um sie von Drukkers Tod in Kenntnis zu setzen – daher ihr Klagen und hysterisches Lachen. Aber das war nur ein Vorspiel für ihn – ein Spiel um Zeit. Er dachte sich etwas aus, um mit der Situation fertig zu werden. Er heckte einen Plan aus, sie zu töten! Oh, da gibt es keinen Zweifel. Er konnte sich nicht leisten, daß sie das Zimmer lebend verließ. Vielleicht hat er ihr genau das gesagt – wie Sie sich erinnern, sprach er mit ›ärgerlicher Stimme‹. Und dann lachte er. Jetzt quälte er sie, vielleicht sagte er ihr in einem Anfall von wahnsinnigem Egoismus die ganze Wahrheit, und sie konnte nur ›Oh Gott – oh Gott!‹ sagen. Er berichtete, daß er Drukker über die Mauer gestoßen hatte. Ob er wohl Buckelmukkel erwähnt hat? Ich glaube schon – hätte er doch kein gebannteres Publikum für seinen monströsen Streich haben können als die Mutter des Opfers selbst! Diese Enthüllung war zuviel für ihr überreiztes Gehirn. Starr vor Schreck wiederholte sie den Kinderreim, und dann brachte der ganze Schock ihr Herz zum Stillstand. Sie fiel aufs Bett, und dem Mörder blieb die Mühe erspart, ihr mit eigener Hand den Mund zu verschließen. Er sah, was passiert war, und stahl sich leise davon.«

Markham ging im Zimmer auf und ab. »Das Unverständlichste an der Tragödie von gestern abend«, meinte er, »ist, daß dieser Mann nach Drukkers Tod noch hergekommen sein soll.«

Vance rauchte nachdenklich.

»Am besten bitten wir Arnesson, er soll diesen Punkt erklären helfen. Vielleicht kann er etwas Licht in die Sache bringen.«

»Ja, das kann er vielleicht«, pflichtete Heath ihm bei. Nachdem er seine Zigarre ein paar Sekunden zwischen den Lippen gerollt hatte, fügte er mürrisch hinzu: »Ich glaube, hier gibt es ein paar Leute, die ein paar erstklassige Erklärungen liefern könnten.«

Markham blieb vor dem Sergeant stehen.

»Zuallererst finden wir am besten heraus, was Ihre Leute darüber wissen, wo die verschiedenen Beteiligten gestern abend gewesen sind. Ich schlage vor, Sie bringen sie her und lassen mich sie ausfragen. Wie viele waren übrigens da – und wo waren sie postiert?«

Der Sergeant erhob sich lebhaft und energisch.

»Außer Guilfoyle waren noch drei da, Sir. Emery sollte Pardee beschatten, Snitkin war an der Ecke Drive und 75ste Straße postiert, um das Haus der Dillards zu beobachten, und Henessy stand auf der 75sten Straße oben an der West End Avenue. Sie warten alle unten an der Stelle, wo Drukker gefunden wurde. Ich hole sie sofort her.«

Er verschwand und kam in kaum fünf Minuten mit den Beamten zurück. Ich erkannte sie alle, denn jeder von ihnen hatte an einem oder mehreren Fällen mitgearbeitet, an denen Vance sich beteiligt hatte[25]. Markham verhörte zuerst Snitkin, weil dieser wohl am ehesten etwas mitzuteilen hatte, was direkt mit den gestrigen Geschehnissen in Zusammenhang stand. Seine Aussage ergab folgendes:

Pardee hatte um 18.30 Uhr seine Wohnung verlassen und war direkt zu den Dillards hinüber gegangen.

Um 20.30 Uhr hatte Belle Dillard im Abendkleid ein Taxi bestiegen und war die West End Avenue hinaufgefahren. (Arnesson war mit ihr aus dem Haus gekommen und hatte ihr in den Wagen geholfen, war aber sofort wieder hineingegangen.)

Um 21.15 Uhr hatten Professor Dillard und Drukker das Haus Dillard verlassen und waren langsam zum Riverside Drive gegangen. Sie hatten den Drive an der 74sten Straße überquert und waren den Reitweg entlangspaziert.

Um 21.30 Uhr war Pardee aus dem Haus Dillard gekommen, zum Drive hinabgegangen und hatte sich nach Norden gewandt.

Kurz nach 22.00 Uhr war Professor Dillard allein zu seinem Haus zurückgekehrt, nachdem er den Drive an der 74sten Straße überquert hatte.

Um 22.20 Uhr war Pardee aus derselben Richtung, in die er weggegangen war, wieder nach Hause gekommen.

Belle Dillard war um 0.30 Uhr von einer Limousine voll junger Leute nach Hause gebracht worden.

Als Nächster wurde Henessy vernommen, aber seine Aussage bestätigte lediglich die von Snitkin. Niemand hatte sich dem

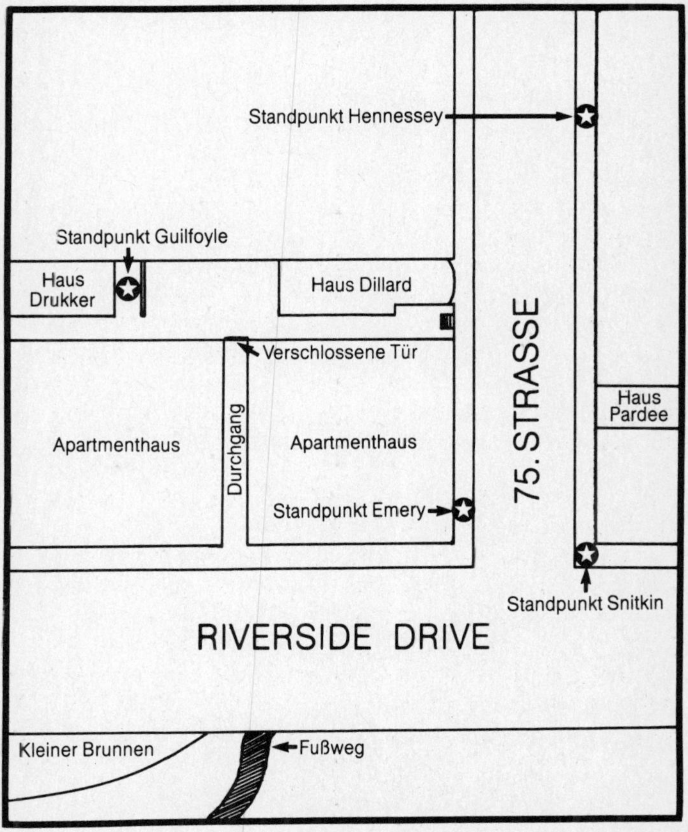

Hause Dillard von der West End Avenue aus genähert, und nichts Verdächtiges war vorgefallen.

Dann nahm Markham sich Emery vor. Der berichtete, daß Santos zufolge, den er um 18.00 Uhr abgelöst hatte, Pardee den frühen Nachmittag im Manhattan Chess Club verbracht hatte und gegen sechzehn Uhr nach Hause zurückgekehrt war.

»Dann ist er, wie Snitkin und Henessy schon sagten«, fuhr Emery fort, »um halb sieben zu den Dillards gegangen und bis halb zehn geblieben. Als er herauskam, bin ich ihm mit etwa einem halben Block Abstand gefolgt. Er ist den Drive entlang bis zur 79sten Straße gegangen, oben quer durch den Park marschiert, um das große Spielfeld an den Klippen vorbei und weiter bis hinauf zum Yachtclub spaziert.«

»Hat er den Weg genommen, wo Sprigg erschossen wurde?« fragte Vance.

»Das mußte er schon. Es gibt keinen anderen Weg, wenn man nicht den Drive entlanggeht.«

»Wie weit ist er gegangen?«

»Tatsache ist, daß er genau da stehengeblieben ist, wo sie Sprigg umgelegt haben. Dann kam er denselben Weg zurück und ist in den kleinen Park auf der Südseite der 79sten Straße abgebogen. Dort ist er unter den Bäumen langsam den Reitweg entlanggeschlendert. Und wie er gerade an dem Brunnen vor der Mauerkrone vorbeikommt, trifft er doch ausgerechnet den alten Mann und den Krüppel, die an der Brüstung lehnen und plaudern...«

»Sie sagen, er hat Professor Dillard und Drukker genau da getroffen, wo Drukker über die Mauer gefallen ist?« Hoffnungsvoll beugte Markham sich vor.

»Jawohl, Sir. Pardee hielt an, um sie zu begrüßen, und ich bin natürlich weitergegangen. Wie ich an ihnen vorbeikomme, sagte der Krüppel gerade: ›Warum üben Sie heute abend nicht Schach?‹ Für mich klang es, als wäre er sauer gewesen, daß Pardee stehengeblieben ist, und wollte ihm zu verstehen geben, daß er unerwünscht war. Na, jedenfalls bin ich die Mauer entlang bis zur 74sten Straße geschlendert, wo ein paar Bäume waren, hinter denen ich mich verstecken konnte...«

»Wie gut konnten Sie Pardee und Drukker von der 74sten Straße aus sehen?« unterbrach ihn Markham.

»Tja Sir, um die Wahrheit zu sagen: Ich konnte sie überhaupt nicht sehen. Es wurde gerade ziemlich neblig, und auf dem Teil des Weges, wo sie sich rumtrieben, stehen keine Laternen oder so was. Aber ich dachte, Pardee müßte bald kommen, und habe auf ihn gewartet.«

»Das muß fast schon gegen zehn Uhr gewesen sein.«

»Viertel vor, würde ich sagen, Sir.«

»Waren um diese Zeit noch Leute unterwegs?«

»Ich habe keine gesehen. Der Nebel muß sie nach drinnen getrieben haben – es war nicht gerade ein warmer, lauer Abend. Und eben weil niemand in der Nähe war, bin ich so weit vorgegangen. Pardee ist kein Blödmann, und ich hatte schon ein- oder zweimal bemerkt, wie er mich musterte, als hätte er Verdacht geschöpft, daß ich ihn beschatte.«

»Wie lange hat es gedauert, bis Sie ihn wieder am Haken hatten?«

Emery trat von einem Fuß auf den anderen.

»Ich hab' gestern abend wohl nicht so prima kombiniert«, gestand er mit einem schwachen Grinsen. »Pardee muß auf dem gleichen Weg umgekehrt und an der 79sten Straße wieder über den Drive gegangen sein, denn etwa eine halbe Stunde später habe ich ihn im Schein von dem Hochhaus an der Ecke 75ste Straße nach Hause gehen sehen.«

»Aber«, warf Vance ein, »wenn Sie bis Viertel nach zehn am Parkeingang an der 74sten Straße gestanden haben, muß Professor Dillard vorbeigekommen sein. Er ist gegen zehn auf diesem Weg nach Hause zurückgekehrt.«

»Sicher, gesehen habe ich ihn. Ich hatte wohl zwanzig Minuten auf Pardee gewartet, als der Professor ganz allein vorbeispaziert kam, den Drive überquerte und nach Hause ging. Ich dachte natürlich, Pardee und der Krüppel unterhielten sich noch – deswegen hab' ich die Sache leicht genommen und bin nicht zurückgegangen, um nachzuschauen.«

»Dann haben Sie also, wenn ich Sie richtig verstehe, ungefähr fünfzehn Minuten, nachdem Professor Dillard an Ihnen vorbeigekommen war, Pardee aus der entgegengesetzten Richtung nach Hause gehen sehen!«

»Stimmt, Sir. Und dann habe ich natürlich wieder Posten auf der 75sten Straße bezogen.«

»Es ist Ihnen doch klar, Emery«, sagte Markham ernst, »daß genau in der Zeit, in der Sie an der 74sten Straße warteten, Drukker von der Mauer gestürzt ist.«

»Jawohl, Sir. Aber Sie machen mir doch keinen Vorwurf, oder? In einer nebligen Nacht einen Mann auf einem offenen Weg zu beschatten, wo niemand ist, der einen decken kann, ist kein leichter Job. Man muß schon ein paar Risiken eingehen und ein bißchen tricksen, wenn man nicht erwischt werden will.«

»Ihre Probleme sind mir durchaus klar«, erwiderte Markham, »und ich mache Ihnen keine Vorhaltungen.«

Mürrisch entließ der Sergeant die drei Beamten. Offenbar war er enttäuscht von ihren Berichten.

»Je weiter wir kommen«, klagte er, »desto undurchsichtiger wird dieser Fall.«

»*Sursum corda,* Sergeant«, munterte Vance ihn auf. »Lassen Sie sich nicht von dunkler Verzweiflung überwältigen. Wenn wir erst einmal die Aussagen Pardees und des Professors darüber haben, was geschehen ist, als der wachsame Emery zwischen den Bäumen an der 74sten Straße wartete, werden wir vielleicht ein paar interessante Stückchen zusammenpuzzeln können.«

Während er sprach, trat Belle Dillard von hinten in die Eingangshalle. Sie sah uns im Wohnzimmer und kam sofort herein.

»Wo ist Lady Mae?« fragte sie mit besorgter Stimme. »Ich war vor einer Stunde hier, und Grete sagte mir, sie sei ausgegangen. Und jetzt ist sie nicht auf ihrem Zimmer.«

Vance stand auf und bot ihr seinen Stuhl an.

»Mrs. Drukker ist heute nacht an Herzversagen gestorben. Als Sie vorhin hier waren, hatte Mrs. Menzel Angst, Sie nach oben zu lassen.«

Das Mädchen saß eine Weile sehr still da. Auf einmal traten ihr die Tränen in die Augen.

»Vielleicht war es der plötzliche Schock über Adolphs entsetzlichen Unfall.«

»Möglicherweise. Aber es ist noch nicht völlig geklärt, was hier letzte Nacht geschehen ist. Dr. Barstead meint, Mrs. Drukker sei gegen zehn Uhr gestorben.«

»Fast zur selben Zeit, wie Adolph gestorben ist«, murmelte sie. »Es ist schrecklich ... Pyne hat mir von dem Unfall berichtet, als ich heute morgen zum Frühstück herunterkam – alle im Viertel reden darüber – und ich bin sofort herübergeeilt, um Lady Mae beizustehen. Aber Grete sagte, sie sei ausgegangen, und ich wußte nicht, was ich davon halten sollte. An Adolphs Tod ist irgend etwas sehr seltsam ...«

»Was meinen Sie damit, Miß Dillard?« Vance stand am Fenster und beobachtete sie aus dem Augenwinkel.

»Ich – ich weiß nicht, was ich damit meine«, antwortete sie stotternd. »Aber gestern abend erst haben Lady Mae und ich über Adolph gesprochen – und über die Wand . . .«

»Ach ja?« Vance' Tonfall war noch gelassener als gewöhnlich, aber ich wußte: Jeder Nerv seines Körpers war zum Zerreißen gespannt.

»Auf dem Weg zum Tennisplatz«, fuhr das Mädchen mit leiser, scheuer Stimme fort, »spazierte ich mit Lady Mae auf dem Reitweg oberhalb des Spielplatzes – sie ging oft dorthin, um Adolph zuzusehen, wie er mit den Kindern spielte –, und wir standen lange da und lehnten uns über die Balustrade. Eine Horde Kinder hatte sich um Adolph versammelt. Er hatte ein Modellflugzeug dabei und zeigte ihnen, wie man es fliegen läßt. Und die Kinder betrachteten ihn anscheinend als ihresgleichen: Sie behandelten ihn nicht wie einen Erwachsenen. Lady Mae war sehr glücklich und stolz darauf. Sie sah mich mit glänzenden Augen an und sagte dann: ›Sie haben keine Angst vor ihm, Belle, obwohl er einen Buckel hat. Sie nennen ihn Buckelmuckel – er ist ihr alter Freund aus dem Märchenbuch. Mein armer Buckelmukkel! Es war alles meine Schuld, daß ich ihn fallen ließ, als er ein kleines Kind war . . .‹« Dem Mädchen versagte die Stimme, und sie tupfte die Augen mit ihrem Taschentuch.

»Sie hat also in Ihrer Gegenwart erwähnt, daß die Kinder Drukker ›Buckelmuckel‹ nannten.« Langsam griff Vance in die Tasche nach seinem Zigarettenetui.

Sie nickte und hob dann den Kopf, als ob sie sich zwingen würde, etwas Gefürchtetem ins Auge zu sehen.

»Ja! Und das war das Seltsame daran; denn nach einer kleinen Weile überlief sie ein Schaudern, und sie wich von der Mauer zurück. Ich fragte sie, was los sei, und sie sagte mit bebender Stimme: ›Angenommen, Belle – angenommen, daß Adolph je von dieser Mauer stürzte – so wie der echte Buckelmuckel!‹ Beinahe hätte ich selber Angst bekommen, aber ich habe mich zu einem Lächeln gezwungen und gesagt, das wäre doch albern. Doch es nützte nichts. Sie schüttelte den Kopf und warf mir einen Blick zu, der mir durch Mark und Bein ging. ›Ich bin nicht verrückt‹, sagte sie. ›Ist denn nicht Hinrich der Hahn mit Pfeil und Bogen getötet worden, und hat man nicht Johnny Sprigg mit einem kleinen Schießgewehr erschossen – *hier mitten in New York?!*« Das Mädchen sah uns erschrocken an. »Und es *ist* wirklich passiert, nicht wahr – genau, wie sie es vorhergesehen hat?«

»Ja, es ist passiert«, nickte Vance. »Aber wir dürfen nicht abergläubisch werden. Mrs. Drukker hatte eine abnorme Phantasie. Ihr gingen allerhand wilde Assoziationen durch den gequälten Verstand, und angesichts dieser beiden Todesfälle nach dem Modell von Kinderreimen, die ihr noch so lebhaft vor Augen standen, ist es nichts Besonderes, daß sie den Spitznamen der Kinder für ihren Sohn zu einer derart tragischen Spekulation verwandelt hat. Daß er tatsächlich so umgekommen ist, wie sie befürchtete, ist weiter nichts als ein Zufall . . .«

Er verstummte und zog tief an seiner Zigarette.

»Hören Sie, Miß Dillard«, fragte er beiläufig, »haben Sie von Ihrem Gespräch mit Mrs. Drukker gestern irgend jemand erzählt?«

Sie sah ihn erstaunt an, bevor sie antwortete.

»Ich habe gestern beim Dinner davon gesprochen. Es hatte mir den ganzen Nachmittag Sorgen gemacht, und irgendwie wollte ich es nicht für mich behalten.«

»Hat jemand eine Bemerkung dazu gemacht?«

»Onkel meinte, ich solle nicht soviel Zeit mit Lady Mae verbringen – sie wäre von einer ungesunden Morbidität. Er sagte, die Situation sei äußerst tragisch, aber es bestehe kein Anlaß für mich, Lady Maes Leiden zu teilen. Mr. Pardee war der gleichen Ansicht. Er war sehr mitfühlend und fragte, ob man nicht etwas tun könne, um Lady Maes geistiges Befinden zu verbessern.«

»Und Mr. Arnesson?«

»Ach, Sigurd nimmt überhaupt nichts ernst – manchmal hasse ich ihn wegen seines Benehmens. Er lachte, als handelte es sich um einen Witz, und sagte bloß: ›Es wäre eine Schande, wenn Adolph seinen Sturz tut, bevor er sein neues Quantenproblem ausgearbeitet hat.‹«

»Ist Mr. Arnesson jetzt zufällig zu Hause?« fragte Vance. »Wir würden mit ihm gerne die notwendigen Schritte bezüglich der Drukkers besprechen.«

»Er ist heute früh zur Universität gegangen, kommt aber zum Mittagessen zurück. Ich bin sicher, daß er sich um alles kümmern wird. Wir sind so ungefähr die einzigen Freunde von Lady Mae und Adolph gewesen. Inzwischen werde ich die Sache in die Hand nehmen und schauen, daß Grete das Haus in Ordnung bringt.«

Ein paar Minuten später verließen wir sie und gingen hinüber, um Professor Dillard zu vernehmen.

Kapitel 19

Das rote Notizbuch

(Samstag, 16. April, mittags)

Der Professor war sichtlich beunruhigt, als wir an jenem Mittag die Bibliothek betraten. Mit einem Glas seines geliebten Portweins neben sich auf dem Tisch, saß er mit dem Rücken zum Fenster in einem Sessel.

»Ich habe Sie erwartet, Markham«, erklärte er, bevor wir etwas sagen konnten. »Sie müssen mir nichts vormachen. Drukkers Tod war kein Zufall. Ich gebe zu, daß ich geneigt war, die wahnsinnigen Implikationen, die aus dem Tode von Haan und Sprigg erwuchsen, abzustreiten, aber im selben Moment, als Pyne mir die Umstände von Drukkers Sturz berichtete, wurde mir klar, daß hinter diesen Todesfällen eine definitive Absicht steht. Die Wahrscheinlichkeit, daß es sich um Unfälle handelt, ist unberechenbar klein. Das wissen Sie so gut wie ich, sonst wären Sie nicht hier.«

»Völlig richtig.« Markham hatte sich dem Professor gegenüber gesetzt. »Wir stehen vor einem schrecklichen Problem. Außerdem ist Mrs. Drukker gestern abend an einem Schock gestorben – fast zur selben Zeit, als ihr Sohn getötet wurde.«

»Das zumindest«, entgegnete der alte Mann nach einer Pause, »darf man als Segen ansehen. Es ist besser, daß sie ihn nicht überlebt hat – sie hätte bestimmt einen Nervenzusammenbruch erlitten.« Er blickte auf. »Wie kann ich Ihnen helfen?«

»Mit Ausnahme des Mörders waren Sie wahrscheinlich der letzte, der Drukker lebend gesehen hat. Wir möchten alles über die Ereignisse von gestern abend wissen, was Sie uns berichten können.«

Professor Dillard nickte.

»Drukker kam nach dem Dinner her – gegen acht, würde ich sagen. Pardee hatte bei uns gegessen, und Drukker ärgerte sich, ihn hier zu finden, er war sogar unverhohlen feindselig. Arnesson zog ihn im Scherz mit seiner Erregbarkeit auf, aber das machte ihn nur noch wütender, und da ich wußte, daß Drukker unbedingt ein Problem mit mir klären wollte, schlug ich ihm schließlich vor, mit mir einen Spaziergang durch den Park zu machen ...«

»Sie waren nicht sehr lange fort«, warf Markham ein.

»Nein. Etwas Bedauerliches ereignete sich. Wir gingen den Reitweg hoch bis fast genau zu der Stelle, wo der arme Kerl meines Wissens getötet wurde. Wir waren vielleicht eine halbe Stunde dort und lehnten an der Brüstung der Mauer, als Pardee den Weg entlanggegangen kam. Er blieb stehen, um mit uns zu reden, aber Drukker war in seinen Äußerungen so verletzend, daß sich Pardee nach ein paar Minuten umdrehte und in die gleiche Richtung, aus der er gekommen war, zurückging. Drukker war überaus erregt, und ich schlug vor, unser Gespräch zu verschieben. Außerdem kam ein feuchter Nebel auf, und mein Fuß begann schon zu schmerzen. Drukker wurde richtiggehend wütend und sagte, er wolle noch nicht nach drinnen gehen. Also ließ ich ihn an der Mauer stehen und kehrte allein nach Hause zurück.«

»Haben Sie mit Arnesson über den Vorfall gesprochen?«

»Ich habe Sigurd nicht mehr gesehen, nachdem ich zurückgekommen war. Ich nehme an, er war schon zu Bett.«

Als wir uns kurz darauf erhoben, um uns zu verabschieden, fragte Vance nebenbei: »Können Sie uns sagen, wo der Schlüssel zu der Tür zum Durchgang aufbewahrt wird?«

»Das weiß ich nicht, Sir«, antwortete der Professor gereizt, fügte aber in gleichmütigerem Tonfall hinzu: »Soweit ich mich aber entsinne, hing er immer an einem Nagel neben der Tür des Clubraums.«

Von Professor Dillard begaben wir uns direkt zu Pardee, der uns in seinem Arbeitszimmer empfing. Er wirkte steif und distanziert, und selbst nachdem wir Platz genommen hatten, blieb er am Fenster stehen und starrte uns unfreundlich an.

»Wissen Sie, Mr. Pardee«, begann Markham, »daß Mr. Drukker gestern abend um zehn Uhr von der Mauer im Park gestürzt ist – kurz nachdem Sie dort mit ihm gesprochen hatten?«

»Ich habe heute morgen von dem Unfall gehört.« Der Mann wurde auffällig blasser und spielte nervös mit seiner Uhrkette. »Sehr bedauerlich.« Sein leerer Blick ruhte eine Weile auf Markham. »Haben Sie Professor Dillard dazu befragt? Er war mit Drukker zusammen – «

»Ja, ja, wir kommen gerade von ihm«, unterbrach ihn Vance. »Er sagte, zwischen Ihnen und Mr. Drukker hätte gestern abend eine gespannte Atmosphäre geherrscht.«

Langsam ging Pardee zu seinem Schreibtisch und setzte sich umständlich. »Aus irgendeinem Grund war Drukker nicht erfreut, mich bei den Dillards zu finden, als er nach dem Dinner herüberkam. Er hatte nicht den Anstand, sein Mißvergnügen zu verbergen, und verursachte so eine etwas peinliche Situation. Aber ich kenne das von ihm und versuchte daher, über die Sache hinwegzusehen. Dann hat ihn Professor Dillard aber bald auf einen Spaziergang mitgenommen.«

»Sie sind dann nicht mehr sehr lange geblieben«, bemerkte Vance träge.

»Nein – etwa eine Viertelstunde. Arnesson war müde und wollte sich hinlegen, also bin ich allein spazierengegangen. Auf dem Rückweg bin ich über den Reitweg gegangen, statt am Drive entlang, und bin Professor Dillard und Drukker begegnet, die an der Mauer standen und sich unterhielten. Da ich nicht unhöflich erscheinen wollte, blieb ich einen Moment stehen. Aber Drukker war in einer garstigen Stimmung und machte ein paar höhnische Bemerkungen. Ich drehte mich um und ging zur 79sten Straße zurück, überquerte den Drive und ging nach Hause.«

»Sie haben wohl nicht ein bißchen gebummelt unterwegs?«

»Ich habe mich an den Parkeingang an der 79sten Straße gesetzt und eine Zigarette geraucht.«

Noch fast eine halbe Stunde lang verhörten Markham und Vance Pardee, aber mehr war nicht aus ihm herauszukriegen. Als wir auf die Straße hinauskamen, winkte uns Arnesson von der Schwelle des Hauses Dillard zu und stapfte uns entgegen, um uns zu begrüßen.

»Gerade habe ich die traurigen Neuigkeiten gehört. Bin vor kurzem aus der Universität gekommen, und der Professor sagte mir, Sie wären Pardee zerpflücken gegangen. Irgendwas erfahren?« Ohne die Antwort abzuwarten, fuhr er fort: »Schreckliche Geschichte. Soweit ich weiß, ist jetzt die ganze Familie Drukker ausgelöscht. Ja, ja. Und obendrein noch so ein Märchenspuk ... Gibt es einen Leitfaden?«

»Den Gefallen hat uns Ariadne nicht getan«, erwiderte Vance. »Sind Sie der Botschafter aus Kreta?«

»Man weiß ja nie. Packen Sie Ihren Fragebogen aus.«

Vance war zum Tor in der Mauer vorausgegangen, und jetzt stiegen wir zum Schießstand hinab. »Zuerst werden wir uns das Haus Drukker vornehmen«, sagte er. »Da ist einiges ins reine zu bringen. Ich nehme an, Sie kümmern sich um die Angelegenheiten der Drukkers und die Beerdigung.«

Arnesson verzog das Gesicht. »Wahl angenommen! Ich weigere mich jedoch, zur Beerdigung zu gehen. Obszöne Spektakel, diese Beerdigungen. Aber Belle und ich kümmern uns um alles. Wahrscheinlich hat Lady Mae ein Testament hinterlassen. Wir müssen es finden. Wo also verstecken Frauen normalerweise ihr Testament?«

Vance blieb vor der Kellertür des Hauses Dillard stehen und trat in den Clubraum. Nachdem er den Türrahmen inspiziert hatte, kam er wieder zu uns auf den Schießstand heraus.

»Der Schlüssel zum Durchgang ist nicht da. Was wissen Sie übrigens darüber, Mr. Arnesson?«

»Sie meinen den Schlüssel für die Holztür im Zaun... Keine Ahnung. Ich nehme nie den Durchgang – ist doch viel einfacher, vorne rauszugehen. Soweit ich weiß, benutzt ihn keiner. Belle hat vor Jahren mal abgeschlossen – sie dachte, es könnte sich einer vom Drive hereinschleichen und einen Pfeil ins Auge kriegen. Ich sagte ihr damals: Sollen sie sich doch eins verpassen lassen – geschieht ihnen recht. Was interessieren sie sich auch fürs Bogenschießen!«

Wir betraten das Haus Drukker durch die Hintertür. Belle Dillard und Mrs. Menzel waren in der Küche beschäftigt.

»Hallo, Schwesterlein«, begrüßte Arnesson das Mädchen. Sein Zynismus war von ihm abgefallen. »Schwere Zeiten für ein junges Ding wie dich. Lauf jetzt besser nach Hause. Ich übernehme das Kommando.« Mit scherzhaft väterlicher Miene nahm er sie beim Arm und führte sie zur Tür.

Sie zögerte und blickte Vance an.

»Mr. Arnesson hat recht«, nickte dieser. »Wir kommen im Moment allein zurecht. Aber eine Frage noch, bevor Sie gehen. Lassen Sie den Schlüssel der Gartentür zum Durchgang immer im Clubraum neben der Tür hängen?»

»Ja – immer. Warum? Ist er nicht da?«

Arnesson war es, der mit burlesker Ironie antwortete. »Weg! Verschwunden! Überaus tragisch. Offenbar hat sich ein exzentrischer Schlüsselsammler eingeschlichen.« Als das Mädchen uns verlassen hatte, musterte er Vance. »Was in Dreiteufelsnamen hat ein rostiger Schlüssel mit diesem Fall zu tun?«

»Vielleicht nichts«, sagte Vance unbekümmert. »Gehen wir mal ins Wohnzimmer. Da ist es gemütlicher.« Er ging durch die Halle voran. »Wir möchten, daß Sie uns möglichst viel über gestern abend erzählen.«

»Gestern abend, he? ... Also, Pardee kam zum Dinner – das tut er freitags gewöhnlich. Dann schaute Drukker vorbei, von den Furien der Quantentheorie gehetzt, um den Professor auszuhorchen. Pardees Anwesenheit ließ ihm die Galle hochsteigen, und das hat er uns merken lassen, weiß Gott! Keine Selbstbeherrschung. Der Professor hat dem Zwischenfall ein Ende gemacht, indem er Drukker mit an die frische Luft nahm. Pardee hat sich noch eine Viertelstunde oder so hier aufgehalten, während ich versuchte, wach zu bleiben. Dann hatte er die Güte zu gehen. Ich habe noch ein paar Klausuren durchgesehen ... und dann bin ich ins Bett.« Er zündete seine Pfeife an. »Erklärt dieser faszinierende Bericht das Ende des armen Drukker?«

»Das nicht«, meinte Vance. »Aber uninteressant ist er auch nicht. Haben Sie Professor Dillard nach Hause kommen hören?«

»Kommen hören?« Arnesson kicherte. »Wenn er mit seinem gichtigen Fuß herumhoppelt, mit dem Stock aufstößt und am Treppengeländer rappelt, kann man gar nicht umhin, seinen Auftritt mitzubekommen. Gestern abend hat er sogar besonders viel Lärm gemacht.«

Nach einer kurzen Pause fragte Vance: »Und was ist Ihr erster Eindruck von der neuen Entwicklung?«

»Die Einzelheiten sind mir noch etwas unklar. Der Professor war nicht gerade erleuchtend. Kurz angebunden sogar. Drukker ist gegen zehn von der Mauer gefallen wie Buckelmuckel und heute morgen gefunden worden – das ist klar. Aber unter was für Umständen ist Lady Mae dem Schock erlegen? Wer oder was hat sie so schockiert? Und wie?«

»Der Mörder hat Drukkers Schlüssel genommen und ist unmittelbar nach der Untat hergekommen. Mrs. Drukker hat ihn im Zimmer ihres Sohnes ertappt. Der Köchin zufolge, die oben an der Treppe gehorcht hat, hat es eine Szene gegeben, während der Mrs. Drukker an ihrer Herzerweiterung gestorben ist.«

»Was den unbekannten Gentleman der Notwendigkeit enthob, sie zu töten.«

»Soweit scheint alles klar«, stimmte Vance zu. »Aber warum der Mörder sie besucht hat, ist nicht so deutlich. Fällt Ihnen vielleicht eine Erklärung ein?«

Nachdenklich zog Arnesson an seiner Pfeife. »Unverständlich«, murmelte er schließlich. »Drukker besaß keine Wertsachen und keine kompromittierenden Dokumente. Ein anständiger Bursche – nicht der Typ, der sich in schmutzige Geschäfte mischt ... Anscheinend gibt es für niemand einen Grund, in seinem Zimmer herumzustöbern.«

Vance lehnte sich zurück und schien sich zu entspannen.

»Was war diese Quantentheorie, an der Drukker gearbeitet hat?«

»Oho! Eine große Sache!« Arnesson wurde lebhaft. »Er war drauf und dran, die Strahlentheorie von Einstein und Bohr mit dem Phänomen der Interferenz zu vereinen und die inneren Widersprüche in Einsteins Hypothese zu überwinden. Seine Forschungen hatten ihn bereits dazu veranlaßt, die kausale zeitlich-räumliche Koordination der atomaren Phänomene über Bord zu werfen und durch eine statistische Beschreibung zu ersetzen.[26] Es hätte eine Revolution in der Physik bedeutet und ihn berühmt gemacht. Eine Schande, daß er abberufen wurde, bevor er seine Daten in Ordnung gebracht hatte.«

»Wissen Sie zufällig, wo Drukker die Aufzeichnungen seiner Berechnungen aufbewahrte?«

»In einem Ringbuch – alles mit Tabellen und Register. Immer methodisch und ordentlich. Sogar seine Handschrift war wie gestochen.«

»Sie wissen also, wie das Ringbuch aussah?«

»Das sollte ich wohl. Er hat es mir oft genug gezeigt. Roter Ledereinband, dünne gelbe Seiten, an jedem Blatt zwei oder drei Büroklammern mit Notizzetteln – sein Name in goldgeprägten Lettern auf dem Rücken ... Armer Teufel! *Sic transit* ...«

»Wo ist das Buch wohl jetzt?«

»Es gibt zwei mögliche Stellen – entweder in der Schreibtischschublade in seinem Arbeitszimmer oder im Sekretär in seinem Schlafzimmer. Tagsüber hat er natürlich in seinem Arbeitszimmer geschrieben, aber wenn er in ein Problem vertieft war, hat er sich Tag und Nacht damit herumgeschlagen. In seinem Schlafzimmer steht ein Sekretär, in den er seine aktuellen Aufzeichnungen legte, wenn er zu Bett ging – für den Fall, daß er nachts eine

Inspiration kriegte, an der er rumbasteln wollte. Dann brachte er sie morgens ins Arbeitszimmer zurück. Alles geregelt wie ein Uhrwerk.«

Während Arnessons Bericht hatte Vance müßig aus dem Fenster geschaut. Man hatte den Eindruck, er hätte die Beschreibung von Drukkers Gewohnheiten kaum mitbekommen, aber auf einmal drehte er sich um und musterte Arnesson mit trägem Blick.

»Hören Sie«, sagte er schleppend, »würde es Ihnen was ausmachen, raufzuspringen und Drukkers Notizbuch zu holen? Schauen Sie im Arbeits- und im Schlafzimmer nach.«

Ich dachte, Arnesson hätte fast unmerklich gezögert, aber er stand sofort auf.

»Gute Idee. Das Dokument ist zu wertvoll, um es einfach so rumliegen zu lassen.« Und er marschierte hinaus.

Markham begann, auf und ab zu gehen, und Heath machte seiner Unruhe Luft, indem er noch heftiger an seiner Zigarre paffte. Es herrschte eine gespannte Atmosphäre in dem kleinen Wohnzimmer, während wir auf Arnessons Rückkehr warteten. Jeder von uns erwartete etwas, doch was genau wir nun erhofften oder befürchteten, wäre kaum zu benennen gewesen.

Nach kaum zehn Minuten erschien Arnesson wieder in der Tür. Er zuckte mit den Schultern und streckte uns seine leeren Hände entgegen.

»Weg!« verkündete er. »Ich habe überall nachgesehen – ich kann es nicht finden.« Er warf sich in einen Sessel und zündete die erloschene Pfeife an. »Ich verstehe das nicht . . . Vielleicht hat er es versteckt.«

»Vielleicht«, murmelte Vance.

Kapitel 20

Die Nemesis

(Samstag, 16. April, 13.00 Uhr)

Es war schon nach ein Uhr, als Markham, Vance und ich zum Stuyvesant Club fuhren. Heath blieb im Hause Drukker, um die Routinearbeiten zu erledigen, seinen Bericht abzufassen und die Reporter abzuwimmeln, die binnen kurzem dort herumschwärmen würden.

Markham war für drei Uhr mit dem Polizeipräsidenten verabredet, und nach dem Lunch gingen Vance und ich zu Stieglitz' Kleiner Galerie und verbrachten eine Stunde in einer Ausstellung mit Georgia O'Keeffes floralen Abstraktionen. Später schauten wir bei der Aeolian Hall vorbei und ließen Debussys g-Moll-Streichquartett über uns ergehen. In der Montross-Galerie hingen ein paar Cézanne-Aquarelle. Als wir uns endlich durch das Gedränge auf der Fifth Avenue hindurchgekämpft hatten, begann es zu dämmern, und Vance dirigierte den Chauffeur zum Stuyvesant Club, wo wir Markham beim Tee trafen.

»Ich fühle mich so wie ein Kind, so einfältig, so töricht«, jammerte Vance. »So viele Dinge geschehen, und sie sind so genial in Szene gesetzt, daß ich sie nicht kapiere. Sehr verunsichernd und sehr verwirrend. Mir gefällt das nicht – mir gefällt das überhaupt nicht. Sehr betrüblich.« Er seufzte müde und schlürfte an seinem Tee.

»Ihre Sorgen lassen mich kalt«, versetzte Markham. »Wahrscheinlich haben Sie den Nachmittag mit der Betrachtung von Arkebusen und Petronellen im Metropolitan Museum verbracht. Wenn Sie durchgemacht hätten, was ich leiden mußte – «

»Nur keine Aufregung«, erwiderte Vance. »Es ist schon viel zu viel Leidenschaft in der Welt. Mit Eifer allein werden wir diesen Fall nicht lösen. Unsere einzige Hoffnung ist das Nachdenken. Lassen Sie uns gelassen bleiben und überlegen.« Er wurde ernst. »Markham, die Sache kommt dem perfekten Verbrechen ziemlich nahe. Wie bei einem von Morphys grandiosen Schachproblemen muß man etliche Züge vorausplanen. Es gibt keine Indizien, und selbst wenn, würden sie höchstwahrscheinlich in die falsche Richtung weisen. Und doch ... und doch gibt es da etwas, was ans Tageslicht kommen will. Ich spüre es – reine Intuition, will sagen: die Nerven. Es gibt da eine stumme Stimme, die etwas sagen will, doch sie kann es nicht. Ein dutzendmal habe ich gespürt, daß eine unterdrückte Macht zugegen war, wie ein unsichtbarer Geist, der versucht, Kontakt aufzunehmen, ohne seine Identität preiszugeben.«

Markham entwich ein erschöpfter Seufzer. »Sehr hilfreich. Schlagen Sie vor, ein Medium zu Rate zu ziehen?«

»Es gibt etwas, was wir übersehen haben«, fuhr Vance fort und achtete nicht auf den Sarkasmus. »Der Fall ist eine Geheimschrift, und irgendwo vor unseren Augen liegt das Schlüsselwort, aber wir erkennen es nicht. Meiner Treu, das ist verflixt ärgerlich ... Seien wir mal gründlich. Ordnung – das ist es, was wir brauchen. Zuerst wird Haan getötet. Dann wird Sprigg erschossen. Dann wird Mrs. Drukker mit einem schwarzen Bischof erschreckt. Danach wird Drukker über eine Mauer geschubst. Was vier eindeutige Episoden im Mummenschanz des Mörders ergibt. Drei davon waren sorgfältig geplant. Eine – der Bischof an Mrs. Drukkers Tür – wurde dem Mörder aufgezwungen und daher ohne Vorbereitung beschlossen ...«

»Erläutern Sie Ihren Gedankengang zu diesem Punkt.«

»Aber mein Bester! Wer den schwarzen Bischof brachte, handelte offenbar aus Selbstschutz. Bei seiner Schlacht entwickelte sich eine unerwartete Gefahr, und er ergriff Maßnahmen, sie abzuwenden. Unmittelbar vor Haans Tod verließ Drukker den Clubraum und pflanzte sich in der Laube auf, von wo er durch das hintere Fenster in den Clubraum sehen konnte. Etwas später sah er dort jemand mit Haan sprechen. Er ging wieder nach Hause, und in diesem Moment wurde Haans Leiche auf den Schießstand geworfen. Mrs. Drukker hat das gesehen, und gleichzeitig hat sie wahrscheinlich Drukker selbst gesehen. Sie schrie – ganz natürlich, nicht wahr? Drukker hörte den Schrei und berichtete uns später davon, um sich ein Alibi zu schaffen, nachdem wir ihn informiert hatten, daß Haan umgebracht worden war. So erfuhr der Mörder, daß Mrs. Drukker etwas gesehen hatte – wieviel, wußte er nicht. Aber er ging kein Risiko ein. Er schlich sich um

Mitternacht zu ihrem Zimmer, um sie zum Schweigen zu bringen, und nahm den Bischof mit, um ihn als sein Handzeichen bei der Leiche zu lassen. Aber die Tür war abgeschlossen, und er ließ den Bischof davor zurück, um sie zu warnen: Sie wäre des Todes, wenn sie etwas sagte. Er wußte nicht, daß die arme Frau ihren eigenen Sohn verdächtigte.«

»Aber warum hat uns Drukker nicht gesagt, wen er mit Haan im Clubraum gesehen hat?«

»Wir können nur vermuten, daß derjenige jemand war, den er sich nicht als den Schuldigen vorstellen konnte. Und ich neige zu der Ansicht, daß er diese Tatsache dem Betreffenden gegenüber erwähnt und so sein eigenes Schicksal besiegelt hat.«

»Angenommen, Ihre Theorie stimmt – wohin bringt uns das?«

»Zu der Folgerung, daß eine Episode nicht sorgfältig vorbereitet war. Und wenn eine heimliche Tat nicht vorbereitet ist, kann man ziemlich sicher sein, daß sie eine oder mehrere Schwachstellen hat. Nun beachten Sie bitte, daß bei jedem der drei Morde jede der am Drama beteiligten Personen hätte zugegen sein können. Niemand hatte ein Alibi. Das war natürlich schlaue Berechnung: Der Mörder wählte einen Zeitpunkt, zu dem alle Akteure sozusagen in der Kulisse warteten. Aber dieser Besuch um Mitternacht! Ah! Das war etwas anderes. Es gab keine Zeit mehr, die Szenerie perfekt auszuarbeiten – zu dringend war die Bedrohung. Und was war die Folge? Drukker und Professor Dillard waren anscheinend die einzigen, die um Mitternacht zur Verfügung standen. Arnesson und Belle Dillard speisten im Plaza und sind erst um halb eins nach Hause gekommen. Pardee brütete von elf bis eins mit Rubinstein über einem Schachbrett. Drukker ist jetzt natürlich ausgeschieden ... Wie lautet die Antwort?«

»Ich könnte Sie daran erinnern«, entgegnete Markham gereizt, »daß die Alibis der anderen nicht gründlich überprüft worden sind.«

»Tja, das könnten Sie wohl.« Vance lehnte sich träge zurück und blies eine Zeitlang Rauchringe gegen die Decke. Auf einmal straffte er sich, beugte sich vor und drückte mit peinlicher Sorgfalt seine Zigarette aus. Dann schaute er auf die Uhr und erhob sich. Er blickte Markham aufmunternd an.

»*Allons, mon vieux.* Es ist noch nicht sechs Uhr. Jetzt kann Arnesson sich nützlich machen!«

»Wobei?« protestierte Markham.

»Das haben Sie doch selber vorgeschlagen«, erwiderte Vance, faßte ihn beim Arm und führte ihn zur Tür. »Wir werden Pardees Alibi überprüfen.«

Eine halbe Stunde darauf saßen wir mit dem Professor und Arnesson in der Bibliothek.

»Wir kommen mit einer etwas ungewöhnlichen Bitte«, erklärte Vance, »aber sie könnte sich für unsere Ermittlungen als überaus wichtig erweisen.« Er zog seine Brieftasche hervor und entfaltete ein Blatt Papier. »Hier ist ein Dokument, Mr. Arnesson, daß Sie sich bitte einmal anschauen möchten. Es ist eine Kopie der offiziellen Notierung der Schachpartie zwischen Pardee und Rubinstein. Höchst interessant. Ich habe ein bißchen damit rumgespielt, aber mich würde Ihre Expertise interessieren. Am ersten Teil ist nichts besonderes, aber nach der Pause wird die Partie reizvoll.«

Arnesson nahm das Blatt und studierte es mit zynischer Heiterkeit. »Aha! Der glanzlose Bericht von Pardees Waterloo, was?«

»Was hat das zu bedeuten, Markham?« fragte Professor Dillard verachtungsvoll. »Hoffen Sie, einen Mörder zu Fall zu bringen, indem Sie sich mit einer Schachpartie herumschlagen?«

»Mr. Vance hoffte, daraus etwas entnehmen zu können.«

»Kindereien!« Der Professor goß sich noch ein Glas Portwein ein, schlug ein Buch auf und schenkte uns keine Beachtung mehr.

Arnesson war in die Schachpartie vertieft.

»Hier wird es ein bißchen komisch«, grummelte er. »Mit der Zeit stimmt was nicht. Mal sehen . . . Die Aufzeichnungen zeigen, daß bis zur Pause Weiß – also Pardee – eine Stunde und vierzig Minuten gespielt hatte und Schwarz – nämlich Rubinstein – eine Stunde und achtundfünfzig Minuten. So weit, so gut. Dreißig Züge. Durchaus angemessen. Aber als Pardee aufgab, belief sich die Zeit auf zwei Stunden und dreißig Minuten für Weiß und drei Stunden und zweiunddreißig Minuten für Schwarz – was bedeutet, daß Weiß während der zweiten Phase der Partie nur fünfundvierzig Minuten brauchte, während Schwarz eine Stunde und vierunddreißig Minuten gebracht hat.«

Vance nickte. »Genau. Von 23.00 Uhr an sind zwei Stunden und neunzehn Minuten gespielt worden, so daß die Partie bis 1.19 Uhr dauerte. Und Rubinstein hat in dieser Zeit neunundvierzig Minuten länger für seine Züge gebraucht als Pardee. Können Sie sich vorstellen, was da passiert ist?«

Arnesson schürzte die Lippen und starrte angestrengt auf die Aufzeichnung.

»Es ist mir nicht klar. Ich brauche etwas Zeit.«

»Ich schlage vor«, meinte Vance, »daß wir den Spielstand von vor der Pause aufstellen und die Partie durchspielen. Ich würde gerne Ihre Meinung zur Taktik hören.«

Schwungvoll stand Arnesson auf und ging zu dem kleinen Schachtisch in der Ecke.

»Gute Idee.« Er leerte das Kästchen mit den Figuren aus. »Mal sehen... Oho! Ein schwarzer Läufer fehlt. Wann kriege ich ihn übrigens zurück?« Er warf Vance einen vorwurfsvollen Blick zu. »Na, egal. Wir brauchen ihn jetzt nicht. Ein schwarzer Läufer wurde geschlagen.« Und er stellte die Figuren weiter in der Spielstellung vor der Unterbrechung auf. Dann setzte er sich und studierte das Brett.

»Mir kommt die Stellung nicht so besonders schlecht vor für Pardee«, wagte Vance sich vor.

»Mir auch nicht. Ich verstehe nicht, wieso er verloren hat. Mir sieht es nach Remis aus.« Nach einem Moment zog Arnesson die Notation zu Rate. »Gehen wir das Spiel durch und schauen wir, wo der Hund begraben liegt.« Er machte ein halbes Dutzend Züge, und nachdem er ein paar Minuten gegrübelt hatte, ließ er ein Grunzen vernehmen. »Ha! Das ist wirklich tief gedacht von Rubinstein. Hier hat er mit einer verblüffenden Kombination angefangen. Subtil, weiß Gott! Wie ich Rubinstein kenne, hat er lange gebraucht, um sich das auszudenken. Ein langsamer, trickreicher Bursche.«

»Es wäre doch möglich«, gab Vance zu bedenken, »daß die Ausarbeitung dieser Kombination die Diskrepanz der Zugzeiten von Schwarz und Weiß erklärt?«

»Oh, ohne Zweifel. Rubinstein muß gut in Form gewesen sein, sonst wäre die Diskrepanz noch größer geworden. Die Kombination zu planen, hat ihn die ganzen fünfundvierzig Minuten gekostet – oder ich bin ein Dummkopf.«

»Was meinen Sie«, fragte Vance obenhin, »wann Rubinstein diese fünfundvierzig Minuten gebraucht hat?«

»Na, mal sehen. Die Partie begann um elf Uhr, sechs Züge bis zum Anfang der Kombination... Ach, sagen wir: zwischen halb zwölf und halb eins... Ja, das kommt ungefähr hin. Dreißig Züge bis zur Pause, sechs Züge nach elf Uhr – macht sechsunddreißig.

Und im vierundvierzigsten Zug hat Rubinstein mit seinem Bauern auf c3 Schach geboten, und Pardee gab auf... Ja, die Kombination hat er zwischen 23.30 Uhr und 0.30 Uhr ausgearbeitet.«

Vance betrachtete die Figuren auf dem Brett, die jetzt in der Stellung standen, in der Pardee aufgegeben hatte.[27]

»Aus reiner Neugier«, sagte er still, »habe ich das Spiel vorgestern abend bis zum Schachmatt durchgespielt. Hören Sie, Mr. Arnesson, würde es Ihnen was ausmachen, das gleiche zu tun? Ich würde wohl gerne Ihren Kommentar dazu hören.«

Arnesson studierte die Stellung ein paar Minuten intensiv. Dann wandte er sich langsam zu Vance und hob den Kopf. Ein sardonisches Grinsen überzog sein Gesicht.

»Ich verstehe die Pointe. Mein Gott! Was für eine Stellung! Schwarz braucht noch fünf Züge, um zu gewinnen. Und ein fast beispielloses Endspiel. Ich kann mich nicht an einen ähnlichen Fall erinnern. Der letzte Zug wäre Laufer nach b2 und Matt. Mit anderen Worten: Pardee wäre vom schwarzen Bischof geschlagen worden! Unglaublich!«[28]

Professor Dillard legte sein Buch zur Seite.

»Was höre ich da!« rief er und trat zu uns an den Schachtisch. »Pardee ist vom Bischof besiegt worden?« Er blickte Vance verschlagen und bewundernd an. »Offensichtlich hatten Sie gute Gründe, diese Schachpartie unter die Lupe zu nehmen, Sir. Bitte entschuldigen Sie die schlechte Laune eines alten Mannes.« Er stand da und schaute mit betrübter und verwirrter Miene auf das Brett hinab.

Zutiefst verblüfft legte Markham die Stirn in Falten.

»Sie sagen, es sei ungewöhnlich, daß der Bischof allein mattsetzt?« fragte er Arnesson.

»Es kommt nie vor – eine fast einmalige Situation. Und das mußte ausgerechnet Pardee passieren! Unbegreiflich!« Er lachte ein kurzes, ironisches Lachen. »Man möchte fast an eine Nemesis glauben. Wissen Sie, der Läufer ist schon seit zwanzig Jahren Pardees *Bête noir* – er hat sein Leben ruiniert. Der arme Teufel! Der schwarze Bischof ist das Symbol für seinen Kummer. Schicksal, weiß Gott! Er ist die Schachfigur, die Pardees Gambit besiegt hat. Läufer nach g4 hat seine Berechnungen immer über den Haufen geworfen, seine Lieblingstheorie disqualifiziert, sein Lebenswerk zuschanden und zum Gespött gemacht. Und jetzt, wo er die Chance hatte, mit dem großen Rubinstein gleichzuziehen, tritt abermals der Bischof auf und treibt ihn zurück in die Vergessenheit.«

Ein paar Minuten später brachen wir auf und gingen zur West End Avenue, wo wir einem Taxi winkten.

»Kein Wunder, Vance«, bemerkte Markham, als wir in die Stadt hinunter fuhren, »daß Pardee neulich nachmittags blaß wurde, als Sie sagten, der schwarze Bischof sei um Mitternacht umgegangen. Wahrscheinlich dachte er, Sie beleidigen ihn mit Absicht – Sie würden ihm das Versagen seines Lebens vorwerfen.«

»Vielleicht ...« Vance starrte träumerisch in die länger werdenden Schatten. »Verflixt merkwürdig, daß der Bischof die ganzen Jahre über sein Inkubus gewesen ist. Solche ständigen Enttäuschungen können zuweilen auch den gesundesten Verstand verstören und den Wunsch schaffen, sich an der Welt zu rächen – und der Grund des Versagens wird dabei zu einem leuchtenden Symbol hochstilisiert.«

»Es fällt schwer, sich Pardee in der Rolle des Rächers vorzustellen«, gab Markham zu bedenken. Dann sagte er nach einem Moment: »Worauf wollten Sie hinaus mit der Differenz in der Spielzeit von Rubinstein und Pardee? Angenommen, Rubinstein hat fünfundvierzig Minuten gebraucht, um seine Kombination auszuarbeiten. Die Partie war erst nach ein Uhr zu Ende. Ich verstehe nicht, inwiefern Ihr Besuch bei Arnesson uns weitergebracht haben soll.«

»Das liegt daran, daß Sie die Gewohnheiten der Schachspieler nicht kennen. Bei so einer Partie nach der Uhr sitzt der Spieler nicht die ganze Zeit am Tisch, während sein Gegner sich seinen Zug überlegt. Er läuft rum, streckt seine Muskeln, geht an die frische Luft, beäugt die Damen, schüttet sich Eiswasser rein und ißt sogar gewaltige Mengen. Letztes Jahr beim Manhattan-Square-Meisterturnier gab es vier Bretter, und es war kein ungewöhnlicher Anblick, daß drei Stühle zugleich nicht besetzt waren. Pardee ist ein nervöser Typ. Er würde nie während Rubinsteins verzwickter Überlegungen dabeisitzen.«

Vance zündete sich bedächtig eine Zigarette an. »Markham, Arnessons Analyse der Partie enthüllt die Tatsache, daß Pardee um Mitternacht eine dreiviertel Stunde für sich allein hatte.«

Kapitel 21

Mathematik und Mord

(Samstag, 16. April, 20.30 Uhr)

Beim Dinner wurde kaum über den Fall gesprochen, aber als wir uns in einer abseits gelegenen Ecke der Clublobby niedergelassen hatten, kam Markham wieder auf das Thema zurück.

»Ich sehe nicht ein«, meinte er, »daß es uns viel nützt, wenn wir eine Lücke in Pardees Alibi finden. Sie würde lediglich eine bereits unerträgliche Situation noch komplizierter machen.«

»Ja«, seufzte Vance, »es ist eine traurige und deprimierende Welt. Jeder Schritt scheint uns noch tiefer zu verstricken. Und das Erstaunliche daran ist, daß uns die Wahrheit ins Angesicht starrt. Wir können sie bloß nicht erkennen.«

»Es gibt keine Beweise gegen irgend jemand. Es gibt nicht mal einen Verdächtigen, gegen dessen mögliche Schuld der Verstand nicht revoltieren würde.«

»Das würde ich nicht behaupten, wissen Sie. Es ist das Verbrechen eines Mathematikers, und die Landschaft ist ja mit Mathematikern geradezu gepflastert.«

Während der ganzen Ermittlung war niemand namentlich als möglicher Mörder genannt worden, doch war jedem von uns im Innersten klar, daß eine der Personen, mit denen wir gesprochen hatten, der Schuldige war. So grauenhaft war dieses Wissen, daß wir instinktiv davor zurückschreckten, es uns einzugestehen. Von Anfang an hatten wir unsere eigentlichen Gedanken und Befürchtungen mit Gemeinplätzen verschleiert.

»Das Verbrechen eines Mathematikers?« wiederholte Markham. »Mir kommt der Fall vor wie eine Folge sinnloser Taten, die ein wahnsinniger Amokläufer begangen hat.«

Vance schüttelte den Kopf.

»Unser Verbrecher ist supernormal, Markham. Und seine Taten sind keineswegs sinnlos, sondern grauenhaft logisch und präzise. Es stimmt schon, sie wurden mit grimmigem und schrecklichem Humor ersonnen, mit überwältigendem Zynismus, aber an und für sich sind sie exakt und rational.«

Markham blickte Vance nachdenklich an.

»Wie können Sie diese Kinderreim-Verbrechen mit dem mathematischen Verstand vereinbaren?« fragte er. »Inwiefern kann man sie als logisch ansehen? Für mich sind es Alpträume, die mit der Normalität nichts zu tun haben.«

Vance sank noch tiefer in seinen Sessel und rauchte ein paar Minuten. Dann begann er mit einer Analyse des Falles, die nicht nur den scheinbaren Wahnsinn der Verbrechen selbst aufklärte, sondern alle Ereignisse und Akteure in eine einheitliche Darstellung brachte. Es sollten nur wenige Tage vergehen, bis uns die Akkuratesse seiner Analyse mit tragischer und überwältigender Gewalt vor Augen geführt wurde.[29]

»Um diese Verbrechen zu verstehen«, setzte er an, »müssen wir das Arbeitsmaterial des Mathematikers unter die Lupe nehmen, denn all seine Überlegungen und Berechnungen neigen dazu, die relativ geringe Bedeutung dieses Planeten und die Unwichtigkeit des menschlichen Lebens zu betonen. – Betrachten wir zunächst das Spektrum des Arbeitsbereiches des Mathematikers. Einerseits versucht er, den unendlichen Raum in Parsec und Lichtjahren zu messen, und andererseits das Elektron, das so unendlich klein ist, daß er die Einheit Rutherford erfinden mußte – ein Millionstel von einem Millimikron. Sein Blickwinkel ist der der transzendentalen Perspektive, bei dem die Erde und ihre Bevölkerung fast im Fluchtpunkt verschwinden. Einige Sterne wie Arcturus, Canopus und Betelgeuze, die er als winzige und unbedeutende Einheiten betrachtet, haben ein Vielfaches der Masse unseres gesamten Sonnensystems. Shapleigh hat den Durchmesser der Milchstraße auf 300 000 Lichtjahre geschätzt, doch müssen wir 10 000 Milchstraßen aneinanderreihen, um den Durchmesser des Universums zu erhalten – was einen Rauminhalt ergibt, der 1 000 milliardenmal größer ist als die Reichweite der astronomischen Beobachtung. Oder um es in Massenverhältnissen auszudrücken: Die Masse der Sonne ist 324 000mal so groß wie die der Erde, und die Masse des Universums wird mit einer Trillion – einer Milliarde mal einer Milliarde – Sonnenmassen angegeben ... Ist es da ein Wunder, daß diejenigen, die mit solch atemberaubenden Größenordnungen umgehen, zuweilen jeden Begriff für menschliches Maß verlieren?«

Vance machte eine vieldeutige Geste.

»Aber das sind nur einfache Zahlen – das alltägliche Handwerkszeug der Rechengesellen. Der fortgeschrittene Mathematiker geht weit darüber hinaus. Er hat mit abstrusen und scheinbar widersprüchlichen Überlegungen zu tun, die der gemeine Menschenverstand nicht einmal begreifen kann. Er lebt in einem Reich, wo die Zeit, wie wir sie kennen, keinerlei Bedeutung besitzt außer als Fiktion des Gehirns und zu einer vierten Koordinate des dreidimensionalen Raumes wird, wo die Entfernung ebenso sinnlos ist, außer bei benachbarten Punkten, denn zwischen zwei gegebenen Punkten gibt es unendlich viele kürzeste Verbindungen – wo die Begriffe Ursache und Wirkung zu bloß bequemen Abkürzungen zum Zweck von Erklärungen herabsinken, wo gerade Linien nicht existieren und keinerlei Definition unterzogen werden können, wo die Masse unendlich groß wird, wenn sie Lichtgeschwindigkeit erreicht, wo der Raum selbst durch seine Krümmung definiert ist, wo es höhere und geringere Grade von Unendlichkeit gibt, wo das Gesetz der Schwerkraft als physikalischer Kraft abgeschafft und durch eine Eigenschaft des Raumes ersetzt wird –, eine Vorstellung, die im Grunde besagt, daß der Apfel nicht fällt, weil er von der Erde angezogen wird, sondern weil er einer geodätischen oder Weltlinie folgt...

In diesem Reich der modernen Mathematik gibt es Kurven ohne Tangenten. Weder Newton noch Leibniz noch Bernoulli haben sich eine stetige Kurve ohne Tangente – das heißt, eine stetige Funktion ohne Differentialkoeffizienten – je träumen lassen. Tatsächlich kann sich niemand solch einen Widerspruch vorstellen – er liegt jenseits allen Vorstellungsvermögens. Und doch ist es in der modernen Mathematik gang und gäbe, mit Kurven zu arbeiten, die keine Tangenten besitzen. Überdies ist nicht einmal mehr *Pi* – unsere alte Freundin aus der Schulzeit, die wir als unveränderlich betrachteten – eine Konstante, und das Verhältnis zwischen Durchmesser und Umfang hängt jetzt davon ab, ob man einen ruhenden Kreis oder einen rotierenden Kreis mißt... Langweile ich Sie?«

»Ganz bestimmt«, erwiderte Markham. »Aber bitte fahren Sie fort – vorausgesetzt, Ihre Betrachtungen kommen wieder zur Erde zurück.«

Vance seufzte und schüttelte resigniert den Kopf, wurde aber gleich wieder ernst.

»Die Begriffe der modernen Mathematik versetzen den Einzelnen aus der realen Welt in eine rein gedankliche Fiktion und führen zu dem, was Einstein die degenerierteste Form der Phantasie nennt: zum pathologischen Individualismus. So tritt beispielsweise Silberstein für die Möglichkeit des fünf- und sechsdimensionalen Raumes ein und stellt Spekulationen darüber an, ob es möglich sei, ein Ereignis zu sehen, bevor es passiert. Die Folgerungen, die sich aus Flammarions Vorstellung von Lumen ergeben – einer fiktiven Person, die sich schneller als das Licht bewegt und daher eine Umkehr der Zeit erleben kann –, reichen schon aus, um jeden natürlichen und gesunden Blickwinkel zu verzerren.[30] Aber es gibt einen Homunkulus, der vom Standpunkt des rationalen Denkens aus noch seltsamer ist als Lumen. Diese hypothetische Kreatur kann alle Welten auf einmal mit unendlicher Geschwindigkeit durchmessen, so daß sie auf einen Blick die gesamte Menschheitsgeschichte betrachten kann. Von Alpha Centauri aus kann sie sehen, wie die Welt vor vier Jahren war, von der Milchstraße aus kann sie sehen, wie sie vor 4000 Jahren war, und sie kann sich sogar einen Punkt im Weltall aussuchen, von dem aus sie die Eiszeit und den heutigen Tag gleichzeitig erblicken kann!...«

Vance rückte sich noch tiefer in seinem Sessel zurecht.

»Mit dem einfachen Begriff der Unendlichkeit herumzuspielen reicht aus, um den gemeinen Menschenverstand aus den Angeln zu heben. Aber was ist mit dem wohlbekannten Lehrsatz der modernen Physik, daß wir keinen geraden und endlos fortgesetzten Weg ins Weltall beschreiten können, ohne zu unserem Ausgangspunkt zurückzukehren? Kurz gesagt, behauptet dieser Lehrsatz: Wenn wir uns auf geradem Weg zum Sirius und millionenmal weiter darüber hinaus begeben, können wir dennoch niemals das Universum verlassen – zuletzt kommen wir zu unserem Ausgangspunkt zurück – *aus der entgegengesetzten Richtung!* Würden Sie sagen, Markham, daß diese Vorstellung dem zuträglich ist, was wir schlicht das normale Denken nennen? Aber wie paradox und unbegreiflich das auch klingen mag, es ist fast Kinderkram im Vergleich zu anderen Theoremen, die die theoretische Physik vertritt. Betrachten Sie zum Beispiel das sogenannte Zwillingsproblem. Einer der beiden Zwillinge bricht unmittelbar nach der Geburt zum Arcturus auf – also mit beschleunigter Bewegung in einem Schwerefeld – und stellt bei seiner Rückkehr fest, daß er viel jünger ist als sein Bruder. Wenn wir hingegen eine galileische Bewegung der Zwillinge voraussetzen, die sich demnach relativ gleichförmig zueinander bewegen, dann wird jeder Zwilling feststellen, daß sein Bruder jünger ist als er selbst!...«

Das sind keine logischen Paradoxa, Markham, sondern Paradoxa des Gefühls. Die Mathematik kann sie logisch und wissenschaftlich erklären.[31] Worauf ich hinaus will, ist, daß die Dinge, die dem Laienverstand widersprüchlich und sogar absurd vorkommen, für die mathematische Intelligenz Gemeinplätze sind. Ein Mathematiker und Physiker wie Einstein verkündet, daß der Durchmesser des Weltalls – des *Weltalls,* wohlgemerkt – 100000 Lichtjahre oder 1000 Billionen Meilen beträgt, und hält die Berechnung für elementar. Wenn wir fragen, was jenseits dieser Peripherie liegt, lautet die Antwort: ›Es gibt kein Dahinter, diese Grenzen umschließen schlechthin alles.‹ Was besagt: Die Unendlichkeit ist begrenzt! Oder, wie der Wissenschaftler sagen würde: Das Weltall ist unbegrenzt, aber endlich. Lassen Sie Ihren Verstand eine halbe Stunde über diese Vorstellung meditieren, Markham, und Sie werden spüren, daß Sie verrückt werden.«

Er machte eine Pause, um sich eine Zigarette anzuzünden.

»Raum und Materie – das ist das gedankliche Territorium des Mathematikers. Eddington stellt sich die Materie als Eigenschaft des Raumes vor – eine Beule im Nichts. Weil hingegen hält den Raum für eine Eigenschaft der Materie – für ihn ist der leere Raum etwas Sinnloses. So werden Kants Noumenon und Phänomenon austauschbar, und selbst die Philosophie büßt alle Bedeutung ein. Wenn wir zu den mathematischen Begriffen des endlichen Raumes kommen, werden alle Gesetze der Vernunft außer Kraft gesetzt. De Sitters Konzeption des Raumes ist sphärisch oder kugelförmig. Einsteins Raum ist zylindrisch, und zur Peripherie hin tendiert die Masse gegen Null. Weils Raum, der auf Machs Mechanik beruht, ist sattelförmig... Was wird nun aus der Natur, aus der Welt, in der wir leben, aus der menschlichen Existenz, wenn wir solche Vorstellungen dagegen abwägen? Eddington kommt zu der Folgerung, daß es keine Naturgesetze gebe – die Natur unterliege nämlich nicht dem Gesetz vom zureichenden Grunde. Ach, armer Schopenhauer![32] Und Bertrand Russell faßt die unleugbaren Resultate der modernen Physik in dem Vorschlag zusammen, die Materie lediglich als Gruppe von Ereignissen zu interpretieren – die Materie selbst müsse gar keine Existenz besitzen!... Sehen Sie, wohin das alles führt? Wenn die Welt weder kausal noch existent ist, was ist dann ein bloßes Menschenleben? – oder das Leben einer Nation? – oder gar die Existenz an sich?«

Vance blickte auf, und Markham nickte verzweifelnd.

»Soweit kann ich Ihnen natürlich folgen«, meinte er. »Aber Ihre Argumentation kommt mir etwas weit hergeholt vor – um nicht zu sagen: esoterisch.«

»Ist es denn überraschend«, fragte Vance, »daß ein Mann, der mit so kolossalen, inkommensurablen Begriffen operiert, in denen die einzelnen Mitglieder der menschlichen Gesellschaft unendlich wenig gelten, mit der Zeit jegliches Gefühl für die relativen, weltlichen Werte verliert und zu einer gigantischen Mißachtung des menschlichen Lebens gelangt? Die vergleichsweise unbedeutenden Affären dieser Welt werden so zu bloßen störenden Bagatellen im Makrokosmos seines Bewußtseins. Solch ein Mann wird unweigerlich zum Zyniker. Im Herzen verspottet er alle menschlichen Werte und verhöhnt die Nichtswürdigkeit der sichtbaren Dinge. Vielleicht liegt in seinem Verhalten auch ein sadistisches Element, denn Zynismus ist eine Form von Sadismus...«

»Aber absichtlicher, vorbedachter Mord!« protestierte Markham.

»Betrachten Sie die psychologischen Aspekte des Falles. Der Normalbürger mit seinen alltäglichen Genüssen bewahrt sich ein Gleichgewicht zwischen bewußten und unbewußten Aktivitäten. Seine ständig ausgelebten Emotionen können sich nicht anstauen. Aber beim abnormalen Menschen, der all seine Zeit mit intensiver geistiger Konzentration verbringt und seine Gefühle rigoros unterdrückt, führt die Entfesselung des Unterbewußten wahrscheinlich zu einer gewalttätigen Reaktion. Die lange Verdrängung und das permanente geistige Ringen ohne irgendeine Entspannung oder einen Ausgleich verursachen eine Explosion, die oft die Form einer unaussprechlich grauenhaften Missetat annimmt. Kein menschliches Wesen, wie intellektuell es auch sein mag, kann diese Formen vermeiden. Der Mathematiker, der die Naturgesetze zurückweist, ist ihnen dennoch unterworfen. Tatsächlich steigert seine fanatische Versunkenheit in hyperphysikalischen Problemen den Druck seiner unterdrückten Emotionen nur noch. Und die aufgebrachte Natur produziert, um im Gleichgewicht zu bleiben, die groteskesten Entladungen – Reaktionen, die in ihrem schrecklichen Humor und ihrer pervertierten Fröhlichkeit das genaue Gegenteil vom grimmigen Ernst der abstrusen mathematischen Theorien bilden. Die Tatsache, daß Sir William Crookes und Sir Oliver Lodge – beides große theoretische Physiker – zu überzeugten Spiritisten wurden, ist ein ähnliches psychologisches Phänomen.«

Vance zog ein paarmal tief an seiner Zigarette. »Markham, man kommt nicht an der Tatsache vorbei: Diese phantastischen und scheinbar unglaublichen Morde wurden von einem Mathematiker geplant – als erzwungener Ausgleich für ein Leben voll angespannter abstrakter Überlegung und Unterdrückung der Gefühle. Sie erfüllen alle dargestellten Anforderungen: Sie sind ordentlich und präzise, gut ausgearbeitet, und selbst der winzigste Faktor paßt bündig an seinen Platz. Keine losen Fäden, keine Rückstände, anscheinend kein Motiv. Und bis auf ihre überaus phantasievolle Präzision deuten alle Anzeichen unmißverständlich auf einen abstrus fruchtbaren Logos im Freilauf hin – auf einen Anhänger der reinen Wissenschaft, der sich gerade mal austobt.«

»Aber warum ihr gräßlicher Humor?« fragte Markham. »Wie bringen Sie das Element der Kinderreime mit Ihrer Theorie in Verbindung?«

»Das Vorhandensein unterdrückter Impulse«, erläuterte Vance, »führt immer zu einem für den Humor anfälligen Zustand. Dugas bezeichnet Humor als eine *Détente* – ein Nachlassen der Spannung, und Bain folgt Spencer, wenn er den Humor eine Befreiung von Fesseln nennt. Das fruchtbarste Feld für eine Manifestation des Humors liegt in der akkumulierten potentiellen Energie – Freud nennt sie ›Besetzungsenergie‹ –, die zu gegebener Zeit eine ungehemmte Entladung fordert. Bei diesen Kinderreim-Verbrechen haben wir den Mathematiker vor uns, der mit der ausgefallensten aller frivolen Handlungen reagiert, um ein Gegengewicht zu seinen superernsthaften logischen Überlegungen zu schaffen. Es ist, als würde er sagen: ›Schaut her! Das ist die Welt, die ihr so ernst nehmt, weil ihr nichts von der unendlich größeren Welt des Abstrakten wißt. Das Leben auf der Erde ist ein Kinderspiel – kaum wichtig genug, um auch nur darüber zu scherzen.‹ ... Und solch eine Haltung wäre mit der Psychologie absolut in Einklang zu bringen, denn nach jeder längeren großen geistigen Anstrengung nimmt die Reaktion darauf die Form der

Umkehr an – will sagen: der Allerernsthafteste und Würdigste wird ein Ventil in den allerkindischsten Spielen suchen. Hier haben Sie übrigens die Erklärung für den Witzbold mit seinen sadistischen Trieben ...

Darüber hinaus haben alle Sadisten einen infantilen Komplex. Und das Kind ist völlig amoralisch. Daher steht ein Mensch, der diese infantile psychische Umkehr durchlebt, jenseits von Gut und Böse. Viele moderne Mathematiker behaupten sogar, daß jegliche Konvention, Moral, das Gute und dergleichen ohne die Fiktion des freien Willens nicht existieren könnten. Für sie ist die Wissenschaft der Ethik ein Gebiet, in dem Gedankenleichen spuken, und sie gelangen sogar zu der zersetzenden Ungewißheit, ob die Wahrheit selbst nicht bloß ein Produkt der Einbildung sei ... Fügen Sie zu diesen Überlegungen das Wissen um die irdische Verzerrung des Blickwinkels und die Verachtung für das menschliche Leben, die ohne weiteres aus den Spekulationen der höheren Mathematik erwachsen kann, und Sie haben die perfekten Voraussetzungen für die Art von Verbrechen, mit der wir es zu tun haben.«

Als Vance zu Ende gesprochen hatte, saß Markham lange schweigend da. Schließlich rückte er nervös im Sessel hin und her.

»Ich verstehe zwar«, sagte er, »inwiefern diese Verbrechen auf fast alle Beteiligten passen könnten. Aber Ihre Überlegungen vorausgesetzt – wie erklären Sie die Pressemitteilungen?«

»Geteilte Freude ist doppelte Freude«, erwiderte Vance.

»Des Scherzes Anerkennung ruht im Ohr des Hörenden allein. Außerdem spielt hier ein Hang zum Exhibitionismus mit hinein.«

»Und der Deckname ›Bischof‹?«

»Ah! Das ist wirklich der springende Punkt. Die *Raison d'être* dieser entsetzlichen Orgie des Humors liegt in der kryptischen Unterschrift.«

Langsam wandte Markham den Kopf.

»Erfüllen der Schachspieler und der Astronom die Voraussetzungen Ihrer Theorie ebensogut wie der theoretische Physiker?«

»Ja«, gab Vance zur Antwort. »Seit den Tagen von Philidor, Staunton und Kieseritzky, als das Schachspiel sozusagen als Kunst galt, ist das Spiel fast zu einer exakten Wissenschaft heruntergekommen, und während der Herrschaft Capablancas ist es im wesentlichen eine Angelegenheit der abstrakten mathematischen Berechnung geworden. Maroczy, Dr. Lasker und Vidmar sind sogar sämtlich bekannte Mathematiker ... Und der Astronom, der das eigentliche Universum betrachtet, kann einen sogar noch intensiveren Eindruck von der Unwichtigkeit dieser Erde bekommen als der spekulative Physiker. Hinter einem Teleskop läuft die Phantasie Amok. Schon die Theorie, daß auf fernen Planeten Leben existieren kann, tendiert dazu, das irdische Leben zur zweitrangigen Angelegenheit werden zu lassen. Wenn man beispielsweise Stunden um Stunden den Mars betrachtet und mit der Vorstellung gespielt hat, daß seine Bewohner unsere eigene Bevölkerung an Zahl und Intelligenz übertreffen, hat man Schwierigkeiten, sich wieder an die Kleinigkeiten des Lebens hier auf der Erde zu gewöhnen. Selbst die Lektüre von Percival Lowells romantischem Buch[33] nimmt dem phantasievollen Menschen für kurze Zeit jegliches Bewußtsein für die Bedeutung der Existenz eines einzelnen Planeten.«

Ein langes Schweigen folgte. Dann fragte Markham: »Warum sollte Pardee an jenem Abend Arnessons schwarzen Läufer genommen haben statt einen aus dem Club, den niemand vermißt hätte?«

»Wir wissen noch nicht genug über das Motiv, um das zu sagen. Vielleicht hat er ihn mit einer bestimmten Absicht gestohlen. Aber welche Beweise haben Sie für seine Schuld? Aller Verdacht der Welt würde Ihnen nicht erlauben, irgendwelche Schritte gegen ihn zu unternehmen. Selbst wenn wir ohne jeden Zweifel wüßten, wer der Mörder ist, wären wir hilflos ... Ich sage Ihnen, Markham, wir haben es mit einem listigen Kopf zu tun – einem, der jeden Zug vorwegnimmt und alle Möglichkeiten berechnet. Unsere einzige Hoffnung ist, unsere eigenen Beweise zu schaffen, indem wir eine Schwäche in der Stellung des Mörders finden.«

»Morgen früh«, verkündete Markham grimmig, »werde ich Heath zuallererst auf Pardees Alibi von jener Nacht ansetzen. Bis zum Mittag wird es von zwanzig Leuten überprüft, wird jeder Zuschauer dieser Schachpartie vernommen und zwischen dem Manhattan Chess Club und dem Haus Drukker an allen Türen geklingelt. Wenn wir jemand finden können, der Pardee tatsächlich gegen Mitternacht in der Nähe der Drukkers gesehen hat, haben wir ein sehr verdächtiges, handfestes Beweisstück gegen ihn.«

»Ja«, stimmte Vance zu, »das würde uns einen soliden Ausgangspunkt verschaffen. Pardee hätte beträchtliche Mühe, uns begreiflich zu machen, warum er während seines Matchs gegen Rubinstein und genau zu der Zeit, als Mrs. Drukkers ein schwarzer Bischof vor die Tür gelegt wurde, sechs Blocks weit vom Club entfernt war ... Ja, ja. Auf jeden Fall lassen Sie Heath und all seine Mannen das Problem angehen. Vielleicht bringt uns das weiter.«

Aber der Sergeant wurde nie aufgefordet, das Alibi zu überprüfen. Am folgenden Morgen noch vor neun Uhr suchte Markham Vance auf, um ihm mitzuteilen, daß Pardee Selbstmord begangen hatte.

Kapitel 22

Das Kartenhaus

(Sonntag, 17. April, 9.00 Uhr)

Die verblüffende Nachricht von Pardees Tod wirkte auf Vance sonderbar verstörend. Er starrte Markham ungläubig an. Dann läutete er hastig nach Currie und befahl ihm, seine Kleider und eine Tasse Kaffee zu bringen. Beim Anziehen legte er eine eifrige Ungeduld an den Tag.

»Meiner Treu, Markham«, rief er. »Das ist höchst außergewöhnlich ... Woher wissen Sie davon?«

»Professor Dillard rief mich vor kaum einer halben Stunde zu Hause an. Pardee hat sich irgendwann heute nacht im Clubraum des Hauses Dillard umgebracht. Pyne entdeckte heute morgen die Leiche und informierte den Professor. Ich habe die Mitteilung an Sergeant Heath weitergeleitet und bin sofort hergekommen. In Anbetracht der Umstände meinte ich, wir sollten uns zur Verfügung halten.« Markham verstummte, um seine Zigarre anzuzünden. »Es sieht so aus, als sei der Fall Bischof zu Ende ... Kein völlig zufriedenstellendes Ende, aber wahrscheinlich das beste für alle Betroffenen.«

Vance sagte nicht sofort etwas dazu. Abwesend schlürfte er seinen Kaffee, stand endlich auf und nahm Stock und Hut.

»Selbstmord«, murmelte er, als wir die Treppe hinabgingen. »Ja, das wäre durchaus folgerichtig, aber – wie Sie sagten – nicht zufriedenstellend – weiß der Teufel!«

Wir fuhren zum Haus Dillard, und Pyne öffnete uns. Professor Dillard war noch kaum zu uns ins Wohnzimmer gekommen, als es an der Tür klingelte und Heath kämpferisch und dynamisch hereinstürmte.

»Das macht der Sache ein Ende, Sir«, sprudelte er nach dem üblichen Ritual des Händeschüttelns. »Diese stillen Wasser ... da weiß man nie. Tja, wer hätte das gedacht ...?«

»Oh, ich würde meinen«, bemerkte Vance träge, »wir denken besser nicht. Viel zu anstrengend. Ein offener Verstand – leer wie eine Wüste – ist eher angezeigt.«

Professor Dillard ging zum Clubraum voraus. An allen Fenstern waren die Jalousien herabgelassen, und das elektrische Licht brannte. Zudem bemerkte ich, daß die Fenster geschlossen waren.

»Ich habe alles genauso belassen, wie es war«, erklärte der Professor.

Markham trat an den großen Korbtisch in der Mitte. Pardees Leiche war in einem Stuhl gegenüber der Hoftür zusammengesunken. Kopf und Schultern waren vornüber auf den Tisch gefallen, und sein rechter Arm, dessen Finger noch eine Pistole umklammerten, hing seitlich herab. In der rechten Schläfe klaffte eine häßliche Wunde, und auf dem Tisch neben dem Kopf stand eine Lache von geronnenem Blut.

Unsere Blicke ruhten nur einen Moment auf der Leiche, denn etwas Verblüffendes und Unpassendes zog unsere Aufmerksamkeit auf sich. Die Zeitschriften auf dem Tisch waren beiseite geschoben, und auf der leeren Fläche vor der Leiche erhob sich ein hohes und wunderschön konstruiertes Kartenhaus. Vier Pfeile bezeichneten die Grenzen des Grundstücks, und aneinandergelegte Streichhölzer stellten die Gartenwege dar. Es war ein Ensemble, das ein kindliches Gemüt entzückt hätte, und mir fiel ein, was Vance am vorigen Abend über die ernsten Denker gesagt hatte, die in Kinderspielen Entspannung suchen. Es lag etwas unaussprechlich Grauenhaftes in dieser Gegenüberstellung des kindlichen Kartenhauses und des gewaltsamen Todes.

Vance stand da und sah mit traurigem, besorgtem Blick auf die Szene hin.

»Hic iacet John Pardee«, murmelte er fast ehrerbietig. »Und das ist das Haus, das Jack gebaut hat . . . ein Kartenhaus . . .«

Er trat vor, als wollte er es näher betrachten, doch als er an die Tischkante stieß, gab es eine kleine Erschütterung, und das fragile Bauwerk aus Karten fiel in sich zusammen.

Markham riß sich zusammen und wandte sich an Heath.

»Haben Sie den Gerichtsarzt benachrichtigt?«

»Aber sicher.« Der Sergeant konnte den Blick anscheinend nur mit Mühe von dem Tisch abwenden. »Und Burke kommt ebenfalls mit, für den Fall, daß wir ihn brauchen.« Er ging zu den

Fenstern, zog die Jalousien hoch und ließ das helle Tageslicht herein. Dann kehrte er zu Pardees Leiche zurück und musterte sie. Plötzlich kniete er nieder und beugte sich vor.

»Das sieht mir aus wie die 38er aus dem Waffenschrank«, bemerkte er.

»Ohne Zweifel«, nickte Vance und nahm sein Zigarettenetui aus der Tasche.

Heath stand auf, ging an den Schrank und inspizierte den Inhalt der Schublade. »Vermute, das ist sie tatsächlich. Miß Dillard soll sie identifizieren, wenn der Doc dagewesen ist.«

In diesem Moment platzte der aufgeregte Arnesson, in einen leuchtenden rotgelben Morgenmantel gehüllt, ins Zimmer.

»Bei allen Teufeln der Hölle!« rief er. »Pyne hat mir gerade die Neuigkeiten erzählt.« Er kam an den Tisch und starrte Pardees Leiche an. »Selbstmord, was? . . . Aber wieso hat er sich für die Vorstellung nicht seine eigene Wohnung ausgesucht? Verdammt rücksichtslos von ihm, in anderer Leute Wohnung so eine Schweinerei zu veranstalten. Typisch Schachspieler.« Er hob den Kopf und sah Markham an. »Ich hoffe, das schafft uns nicht noch mehr Scherereien. Wir haben genug von der Presse. Lenkt einen ab. Wann können Sie die sterblichen Überreste dieses Sünders abtransportieren? Ich möchte nicht, daß Belle ihn sieht.«

»Die Leiche wird entfernt, sobald der Gerichtsarzt sie gesehen hat«, erklärte Markham ihm mit frostiger Zurechtweisung. »Und es besteht durchaus keine Notwendigkeit, Miß Dillard herzubringen.«

»Gut.« Arnesson stand da und starrte den Toten an. Langsam schlich sich ein Ausdruck zynischer Verschlagenheit in seine Miene. »Der arme Teufel! Das Leben war zuviel für ihn. Überempfindlich – kein Stehvermögen. Hat alles zu ernst genommen. Hat die ganze Zeit über sein Schicksal nachgegrübelt, seit sein Gambit sich in Schall und Rauch aufgelöst hat. Konnte einfach keine andere Zerstreuung finden. Der schwarze Bischof hat ihn verfolgt – wahrscheinlich hat er seinen Verstand aus dem Lot gebracht. Mein Gott! Es würde mich nicht überraschen, wenn genau diese Idee ihn zur Selbstvernichtung getrieben hat. Vielleicht hat er sich vorgestellt, er wäre ein Läufer – und versucht, es der Welt in Gestalt seiner Nemesis heimzuzahlen.«

»Ein schlauer Gedanke«, meinte Vance. »Als wir die Leiche erblickten, stand übrigens ein Kartenhaus auf dem Tisch.«

»Ha! Ich habe mich bereits gefragt, was die Karten da sollen. Ich dachte schon, er hätte in seinen letzten Minuten Trost im Patiencenlegen gesucht ... Ein Kartenhaus also? Hört sich albern an. Wissen Sie, was das zu bedeuten hat?«

»Nicht ganz. Vielleicht erklärt das ›Haus von Jack‹ ein bißchen.«

»Verstehe.« Arnesson sah listig drein. »Kinderspiele bis zum Schluß – sogar mit sich selber. Komische Vorstellung.« Er gähnte sperrangelweit. »Ich zieh' mir mal was an.« Und er ging nach oben.

Professor Dillard hatte Arnesson mit gleichzeitig bekümmerter und väterlicher Miene beobachtet. Jetzt wandte er sich mit einer ärgerlichen Geste an Markham. »Sigurd schützt sich immer gegen seine eigenen Gefühle. Er schämt sich für sie. Nehmen Sie sein sorgloses Benehmen nicht zu ernst.«

Bevor Markham etwas erwidern konnte, führte Pyne Detective Burke ins Zimmer, und Vance ergriff die Gelegenheit, den Butler darüber auszufragen, wie er Pardee gefunden hatte.

»Wieso sind Sie heute morgen überhaupt in den Clubraum gekommen?« fragte er.

»Im Anrichteraum war es ein wenig stickig«, antwortete der Mann, »und ich machte die Tür auf, um etwas Luft zu bekommen. Da bemerkte ich, daß die Jalousien unten waren – «

»Ist es nicht normal, nachts die Jalousien vorzuziehen?«

»Nein, Sir, nicht in diesem Raum.«

»Und die Fenster?«

»Ich lasse sie über Nacht oben immer einen Spalt aufstehen.«

»Haben Sie sie gestern abend offengelassen?«

»Ja, Sir.«

»Sehr gut. Und nachdem Sie heute morgen die Tür geöffnet hatten?«

»Ich wollte gerade das Licht löschen – ich dachte, Miß Dillard hätte es gestern abend vergessen, aber in diesem Moment sah ich den armen Herrn dort am Tisch und bin sofort hinaufgegangen und habe Professor Dillard Bescheid gesagt.«

»Weiß Beedle von der Tragödie?«

»Ich habe ihr davon berichtet, nachdem Sie gekommen waren.«

»Wann sind Sie und Mrs. Beedle gestern abend zu Bett gegangen?«

»Um zehn Uhr, Sir.«

Als Pyne uns verlassen hatte, meinte Markham zu Professor Dillard: »Während wir auf Dr. Doremus warten, könnte es ratsam sein, daß Sie uns alle Einzelheiten berichten. Sollen wir hinaufgehen?«

Burke blieb im Clubraum, und wir anderen begaben uns in die Bibliothek.

»Ich fürchte, ich kann Ihnen nur wenig sagen«, begann der Professor, nahm Platz und zog seine Pfeife hervor. Seine Miene war deutlich reserviert, fast distanziert und widerstrebend zu nennen. »Pardee ist gestern abend nach dem Dinner hergekommen, vorgeblich, um mit Arnesson zu plaudern, aber eigentlich wollte er wohl Belle sehen. Belle hingegen zog sich zeitig zurück und ging zu Bett – das Kind hatte arge Kopfschmerzen –, und Pardee blieb bis halb zwölf. Dann ging er; das war das letzte Mal, daß ich ihn gesehen habe, bis Pyne mir heute morgen die schreckliche Neuigkeit verkündete...«

»Aber wenn Mr. Pardee«, warf Vance ein, »hergekommen ist, um Ihre Nichte zu besuchen, wie erklären Sie sich dann, daß er so lange geblieben ist, nachdem sie sich zurückgezogen hatte?«

»Gar nicht.« Der alte Mann gab seine Ratlosigkeit zu erkennen. »Er machte allerdings den Eindruck, als habe er etwas auf dem Herzen und das Bedürfnis nach menschlicher Gesellschaft. Ich mußte sogar ziemlich deutlich werden lassen, daß ich müde war, bis er schließlich aufstand und ging.«

»Wo war Mr. Arnesson den Abend über?«

»Sigurd blieb noch etwa eine Stunde, nachdem Belle sich zurückgezogen hatte, und unterhielt sich mit uns; dann ging er zu Bett. Er war den ganzen Nachmittag mit Drukkers Angelegenheiten beschäftigt gewesen und ziemlich erschöpft.«

»Wann war das etwa?«

»Gegen halb elf.«

»Und Sie sagen«, fuhrt Vance fort, »daß Mr. Pardee Ihnen geistig angespannt vorkam?«

»Nicht eigentlich angespannt.« Stirnrunzelnd zog der Professor an seiner Pfeife. »Er wirkte deprimiert, fast melancholisch.«

»Hatten Sie den Eindruck, daß er etwas befürchtete?«

»Nein, ganz und gar nicht. Er kam mir eher so vor, als hätte er großen Kummer und könne sich nicht davon freimachen.«

»Haben Sie ihn in die Halle hinausbegleitet, als er ging – will sagen: Wissen Sie, welche Richtung er eingeschlagen hat?«

»Nein. Wir haben Pardee hier immer sehr ungezwungen behandelt. Er wünschte eine gute Nacht und verließ das Zimmer. Ich nahm an, er sei zur Haustür gegangen und habe das Haus verlassen.«

»Sind Sie sofort in Ihr Zimmer gegangen?«

»Nach etwa zehn Minuten. Ich bin bloß noch aufgeblieben, um einige Manuskripte zu ordnen, an denen ich tagsüber gearbeitet hatte.«

Vance fiel in Schweigen – offenbar war ihm eine Phase der Ereignisse noch unklar –, und Markham übernahm das Verhör.

»Ich nehme wohl an«, sagte er, »es hat keinen Sinn, Sie zu fragen, ob Sie gestern abend etwas gehört haben, was ein Schuß gewesen sein könnte.«

»Im Haus war alles still«, erwiderte Professor Dillard. »Und einen Schuß im Clubraum hätte man in diesem Stockwerk ohnehin nicht mehr gehört. Es liegen zwei Treppenhäuser, die gesamte Länge der unteren Halle und des Flures und drei schwere Türen dazwischen. Und überdies sind die Mauern dieses alten Hauses sehr dick und massiv.«

»Und niemand«, ergänzte Vance, »kann den Schuß von der Straße aus gehört haben, da die Fenster des Clubraums sorgfältig geschlossen waren.«

Der Professor nickte und warf ihm einen fragenden Blick zu.

»Das stimmt. Sie haben diesen merkwürdigen Umstand also ebenfalls bemerkt. Ich verstehe nicht ganz, warum Pardee die Fenster geschlossen hat.«

»Die Vorlieben der Selbstmörder sind noch nie zufriedenstellend erklärt worden«, versetzte Vance obenhin. Dann fragte er nach einer kurzen Pause: »Worüber haben Sie mit Mr. Pardee in der Stunde, bevor er ging, gesprochen?«

»Wir haben kaum etwas gesagt. Mir ging eine neue Arbeit von Millikan in der *Physics Review* über Alkalidubletten durch den Kopf, und ich versuchte, ihn dafür zu interessieren, aber, wie gesagt, war er auffällig mit sich selbst beschäftigt und amüsierte sich den Großteil des Abends am Schachbrett.«

»Ah! Hat er das? Höchst interessant.«

Vance warf einen Blick auf das Brett. Auf den Feldern standen noch einige Figuren, und schnell erhob er sich und ging durch den Raum an den kleinen Tisch. Nach einem Moment kam er zurück und nahm wieder Platz.

»Überaus seltsam«, murmelte er und zündete sich sehr bestimmt eine Zigarette an. »Offenbar hat er über das Ende seiner Partie gegen Rubinstein nachgegrübelt, bevor er gestern abend hinabgegangen ist. Die Figuren sind genauso aufgestellt wie zum Zeitpunkt, als er das Match aufgab – mit dem unvermeidlichen Matt durch den schwarzen Läufer in nur fünf Zügen.«

Professor Dillards Blick schweifte verwundert zum Schachtisch.

»Der schwarze Bischof«, wiederholte er mit gedämpfter Stimme. »Ob es das gewesen ist, was gestern an ihm so genagt hat? Es scheint schier unglaublich, daß etwas dermaßen Triviales ihn so katastrophal hätte verstören können.«

»Vergessen Sie nicht, Sir«, erinnerte ihn Vance, »daß der schwarze Bischof das Symbol seines Versagens war. Er stellte den Ruin seiner Hoffnungen dar. Schon weniger potente Faktoren haben Menschen dazu getrieben, sich das Leben zu nehmen.«

Ein paar Minuten später meldete uns Burke, der Gerichtsarzt sei eingetroffen. Wir verabschiedeten uns von dem Professor und gingen wieder zum Clubraum hinab, wo Dr. Doremus mit der Untersuchung von Pardees Leiche beschäftigt war.

Als wir eintraten, schaute er auf und winkte uns flüchtig mit einer Hand. Sein übliches joviales Benehmen war verschwunden.

»Wann hört diese Geschichte endlich auf?« grummelte er. »Mir gefällt die Atmosphäre hier nicht. Mord – Tod durch Schock – Selbstmord. Genug, um einem Angst einzujagen. Ich besorge mir einen netten, ruhigen Job im Schlachthaus.«

»Wir glauben«, sagte Markham, »daß dies das Ende ist.«

Doremus blinzelte. »So! Ist es das? Der Bischof bringt sich um, nachdem er die Stadt in Angst und Schrecken versetzt hat. Hört sich logisch an. Hoffentlich haben Sie recht.«

Er beugte sich wieder über die Leiche, streckte die Finger und schnippte den Revolver vom Tisch.

»Für Ihr Arsenal, Sergeant.«

Heath ließ die Waffe in seine Tasche gleiten.

»Wie lange ist er schon tot, Doc?«

»Oh, seit Mitternacht oder so. Vielleicht früher, vielleicht später. Noch andere dumme Fragen?«

Heath grinste. »Besteht irgendein Zweifel daran, daß es Selbstmord war?«

Doremus funkelte den Sergeant wild an.

»Wie sieht es denn aus? Wie ein Bombenanschlag?« Dann wurde er sachlich. »Er hatte die Waffe in der Hand. Schmauchspuren an der Schläfe. Das Loch hat die richtige Größe für die Pistole und sitzt an der richtigen Stelle. Die Lage des Körpers ist natürlich. Ich kann nichts Verdächtiges erkennen. Warum? Sind Ihnen Zweifel gekommen?«

Markham war es, der darauf antwortete.

»Im Gegenteil, Doktor. Aus unserem Blickwinkel des Falles deutet alles auf Selbstmord hin.«

»Dann ist es auch Selbstmord. Ich werde der Sache allerdings noch ein bißchen auf den Grund gehen. He, Sergeant, packen Sie mal mit an.«

Als Heath ihm geholfen hatte, Pardees Leiche für eine eingehendere Untersuchung auf den Divan zu heben, gingen wir ins Wohnzimmer, wo Arnesson bald zu uns stieß.

»Wie lautet das Urteil?« fragte er und ließ sich in den nächsten Sessel plumpsen. »Ich nehme an, es ist keine Frage, daß der Bursche die Tat selbst begangen hat?«

»Wie kommen Sie darauf, Mr. Arnesson?« parierte Vance.

»Nur so. Ein müßiger Kommentar. Hier sind eine Menge komischer Dinge passiert.«

»Ach so, natürlich.« Vance blies eine Rauchwolke gegen die Decke. »Nein, der Arzt ist anscheinend der Ansicht, daß kein Zweifel besteht. Ist Pardee Ihnen denn gestern abend so vorgekommen, als stünde er unmittelbar vor der Selbstvernichtung?«

Arnesson überlegte. »Schwierig zu sagen«, meinte er endlich. »Ein heiteres Gemüt war er nie. Aber Selbstmord? ... Ich weiß nicht. Aber Sie sagen ja, es besteht kein Zweifel, und das ist es dann wohl.«

»Richtig, richtig. Und wie fügt sich diese neue Situation in Ihre Formel ein?«

»Löst natürlich die ganze Gleichung auf. Kein Bedarf mehr an Berechnungen.« Trotz seiner Worte wirkte er unsicher. »Was ich nicht verstehen kann«, fügte er hinzu, »ist, daß er sich den Clubraum ausgesucht hat. In seinem eigenen Haus ist doch reichlich Platz für ein *Felo-de-se.*«

»Im Clubraum war eine Pistole zur Hand«, gab Vance zu bedenken. »Da fällt mir ein: Sergeant Heath möchte, daß Miß Dillard die Waffe identifiziert – nur eine Formsache.«

»Kein Problem. Wo ist sie?«

Heath reichte sie ihm, und er eilte aus dem Zimmer.

»Und«, rief Vance ihm nach, »vielleicht fragen Sie Miß Dillard, ob sie im Clubraum Spielkarten aufbewahrt hat.«

Binnen weniger Minuten kam Arnesson zurück und teilte uns mit, die Pistole sei diejenige, die in der Schublade des Waffenschrankes gelegen habe, und daß nicht nur normalerweise Spielkarten in der Tischschublade im Clubraum waren, sondern daß Pardee auch davon gewußt hatte.

Kurz darauf erschien Dr. Doremus und wiederholte seine Schlußfolgerung, daß Pardee sich erschossen habe.

»Das wird in meinem Bericht stehen«, sagte er. »Ich wüßte keine andere Möglichkeit. Natürlich werden eine Menge Selbstmorde vorgetäuscht – aber das ist Ihr Fach. Hier ist nichts auch nur im mindesten verdächtig.«

Markham nickte mit unverhohlener Befriedigung.

»Wir haben keinen Grund, Ihre Erkenntnisse in Frage zu stellen, Doktor. Selbstmord paßt sogar ausgezeichnet zu dem, was wir wissen. Es bringt diese ganze Orgie des Bischofs zu einem logischen Schluß.« Er stand auf wie ein Mann, dem eine große Last von den Schultern genommen worden war. »Sergeant, ich überlasse es Ihnen, die Leiche zur Autopsie bringen zu lassen, aber kommen Sie doch nachher im Stuyvesant Club vorbei. Gott sei Dank ist heute Sonntag! Das läßt uns Zeit, uns etwas umzuschauen.«

An diesem Abend saßen Vance, Markham und ich allein in der Lobby des Clubs. Heath war gekommen und wieder gegangen, und es war eine sorgfältige Presseerklärung ausgearbeitet worden, die besagte, daß Pardee Selbstmord begangen habe, und andeutete, der Fall Bischof sei somit zum Abschluß gekommen. Vance hatte den ganzen Tag nur wenig gesagt. Er hatte sich geweigert, für den Wortlaut der offiziellen Erklärung irgendwelche Vorschläge zu machen, und anscheinend widerstrebte es ihm sogar, die neue Phase des Falles zu erörtern. Aber jetzt machte er den Zweifeln Luft, die ihn offenbar beschäftigt hatten.

»Es ist zu einfach, Markham – viel zu einfach. Die Sache riecht nach Gaukelei. Es ist absolut logisch, wissen Sie, aber unbefriedigend. Ich kann mir eigentlich nicht vorstellen, daß unser Bischof seinen wüsten Humor auf solch banale Weise beendet. Es ist einfach nichts Witziges daran, sich eine Kugel durch den Kopf zu jagen – es ist ziemlich alltäglich, wissen Sie. Bezeugt einen bedauerlichen Mangel an Originalität. Das ist des Kopfes hinter den bischöflichen Mordtaten einfach nicht würdig.«

Markham war verstimmt. »Sie selbst haben erklärt, wie die Verbrechen mit den psychologischen Möglichkeiten von Pardees Gemütsverfassung übereinstimmen, und mir kommt es höchst stimmig vor, daß er sich aus dem Wege geräumt hat, nachdem er seine gräßlichen Streiche gespielt hatte und ans Ende der Sackgasse gekommen war.«

»Wahrscheinlich haben Sie recht«, seufzte Vance. »Ich verfüge über keinerlei bestechende Argumente, um gegen Sie anzutreten. Ich bin einfach enttäuscht. Ich mag keine vorzeitigen Enthüllungen, insbesondere, wenn sie nicht zu meiner Vorstellung vom Talent des Künstlers passen. Pardees Tod zu diesem Zeitpunkt ist viel zu sauber – er klärt die Sache zu ordentlich auf. Es liegt zuviel Nützlichkeit darin und zuwenig Phantasie.«

Markham spürte, daß er sich leisten konnte, nachsichtig zu sein. »Vielleicht hatte sich seine Phantasie mit den Morden verausgabt. Vielleicht hat er seinen Selbstmord bloß als das Fallen des Vorhangs nach dem Stück betrachtet. Jedenfalls war es keinesfalls eine unglaubwürdige Tat. Niederlage und Enttäuschung und Entmutigung – das Zunichtewerden aller Ambitionen – bilden schon seit urdenklichen Zeiten einen Grund zum Selbstmord.«

»Genau. Wir haben ein einleuchtendes Motiv oder eine Erklärung für seinen Selbstmord, nicht aber für die Morde.«

»Pardee liebte Belle Dillard«, argumentierte Markham, »und wahrscheinlich wußte er, daß Haan um ihre Hand warb. Außerdem war er höchst neidisch auf Drukker.«

»Und der Mord an Sprigg?«

»In diesem Fall haben wir keine Anhaltspunkte.«

Vance schüttelte den Kopf. »Wir können die Verbrechen, was das Motiv betrifft, nicht trennen. Sie entsprangen alle einer gemeinsamen Regung und wurden von einer einzigen rasenden Leidenschaft ins Werk gesetzt.«

Markham seufzte ungeduldig. »Selbst wenn Pardees Selbstmord nichts mit den Morden zu tun hat, sind wir – bildlich und wörtlich gesprochen – an einem toten Punkt angelangt.«

»Ja, ja. Ein toter Punkt. Sehr traurig. Aber tröstlich für die Polizei. Die ist aus dem Schneider – zumindest für eine Weile. Aber mißverstehen Sie meine Andeutungen nicht. Pardees Tod hat ohne Frage mit den Morden zu tun. Ziemlich direkt sogar, würde ich sagen.«

Langsam nahm Markham die Zigarre aus dem Mund und musterte Vance einige Augenblicke.

»Haben Sie irgendeinen Zweifel daran«, fragt er, »daß Pardee Selbstmord begangen hat?«

Vance zögerte mit seiner Antwort. »Ich würde schon ganz gerne wissen«, meinte er schleppend, »warum dieses Kartenhaus so schnell eingestürzt ist, als ich mich unabsichtlich an den Tisch gelehnt habe – «

»Ja?«

» – und warum es nicht eingestürzt ist, als Pardee mit Kopf und Schultern vornüber auf den Tisch gefallen ist, nachdem er sich erschossen hatte.«

»Das hat nichts zu besagen«, entgegnete Markham. »Der erste Stoß könnte das Kartenhaus gelockert haben – « Plötzlich wurden seine Augen schmal. »Wollen Sie etwa andeuten, das Kartenhaus sei *nach* Pardees Tod gebaut worden?«

»Aber mein Bester! Ich wage doch keine Andeutungen. Ich mache nur meiner jugendlichen Neugier Luft, wissen Sie das nicht?«

Kapitel 23

Eine verblüffende Entdeckung

(Montag, 25. April, 20.30 Uhr)

Acht Tage vergingen. Die Trauerfeier für die Drukkers fand in dem kleinen Haus an der 76sten Straße statt, und nur die Dillards, Arnesson und ein paar Männer von der Universität waren gekommen, um einem Wissenschaftler, dessen Schaffen sie aufrichtig bewundert hatten, die letzte Ehre zu erweisen.

Vance und ich waren am Morgen der Beisetzung im Haus, als ein kleines Mädchen einen Strauß Frühlingsblumen brachte, den sie selbst gepflückt hatte, und Arnesson bat, ihn Drukker zu geben. Ich erwartete schon eine zynische Antwort von ihm und war überrascht, als er die Blumen ernst entgegennahm und in beinahe zärtlichem Ton sagte: »Ich gebe sie ihm sofort, Adelaide. Und Buckelmuckel bedankt sich, daß du an ihn gedacht hat.« Als das Kind von seiner Gouvernante hinweggeleitet worden war, wandte er sich zu uns. »Sie war Drukkers Liebling ... Ein komischer Kauz. Nie ist er ins Theater gegangen. Verabscheute Reisen. Seine einzige Entspannung war es, die Kinder zu verwöhnen.«

Ich erwähne diese Episode, weil sie sich trotz ihrer scheinbaren Belanglosigkeit als eines der wichtigsten Glieder der Beweiskette herausstellen sollte, die schließlich ohne jeden Zweifel das Problem der Bischof-Morde löste.

Pardees Tod hatte eine in den Annalen des modernen Verbrechens fast beispiellose Situation herbeigeführt. Die von der Staatsanwaltschaft veröffentlichte Erklärung deutete lediglich an, es bestehe die Möglichkeit, daß Pardee der Schuldige an den Mordtaten gewesen sei. Was Markham auch persönlich geglaubt haben mag, war er doch viel zu ehrenhaft und gerecht, um ohne überzeugende Beweise den Schatten eines Verdachts auf jemand anders zu werfen. Aber die Welle des Schreckens, die diese seltsamen Morde verursacht hatten, hatte solche Ausmaße angenommen, daß er in Anbetracht seiner Pflichten gegenüber der Gesellschaft nicht umhin konnte anzudeuten, er halte den Fall für abgeschlossen. Während also Pardee nicht offen beschuldigt wurde, hielt man die Bischof-Morde nicht mehr länger für eine Bedrohung der Stadt, und aus allen Vierteln stiegen erleichterte Seufzer gen Himmel.

Im Manhattan Chess Club wurde wahrscheinlich weniger über den Fall gesprochen als irgendwo sonst in New York. Vielleicht spürten die Mitglieder, daß die Ehre des Clubs irgendwie befleckt war, oder es mochte sich um Loyalität gegenüber dem Mann handeln, der soviel für das Schachspiel getan hatte wie Pardee. Aber aus welchen Gründen der Club das Thema auch mied, es blieb doch die Tatsache, daß die Mitglieder fast ohne Ausnahme Pardees Beerdigung beiwohnten. Ich kam nicht umhin, diesen Tribut an den Schachgefährten zu bewundern, denn, was immer sein persönliches Verschulden gewesen sein mochte, blieb er doch einer der großen, unverzichtbaren Mäzene des alten königlichen Spiels, dem sie sich gewidmet hatten.[34]

Markhams erste Amtshandlung am Tag nach Pardees Beerdigung war, Sperlings Freilassung anzuordnen. Am selben Nachmittag räumte man im Polizeipräsidium alle Aufzeichnungen über die Bischof-Morde zu den Akten mit der Aufschrift »Fall abgeschlossen« und zog die Wachen vom Hause Dillard ab. Gegen letztere Maßnahme protestierte Vance halbherzig, aber in Anbetracht der Tatsache, daß der Autopsiebericht des Gerichtsarztes die Selbstmordhypothese in jedem einzelnen Punkt bestätigt hatte, gab es wenig, was Markham in dieser Angelegenheit noch hätte bewirken können. Außerdem war er völlig überzeugt, daß Pardees Tod den Fall zu seinem Abschluß gebracht hatte und spottete über Vance' unstete Zweifel.

In der Woche nach dem Auffinden von Pardees Leiche war Vance nervös und zerstreuter als gewöhnlich. Er versuchte, sich für verschiedene Dinge zu interessieren, aber ohne größeren Erfolg. Er wirkte gereizt, und sein fast übernatürlicher Gleichmut schien ihn verlassen zu haben. Ich hatte den Eindruck, daß er darauf wartete, daß etwas passierte. Zwar schien er es nicht direkt zu erhoffen, aber in seiner Haltung lag eine Wachsamkeit, die sich zuweilen bis zur Spannung steigerte.

Am Tag nach der Beisetzung der Drukkers besuchte Vance Arnesson, und am Freitagabend begleitete er ihn zu einer Vorstellung von Ibsens *Gespenstern* – ein Stück, das er, wie ich zufällig wußte, nicht mochte. Er erfuhr, daß Belle Dillard für einen Monat eine Verwandte in Albany besuchen gefahren war. Wie Arnesson erklärte, waren allmählich die Auswirkungen dessen, was sie durchgemacht hatte, zutage getreten, und sie brauchte einen Tapetenwechsel. Der Mann war über ihre Abwesenheit deutlich bekümmert und vertraute Vance an, sie hätten vorgehabt, im Juni zu heiraten. Des weiteren erfuhr Vance von ihm, daß Mrs. Drukker in ihrem Testament für den Fall, daß ihr Sohn sterbe, alles Belle Dillard und dem Professor vermacht hatte – ein Umstand, der Vance über Gebühr interessierte.

Hätte ich gewußt oder auch nur vermutet, was für erstaunliche und entsetzliche Dinge in jener Woche über unseren Häuptern schwebten – ich bezweifle, daß ich die Anspannung ausgehalten hätte. Denn der Mordfall Bischof war noch nicht zu Ende. Der Höhepunkt des Grauens stand noch bevor, aber selbst dieser Schrecken, so beängstigend und aufrüttelnd er wurde, war nur ein Schatten dessen, was geschehen wäre, wenn Vance den Fall nicht zu zwei unabhängigen Schlußfolgerungen durchdacht hätte, von denen nur eine durch Pardees Tod erledigt war. Die andere Möglichkeit war es, wie ich später erfuhr, die ihn in New York gehalten hatte – wachsam und auf der Hut.

Montag, der 25. April, war der Anfang vom Ende. Wir wollten mit Markham im Bankers Club dinieren und danach zu einer Vorstellung der *Meistersinger*[35] gehen, aber an jenem Abend wurden wir nicht zu Zeugen von Walthers Triumph. Als wir Markham in der Rotunde des Equitable Building trafen, wirkte er besorgt, und wir hatten kaum im Grillroom des Clubs Platz genommen, als er uns von einem Anruf berichtete, den er nachmittags von Professor Dillard erhalten hatte.

»Er bat mich ausdrücklich, ihn heute abend zu besuchen«, erklärte Markham, »und als ich mich herauszureden versuchte, bestand er darauf. Er wies darauf hin, daß Arnesson den ganzen Abend fort sein würde, und sagte, eine ähnliche Gelegenheit werde sich vielleicht nicht mehr ergeben, bevor es zu spät sei. Ich fragte ihn, was er damit meinte, aber er verweigerte eine Erklärung und drang darauf, daß ich nach dem Dinner zu ihm nach Hause käme. Ich sagte ihm, ich würde ihn wissen lassen, ob ich es schaffe.«

Vance hatte mit intensivem Interesse zugehört.

»Wir müssen zu ihm, Markham. So einen Anruf hatte ich fast erwartet. Möglicherweise finden wir endlich den Schlüssel zur Wahrheit.«

»Zur Wahrheit worüber?«

»Über Pardees Schuld.«

Markham sagte nichts mehr, und schweigend verzehrten wir unser Dinner.

Um halb neun klingelten wir am Hause Dillard und wurden von Pyne direkt in die Bibliothek geführt.

Der alte Professor grüßte uns mit nervöser Zurückhaltung. »Gut, daß Sie gekommen sind, Markham«, sagte er ohne aufzustehen. »Nehmen Sie Platz, und stecken Sie sich eine Zigarre an. Ich möchte mit Ihnen sprechen – und ich möchte mir Zeit dafür lassen. Es ist sehr schwierig ...« Seine Stimme erstarb, während er anfing, seine Pfeife zu stopfen.

Wir machten es uns bequem und warteten. Bange Erwartung überkam mich ohne einleuchtenderen Grund als vielleicht den, daß mich des Professor deutlich bekümmerte Stimmung angesteckt hatte.

»Ich weiß nicht recht, wie ich das Thema angehen soll«, begann er, »denn es hat nicht mit physikalischen Fakten, sondern mit dem unsichtbaren menschlichen Bewußtsein zu tun. Ich habe mich die ganze Woche mit bestimmten vagen Ideen herumgeschlagen, die sich mir aufdrängten, und ich sehe keine andere Möglichkeit, sie loszuwerden, als mit Ihnen darüber zu sprechen ...«

Zögernd schaute er auf.

»Ich zog es vor, diese Ideen mit Ihnen nicht in Sigurds Beisein zu erörtern, und da er heute abend in Ibsens *Kronprätendenten* gegangen ist – sein Lieblingsstück übrigens –, habe ich die Gelegenheit ergriffen, Sie herzubitten.«

»Worum handelt es sich bei diesen Ideen?« fragte Markham.

»Um nichts Bestimmtes. Wie gesagt, sind sie sehr vage, aber trotzdem ziemlich hartnäckig geworden ... So hartnäckig sogar«, fügte er hinzu, »daß ich es für das beste hielt, Belle eine Weile fortzuschicken. Es stimmt zwar, daß all diese Tragödien sie psychisch gequält haben, aber mein eigentlicher Grund dafür, sie in den Norden zu schicken, war, daß ich von ungreifbaren Zweifeln besessen war.«

»Zweifel?« Markham beugte sich vor. »Was für Zweifel?«

Professor Dillard antwortete nicht sofort. »Lassen Sie mich diese Frage mit einer Gegenfrage beantworten«, erwiderte er schließlich. »Sind Sie völlig davon überzeugt, daß die Situation in bezug auf Pardee genauso ist, wie sie zu sein scheint?«

»Sie meinen die Authentizität seines Selbstmordes?«

»Das und seine mutmaßliche Täterschaft.«

Markham lehnte sich zurück und überlegte. »Sind *Sie* denn nicht völlig überzeugt?« fragte er.

»Diese Frage kann ich nicht beantworten«, entgegnete Professor Dillard fast brüsk. »Sie haben kein Recht, mich das zu fragen. Ich wollte mich lediglich vergewissern, daß die Behörden, die über das ganze Material verfügen, sicher sind, daß diese schreckliche Affäre zu den Akten gelegt ist.« Seine Miene überzog sich mit dem Ausdruck tiefer Besorgnis. »Wenn ich wüßte, daß das zutrifft, würde mir das dabei helfen, die Befürchtungen zu zerstreuen, die mich in der letzten Woche ständig verfolgt haben.«

»Und wenn ich sagte, daß ich nicht völlig überzeugt bin?«

Die Augen des alten Professors blickten nun bekümmert in die Ferne. Sein Kopf sank ein wenig nach vorn, als hätte ihn die Last der Sorgen plötzlich niedergedrückt. Nach ein paar Augenblicken hob er die Schultern und holte tief Luft.

»Die schwierigste Sache der Welt«, sagte er, »ist zu wissen, wo die eigenen Pflichten liegen; denn die Pflicht ist ein Mechanismus des Verstandes, und immer kommt einem das Herz dazwischen und bringt die Entschlüsse durcheinander. Vielleicht habe ich falsch gehandelt, als ich Sie herbat, denn schließlich habe ich nur einen verschwommenen Verdacht und nebulöse Ideen anzubieten. Aber es bestand doch immerhin die Möglichkeit, daß meine innere Unruhe auf tief verborgenen Fundamenten ruht, von deren Existenz ich nichts weiß . . . Verstehen Sie, was ich meine?« So ausweichend seine Worte auch waren, bestand doch kein Zweifel an der Bedrohlichkeit des düsteren Bildes, das er im Kopf hatte.

Markham nickte mitfühlend. »Es besteht überhaupt kein Anlaß, den Befund des Gerichtsarztes in Frage zu stellen«, behauptete er in bemüht sachlichem Tonfall. »Allerdings kann ich verstehen, daß die Nähe dieser Tragödien eine dem Zweifel zuträgliche Atmosphäre erzeugt haben mag. Aber ich meine, Sie brauchen keine Befürchtungen mehr zu haben.«

»Ich hoffe aus ganzem Herzen, daß Sie recht haben«, murmelte der Professor, aber es war deutlich, daß er noch nicht zufrieden war. »Angenommen, Markham – « setzte er an und brach ab. »Ja, ich hoffe, Sie haben recht«, wiederholte er.

Vance hatte während dieser unbefriedigenden Unterredung still rauchend dabeigesessen, aber er hatte mit außergewöhnlicher Aufmerksamkeit zugehört, und jetzt tat er den Mund auf.

»Sagen Sie mir, Professor Dillard, ob es irgend etwas – wie unscheinbar auch immer – gegeben hat, das Ihre Ungewißheit hervorgerufen hat.«

»Nein – nichts.« Die Antwort kam schnell und mit sichtlichem Eifer. »Ich habe bloß nachgedacht – alle Möglichkeiten erwogen. Ich scheute mich, ohne irgendeinen Rückhalt zu optimistisch zu werden. Die reine Logik eignet sich wunderbar für Prinzipien, die uns nicht persönlich berühren. Aber wenn es um die eigene Sicherheit geht, verlangt der unvollkommene Menschenverstand nach handfesten Beweisen.«

»Oh, ja.« Vance blickte auf, und ich meinte, zwischen diesen beiden so verschiedenen Männern blitzte ein Funken von Verständnis auf. Markham erhob sich, um sich zu verabschieden, aber Professor Dillard drängte ihn, noch eine Weile zu bleiben.

»Sigurd wird gleich hier sein. Er wird sich freuen, Sie wiederzusehen. Wie gesagt ist er im *Kronprätendenten,* aber ich bin sicher, daß er direkt danach nach Hause kommt . . . Da fällt mir ein, Mr. Vance«, fuhr er fort und wandte sich von Markham ab, »Sigurd sagte mir, Sie hätten ihn letzte Woche in die *Gespenster* begleitet. Teilen Sie seine Begeisterung für Ibsen?«

Vances leicht hochgezogene Augenbrauen sagten mir, daß die Frage ihn ein wenig verwirrte, aber als er antwortete, lag keine Spur von Verblüffung in seiner Stimme.

»Ich habe eine Menge von Ibsen gelesen, und es kann wohl kein Zweifel daran bestehen, daß er ein kreatives Genie hohen Ranges war, obwohl er für meine Begriffe sowohl der ästhetischen Form wie auch der philosophischen Tiefe ermangelt, die beispielsweise Goethes *Faust* charakterisiert.«

»Sigurd und Sie hätten da wohl einen ständigen Anlaß zum Streit.«

Markham lehnte die Einladung ab, noch länger zu bleiben, und ein paar Minuten später spazierten wir in der klaren Aprilluft die West End Avenue hinab.

»Bemerken Sie bitte, lieber Markham«, bemerkte Vance mit einem Anflug von Verschmitztheit, als wir in die 72ste Straße einbogen und auf den Park zugingen, »daß es außer Ihrem bescheidenen Mitarbeiter noch andere gibt, die von Zweifeln an der Freiwilligkeit von Pardees Abgang gequält werden. Und vielleicht sollte ich hinzufügen, daß der Professor von Ihren Versicherungen nicht im mindesten beschwichtigt ist.«

»Sein argwöhnischer Geisteszustand ist durchaus verständlich«, gab Markham zu bedenken. »Diese Morde haben sein Haus doch sehr betroffen.«

»Das ist nicht die richtige Erklärung. Der alte Mann hat Angst. Und er weiß etwas, was er uns nicht erzählen will.«

»Ich könnte nicht behaupten, daß ich diesen Eindruck gehabt hätte.«

»Aber Markham – mein guter Markham! Haben Sie seinem stockenden, widerwilligen Bericht nicht aufmerksam gelauscht? Es war, als würde er versuchen, uns einen Verdacht zu übermitteln, ohne ihn ausdrücklich in Worte zu kleiden. Wir sollten raten. Ja! Deswegen hat er doch darauf bestanden, daß Sie ihn aufsuchten, während Arnesson bei einem Ibsen-Festival und somit bestimmt aus dem Weg war – «

Vance verstummte abrupt und blieb stocksteif stehen. Ein verwirrter Blick kam in seine Augen.

»Ach du meine Güte! Menschenskinder! Deswegen hat er mich nach Ibsen gefragt! . . . Himmel! Wie unaussprechlich blöde war ich doch!« Er starrte Markham an, und seine Wangenknochen traten hervor. »Endlich die Wahrheit!« sagte er mit beeindrukkender Sanftheit. »Und weder Sie noch die Polizei noch ich haben den Fall gelöst, sondern ein norwegischer Dramatiker, der seit zwanzig Jahren tot ist. Bei Ibsen liegt der Schlüssel zum Geheimnis.«

Markham musterte ihn, als hätte er plötzlich den Verstand verloren, aber bevor er etwas sagen konnte, winkte Vance ein Taxi heran.

»Wenn wir zu Hause sind, zeige ich Ihnen, was ich meine«, sagte er, als wir ostwärts durch den Central Park fuhren. »Es ist unglaublich, aber wahr. Ich hätte schon lange darauf kommen sollen, aber die Nebenbedeutung der Unterschrift auf diesen Briefen war zu weit hinter anderen Möglichkeiten verborgen . . .«

»Wenn es Hochsommer statt Frühling wäre«, bemerkte Markham aufgebracht, »würde ich meinen, Ihnen wäre zu heiß geworden.«

»Ich wußte von Anfang an, daß es drei mögliche Schuldige gab«, fuhr Vance fort. »Jeder war, psychologisch gesehen, der Morde fähig, vorausgesetzt, der Drang seiner Gefühle hätte ihn geistig aus dem Gleichgewicht gebracht. Wir konnten also nur auf einen Hinweis warten, der den Verdacht auf jemand Bestimmtes lenkte. Drukker war einer meiner drei Verdächtigen, aber er wurde ermordet, und zwei blieben übrig. Dann beging allem Anschein nach Pardee Selbstmord, und ich gebe zu, daß sein Tod die Annahme, er sei der Schuldige gewesen, plausibel erscheinen ließ. Aber in meinem Kopf nagten Zweifel. Sein Tod war nicht folgerichtig, und dieses Kartenhaus machte mir Sorgen. Wir standen im Patt. Also wartete ich abermals ab und beobachtete meine dritte Möglichkeit. Nun weiß ich, daß Pardee unschuldig war und daß er sich nicht selbst erschossen hat. Er ist ermordet worden – genau wie Haan und Sprigg und Drukker. Sein Tod war ein weiterer grimmiger Streich – er war das Opfer, das der Polizei mit teuflischem Humor vorgeworfen wurde. Und seither kichert der Mörder die ganze Zeit über unsere Leichtgläubigkeit.«

»Welche Überlegungen lassen Sie zu so phantastischen Schlußfolgerungen kommen?«

»Das ist keine Frage von Überlegungen mehr. Ich habe endlich die Erklärung für die Verbrechen, und ich kenne die Bedeutung der Unterschrift des Bischofs auf den Briefen. Ich werde Ihnen sehr bald einen verblüffenden und unanfechtbaren Beweis zeigen.«

Ein paar Minuten später erreichten wir seine Wohnung, und er führte uns schnurstracks in die Bibliothek.

»Die ganze Zeit hat der Beweis hier in meiner Reichweite gestanden.«

Er trat an das Regal, wo die Dramen standen, und nahm den zweiten Band der gesammelten Werke von Henrik Ibsen heraus.[36] Das Buch enthielt *Die Helden auf Helgeland* und *Die Kronprätendenten,* doch ging es Vance nicht um das erste Stück. Er schlug *Die Kronprätendenten* auf, fand die Seite mit dem Personenverzeichnis und legte das Buch vor Markham auf den Tisch.

»Lesen Sie die Besetzung von Arnessons Lieblingsstück«, befahl er.

Schweigend und verwundert zog Markham das Buch zu sich heran, und ich sah ihm über die Schulter. Wir lasen folgendes:

HAKON HAKONSSON, *von den Birkebeinern*
zum König gewählt
INGA VON VARTEIJG, *seine Mutter*
JARL SKULE
RAGNHILD, *seine Gattin*
SIGRID, *seine Schwester*
MARGRETE, *seine Tochter*
GUTHORM INGESSON
SIGURD RIBBUNG
NIKOLAS ARNESSON, *Bischof von Oslo*
DAGFINN DER BAUER, *Hakons Staller*
IVAR BODDE, *sein Hofkaplan*
VEGARD VÄRADAL, *einer seiner Höflinge*
GREGORIUS JONSSON, *Lehnsmann*
PAUL FLIDA, *Lehnsmann*
INGEBJÖRG, *Gemahlin Andres Skjaldarbands*
PETER, *ihr Sohn, ein junger Priester*
SIRA VILJAM, *Hauskaplan des Bischofs Nikolas*
MEISTER SIGARD aus Brabant, *ein Arzt*
JATGEJR DER SKALDE, *ein Isländer*
BARD BRATTE, *ein Häuptling aus dem Trondhjemschen*

Aber ich bezweifle, ob jemand über die Zeile: NIKOLAS ARNESSON, *Bischof von Oslo* hinausgelesen hat. Mein Blick blieb mit gebannter und erschreckter Faszination an diesem Namen haften. Und dann fiel es mir ein ... Bischof Arnesson war einer der teuflischsten Schurken der gesamten Literatur – ein zynisches, höhnisches Monster, das alle gesunden Werte des Lebens in gräßliche Buffonerien verkehrte.

Kapitel 24

Der letzte Akt

(Dienstag, 26. April, 9.00 Uhr)

Mit dieser atemberaubenden Enthüllung trat der Mordfall Bischof in das letzte und schrecklichste Stadium ein. Heath war von Vance' Entdeckung in Kenntnis gesetzt worden, und es wurde vereinbart, daß wir uns am nächsten Morgen zeitig im Büro des Bezirksstaatsanwaltes zum Kriegsrat einfinden sollten.

Als Markham sich an jenem Abend von uns verabschiedete, war er bekümmerter und niedergeschlagener, als ich ihn je gesehen hatte.

»Ich weiß nicht, was man da tun kann«, sagte er hoffnungslos. »Es gibt keinerlei juristisch brauchbare Beweise gegen den Mann. Aber vielleicht können wir uns einen Plan ausdenken, der uns die Oberhand gibt... Ich habe nie an Folter geglaubt, aber jetzt wünschte ich fast, uns stünden Daumenschraube und Streckbett zur Verfügung.«

Vance und ich trafen am nächsten Morgen ein paar Minuten nach neun in seinem Büro ein. Swacker fing uns ab und bat uns, noch kurze Zeit im Vorzimmer zu warten. Markham war, wie er erklärte, im Moment beschäftigt. Wir hatten uns kaum hingesetzt, als Heath erschien – grimmig, kampflustig und mürrisch.

»Das muß der Neid Ihnen lassen, Mr. Vance«, verkündete er. »Sie haben die Situation voll im Griff. Aber was uns das nützen soll, ist mir schleierhaft. Wir können doch keinen verhaften, weil sein Name in einem Buch vorkommt.«

»Vielleicht gelingt es uns, die Sache etwas zu beschleunigen«, entgegnete Vance. »Jedenfalls wissen wir, woran wir sind.«

Zehn Minuten später bat uns Swacker herein und meinte, Markham sei jetzt frei.

»Tut mir leid, daß ich Sie warten ließ«, entschuldigte sich Markham. »Ich hatte einen unerwarteten Besucher.« Seine Stimme klang verzweifelt. »Noch mehr Ärger. Und merkwürdigerweise hat er genau mit dem Teil des Riverside Parks zu tun, wo Drukker umgebracht worden ist. Jedenfalls kann ich da nichts tun...« Er zog ein paar Unterlagen heran. »Nun an die Arbeit.«

»Was ist das für ein Ärger im Riverside Park?« fragte Vance beiläufig.

Markham runzelte die Stirn. »Nichts, was uns etwas angeht. Aller Wahrscheinlichkeit nach eine Entführung. Falls es Sie interessiert: In den Morgenzeitungen ist ein kurzer Bericht darüber...«

»Ich lese so ungern Zeitung«, sagte Vance leichthin, aber mit einer Hartnäckigkeit, die mich verwunderte. »Was ist denn passiert?«

Voller Ungeduld holte Markham tief Luft. »Ein Kind ist gestern vom Spielplatz verschwunden, nachdem es mit einem fremden Mann gesprochen hatte. Der Vater kam her, um mich um Hilfe zu bitten. Aber das ist eine Sache für die Vermißtenstelle, und das habe ich ihm gesagt. Wenn jetzt Ihre Neugier befriedigt ist – «

»Oh, aber das ist sie keineswegs«, insistierte Vance. »Ich muß einfach die Einzelheiten hören. Dieser Teil des Parks übt eine seltsame Faszination auf mich aus.«

Mit gesenkten Augenlidern warf Markham ihm einen fragenden Blick zu. »Na gut«, willigte er ein. »Gestern nachmittag gegen halb sechs spielte ein fünfjähriges Mädchen namens Adelaide Moffat mit einer Gruppe Kinder. Sie kletterte auf einen hohen Hügel an der Umfassungsmauer, und als ihr Kindermädchen, das dachte, sie wäre auf der anderen Seite wieder hinuntergeklettert, ihr nachging, war das Kind nirgends zu finden. Der einzige Hinweis besteht darin, daß zwei andere Kinder sie kurz vor ihrem Verschwinden mit einem Mann haben sprechen sehen; doch beschreiben können sie ihn natürlich nicht. Die Polizei wurde benachrichtigt und nahm die Ermittlungen auf. Und das ist bislang der ganze Fall.«

»Adelaide.« Nachdenklich wiederholte Vance den Namen. »Hören Sie, Markham, wissen Sie, ob dieses Kind Drukker gekannt hat?«

»Ja!« Markham setzte sich gerade hin. »Ihr Vater erwähnte, sie sei auf seine Kinderfeste gegangen...«

»Ich habe das Kind schon mal gesehen.« Vance erhob sich, stand mit den Händen in den Hosentaschen da und starrte zu

Boden. »Ein zauberhaftes kleines Geschöpf... goldene Locken. Sie hat Drukker am Morgen der Beerdigung eine Handvoll Blumen gebracht... Und jetzt ist sie verschwunden, nachdem man sie mit einem Fremden hat sprechen sehen...«

»Woran denken Sie?« fragte Markham scharf.

Vance hatte die Frage anscheinend nicht gehört. »Warum hat der Vater sich an Sie gewandt?«

»Ich kenne Moffat seit Jahren oberflächlich – er hatte mal in der Stadtverwaltung zu tun. Er ist wie von Sinnen – klammert sich an jeden Strohhalm. Daß die Affäre der Bischof-Morde ganz in der Nähe passiert ist, hat ihn krankhaft ängstlich gemacht... Aber hören Sie, Vance, wir sind nicht hergekommen, um über das Verschwinden der kleinen Moffat zu sprechen...«

Vance hob den Kopf, und in seiner Miene lag ein erstauntes Entsetzen. »Sagen Sie nichts – oh, sagen Sie nichts...« Er begann, auf und ab zu gehen, während Markham und Heath ihn mit stummem Staunen beobachteten. »Ja, ja – so muß es sein«, murmelte er im Selbstgespräch. »Die Zeit stimmt... es paßt alles zusammen...«

Er schwang herum, ging zu Markham und packte ihn beim Arm.

»Kommen Sie – schnell! Es ist unsere einzige Chance – wir können keine Minute mehr warten.« Beinahe zog er Markham auf die Füße und führte ihn zur Tür. »Etwas in der Art habe ich schon die ganze Woche befürchtet – «

Markham entwand sich seinem Griff. »Ich gehe nicht aus diesem Büro, Vance, bis Sie sich erklärt haben.«

»Dies ist noch Akt des Schauspiels – der letzte Akt. Oh, bitte glauben Sie mir unbesehen.« In Vance' Miene lag ein Ausdruck, den ich noch nie gesehen hatte. »Diesmal ist es das ›Kleine Fräulein Adelheid‹. Der Name stimmt zwar nicht genau, aber das ist egal. Für den Streich des Bischofs reicht die Ähnlichkeit. Er wird der Presse schon alles erklären. Wahrscheinlich hat er dem Kind ein Malzbonbon angeboten und sich neben sie gesetzt. Und jetzt ist sie weg – hinweggescheucht...«

Wie benommen setzte Markham sich in Marsch, und Heath stürzte mit hervortretenden Augen zur Tür. Ich habe mich oft gefragt, was während dieser paar Sekunden von Vance' inständigem Drängen in ihnen vorgegangen ist. Glaubten sie an seine Interpretation der Episode? Oder hatten sie in Anbetracht der entfernten Möglichkeit, daß der Bischof noch einen gräßlichen

Streich gespielt haben könnte, lediglich Angst, nicht darauf einzugehen? Was sie auch dachten oder bezweifelten, jedenfalls akzeptierten sie Vance' Einschätzung der Lage, und einen Moment später waren wir im Flur und eilten zum Aufzug. Auf Vance' Vorschlag hin holten wir Detective Tracy von der Nebenstelle der Ermittlungsabteilung im Kriminalgericht ab.

»Diese Geschichte ist gefährlich«, erklärte er. »Da kann alles mögliche passieren.«

Wir traten auf die Franklin Street hinaus und waren ein paar Minuten später im Wagen des Bezirksstaatsanwaltes auf dem Weg nach Norden – ohne Rücksicht auf Geschwindigkeitsbegrenzungen und rote Ampeln. Während der denkwürdigen Fahrt wurde kaum ein Wort gesprochen, aber als wir über die Marterstrecken des Central Parks holperten, sagte Vance: »Vielleicht irre ich mich, aber wir müssen es riskieren. Wenn wir abwarten, ob die Zeitungen eine Mitteilung bekommen, ist es zu spät. Noch sollen wir nichts wissen, und das ist unsere Chance . . .«

»Was erwarten Sie zu finden?« Markham klang heiser und ein bißchen unsicher.

Niedergeschlagen schüttelte Vance den Kopf. »Ach, ich weiß nicht. Aber es wird etwas Teuflisches sein.«

Als der Wagen mit leichtem Schliddern vor dem Haus Dillard anhielt, sprang Vance hinaus und rannte vor uns die Treppe hinauf. Er klingelte Sturm, und Pyne machte ihm die Tür auf.

»Wo ist Mr. Arnesson?« wollte er wissen.

»In der Universität, Sir«, antwortete der alte Butler, und ich hatte den Eindruck, ihm stünde die Furcht in den Augen. »Aber er kommt zeitig zum Lunch zurück.«

»Dann führen Sie uns zu Professor Dillard.«

»Es tut mir leid, Sir«, erklärte Pyne, »aber der Professor ist ebenfalls außer Haus. Er ist in die Stadtbücherei gegangen – «

»Sind Sie allein hier?«

»Jawohl, Sir. Beedle ist zum Markt gegangen.«

»Um so besser.« Vance packte den Butler und drehte ihn zur Hintertreppe. »Wir werden das Haus durchsuchen, Pyne. Sie gehen voran.«

Markham trat vor. »Aber Vance, das können wir doch nicht machen!«

Vance schwang herum. »Es interessiert mich nicht, was Sie machen können oder nicht. Ich werde dieses Haus durchsuchen ... Sergeant, machen Sie mit?« Ein seltsamer Ausdruck lag auf seinem Gesicht.

»Da können Sie Gift drauf nehmen!« (Nie habe ich Heath so gemocht wie in diesem Augenblick.)

Die Durchsuchung begann im Keller. Jeder Flur, jede Kammer, jeder Schrank und jeder Abstellraum wurde inspiziert. Pyne, von Heaths Kampfeslust völlig eingeschüchtert, fungierte als Führer. Er holte Schlüssel und öffnete Türen und wies uns sogar auf Stellen hin, die wir sonst übersehen hätten. Der Sergeant hatte sich energisch in die Jagd gestürzt, obgleich ich überzeugt bin, daß er nur vage Vorstellungen von ihrem Zweck hatte. Markham folgte uns unter Protest, aber auch er war in den Sog von Vance' zielstrebigem Eifer geraten, und ihm muß klar gewesen sein, daß Vance eine enorme Rechtfertigung für sein rüdes Benehmen hatte.

Allmählich arbeiteten wir uns durch das Haus hinauf. Die Bibliothek und Arnessons Zimmer wurden sorgfältig durchsucht, Belle Dillards Suite in Augenschein genommen und die unbenutzten Räume im zweiten Stock peinlich genau durchgesehen. Sogar die Zimmer des Personals im dritten Stock wurden auf den Kopf gestellt. Aber nichts Verdächtiges kam dabei heraus. Obschon Vance seinen Eifer unterdrückte, erkannte ich an der unermüdlichen Hast, mit der er die Durchsuchung antrieb, unter welcher nervlichen Anspannung er stand.

Endlich kamen wir am Ende des oberen Flures an eine verschlossene Tür.

»Wohin führt die?« fragte Vance Pyne.

»Zu einer Dachkammer, Sir. Aber sie wird nie benutzt – «

»Schließen Sie auf.«

Der Mann fummelte ein paar Augenblicke mit seinem Schlüsselbund herum.

»Ich kann den Schlüssel nicht finden, Sir. Eigentlich sollte er hier dran sein ...«

»Wann haben Sie ihn zuletzt gehabt?«

»Das kann ich nicht sagen, Sir. Meines Wissens ist schon seit Jahren niemand mehr in der Dachkammer gewesen.«

Vance trat zurück und duckte sich. »Zur Seite, Pyne!«

Als der Butler aus dem Weg gegangen war, warf Vance sich mit gewaltiger Kraft gegen die Tür. Das Holz knarrte und knackte, doch das Schloß hielt stand.

Markham sprang vor und versuchte verzweifelt, ihn an den Schultern festzuhalten.

»Sind Sie verrückt!« rief er. »Sie verstoßen gegen das Gesetz.«

»Das Gesetz!« Vance' Erwiderung triefte vor Ironie. »Wir haben es mit einem Monster zu tun, das jegliches Gesetz verhöhnt. Wenn Sie wollen, können Sie ihm ja schöntun, aber ich werde die Dachkammer durchsuchen, und wenn ich dafür den Rest meines Lebens im Gefängnis verbringe. Sergeant, machen Sie die Tür auf!«

Abermals durchströmte mich eine Welle der Sympathie für Heath. Ohne zu zögern stellte er sich auf die Zehenspitzen und ließ seine Schulter unmittelbar über dem Türknopf gegen die Füllung krachen. Das Holz splitterte, als der Riegel aus dem Rahmen brach. Die Tür schwang nach innen.

Vance befreite sich aus Markhams Umklammerung und rannte stolpernd die Treppe hinauf; wir anderen folgten ihm auf den Fersen. In der Dachkammer gab es keine Lampe, und wir blieben oben an der Treppe einen Moment stehen, um uns an die Dunkelheit zu gewöhnen. Dann riß Vance ein Streichholz an, streckte die Hand aus und ließ die Jalousie des Fensters klappernd nach oben sausen. Das Tageslicht strömte herein und ließ einen kleinen Raum von kaum zwei Quadratmetern erkennen, der mit allerlei ausgemustertem Kleinkram angefüllt war. Die Luft war schwer und stickig, und auf allem lag eine dicke Staubschicht.

Schnell sah Vance sich um, und Enttäuschung kam in seine Miene. »Das war der letzte Raum«, bemerkte er mit der Ruhe der Verzweiflung.

Nach einer eingehenderen Untersuchung der Kammer trat er in die Ecke neben dem kleinen Fenster und spähte auf einen abgewetzten Koffer hinab, der an der Wand lag. Mir fiel auf, daß die Riemen offen waren und lose herabhingen. Vance beugte sich herab und klappte den Deckel auf.

»Ah! Hier ist endlich etwas für Sie, Markham.«

Wir drängten uns um ihn. Im Koffer befand sich eine alte Corona-Schreibmaschine. Ein Blatt war eingespannt, und darauf standen bereits in hellblauer, ausgefallener Type die beiden Zeilen:

Kleines Fräulein Adelheid
Saß auf einem Loch im Kleid

An dieser Stelle war der Schreiber offenbar unterbrochen worden, denn aus irgendeinem Grund war der Kinderreim nicht vervollständigt worden.

»Die neueste Pressemitteilung des Bischofs«, bemerkte Vance. Dann griff er in den Koffer und holte einen Stapel von Papieren und Umschlägen heraus. Neben der Maschine lag ein rotes Ledernotizbuch mit gelben Seiten. Er reichte es Markham und sagte knapp: »Drukkers Berechnungen zur Quantentheorie.«

Doch seine Miene zeigte immer noch eine gewisse Enttäuschung, und abermals begann er, den Raum abzusuchen. Er trat an eine alte Frisierkommode, die gegenüber dem Fenster an der Wand stand. Als er sich darüber beugte, um dahinterzuschauen, wich er plötzlich zurück, hob den Kopf und schnüffelte mehrmals. Im gleichen Moment sah er zu seinen Füßen etwas auf dem Boden liegen und kickte es in die Mitte des Raumes. Erstaunt betrachteten wir das Ding. Es war eine Gasmaske, wie Chemiker sie benutzen.

»Zurücktreten, alle Mann!« befahl er, hielt sich Mund und Nase mit der Hand zu und rückte die Frisierkommode von der Wand ab. Dahinter war eine kleine, etwa einen Meter hohe Schranktür in die Wand eingelassen. Er hebelte sie auf, blickte hinein und schlug sie sofort wieder zu.

So kurz ich auch nur in den Schrank hatte sehen können, hatte ich seinen Inhalt doch deutlich erkannt. Zwei Regalbretter waren darin angebracht. Auf dem unteren lagen mehrere aufgeschlagene Bücher. Auf dem oberen standen ein Erlenmayer-Kolben an einer eisernen Schraubzwinge, eine Destillierschlange, ein Glaskrug und zwei kleine Fläschchen.

Vance drehte sich um und schaute uns verzweifelt an. »Wir können wohl gehen; hier ist sonst nichts.«

Wir kehrten ins Wohnzimmer zurück und ließen Tracy als Wache an der Tür der Dachkammer zurück.

»Vielleicht hatten Sie doch recht mit Ihrer Durchsuchung«, gab Markham zu und betrachtete Vance ernst, »wenn mir solche Methoden auch nicht gefallen. Wenn wir die Schreibmaschine nicht gefunden hätten – «

»Ach, die!« Nachdenklich und unruhig trat Vance an das Fenster, von dem aus man den Schießstand überblicken konnte. »Ich habe nicht nach der Schreibmaschine gesucht – und auch nicht nach dem Notizbuch. Was haben die schon zu bedeuten?«

Das Kinn sank ihm auf die Brust, und mit der Apathie der Niederlage schloß er die Augen. »Alles ist schiefgegangen – meine Logik hat versagt. Wir sind zu spät.«

»Ich behaupte nicht zu wissen, worüber Sie sich ärgern«, sagte Markham. »Aber zumindest haben Sie mir einen handfesten Beweis geliefert. Jetzt kann ich Arnesson verhaften, wenn er von der Universität zurückkommt.«

»Ja, ja, natürlich. Aber ich habe nicht an Arnesson gedacht oder an die Verhaftung des Übeltäters oder den Triumph der Staatsanwaltschaft. Ich hoffte – «

Er verstummte und riß sich zusammen.

»Wir sind *nicht* zu spät. Ich habe nur nicht weit genug gedacht...« Schnell ging er zur Tür. »Das Haus Drukker ist es, das wir durchsuchen müssen... Schnell!« Schon stürzte er den Flur hinab, Heath hinter ihm drein und Markham und ich als Nachhut.

Wir folgten ihm die Hintertreppe hinab, durch den Clubraum und auf den Schießstand hinaus. Wir wußten nicht, und ich bezweifle, ob einer von uns auch nur vermutete, was er vorhatte, aber seine innere Erregung war zum Teil auf uns übergesprungen, und uns war klar, daß nur eine Sache von lebenswichtiger Dringlichkeit ihn aus seiner normalen Apathie und Gelassenheit hatte aufrütteln können.

Als wir zur Veranda des Hauses Drukker kamen, griff er durch den aufgerissenen Fliegendraht und schob den Riegel zurück. Erstaunlicherweise war die Küchentür nicht abgeschlossen, aber Vance schien das erwartet zu haben, denn ohne zu zögern drehte er den Türknopf und öffnete.

»Warten Sie!« befahl er und blieb in dem kleinen, hinteren Flur stehen. »Wir müssen nicht das ganze Haus durchsuchen. Die naheliegendste Stelle... ja! Kommen Sie... oben... höchstwahrscheinlich ein Schrank, wo niemand etwas hören kann...« Unterdessen ging er voraus, die Hintertreppe hinauf, an Mrs. Drukkers Raum vorbei und dann in den zweiten Stock. Vom oberen Flur gingen nur zwei Türen ab – eine am äußersten Ende, und eine kleinere Tür in der Mitte der rechten Wand.

Vance ging schnurstracks zur letzteren hin. Im Schloß steckte ein Schlüssel. Vance drehte ihn um und zog die Tür auf. Doch nur schattiges Dunkel lag vor unseren Augen. Sofort war Vance auf den Knien und tastete hinein.

»Schnell, Sergeant. Ihre Taschenlampe.«

Kaum hatte er die Worte ausgesprochen, da fiel schon ein Lichtkreis auf den Boden der Kammer. Was ich sah, jagte mir einen Schauer über den Rücken. Markham entfuhr ein erstickter Schrei, und ein leiser Pfiff sagte mir, daß auch Heath von dem Anblick entsetzt war. Vor uns auf dem Boden lag, als ein stummes, zusammengesunkenes Häuflein, das kleine Mädchen, das seinem zerbrochenen Buckelmuckel am Morgen seiner Beerdigung die Blumen gebracht hatte. Ihr goldenes Haar war aufgegangen, das Gesicht war totenblaß, und sie hatte rote Flecken auf den Wangen, wo ihre vergeblichen Tränen herabgelaufen und getrocknet waren.

Vance beugte sich über sie und legte ihr sein Ohr aufs Herz. Dann hob er sie zärtlich auf.

»Armes kleines Fräulein Adelheid«, flüsterte er, stand auf und ging zur Treppe. Heath ging ihm voraus und leuchtete mit der Taschenlampe, damit er auf keinen Fall stolpere. Unten im Flur blieb er stehen.

»Machen Sie die Tür auf, Sergeant.«

Eilfertig gehorchte Heath, und Vance trat auf den Bürgersteig hinaus.

»Gehen Sie zu den Dillards, und warten Sie dort auf mich«, rief er uns über die Schulter zu. Und mit dem Kind fest an seine Brust gepreßt setzte er sich zu einem Haus schräg gegenüber auf der 76sten Straße in Bewegung, an dem ich das Namensschild eines Arztes ausmachen konnte.

Kapitel 25

Der Vorhang fällt

(Dienstag, 26. April, 11.00 Uhr)

Zwanzig Minuten später stieß Vance im Wohnzimmer der Dillards wieder zu uns.

»Sie ist bald wieder auf dem Damm«, verkündete er, sank in einen Sessel und steckte sich eine Zigarette an. »Sie war nur bewußtlos, durch den Schock und die Angst ohnmächtig geworden und halb erstickt.« Zornesröte trat ihm ins Gesicht. »An ihrem kleinen Handgelenk waren Blutergüsse. Wahrscheinlich haben sie in dem leeren Haus gekämpft, als sie Buckelmuckel nicht finden konnte, und dann hat die Bestie sie in die Kammer gestoßen und abgeschlossen. Er hatte keine Zeit, sie umzubringen, wissen Sie. Außerdem stand kein Mord auf dem Programm. Das ›kleine Fräulein Adelheid‹ wurde nicht getötet – nur weggescheucht. Allerdings wäre sie an dem Luftmangel gestorben. Und *er* war in Sicherheit – niemand hätte sie schreien hören können...«

Herzlich ruhte Markhams Blick auf Vance. »Es tut mir leid, daß ich versucht habe, Sie zurückzuhalten«, sagte er einfach. (Trotz all seiner Gesetzestreue hatte er ein im Grunde großmütiges Wesen.) »Und Sie hatten recht, Gewalt anzuwenden, Vance... Und Sie ebenfalls, Sergeant. Wir sind Ihrer Entschlossenheit und Zuversicht eine Menge schuldig.«

Heath war verlegen. »Ach, das geht schon in Ordnung, Sir. Wissen Sie, Mr. Vance hatte mich mit dem Kind ganz aus dem Häuschen gebracht. Ich mag nämlich Kinder, Sir.«

Markham blickte Vance fragend an. »Hatten Sie erwartet, das Kind lebend zu finden?«

»Ja, aber vielleicht betäubt oder bewußtlos. Ich dachte nicht, daß sie tot wäre, denn das wäre dem Scherz des Bischofs zuwidergelaufen.«

Heath hatte nachgegrübelt. »Was mir nicht in den Kopf will«, sagte er, »ist, wieso dieser Bischof, der sonst bei allem so verdammt vorsichtig ist, die Tür vom Haus der Drukkers aufgelassen hat.«

»Wir sollten das Kind ja finden«, erklärte ihm Vance. »Alles wurde uns leichtgemacht. Sehr rücksichtsvoll vom Bischof, was? Aber wir sollten sie erst morgen finden – wenn die Zeitungen die Zettel mit dem Gedicht ›Kleines-Fräulein-Adelheid‹ erhalten hatten. Das sollte unsere Spur sein. Doch wir sind dem Herrn zuvorgekommen.«

»Wieso hat er denn die Briefe nicht gestern schon abgeschickt?«

»Ohne Zweifel hatte der Bischof ursprünglich vor, seine Verse gestern abend auf die Post zu geben, aber ich denke, er kam zu dem Schluß, für seine Zwecke wäre es besser, wenn die Öffentlichkeit zuerst das Verschwinden des Kindes bemerkte. Sonst wäre die Beziehung zwischen Adelaide Moffat und dem kleinen Fräulein Adelheid unklar geblieben.«

»Ja!« zischte Heath durch die Zähne. »Und morgen wäre das Kind tot gewesen. Dann hätte keine Gefahr bestanden, daß sie ihn identifiziert.«

Markham sah auf die Uhr und stand entschlossen auf. »Es hat keinen Zweck, daß wir auf Arnessons Rückkehr warten. Je eher wir ihn verhaften, desto besser.« Er wollte Heath schon einen Befehl erteilen, als Vance intervenierte.

»Überstürzen Sie nichts, Markham. Sie haben keinen echten Beweis gegen den Mann. Die Situation ist zu heikel, um offensiv zu werden. Wir müssen vorsichtig sein, sonst scheitern wir.«

»Mir ist klar, daß der Fund der Schreibmaschine und des Notizbuchs nicht gerade überzeugend ist«, bestätigte Markham. »Aber die Identifizierung durch das Kind – «

»Aber mein Bester! Welches Gewicht würde eine Jury der Identifikation durch eine verschreckte Fünfjährige ohne zusätzliche aussagekräftige Beweise beimessen? Ein geschickter Anwalt könnte sie in fünf Minuten zunichte machen. Und selbst angenommen, Sie könnten die Identifizierung hieb- und stichfest machen – was hätten Sie davon? Sie würde Arnesson in keiner Weise mit den Bischof-Morden in Zusammenhang bringen. Sie könnten ihn nur der versuchten Entführung anklagen – bedenken Sie, das Kind ist unverletzt. Und wenn Sie durch ein juristisches Wunder eine zweifelhafte Verurteilung bekommen, würden Arnesson höchstens ein paar Jahre in der Bastille aufgebrummt.

Das würde dem Grauen kein Ende bereiten ... Nein, nein. Sie dürfen nicht vorschnell handeln.«

Widerstrebend nahm Markham wieder Platz. Er sah ein, wie zutreffend Vance' Überlegungen waren.

»Aber wir können es nicht so weitergehen lassen«, erklärte er ingrimmig. »Wir müssen diesen Wahnsinnigen irgendwie stoppen.«

»Irgendwie – ja.« Vance begann, rastlos im Zimmer auf und ab zu gehen. »Vielleicht können wir ihm die Wahrheit mit einer Finte entlocken: Er weiß noch nicht, daß wir das Kind gefunden haben ... Möglicherweise kann Professor Dillard uns helfen – « Dann blieb er stehen und schaute zu Boden. »Ja! Das ist unsere Chance. Wir müssen Arnesson damit konfrontieren, was wir wissen, wenn der Professor dabei ist. Bei dieser Situation wird bestimmt etwas Greifbares herauskommen. Jetzt wird der Professor alles tun, was in seiner Macht steht, um uns zu helfen.«

»Sie glauben, daß er mehr weiß, als er uns erzählt hat?«

»Ohne Zweifel. Das habe ich Ihnen von Anfang an gesagt. Und wenn er von der Episode mit dem kleinen Fräulein Adelheid hört, ist es nicht unwahrscheinlich, daß er uns die Beweise zur Verfügung stellt, die wir brauchen.«

»Die Chancen stehen schlecht.« Markham war pessimistisch. »Aber ein Versuch kann nichts schaden. Jedenfalls werde ich Arnesson verhaften, bevor ich hier weggehe, und das Beste hoffen.«

Wenige Augenblicke darauf öffnete sich die Haustür, und Professor Dillard erschien im Flur gegenüber der Tür. Er nahm Markhams Begrüßung kaum zur Kenntnis – er musterte uns, als versuche er, aus unseren Gesichtern die Bedeutung des unerwarteten Besuches abzulesen.

»Vielleicht haben Sie darüber nachgedacht, was ich Ihnen gestern abend gesagt habe?«

»Wir haben nicht nur darüber nachgedacht«, antwortete Markham, »sondern Mr. Vance hat auch herausgefunden, was Sie beunruhigte. Nachdem wir gegangen waren, hat er mir *Die Kronprätendenten* gezeigt.«

»Aha!« rief der Professor mit einem erleichterten Seufzen. »Seit Tagen schon geht mir das Stück durch den Kopf und vergiftet all mein Denken ...« Ängstlich schaute er auf. »Was bedeutet es?«

Vance beantwortete diese Frage.

»Es bedeutet, Sir, daß Sie uns zur Wahrheit geführt haben. Wir warten jetzt auf Mr. Arnesson. Und ich glaube, es wäre gut, wenn wir uns unterdessen mit Ihnen unterhalten. Vielleicht können Sie uns helfen.«

Der alte Mann zögerte.

»Ich hatte gehofft, bei der Überführung des Jungen selbst nicht zum Werkzeug zu werden.« In seinem Tonfall lag ein tragisch väterlicher Unterton. Aber auf einmal verhärtete sich seine Miene, seine Augen blitzten kämpferisch und seine Hand packte den Griff seines Stockes fester. »Aber jetzt darf ich nicht mehr an meine eigenen Gefühle denken. Kommen Sie mit, ich werde tun, was ich kann.«

In der Bibliothek blieb er am Sideboard stehen und schenkte sich ein Glas Portwein ein. Als er es geleert hatte, wandte er sich entschuldigend an Markham.

»Verzeihen Sie. Ich bin nicht ganz bei mir.« Er zog den kleinen Schachtisch heran und stellte uns allen Gläser bereit. »Bitte sehen Sie über meine Unhöflichkeit hinweg.« Er füllte die Gläser und setzte sich.

Wir zogen uns Stühle heran. Ich glaube, keinen von uns verlangte es jetzt, nach den grausigen Erlebnissen, die wir gerade durchgemacht hatten, nicht nach einem Glas Portwein.

Als wir Platz genommen hatten, hob der Professor den schweren Blick zu Vance, der sich ihm gegenüber gesetzt hatte.

»Erzählen Sie mir alles«, sagte er. »Versuchen Sie nicht, mir etwas zu ersparen.«

Vance zog sein Zigarettenetui hervor.

»Lassen Sie mich Ihnen zunächst eine Frage stellen. Wo war Mr. Arnesson gestern nachmittag zwischen fünf und sechs Uhr?«

»Ich – ich weiß es nicht.« Die Worte kamen nur widerstrebend heraus. »Er hat in der Bibliothek Tee getrunken, aber gegen halb fünf ist er ausgegangen, und ich habe ihn erst beim Dinner wiedergesehen.«

Mitfühlend betrachtete ihn Vance einen Augenblick, dann sagte er: »Wir haben die Schreibmaschine gefunden, mit der die Mitteilungen des Bischofs abgefaßt wurden. Sie war in einem alten Koffer auf dem Speicher dieses Hauses.«

Der Professor ließ sich keinerlei Verblüffung anmerken.

»Und konnten Sie sie identifizieren?«

»Zweifelsfrei. Gestern ist ein kleines Mädchen namens Adelaide Moffat vom Spielplatz im Park verschwunden. In der Maschine war ein Blatt eingespannt, und darauf stand bereits: ›Kleines Fräulein Adelheid saß auf einem Loch im Kleid.‹«

Professor Dillard ließ den Kopf sinken. »Schon wieder so eine wahnsinnige Greueltat! Wenn ich gestern abend nur nicht gezögert hätte, Sie zu warnen – «

»Es ist nichts Schlimmes passiert«, beruhigte Vance ihn eilig. »Wir haben das Kind noch rechtzeitig gefunden; sie ist außer Gefahr.«

»Ah!«

»Sie war in einer Abstellkammer im obersten Stock des Hauses Drukker eingesperrt. Wir dachten, sie wäre vielleicht hier – deswegen haben wir Ihren Speicher durchsucht.«

Ein Schweigen folgte, dann fragte der Professor: »Was haben Sie mir sonst noch zu sagen?«

»In der Nacht seiner Ermordung wurde Drukkers Notizbuch mit seinen jüngsten Forschungen zur Quantentheorie aus seinem Zimmer entwendet. Wir haben dieses Notizbuch bei der Schreibmaschine in der Dachkammer gefunden.«

»Sogar dazu hat er sich herabgelassen?« Das war keine Frage, sondern ein ungläubiger Ausruf. »Sind Sie sicher, daß Sie die richtigen Schlüsse gezogen haben? Wenn ich gestern abend keine Andeutungen gemacht hätte – keinen Verdacht gesät hätte . . .«

»Es ist kein Zweifel möglich«, erklärte Vance sanft. »Mr. Markham hat vor, Arnesson zu verhaften, wenn er von der Universität kommt. Aber um ganz offen zu sprechen, Sir: Wir haben praktisch keine juristisch tauglichen Beweise, und für Mr. Markham besteht die Frage, ob er ihn mit gesetzlichen Mitteln überhaupt festhalten kann. Bestenfalls können wir aufgrund der Identifizierung durch das Kind auf eine Verurteilung wegen versuchter Entführung hoffen.«

»Ach ja . . . das Kind wird es wissen.« Der Blick des alten Mannes wurde bitter. »Aber es muß doch einen Weg geben, ihn für die anderen Verbrechen zur Rechenschaft zu ziehen.«

Versonnen rauchend saß Vance da und blickte zur Decke. Endlich sagte er still und ernst: »Wenn Mr. Arnesson überzeugt wäre, daß wir eine überzeugende Anklage gegen ihn beisammen haben, könnte er als letzten Ausweg den Selbstmord wählen. Das wäre vielleicht für alle die humanste Lösung.«

Markham wollte schon empört protestieren, aber Vance kam ihm zuvor.

»Der Selbstmord ist an und für sich keine verdammenswerte Tat. Die Bibel enthält zum Beispiel viele Berichte von heldenhaften Selbstmorden. Was für ein schöneres Beispiel für Mut gibt es als Rhazis, der sich vom Turm stürzte, um dem Joch des Demetrius zu entgehen?[37] Auch im Tod von Sauls Schwertträger lag Größe, und darin, daß Ahithophel sich erhängte. Und die Selbstmorde von Samson und Judas Ischariot sind mit Sicherheit mannhaft zu nennen. Die Geschichte ist voll von bemerkenswerten Selbstmördern – Brutus und Cato von Utica, Hannibal, Lucretia, Cleopatra, Seneca ... Nero tötete sich, um nicht Otho und den Prätorianern in die Hände zu fallen. In Griechenland finden wir die berühmte Selbstaufgabe des Demosthenes, und Empedokles stürzte sich in den Krater des Ätna. Aristoteles war der erste große Denker, der die Behauptung vertrat, der Selbstmord sei eine unsoziale Handlung, aber der Überlieferung zufolge soll er nach dem Tode Alexanders selbst Gift genommen haben. Und aus jüngerer Zeit vergessen wir nicht die edle Geste des Baron Nogis ...«

»Das alles bildet keine Rechtfertigung für diese Tat«, versetzte Markham. »Das Gesetz – «

»Ach ja – das Gesetz. Im chinesischen Recht hat jeder zum Tode verurteilte Verbrecher die Wahl, Selbstmord zu begehen. Der Kodex, den die französische Nationalversammlung Ende des 18. Jahrhunderts verabschiedete, schaffte alle Strafen für Selbstmörder ab, und im *Sachsenspiegel* – der Hauptquelle des teutonischen Rechtes – wird explizit gesagt, daß der Selbstmord keine strafbare Handlung ist. Die Donatisten, Circumcellionen und Patrizianer hielten den Selbstmord überdies für gottgefällig. Und sogar in Morus' *Utopia* gibt es eine Synode, die dem einzelnen das Recht überträgt, sich das Leben zu nehmen ... Das Gesetz, Markham, dient dem Schutz der Gesellschaft. Was ist mit einem Selbstmord, der diesen Schutz erst ermöglicht? Sollen wir uns auf eine juristische Spitzfindigkeit berufen, wenn wir dadurch die Gesellschaft weiterhin der Gefahr aussetzen? Gibt es kein höheres Gesetz als das des Gesetzbuches?«

Markham war ernstlich besorgt. Er stand auf, und mit von Erregung verschatteter Miene ging er einmal den ganzen Raum auf und ab. Als er sich wieder setzte, schaute er Vance lange an, während seine Finger nervös und unentschlossen auf den Tisch trommelten.

»Man muß natürlich an die Unschuldigen denken«, sagte er mutlos. »So moralisch verwerflich der Selbstmord auch ist, sehe ich Ihre Argumentation ein, daß er zuweilen theoretisch gerechtfertigt sein mag.« (Da ich Markham kannte, wußte ich, was dieses Zugeständnis ihn gekostet hatte, und mir wurde auch zum ersten Mal klar, wie völlig hoffnungslos er sich angesichts jener Geißel des Schreckens fühlte, die unschädlich zu machen seine Pflicht war.)

Der alte Professor nickte verständnisvoll. »Ja, es gibt ein paar Geheimnisse, die so grauenvoll sind, daß es besser für die Welt ist, sie nicht zu kennen. Oft ist wohl eine höhere Gerechtigkeit herzustellen, ohne daß das Gesetz seinen Zoll fordert.«

Während er sprach, öffnete sich die Tür, und Arnesson betrat das Zimmer.

»Holla, holla! Noch eine Konferenz, was?« Er blickte uns fragend an und warf sich in einen Sessel neben dem Professor. »Ich dachte, der Fall sei sozusagen bereinigt. Hat Pardees Selbstmord nicht den Schlußstrich unter diese Affäre gezogen?«

Vance blickte dem Mann direkt in die Augen. »Wir haben das kleine Fräulein Adelheid gefunden, Mr. Arnesson.«

Die Augenbrauen des anderen hoben sich mit sardonischer Heiterkeit. »Klingt wie eine Scharade. Was muß ich jetzt entgegnen: ›Wo sind Hänschenkleins Stock und Hut?‹ Oder soll ich mich erkundigen, wie Hoppehoppereiter den Sturz in den Graben überstanden hat?«

Vance starrte ihn weiter regungslos an. »Wir haben sie in Drukkers Haus in einem Wandschrank eingeschlossen gefunden«, erläuterte er mit leiser, gleichmütiger Stimme.

Arnesson wurde ernst, und unwillkürlich legte sich seine Stirn in Falten. Aber er verlor nur vorübergehend die Fassung. Langsam verzog sich sein Mund zu einem Grinsen.

»Ihr Polizisten seid so tüchtig. Man denke doch nur, wie schnell ihr das kleine Fräulein Adelheid gefunden habt. Erstaunlich.« Mit gespielter Bewunderung wackelte er mit dem Kopf. »Aber das war ja früher oder später zu erwarten. Und was, wenn ich fragen darf, ist der nächste Zug?«

»Wir haben auch die Schreibmaschine gefunden«, fuhr Vance fort und ignorierte die Frage. »Und Drukkers Notizbuch.«

Sofort war Arnesson auf der Hut. »Wirklich?« Er warf Vance einen listigen Blick zu. »Wo befanden sich diese verräterischen Gegenstände?«

»Oben – auf dem Speicher.«

»Aha! Eingebrochen?«

»Etwas in der Art.«

»Na trotzdem«, spottete Arnesson, »ich sehe noch nicht, daß Sie eine bombensichere Anklage gegen jemand hätten. Eine Schreibmaschine ist ja kein Anzug, der nur einem paßt. Und wer kann schon sagen, wie Drukkers Notizbuch den Weg auf unseren Speicher gefunden hat? Sie müssen sich schon was Besseres ausdenken, Mr. Vance.«

»Da ist natürlich der Faktor der Gelegenheit. Der Bischof ist jemand, der bei jedem Mord hätte zugegen sein können.«

»Das ist ja wohl der fadenscheinigste Beweis«, konterte der Mann. »Der würde nicht viel zu einer Verurteilung beitragen.«

»Wir könnten aufzeigen, warum der Mörder den Decknamen ›Bischof‹ gewählt hat.«

»Ah! Das würde zweifellos helfen.« Arnessons Miene umwölkte sich, und sein Blick wurde nachdenklich. »Daran hatte ich auch schon gedacht.«

»So, das hatten Sie?« Vance beobachtete ihn aufmerksam. »Und es gibt noch einen Beweis, den ich noch nicht erwähnt habe. Das kleine Fräulein Adelheid wird den Mann, der sie ins Haus Drukker geführt und in den Schrank gesperrt hat, identifizieren können.«

»So! Die Patientin hat sich erholt?«

»So ziemlich. Es geht ihr sogar prächtig. Wissen Sie, wir haben sie vierundzwanzig Stunden früher gefunden, als der Bischof geplant hatte.«

Arnesson schwieg. Er starrte auf seine Hände hinab, die nervös zuckten, obwohl er sie verschränkt hielt. Endlich sagte er etwas.

»Und wenn Sie sich trotz alledem irren ...«

»Ich versichere Ihnen, Mr. Arnesson«, sagte Vance ruhig, »daß ich *weiß,* wer der Schuldige ist.«

»Sie machen mir wirklich Angst!« Der Mann hatte sich wieder im Griff und antwortete mit schneidender Ironie. »Wenn ich nun zufällig selber der Bischof wäre, wäre ich geneigt, meine Niederlage einzugestehen ... Aber es ist ziemlich klar, daß es der Bischof war, der Mrs. Drukker um Mitternacht die Schachfigur gebracht hat, und ich bin in jener Nacht mit Belle erst um halb eins nach Hause gekommen.«

»Das haben Sie ihr zumindest erzählt. Wie ich mich entsinne, hatten Sie auf Ihre Uhr gesehen und ihr gesagt, wie spät es sei. Kommen Sie – wie spät war es?«

»Das stimmt – halb eins.«

Vance seufzte und klopfte die Asche von seiner Zigarette ab.

»Hören Sie, Mr. Arnesson, wie gut sind Sie als Chemiker?«

»Einer der besten«, grinste der Mann. »Habe sogar den Magisterabschluß. – Na und?«

»Als ich heute morgen den Speicher durchsuchte, habe ich einen kleinen Wandschrank gefunden, in dem jemand aus Kalium-Ferrozyanid Blausäure destilliert hatte. Daneben lag eine Gasmaske für Chemiker und sämtliches Zubehör. Der Bittermandelgeruch stand noch in der Luft.«

»Wirklich eine Schatzkammer, unser Speicher. Anscheinend so etwas wie Lokis Höhle.«

»Genau das war es«, versetzte Vance ernst, »die Höhle eines bösen Geistes.«

»Oder das Labor eines modernen Doktor Faustus... Aber warum wohl das Zyankali – was meinen Sie?«

»Vorsicht, würde ich sagen. Falls es Ärger gegeben hätte, hätte der Bischof schmerzlos von der Bildfläche verschwinden können. Alles stand bereit, wissen Sie.«

Arnesson nickte. »Sehr korrekt von ihm. Wirklich nett, tatsächlich. Hat keinen Zweck, die Leute unnötig zu behelligen, wenn man in die Enge getrieben ist. Ja, sehr korrekt.«

Während dieses unheilschwangeren Zwiegesprächs hatte Professor Dillard eine Hand vor die Augen gelegt, als hätte er Schmerzen. Jetzt wandte er sich sorgenvoll an den Mann, dem er so viele Jahre wie ein Vater gewesen war.

»Viele große Männer, Sigurd, haben den Selbstmord verteidigt – « setzte er an, aber Arnesson schnitt ihm mit einem zynischen Lachen das Wort ab.

»Pah! Den Selbstmord braucht man nicht zu verteidigen. Nietzsche hat das Schreckgespenst des freiwilligen Todes zur Strecke gebracht. ›*Auf eine stolze Art sterben, wenn es nicht mehr möglich ist, auf eine stolze Art zu leben. Der Tod unter den verächtlichsten Bedingungen, ein unfreier Tod, ein Tod zur unrechten Zeit ist ein Feiglings-Tod. Wir haben es nicht in der Hand zu verhindern, geboren zu werden: aber wir können diesen Fehler – denn bisweilen ist es ein Fehler – wiedergutmachen. Wenn man sich abschafft, tut man die achtungswürdigste Sache, die es gibt: man verdient beinahe damit, zu leben.‹* Ich habe diese Stelle aus der *Götzendämmerung* auswendig gelernt, als ich jung war, und nie vergessen. Eine vernünftige Doktrin.«

»Nietzsche hatte viele berühmte Vorgänger, die den Selbstmord ebenfalls befürworteten«, ergänzte Vance. »Zeno der Stoiker hat uns eine leidenschaftliche Dithyrambe hinterlassen, in der er den freiwilligen Tod verteidigt. Auch Tacitus, Epiktet, Mark Aurel, Cato, Kant, Fichte, Diderot, Voltaire und Rousseau – sie alle haben Apologien des Selbstmords geschrieben. Schopenhauer protestierte erbittert dagegen, daß man den Selbstmord in England als Verbrechen ansah... Und doch frage ich mich, ob man zu diesem Thema Vorschriften formulieren kann. Irgendwie finde ich es zu persönlich, um es zum Gegenstand einer akademischen Diskussion zu machen.«

Bekümmert pflichtete der Professor ihm bei. »Niemand kann wissen, was in dieser letzten dunklen Stunde im Herz eines Menschen vorgeht.«

Markham war während des Gesprächs immer ungeduldiger und unruhiger geworden, und Heath, der zunächst aufrecht und wachsam gewesen war, sackte allmählich in sich zusammen. Mir kam es nicht so vor, als würde Vance auch nur im geringsten vorankommen, und ich kam zu dem Schluß, daß seine Absicht, Arnesson in die Enge zu treiben, gründlich gescheitert war. Doch er wirkte kein bißchen nervös. Ich hatte sogar den Eindruck, daß er zufrieden damit war, wie sich die Sache anließ. Mir fiel aber auf, daß er trotz seiner äußeren Gelassenheit innerlich auf der Hut war. Er hatte die Füße unter den Sessel gezogen, wippte auf den Zehenspitzen, und jeder Muskel seines Körpers war gespannt. Allmählich fragte ich mich, was bei dieser schrecklichen Konferenz herauskommen würde.

Das Ende kam schnell. Der Bemerkung des Professors folgte ein kurzes Schweigen. Dann meinte Arnesson: »Sie sagen, Sie wüßten, wer der Bischof ist, Mr. Vance. Wenn das so ist, warum dann das ganze Palaver?«

»Es ist nicht so dringend«, erwiderte Vance fast beiläufig. »Und wir hofften, wir könnten noch einige Kleinigkeiten aufklären – es ist so unbefriedigend, wenn die Geschworenen sich nicht einigen können, meinen Sie nicht? ... Dieser Portwein ist übrigens ausgezeichnet.«

»Der Portwein? ... Ach ja.« Arnesson schaute auf unsere Gläser und warf dem Professor einen beleidigten Blick zu. »Seit wann bin ich denn Abstinenzler, Sir?«

Der Professor zuckte zusammen, zögerte und stand auf. »Entschuldige, Sigurd. Ich hatte gar nicht daran gedacht ... du trinkst doch vormittags nie etwas.« Er trat an das Sideboard, füllte noch ein Glas und setzte es Arnesson mit zitternder Hand vor. Dann füllte er die anderen Gläser nach.

Er hatte kaum wieder Platz genommen, als Vance einen verblüfften Ausruf hören ließ. Er hatte sich halb erhoben und beugte sich vor, die Hände auf die Tischkante gestützt, wobei seine Augen verwundert die Kamineinfassung am anderen Ende des Raumes fixierten.

»Donnerwetter! Das ist mir ja noch gar nicht aufgefallen ... Höchst außergewöhnlich!«

So unerwartet und verwirrend war sein Verhalten und so gespannt die Atmosphäre, daß wir uns unwillkürlich umdrehten und seinem faszinierten Blick folgten.

»Eine Plaque von Cellini!« rief er. »Die Nymphe von Fontainebleau! Berenson sagte mir, sie wäre im 17. Jahrhundert zerstört worden. Ich habe das Gegenstück im Louvre gesehen ...«

Markham stieg vor Zorn und Empörung die Röte in die Wangen, und ich muß gestehen: So vertraut mir Vance' Eigenheiten und seine Begeisterung für seltene Antiquitäten auch waren, hatte ich bislang noch nicht erlebt, daß er eine so unentschuldbare Geschmacklosigkeit an den Tag gelegt hätte. Es war schier unglaublich, daß er sich in diesem tragischen Moment von einem Kunstobjekt ablenken ließ.

Konsterniert runzelte Professor Dillard die Stirn. »Sie haben einen seltsamen Zeitpunkt gewählt, Sir, um Ihrer Kunstbegeisterung zu frönen«, lautete sein schneidender Kommentar.

Vance wirkte gedemütigt und verdrossen. Er sank in seinen Sessel zurück, wich unseren Blicken aus und fing an, den Stiel seines Glases zwischen den Fingern zu drehen. »Sie haben völlig recht, Sir«, murmelte er. »Ich muß mich entschuldigen.«

»Die Plaque«, fügte der Professor hinzu, um die Schärfe seiner Zurechtweisung zu mildern, »ist übrigens bloß eine Kopie von dem Stück im Louvre.«

Wie um seine Verwirrung zu verbergen, hob Vance sein Weinglas an die Lippen. Es war ein höchst peinlicher Augenblick. Die Nerven aller Anwesenden waren zum Zerreißen gespannt, und automatisch folgten wir seinem Beispiel und hoben ebenfalls unsere Gläser.

Vance warf einen Blick auf die andere Seite des Tisches, stand auf und trat ans Vorderfenster, wo er mit dem Rücken zum Zimmer stehenblieb. So unerklärlich war sein hastiger Aufbruch, daß ich mich umdrehte und ihn verwundert ansah. Fast im selben Moment wurde mir die Tischkante kräftig in die Seite gerammt, und gleichzeitig hörte ich, wie Glas zersplitterte.

Ich sprang auf und starrte entsetzt auf den regungslosen Körper, der, Arm und Schulter über den Tisch geworfen, mir gegenüber schlaff in seinem Sessel hing. Ein kurzes, schmerzvolles Schweigen der Verwunderung entstand. Wir alle wirkten einen Moment lang wie gelähmt. Den Blick auf den Tisch geheftet, stand Markham da wie eine Statue, und mit starrem Blick klammerte sich Heath sprachlos erstarrt an seine Sessellehne.

»Bei Gott!« Arnessons verblüffter Ausruf war es, der den Bann brach.

Markham ging schnell um den Tisch herum und beugte sich über Professor Dillards Leiche.

»Rufen Sie einen Arzt, Arnesson«, befahl er.

Erschöpft wandte Vance sich vom Fenster ab und sank in einen Sessel.

»Man kann nichts mehr für ihn tun«, sagte er mit einem tiefen, ermatteten Seufzer. »Er hatte einen schnellen, schmerzlosen Tod vorbereitet, als er sein Zyankali destillierte. Der Fall Bischof ist zu Ende.«

Verstört und ohne zu begreifen starrte Markham ihn an.

»Ach, ich habe die Wahrheit schon seit Pardees Tod geahnt«, beantwortete Vance die unausgesprochene Frage des anderen. »Aber sicher war ich erst gestern abend, als er sich alle Mühe gegeben hat, Mr. Arnesson die Schuld anzuhängen.«

»He! Was höre ich da?« Arnesson wandte sich vom Telephon ab.

»Ganz richtig«, nickte Vance. »Sie sollten die Strafe zahlen. Von Anfang an waren Sie zum Opfer auserkoren. Er deutete sogar die Möglichkeit an, daß Sie der Schuldige seien.«

Arnesson wirkte nicht so überrascht, wie man erwartet hätte. »Ich wußte, daß der Professor mich haßte«, sagte er. »Er war furchtbar eifersüchtig auf mein Interesse an Belle. Und er war dabei, seine geistige Schaffenskraft zu verlieren – schon seit Monaten habe ich das beobachtet. Ich habe die ganze Arbeit an seinem neuen Buch gemacht, und ihm tat es um jede akademische Anerkennung leid, die mir zuteil wurde. Ich hatte so eine Idee, daß er hinter all diesen Teufeleien steckte, aber ich war nicht sicher. Daß er versuchen würde, mich auf den elektrischen Stuhl zu schicken, hätte ich allerdings nicht gedacht.«

Vance stand auf, ging zu Arnesson und reichte ihm die Hand. »Da bestand keine Gefahr. Ich möchte mich dafür entschuldigen, wie ich Sie in dieser letzten halben Stunde behandelt habe. Nur eine Frage der Taktik. Sehen Sie, wir hatten keinen richtigen Beweis, und ich hoffte, ihm die Hand führen zu können.«

Arnesson grinste düster. »Keine Entschuldigung nötig, alter Knabe. Als Sie anfingen, auf mir herumzuhacken, habe ich gemerkt, daß es nur gespielt war. Ich wußte nicht, worauf Sie hinauswollten, aber ich hab' Ihre Stichworte aufgegriffen, so gut ich konnte. Hoffentlich habe ich die Sache nicht vermasselt.«

»Nein, nein. Sie haben es geschafft.«

»Habe ich das?« Tief verblüfft runzelte Arnesson die Stirn. »Aber was ich nicht verstehe, ist, wieso er das Zyankali genommen hat, wenn er doch dachte, Sie würden mich verdächtigen.«

»Diese Einzelheit werden wir nie erfahren«, sagte Vance. »Vielleicht hat er die Identifizierung durch das Mädchen gefürchtet. Oder er hat meine List durchschaut. Vielleicht widerstrebte ihm plötzlich die Vorstellung, Ihnen die Last aufzubürden ... Wie er selbst sagte, weiß niemand, was in dieser letzten dunklen Stunde im Menschenherzen vorgeht.«

Arnesson regte sich nicht. Er blickte Vance mit durchdringender Schläue direkt in die Augen.

»Na ja«, sagte er schließlich, »lassen wir es dabei bewenden ... Vielen Dank jedenfalls!«

Kapitel 26

Heath stellt eine Frage

(Dienstag, 26. April, 16.00 Uhr)

Als Markham, Vance und ich das Haus Dillard eine Stunde später verließen, dachte ich, die Affäre Bischof sei vorbei. Und was die Öffentlichkeit betraf, war sie tatsächlich vorbei. Aber eine Enthüllung stand uns noch bevor, und in gewisser Weise war es die erstaunlichste aller Tatsachen, die ans Tageslicht gebracht worden waren.

Heath stieß nach dem Lunch im Büro des Bezirksstaatsanwaltes zu uns, weil einige heikle Verfahrensangelegenheiten zu erörtern waren, und später am Nachmittag faßte Vance den ganzen Fall noch einmal zusammen und erklärte viel, was bislang unklar geblieben war.

»Arnesson hat das Motiv für diese wahnsinnigen Untaten bereits angedeutet«, begann er. »Der Professor wußte, daß er von einem jüngeren Mann aus seiner Stellung in der Welt der Wissenschaft verdrängt wurde. Sein Verstand verlor allmählich an Kraft und Gründlichkeit, und es war ihm klar, daß sein neues Buch über die Atomstruktur nur durch Arnessons Hilfe ermöglicht worden war. Ein kolossaler Haß auf sein Ziehkind wuchs in ihm. In seinen Augen wurde Arnesson zum Monster, das er – wie Frankenstein – selbst erschaffen hatte und das sich nun erhob, um ihn zu vernichten. Diese intellektuelle Feindschaft wurde noch durch primitive Eifersucht verstärkt. Seit zehn Jahren hatte er die angestaute Zuneigung seines einsamen Junggesellenlebens auf Belle Dillard konzentriert – sie stellte seinen einzigen Halt im alltäglichen Leben dar –, und als er sah, daß Arnesson sie ihm wahrscheinlich nehmen würde, verdoppelten sich sein Haß und sein Abscheu.«

»Das Motiv ist verständlich«, meinte Markham, »aber es erklärt nicht die Verbrechen.«

»Das Motiv wirkte wie der zündende Funke im Pulverfaß seiner angestauten Emotionen. Als er nach einem Weg suchte, Arnesson zu vernichten, stieß er auf den teuflischen Scherz der Bischof-Morde. Diese Morde machten seinen Verdrängungen Luft; sie erfüllten sein psychisches Bedürfnis, sich gewaltsam zum Ausdruck zu bringen, und gleichzeitig beantworteten sie die unheilvolle Frage, wie er Arnesson loswerden und gleichzeitig Belle Dillard behalten konnte.«

»Aber warum«, fragte Markham, »hat er nicht einfach Arnesson umgebracht und es dabei bewenden lassen?«

»Sie übersehen die psychologischen Aspekte der Situation. Die lange, intensive Verdrängung hatte der Verstand des Professors beeinträchtigt. Die Natur forderte ein Ventil. Und sein leidenschaftlicher Haß auf Arnesson war es, der den Druck bis zur Explosion steigerte. So wurden die beiden Triebe vereint. Durch die Untaten machte er nicht nur seinen Hemmungen Luft, sondern auch seinem Zorn gegen Arnesson, denn Arnesson sollte die Strafe treffen, wissen Sie. Diese Rache war kraftvoller und daher befriedigender, als den Mann bloß zu töten – es war der große grimmige Scherz, der hinter den kleineren Scherzen, den Morden selbst, stand...

Dieser diabolische Plan hatte allerdings einen Nachteil, obgleich der Professor ihn nicht erkannte. Die Affäre forderte geradezu eine psychologische Analyse heraus, und schon zu Beginn war es mir möglich, einen Mathematiker als den Täter zu bestimmen. Die Schwierigkeit, den Mörder namentlich zu nennen, lag darin, daß fast alle möglichen Verdächtigen Mathematiker waren. Der einzige, von dem ich wußte, daß er unschuldig war, war Arnesson, denn er war der einzige, der fortwährend für sein psychisches Gleichgewicht sorgte – will sagen: der die Emotionen, die aus seinen langwierigen abstrakten Überlegungen erwuchsen, ständig zur Entladung brachte. Ein allgemein sadistisches und zynisches Benehmen, das unverhohlen zum Ausdruck gebracht wird, und ein gewalttätiger Ausbruch in Form eines Mordes sind psychologisch äquivalent. Wenn man seinem Zynismus freien Lauf läßt, hat man für ein natürliches Ventil gesorgt und bleibt im emotionalen Gleichgewicht. Zynische und spöttische Menschen sind immer ungefährdet, denn sie neigen am wenigsten zu sporadischen Tätlichkeiten. Der Mann hingegen, der seinen Sadismus unterdrückt und seinen Zynismus unter einem ernsten und stoischen Äußeren sich anstauen läßt, ist immer für gefährliche Eingebung anfällig. Deswegen wußte ich, daß Arnesson der Bischof-Morde unfähig war, und deswegen schlug ich vor, ihn an den Ermittlungen teilnehmen zu lassen. Wie er zugegeben hat, hatte er den Professor im Verdacht, und sein Wunsch, uns zu helfen, war meines Erachtens die Folge seines Bedürfnisses, auf dem Posten zu bleiben, damit er Belle Dillard und sich selbst besser schützen konnte, falls der Verdacht sich als zutreffend erweisen sollte.«

»Das klingt einleuchtend«, stimmte Markham zu. »Aber woher hatte Dillard seine phantastischen Einfälle für die Morde?«

»Das Leitmotiv der Kinderreime kam ihm wahrscheinlich in den Sinn, als er hörte, wie Arnesson im Scherz Haan vor dem Pfeil von Sperlings Bogen warnte. In dieser Bemerkung sah er die Möglichkeit, seinem Haß gegen den Mann, der sie geäußert hatte, Luft zu machen, und er wartete den rechten Augenblick ab. Kurz darauf bot sich die Möglichkeit, das Verbrechen in Szene zu setzen. Als er Sperling an jenem Morgen die Straße heraufkommen sah, wußte er, daß Haan allein im Clubraum war. Also ging er hinab, verwickelte Haan in ein Gespräch, versetzte ihm einen Schlag auf den Kopf, stieß ihm einen Pfeil ins Herz und schleifte ihn auf den Schießstand hinaus. Dann wischte er das Blut auf, vernichtete den Lappen, warf an der Ecke seine Briefe in den Briefkasten, steckte einen in den Briefkasten des Hauses, kehrte in die Bibliothek zurück und rief hier im Büro an. Aber ein unvorhergesehener Umstand war eingetreten: Zu dem Zeitpunkt, als der Professor angeblich auf den Balkon getreten war, war Pyne in Arnessons Zimmer gewesen. Das war aber nicht weiter schlimm, denn obwohl Pyne wußte, daß etwas nicht stimmte, als er den Professor beim Lügen ertappte, hat er ihn sicherlich nicht als Mörder verdächtigt. Die Untat war ein voller Erfolg.«

»Aber trotzdem«, warf Heath ein, »haben Sie erraten, daß Haan nicht mit Pfeil und Bogen erschossen worden war.«

»Richtig. Der beschädigte Zustand der Kerbe des Pfeils verriet mir, daß er Haan in den Körper gerammt worden war, und daraus folgerte ich, daß der Junge im Haus getötet worden war, nachdem man ihn zuvor mit einem Schlag auf den Schädel betäubt hatte. Deswegen nahm ich auch an, daß der Bogen aus dem Fenster auf den Schießstand geworfen worden war – ich wußte damals noch nicht, daß der Professor der Schuldige war. Natürlich ist der Bogen nie auf dem Schießstand gewesen. Aber die Indizien, auf denen meine Folgerungen beruhten, sind nicht als Irrtum oder

Flüchtigkeitsfehler des Professors anzusehen. Da sein Witz mit dem Kinderreim geklappt hatte, war ihm der Rest egal.«

»Was meinen Sie, was er als Waffe benutzt hat?« wollte Markham wissen.

»Höchstwahrscheinlich seinen Gehstock. Vielleicht haben Sie bemerkt, daß er einen mächtigen goldenen Knauf besitzt, der wie eine perfekte Mordwaffe konstruiert ist.[38] Ich neige übrigens zu der Ansicht, daß er seine Gicht übertrieben hat, um bemitleidet zu werden und jeden eventuellen Verdacht von sich abzulenken.«

»Und der Einfall für den Mord an Sprigg?«

»Nach Haans Tod hat er möglicherweise gezielt nach Kinderreimen für ein weiteres Verbrechen gesucht. Jedenfalls hat Sprigg am Abend, bevor er erschossen wurde, das Haus aufgesucht, und das war, wie ich mir vorstelle, der Moment, in dem die Idee geboren wurde. Am Tag, der für das grausige Geschäft bekannt war, stand der Professor zeitig auf, kleidete sich an, wartete Pynes Klopfen um halb acht ab, antwortete darauf und ging in den Park – wahrscheinlich durch den Clubraum und den Durchgang. Möglicherweise hat Arnesson beiläufig erwähnt, daß Sprigg jeden Morgen spazierenging, oder vielleicht sogar der Junge selbst.«

»Aber wie erklären Sie die Tensor-Formel?«

»Der Professor hatte gehört, wie Arnesson ein paar Abende zuvor mit Sprigg darüber gesprochen hatte, und ich glaube, er hat sie unter die Leiche gelegt, damit man die Verbindung zu Arnesson herstellte. Zudem brachte speziell diese Formel den psychologischen Impuls hinter den Verbrechen elegant zum Ausdruck. Der Riemann-Christoffel-Tensor ist ein Ausdruck für die Unendlichkeit des Raumes – die Negation des unendlich geringen menschlichen Daseins auf dieser Erde, und unterbewußt hat sie ohne Zweifel des Professors perversen Sinn für Humor angesprochen, indem sie seinem monströsen Plan zusätzliche Homogenität verlieh. In dem Moment, als ich sie erblickte, spürte ich ihre unheilvolle Bedeutung, und sie bekräftigte meine Theorie, daß die Morde des Bischofs die Taten eines Mathematikers waren, dessen Wertvorstellungen abstrakt und inkommensurabel geworden waren.«

Vance machte eine Pause, um sich eine Zigarette anzuzünden, und nach einem Moment nachdenklichen Schweigens fuhr er fort.

»Wir kommen jetzt zum mitternächtlichen Besuch im Hause Drukker. Dabei handelte es sich um ein grimmiges Zwischenspiel, das dem Mörder durch die Mitteilung, daß Mrs. Drukker geschrieen hatte, aufgezwungen worden war. Er fürchtete, die Frau hätte gesehen, wie Haans Leiche auf den Schießstand geworfen worden war, und da sie am Morgen, als er Sprigg umbrachte, im Garten war und ihm begegnete, als er von seinem Mord zurückkehrte, fürchtete er mehr denn je, daß sie eins und eins zusammenzählen würde. Kein Wunder, daß er uns daran zu hindern versuchte, sie zu vernehmen! Und bei der erstbesten Gelegenheit bemühte er sich, sie für immer zum Schweigen zu bringen. Er nahm Belle Dillard, bevor sie an jenem Abend ins Theater ging, den Schlüssel aus der Handtasche und legte ihn am nächsten Morgen zurück. Er schickte Pyne und die Beedle zeitig zu Bett, und um halb elf klagte Drukker, er sei müde, und ging nach Hause. Um Mitternacht dachte er, die Luft sei rein für seinen unheimlichen Besuch. Daß er den schwarzen Läufer als symbolisches Handzeichen für den geplanten Mord mitnahm, war wahrscheinlich durch Pardees und Drukkers Gespräch über das Schachspiel angeregt worden. Dann wiederum war es Arnessons Schachfigur, und ich habe ihn sogar im Verdacht, daß er uns von der Fachsimpelei erzählt hat, um den Verdacht auf Arnessons Schachspiel zu lenken, falls uns der schwarze Läufer in die Hände fallen sollte.«

»Glauben Sie, daß er da schon vorhatte, Pardee mit hineinzureißen?«

»Aber nein. Er war ehrlich überrascht, als Arnessons Analyse der Partie zwischen Pardee und Rubinstein den Umstand enthüllte, daß der Läufer schon seit langem Pardees Nemesis darstellte ... Und Sie hatten bestimmt recht bezüglich Pardees Reaktion, als ich am nächsten Tag den schwarzen Läufer erwähnte. Der arme Kerl dachte, ich würde ihn absichtlich verspotten, nachdem er durch Rubinstein eine Niederlage erlitten hatte ...«

Vance beugte sich vor und klopfte die Zigarettenasche ab.

»Zu schade«, murmelte er bedauernd. »Ich bin ihm eine Erklärung schuldig geblieben, finden Sie nicht?« Er zuckte leicht mit den Schultern, machte es sich im Sessel bequem und nahm seine Erzählung wieder auf. »Die Idee für den Mord an Drukker hatte der Professor von Mrs. Drukker selbst. Sie brachte Belle Dillard gegenüber ihre phantasievollen Ängste zum Ausdruck, diese wiederholte sie abends beim Dinner, und der Plan nahm Gestalt an. Seine Ausführung bereitete keinerlei Schwierigkeiten. Nach dem Dinner ging Professor Dillard auf den Speicher und tippte die Zettel. Dann schlug er im Laufe des Abends Drukker einen Spaziergang vor, weil er wußte, daß Pardee es nicht lange bei Arnesson aushalten würde, und als er Pardee auf dem Reitweg sah, wußte er natürlich, daß Arnesson allein war. Sobald Pardee weitergegangen war, schlug er Drukker nieder und stieß ihn über die Mauer. Dann nahm er sofort den kleinen Pfad, der zum Drive führt, überquerte die 76ste Straße, begab sich in Drukkers Zimmer und kehrte auf demselben Wege zurück. Insgesamt kann die Sache nicht mehr als zehn Minuten gedauert haben. Dann ging er gelassen an Emery vorbei und mit Drukkers Notizbuch unter dem Mantel nach Hause.«

»Aber warum«, warf Markham ein, »haben Sie so ein Theater darum gemacht, den Schlüssel zur Pforte des Durchgangs zu finden, wenn Sie von Arnessons Unschuld überzeugt waren? Nur Arnesson konnte den Schlüssel in Drukkers Todesnacht benutzt haben. Dillard und Pardee sind beide vorne hinausgegangen.«

»Im Hinblick auf Arnessons Schuld hat mich der Schlüssel nicht interessiert. Aber, sehen Sie, wenn der Schlüssel weg war, hätte das bedeutet, daß ihn jemand genommen hatte, um den Verdacht auf Arnesson zu lenken. Wie einfach wäre es für Arnesson gewesen, sich, nachdem Pardee gegangen war, auf den Weg zu schleichen, über den Drive zum kleinen Pfad zu gehen und Drukker anzugreifen, nachdem der Professor ihn alleingelassen hatte... Und genau das, Markham, war es, was wir glauben sollten. Es war wirklich die naheliegendste Erklärung für Drukkers Ermordung.«

»Was mir immer noch nicht in den Kopf will«, beschwerte sich Heath, »ist, warum der alte Knabe Pardee umgebracht haben soll. Das hat keinen Verdacht auf Arnesson gelenkt, und es sah so aus, als wäre Pardee der Schuldige, hätte sich vor sich selbst geekelt und sich kaltgemacht.«

»Dieser rätselhafte Selbstmord, Sergeant, war der phantastischste Witz des Professors. Er war gleichzeitig ironisch und verachtungsvoll, denn während dieses ganzen komischen Zwischenspiels wurden Pläne für Arnessons Vernichtung geschmiedet. Und die Tatsache, daß wir jetzt einen plausiblen Schuldigen hatten, hatte natürlich den großen Vorzug, daß unsere Wachsamkeit nachließ und die Wachen vom Haus abgezogen wurden. Ich vermute, dieser Mord wurde ziemlich spontan erdacht. Der Professor erfand irgendeinen Vorwand, Pardee in den Clubraum zu begleiten, wo er bereits die Fenster geschlossen und die Jalousien herabgelassen hatte. Dann hat er seinen arglosen Gast – vielleicht während er ihn auf einen Zeitschriftenartikel aufmerksam machte – in die Schläfe geschossen, ihm die Pistole in die Hand gedrückt und mit einem Anflug von sardonischem Humor das Kartenhaus gebaut. Als er in die Bibliothek zurückkam, stellte er die Schachfiguren auf, um den Eindruck zu erwecken, Pardee hätte über den schwarzen Läufer nachgegrübelt...

Aber, wie gesagt, war diese grimmige Groteske nur ein Seitenthema. Das Finale sollte die Episode mit dem kleinen Fräulein Adelheid werden, und es war sorgsam inszeniert, um den Himmel über Arnesson einstürzen zu lassen. Am Morgen der Beisetzung, als Adelaide Moffat dem Buckelmuckel die Blumen brachte, war der Professor im Haus, und ohne Zweifel kannte er den Namen des Kindes – sie war Drukkers Liebling und schon oft im Haus gewesen. Da sich die Idee mit den Kinderreimen mittlerweile als mörderischer Wahn in seinem Gehirn festgesetzt hatte, fiel ihm bei dem Namen Adelaide natürlich Adelheid ein. Es ist nicht einmal unwahrscheinlich, daß Drukker oder Mrs. Drukker das Kind in seinem Beisein einmal ›Kleines Fräulein Adelheid‹ genannt hatten. Es war ihm ein leichtes, gestern nachmittag ihre Aufmerksamkeit zu erregen und sie auf den Erdwall an der Mauer zu locken. Wahrscheinlich erzählte er ihr, Buckelmuckel wolle sie sehen, und eifrig kam sie mit, folgte ihm den Reitweg entlang, dann über den Drive und durch den Durchgang zwischen den Mietshäusern. Niemand bemerkte sie, denn um diese Zeit wimmelt es auf dem Drive von Kindern. Dann pflanzte er gestern abend in uns den Keim des Verdachts gegen Arnesson – im Glauben, wenn die Fräulein-Adelheid-Briefe die Presse erreichten, würden wir schon nach dem Kind suchen und es erstickt im Hause Drukker finden. Ein schlauer, ein teuflischer Plan!«

»Aber erwartete er, daß wir den Speicher seines eigenen Hauses durchsuchen würden?«

»Oh ja, aber erst morgen. Inzwischen hätte er den Wandschrank leergeräumt und die Schreibmaschine an eine auffälligere Stelle gestellt. Und er hätte das Notizbuch beiseite geschafft, denn es besteht kaum ein Zweifel, daß er vorhatte, sich Drukkers Forschungen zur Quantentheorie anzueignen. Aber wir kamen einen Tag zu früh und machten seine Berechnungen zunichte.«

Versonnen rauchte Markham eine Weile. »Sie sagen, Sie waren gestern abend von Dillards Schuld überzeugt, als Sie sich an die Figur des Bischofs Arnesson erinnerten...«

»Ja – oh ja. Da hatte ich das Motiv. In dem Moment wurde mir klar, daß der Professor darauf abzielte, Arnesson die Schuld zuzuschieben, und daß die Unterschrift der Briefe zu diesem Zweck gewählt war.«

»Er hat lange gewartet, bis er uns auf die *Kronprätendenten* aufmerksam gemacht hat«, bemerkte Markham.

»Tatsache ist, daß er nicht erwartete, es überhaupt tun zu müssen. Er dachte, wir würden von selbst auf den Namen stoßen. Aber wir waren begriffsstutziger, als er angenommen hatte, und schließlich bestellte er Sie in seiner Verzweiflung zu sich und klopfte geschickt auf den Busch, indem er auf die *Kronprätendenten* hinwies.«

Ein paar Sekunden sagte Markham nichts. Mit gerunzelter Stirn und vorwurfsvoller Miene trommelte er mit den Fingern einen Rhythmus auf die Akten.

»Warum«, fragte er endlich, »haben Sie uns gestern abend nicht gesagt, daß der Professor und nicht Arnesson der Bischof war? Sie haben uns in dem Glauben gelassen – «

»Aber mein lieber Markham! Was hätte ich denn sonst tun können? Erstens hätten Sie mir nicht geglaubt und mir wahrscheinlich wieder zu einer Seereise geraten, nicht wahr? Außerdem war es unerläßlich, den Professor denken zu lassen, wir würden Arnesson verdächtigen. Sonst hätten wir keine Chance gehabt, die Entscheidung herbeizuführen. Unsere einzige Hoffnung lag in der Täuschung, und ich wußte: Wenn Sie und der Sergeant ihn im Verdacht gehabt hätten, hätten Sie sich bestimmt verraten. So mußten Sie sich nicht verstellen, und siehe da: Es hat alles wunderbar geklappt.«

Während der letzten halben Stunde hatte der Sergeant Vance ab und zu mit verwirrter Ungewißheit angeschaut, doch aus irgendeinem Grund hatte er gezögert, seine besorgten Gedanken laut werden zu lassen. Jetzt aber rückte er unruhig hin und her, nahm die Zigarre aus dem Mund und stellte eine verblüffende Frage.

»Ich beschwer' mich nicht darüber, daß Sie uns gestern abend nicht aufgeklärt haben, Mr. Vance, aber folgendes würde ich doch gerne wissen: Als Sie aufgesprungen sind und auf diese

Platte auf dem Kaminsins gezeigt haben – wieso haben Sie die Gläser von Arnesson und dem alten Knaben vertauscht?«

Vance seufzte tief und wackelte hoffnungslos mit dem Kopf. »Ich hätte mir denken können, daß Ihrem Adlerauge nichts entgeht, Sergeant.«

Markham warf sich über den Schreibtisch und funkelte Vance aufgebracht und verwirrt an. »Was soll das heißen!« sprudelte er, und seine normale Selbstbeherrschung hatte ihn verlassen. »Sie haben die Gläser vertauscht? Sie haben absichtlich – «

»Ach, hören Sie«, bat Vance, »lassen Sie sich nicht in Wallung bringen.« Mit gespieltem Vorwurf wandte er sich an Heath. »Sehen Sie, was Sie mir da eingebrockt haben, Sergeant.«

»Jetzt ist keine Zeit für Ausflüchte.« Markhams Tonfall war kalt und unnachgiebig. »Ich verlange eine Erklärung.«

Vance machte eine resignierte Geste. »Also gut. Hören Sie zu. Wie ich Ihnen erklärt habe, war es meine Absicht, scheinbar auf den Plan des Professors reinzufallen und Arnesson zu verdächtigen. Heute morgen ließ ich absichtlich durchschimmern, daß wir keine Beweise hatten, und daß wir, selbst wenn wir Arnesson verhafteten, ihn wohl kaum festhalten könnten. Ich wußte, daß er angesichts dieser Umstände in Aktion treten würde, daß er versuchen würde, heldenhaft mit der Situation fertigzuwerden, denn der einzige Zweck der Morde war, Arnesson völlig zu vernichten. Ich war zuversichtlich, daß er irgend etwas Auffälliges tun und sich in unsere Hände geben würde. Was das sein würde, wußte ich nicht. Aber ich hatte ihn aufmerksam beobachtet... Da gab mir der Wein eine Inspiration. Weil ich wußte, daß er Zyankali in seinem Besitz hatte, brachte ich das Gespräch auf den Selbstmord und setzte ihm so die Idee in den Kopf. Er ging in die Falle, versuchte, Arnesson zu vergiften und es wie Selbstmord aussehen zu lassen. Ich sah, wie er verstohlen eine kleine Phiole mit einer farblosen Flüssigkeit in Arnessons Glas leerte, als er am Sideboard den Wein einschenkte. Zuerst hatte ich vor, den Mord zu verhindern und den Wein analysieren zu lassen. Wir hätten ihn durchsuchen und die Phiole finden können, und ich hätte bezeugen können, daß ich gesehen habe, wie er den Wein vergiftet hat. Dieser Beweis und die Identifizierung durch das Kind hätte unserem Zweck genügen können. Aber im letzten Moment, als er uns allen nachgeschenkt hatte, entschied ich mich für einen einfacheren Weg – «

»Sie haben uns also abgelenkt und die Gläser vertauscht!«

»Ja, ja. Natürlich. Ich dachte, ein Mann sollte wohl den Wein trinken wollen, den er einem anderen einschenkt.«

»Sie haben das Gesetz in Ihre Hand genommen!«

»Ich habe es in die Arme genommen – es war so hilflos . . . Aber seien Sie nicht so selbstgerecht. Würden Sie eine Klapperschlange vor die Schranken des Gerichts bringen? Machen Sie einem tollwütigen Hund den Prozeß? Ich empfand nicht mehr dabei, ein Monster wie Dillard ins Jenseits zu befördern, als dabei, eine giftige Natter zu zertreten, wenn sie gerade zustößt.«

»Aber das war Mord!« rief Markham mit entsetzter Empörung.

»Tja, ohne Zweifel«, sagte Vance vergnügt. »Ja – natürlich. Höchst verdammenswert . . . Hören Sie, ich bin doch nicht zufällig verhaftet?«

Der »Selbstmord« von Professor Dillard machte dem berühmten Mordfall Bischof ein Ende und stellte automatisch Pardees guten Ruf wieder her. Im folgenden Jahr heirateten Arnesson und Belle Dillard in aller Stille und reisten nach Norwegen, wo sie einen Hausstand gründeten. Arnesson erhielt den Lehrstuhl für Angewandte Mathematik an der Universität von Oslo, und man wird sich erinnern, daß er zwei Jahre darauf für seine physikalischen Arbeiten den Nobelpreis bekam. Das alte Haus der Dillards auf der 75sten Straße wurde abgerissen, und heute steht auf dem Grundstück ein modernes Wohnhaus, an dessen Fassade zwei riesige Terrakotta-Medaillons angebracht sind, die stark an Zielscheiben erinnern. Ich habe mich oft gefragt, ob der Architekt diesen Schmuck mit Absicht gewählt hat.

Anmerkungen

1 Davon wird im *Mordfall Greene* berichtet.

2 Während des Mordfalls Bischof wurden einige Wochen lang mehr Exemplare der *Mother Goose Melodies,* einer umfassenden Sammlung von Kinderreimen, verkauft als von jedem aktuellen Roman. Ein kleinerer Verlag druckte eine ganze Auflage dieser berühmten alten Kinderreime neu, und bald war sie vergriffen.

3 Das Buch, das Vance meinte, war die ausgezeichnete und umfassende Abhandlung *Archery* von Dr. med. Robert Elmer.

4 *Mordfall Benson.*

5 *Mordfall Sittich.*

6 Obwohl Laplace für seine *Méchanique Céleste* am bekanntesten ist, spielte Vance hier auf dessen Meisterwerk *Théorie Analytique des Probalités* an, die Herschel das *»ne plus ultra of mathematical skill and power«* nannte.

7 Heath meinte Dr. Emanuel Doremus, den dienstältesten gerichtlichen Leichenbeschauer von New York.

8 Das Buch, auf das Professor Dillard hier anspielte, war das große Werk, das zwei Jahre später herauskam: *The Atomic Structure of Radiant Energy,* eine mathematische Verfeinerung der Planckschen Quantentheorie, die das klassische Axiom der Kontinuität aller physikalischen Prozesse widerlegte, wie es in Maximus Tyrius' *Οὐδὲ ἐνταῦα* ἡ φύσις μεταπηδᾶ ἀθρόως dargestellt ist.

9 Der amerikanische Schachmeister, der manchmal mit Dr. Emanuel Lasker, dem früheren Weltmeister, verwechselt wird.

10 Europäische Musikfreunde erinnern sich gewiß noch an Mae Brenner. Ihr Debut gab sie im unvergleichlichen Alter von 23 Jahren als Sulamith in *Die Königin von Saba* in der Wiener Hofoper. Ihr größter Erfolg war jedoch ihre Desdemona in *Othello,* ihre letzte Rolle, bevor sie sich von der Oper zurückzog.

11 Der Name wurde ursprünglich natürlich »Drucker« geschrieben. Die Veränderung – ein halbherziger Versuch der Amerikanisierung – wurde von Mrs. Drukker vorgenommen, als sie sich hier niederließ.

12 Er machte auf mich ganz denselben Eindruck wie General Homer Lee, als ich ihn kurz vor seinem Tod in Santa Monica besuchte.

13 Samstags wurde im Büro des Bezirksstaatsanwaltes nur halbtags gearbeitet. Swacker war Markhams Sekretär.

14 Der vor zwei Jahren verstorbene Inspector William C. Moran war zur Zeit des Falles Bischof Leiter der kriminalpolizeilichen Ermittlungsabteilung.

15 Der Term wurde eigentlich von Christoffel für ein Problem der Wärmeleitung entwickelt und 1869 von ihm im *Crelle Journal für reine und angewandte Mathematik* veröffentlicht.

16 Eine ähnliche Panik trat 1888 in London auf, als Jack the Ripper in seinen grausigen Orgien schwelgte, und dann 1923 in Hannover, als Haarmann, der Werwolf, sich seinen antropophagischen Schlächtereien widmete. Aber ich erinnere mich an keine moderne Parallele zu dem düsteren Horror, der sich während der Bischof-Morde über New York legte.

17 Damals befehligte Chief Inspector O'Brien die gesamte Polizeitruppe.

18 Captain Hagedorn war der Schußwaffenexperte der New Yorker Polizei. Er war es gewesen, der im Fall Benson die Angaben gemacht hatte, die es Vance ermöglicht hatten, die Größe des Mörders zu bestimmen, und der die drei Geschosse untersucht hatte, die im Mordfall Greene aus dem alten Smith & Wesson-Revolver abgefeuert worden waren.

19 Akiba Rubinstein war der Schach-Landesmeister von Polen und einer der internationalen Großmeister. Er wurde 1882 in Stavisk bei Lodz geboren und gab 1906 beim internationalen Schachturnier in Oostende sein Debut. Seine kürzliche Amerikareise resultierte in einer Folge neuer Triumphe.

20 Seit dieser Erörterung hat Professor Pickering nach den Laufunregelmäßigkeiten des Uran zwei weitere Planeten jenseits des Neptun angegeben: *P* und *S*.

21 Colonel Benjamin Hanlon, leitender Beamter der Ermittlungsabteilung, die dem Amt des Bezirksstaatsanwaltes zugeordnet war.

22 Von den modernen Opern gefiel Vance *Louise* am besten, aber er zog Mary Garden in der Titelrolle der Farrar bei weitem vor.

23 Man wird sich erinnern, daß die Berichte der *World* über den Fall Bischof den Neid der anderen Zeitungen der Metropole erregten. Obwohl Sergeant Heath bei der Bekanntgabe der Fakten gegenüber der Presse unparteiisch blieb, gelang es ihm doch, einige pittoreske Bonbons für Quinan aufzusparen, und er erlaubte sich gewisse Spekulationen, die – obschon sie keinen Nachrichtenwert besaßen – den Reportagen der *World* zusätzlich Interessantheit und Farbe verliehen.

24 Guilfoyle, so wird man sich erinnern, war einer der Detectives, die im Mordfall Sittich Tony Skeel beschattet hatten.

25 Hennessy hatte beim Mordfall Greene mit Dr. Drumm das Haus Greene von Narcoss Flats aus beobachtet. Snitkin hatte ebenfalls bei

diesen Ermittlungen mitgewirkt und eine kleinere Rolle in den Fällen Benson und Sittich gespielt. Der geschniegelte Emery war der Beamte, der in Alvin Bensons Wohnzimmer die Zigarettenkippen unter den Holzscheiten ausgegraben hatte.

26 Einen wichtigen Schritt zur Lösung dieser komplexen Problematik leisteten ein paar Jahre darauf de Broglie und Schrödinger mit ihren Theorien, wie sie in de Broglies *Ondes et Mouvement* und Schrödingers *Abhandlungen zur Wellenmechanik* dargelegt sind.

27 Zum Nutzen des erfahrenen Schachspielers, der ein rein akademisches Interesse daran haben mag, füge ich die Stellung der Partie bei, in der Pardee aufgegeben hat.
WEISS: K-b1, T-c8, B-a2, B-d2;
SCHWARZ: K-d4, L-a3, S-b4, B-b2, B-c2.

28 Die letzten, ungespielt gebliebenen Züge, wie Vance sie mir später angab, waren folgende: 45. Txc2; Sxc2. 46. Kxc2; B-b1+ (Dame). 47. Kxb1; K-d3. 48. K-a1; K-c2. 49. B-d3; L-b2+ matt.

29 Trotz meiner ausführlichen Notizen bin ich anscheinend nicht in der Lage, Vance' Worte genau wiederzugeben, aber ich habe ihm eine Kopie der folgenden Passagen geschickt, mit der Bitte, sie zu revidieren und zu überarbeiten. In der vorliegenden Form stellen sie also eine exakte Paraphrase seiner Analyse der psychologischen Faktoren der Mordtaten des Bischofs dar.

30 Die Gestalt des Lumen wurde von dem französischen Astronom erfunden, um die Möglichkeit einer Umkehr der Zeit zu beweisen. Er sollte mit einer Geschwindigkeit von 400 000 Kilometern pro Sekunde ins Weltall zum Ende der Schlacht von Waterloo rasen und alle Lichtstrahlen einholen, die vom Schlachtfeld ausgegangen waren. Sein Vorsprung wurde immer größer, bis er nach zwei Tagen nicht mehr das Ende, sondern den Beginn der Schlacht miterlebte, und unterdessen hatte er die dazwischenliegenden Ereignisse in umgekehrter Reihenfolge erblickt. Er hatte gesehen, wie Geschosse die Objekte, die sie durchschlagen hatten, wieder verließen und in die Kanonen zurückkehrten, hatte Tote lebendig werden und sich in Schlachtordnung formieren sehen. Ein weiteres hypothetisches Abenteuer von Lumen bestand darin, daß er auf den Mond sprang, sich sofort umdrehte und sich rückwärts vom Mond auf die Erde springen sah.

31 Vance bat mich, an dieser Stelle A. d'Abros kürzlich erschienene Abhandlung *The Evolution of Scientific Thought* zu erwähnen, in der die Paradoxa im Zusammenhang mit der Raum-Zeit ausgezeichnet erörtert werden.

32 Vance' Magisterarbeit, fällt mir ein, handelte von Schopenhauers *Über die vierfache Wurzel des Satzes vom zureichenden Grunde.*

33 Ich weiß nicht, ob Vance hier *Mars and Its Canals* oder *Mars as the Abode of Life* meinte.

34 Pardee hinterließ in seinem Testament eine beträchtliche Summe für die Förderung des Schachspiels, und man wird sich erinnern, daß im Herbst desselben Jahres in Cambridge Springs das Pardee-Gedächtnis-Turnier veranstaltet wurde.

35 Das war Vance die liebste von Wagners Opern. Er betonte immer, es sei die einzige Oper mit der Struktur einer Symphonie, und mehr als einmal gab er seinem Bedauern Ausdruck, daß sie nicht als Orchesterstück statt als Vehikel für ein absurdes Drama geschrieben worden war.

36 Vance besaß die William-Archer-Ausgabe.

37 Ich muß zugeben, daß der Name Rhazis mir kein Begriff war; als ich später nachschlug, stellte ich fest, daß die Episode, auf die Vance anspielte, in Makkabäer II. in den Apokryphen steht.

38 Später stellte sich heraus, daß der große, gewichtige Goldknauf von fast acht Zoll Länge lose und mühelos vom Stock abzunehmen war. Der Griff wog an die zwei Pfund und bildete, wie Vance bemerkt hatte, einen höchst wirkungsvollen Totschläger. Ob er zu dem Zweck, zu dem er dann benutzt wurde, abgenommen worden war oder nicht, bleibt natürlich völlig der Spekulation überlassen.

Nachwort

Die Bedeutung, die das Wirken von Willard Huntington Wright (1888–1939) für die Geschichte und Entwicklung des Detektivromans gehabt hat, kann gar nicht hoch genug eingeschätzt werden: Seine Kritiken und essayistischen Arbeiten zum Genre, die er teils unter dem Pseudonym S.S. van Dine, teils unter seinem wirklichen Namen schrieb, und sein schon zu beider Lebzeiten legendärer Detektiv Philo Vance trugen dazu bei, die Detektivgeschichte zu einer Kunstform *sui generis* zu machen – daß der Detektivroman des ›Golden Age‹ von den zwanzigern bis in die sechziger Jahre hinein im englischen Sprachraum legitimer Lesestoff für Intellektuelle war, ist nicht zuletzt sein Verdienst; die Liste der Autoren, die in seiner Schuld stehen, reicht von Ellery Queen, John Dickson Carr und Agatha Christie bis zu Michael Innes und Edmund Crispin.

Für diese Rolle brachte er die besten Voraussetzungen mit; der intellektuelle Hintergrund, den er seinem Detektiv Philo Vance gab, war sein eigener, wenn er auch nicht gerade wie sein Held in Oxford studiert hatte, so war seine Alma mater doch immerhin die renommierte Harvard University. Kunststudien in München und Paris rundeten seine Ausbildung ab, bevor er als Kunst- und Literaturkritiker Mitarbeiter und Herausgeber angesehenen Zeitungen und Zeitschriften wurde. Neben seiner journalistischen Tätigkeit veröffentlichte er Bücher zur modernen Kunst, über Friedrich Nietzsche und zur Kunsttheorie; daneben erschien 1916 mit geringem Publikumserfolg ein Roman mit dem Titel »The Man of Promise«.

Seine zeitlebens schwache Gesundheit erwies sich auf die Dauer der Mehrfachbelastung durch Journalismus, Kunstpublikationen und schriftstellerischen Ehrgeiz nicht gewachsen: 1923 kam es zu einem Zusammenbruch, und Wright mußte mit einer Herzschwäche mehr als zwei Jahre das Bett hüten. Da ihm sogar jede Form ›ernsthafter‹ Lektüre verboten war, wandte er sich einem leichten Genre zu, und es kam zu seiner folgenschweren Begegnung mit dem Detektivroman. Sie sollte nicht nur sein eigenes Leben von Grund auf verändern, sie beeinflußte auch nachhaltig das weitere Geschick der Gattung. Der sensible Kritiker las in dieser Zeit mehr als 2000 Erzeugnisse aus dem seit Mitte des 19. Jahrhunderts reich bestellten Feld der Kriminalliteratur, einschließlich kriminologischer Werke. Die gründliche Kenntnisnahme dieses blühenden Wildwuchses brachte ihn zu der Erkenntnis, daß man es besser machen könnte, und zeigte ihm auch den Weg, auf dem dieses Ziel zu erreichen war.

Daß einige andere Autoren sich zur selben Zeit auf diesen Weg gemacht hatten, schmälert Wrights Verdienst nicht, sondern erklärt vielmehr die Resonanz seiner Bestrebungen: Die Zeit war reif für die Geburt der strengen Gattung Detektivroman, und mit dem Frühwerk von Agatha Christie (seit 1920) und Dorothy L. Sayers' Erstling »Whose Body« (»Der Tote in der Badewanne«) von 1923 lagen die ersten Versuche vor. Zumindest das frühe Abenteuer Lord Peter Wimseys muß Wright gekannt haben; zu deutlich ist die Parallele zwischen dem exzentrischen britischen Adligen und dem snobistischen amerikanischen Aristokraten auf der einen und ihren beamteten Freunden Charles Parker und John F.-X. Markham auf der andern Seite. Wright erweitert diese Formel noch um die klassische Watson-Gestalt, die ihm zugleich sein Pseudonym liefert: Der junge Anwalt S.S. van Dine ist Vance' Vermögensberater und hat sich mit der Lebensrolle abgefunden, als Schatten seines Herrn farblos durch die Fälle mitzuwandern und am Ende unter eigenem Namen deren Chronist zu sein. Gleich im ersten Fall, »The Benson Murder Case« von 1926, wird die noch im letzten, dem 1939 postum veröffentlichten »The Winter Murder Case«, durchgehaltene Fiktion entwickelt, van Dine gebe Insider-Informationen über die *Causes celèbres* weiter, die von Staatsanwalt Markham und seinem Freunde Vance gelöst worden seien und die bislang von der Presse nur unzulänglich dokumentiert worden seien. Äußerliche Folge dieses Erzählarrangements sind die zahlreichen Fußnoten, die die Fälle mit der New Yorker Wirklichkeit ihrer jeweiligen Handlungszeit verbinden.

Wright wählte das Pseudonym zur Abgrenzung von seinem bisherigen Wirken als Kritiker und Kunstschriftsteller. Van Dine war ihm als Name in seinem eigenen Stammbaum begegnet; die Initialen hatten ihn bei einem Dampfer beeindruckt, der, wie alle seine Artgenossen, ›SS‹, ›Steamship‹, gekennzeichnet war. Trug er damit einerseits durchaus der Minderwertung, ja Geringschätzung des Genres bei den Zeitgenossen Rechnung, so war es zugleich sein erklärtes Ziel, als Schriftsteller wie als Kritiker aktiv zur Aufwertung einer Literatur beizutragen, die den ›Mord als schöne Kunst betrachtet‹ pflegen sollte, wie ihn einst De Quincey beschrieben hatte. Gerade die vorgebliche Verzahnung mit der New Yorker Wirklichkeit macht die unüberbrückbare Kluft zwischen van Dines Welt und den realen USA der zwanziger und dreißiger Jahre deutlich; es gibt keinen Platz, an dem sich Philo Vance und Hammetts Continental Op, der in diesem realen Amerika agiert, hätten treffen können. Van Dines Welt ist bewußt so konstruiert, daß gerade in ihr die Morde geschehen können, die dann auch begangen werden. Wenn er seine epische Welt aufbaut, stellt er in Wirklichkeit ein Schachbrett mit Figuren hin, auf dem der Täter seine Opfer solange schlagen wird, bis der Detektiv ihn mattsetzt.

Das Spiel der Superhirne im Buch wiederholt sich bei jeder Lektüre als Spiel zwischen dem Autor und dem Leser. Willard Huntington Wright alias S.S. van Dine war nicht zufällig der erste, der die Regeln dieses Spiels in 20 Punkten kodifizierte und damit die Produktionsbedingungen für die Autoren und die Rezeptionsbedingungen für die Leser im Goldenen Zeitalter des Detektivromans als ›Gentleman's Agreement‹, wie er es an anderer Stelle bezeichnete, festlegte: Ein grober Regelverstoß wird in den folgenden drei Jahrzehnten nicht lustiger wirken als ein Zug des Springers über sechs Schachfelder, ein Handspiel im Fußball oder ein Patzer beim doppelten Rittberger.

Eine saubere Konstruktion des Falles und seiner Lösung sowie die unabdingbare Verpflichtung des Autors, seine Leser über alle Umstände, die dem Detektiv zur Lösung des Falles dienen, zu informieren, sind das Markenzeichen der Vance-Romane ebenso wie der seiner Zeitgenossen Christie und Sayers und seiner Nachfolger Ellery Queen, John Dickson Carr, Michael Innes und Edmund Crispin. Jeder seiner Rivalen hat innerhalb des vorgegebenen Grundmusters seinen eigenen Weg gefunden; D.L. Sayers hat gegen van Dines Verbot die Lord-Peter-Romane mit einer durchgehenden Liebesgeschichte verbunden, die erzählerischen

Qualitäten gesteigert, was er selbst als so unnötig empfand wie eine Renaissance-Schrift in einem Kreuzworträtsel. J.D. Carr hat die Schauplätze schauriger gemacht und der späte Ellery Queen realistischer, Innes und vor allem Crispin haben das Element des literarischen Spiels und der Komik entscheidend gesteigert – im Grundmuster blieben sie jedoch alle den Dineschen Regeln verpflichtet.

Dines programmatischem Versuch, das verachtete Genre aus der Sphäre der Eisenbahn-Wegwerfbücher zu heben, indem er die Lektüre zu einem dem Schachspiel vergleichbaren intellektuellen Vergnügen machte, war ein ungeahnter Erfolg beschieden. Jeder seiner zwölf Philo-Vance-Romane war ein Bestseller, wurde verfilmt, oft mehrfach; Philo Vance war der populärste amerikanische Detektiv seiner Zeit und gewann über den Tod seines Schöpfers hinaus in Filmen und Hörspielserien ein Eigenleben, im Pantheon der Detektive nur noch Holmes und Maigret und, in späterer Zeit, Philip Marlowe alias Humphrey Bogart zu vergleichen. Seinem Autor, der als S.S. van Dine über ihn schrieb, ermöglichte er ein Leben als Philo Vance: Die Unsummen, die Wright an Tantiemen, Buchclub- und sonstigen Folgerechten verdiente, gab er als Connoisseur und Gourmet von Vanceschem Format mit vollen Händen aus; die Penthouse-Existenz seines Geschöpfs wurde seine eigene.

Vance' jäher Sturz vom Olymp hängt unmittelbar mit dem schon erwähnten Aufstieg Marlowes und des Continental Op zusammen – der Realismus Chandlers und seines Lehrers Hammett, die Existenzweise eines Chandlerschen Privatdetektivs mit schäbigem Office und kleiner Wohnung schienen mit dem fast frivolen Mordspiel van Dines und der Luxusexistenz seines Helden unvereinbar. Inzwischen hat die generelle Wiederentdeckung der schönen Kunst des Mordens im englischsprachigen Raum Philo Vance voll rehabilitiert, und wir hoffen, daß er auch im deutschen Raum bald nicht mehr vergessen sein wird.

Für seinen Wiederauftritt wurde bewußt sein vierter Roman, »The Bishop Murder Case« von 1929, gewählt, zeigt er doch van Dines Qualitäten und seinen ungeheuren Einfluß auf die weitere Entwicklung des Genres am deutlichsten. Van Dine hatte in seinen im Vorjahr erschienenen »Zwanzig Regeln für das Schreiben von Detektivromanen« die Gattung eindeutig als Zusammenspiel von Regeln und ihrer Variation festgelegt und deshalb als

20. Punkt all das aufgezählt, was ein Autor von Niveau nicht mehr verwenden dürfe, weil es von seinen Vorgängern verbraucht sei. In »Der Mordfall Bischof« stellt er nun nicht weniger als vier m. W. brandneue Grundmuster dar, denen Liebhaber der Gattung in der Folgezeit in Variationen der Kollegen unvergeßliche Leseerlebnisse verdanken.

Das spektakulärste ist der Serienmord nach dem grausigen Muster populärer Kinderreime, der »Mother Goose Rhymes«, deren Bekanntheitsgrad im englischen Sprachraum bei uns mit nichts zu vergleichen ist, es sei denn eine fiktive Kombination aus Grimms Märchen, »Max und Moritz« und dem »Struwwelpeter«. Die Verbindung der Verse, die die kindliche Grausamkeit unserer Märchen haben, mit einem scheinbar grausam kindischen Mordplan gibt der Erzählung über eine lange Strecke die Qualität eines Alptraums, aus dem uns erst Vance' Analyse erwachen läßt. Nicht nur Agatha Christie hat dieses Schema in »Zehn kleine Negerlein« 1939 und anderen Romanen so erfolgreich übernommen, daß sie gelegentlich als seine Erfinderin gilt, auch Ellery Queen wendet es überzeugend in »Double, Double« an.

Mit der Erkenntnis des Schemas ergibt sich der später in Romanen verschiedenster Autoren immer wieder gestaltete Wettlauf zwischen dem Detektiv, der das Gesetz der Folge errechnet hat, und dem Täter, der sich dieser mathematischen Reihe bedient, um das letzte Opfer, das es zu retten gilt, wobei zugleich die These des Detektivs verifiziert und der Täter auf frischer Tat ertappt wird.

Im engsten Zusammenhang mit dieser grausigen Mordserie steht ein neuer Tätertyp, der das als ›Ellery Queen‹ schreibende Team zu einigen der schönsten Romane ihres Spätwerks inspiriert hat: Geht der landläufige naive Täter in der Wirklichkeit und im frühen Detektivroman davon aus, nicht entdeckt zu werden, bezieht der kunstvolle Spätling bewußt einen kongenialen Detektiv in seine Planungen ein, den er auf Grund genauer Kenntnis seiner Methoden dann auf höherer Ebene in die Irre zu führen gedenkt. So kommt es, daß der spätere Ellery Queen es Anfang der fünfziger Jahre nur noch mit Mördern zu tun hat, die seine früheren Bücher gelesen haben und ihn geradezu zur Detektivarbeit einladen – ein Zug, den van Dine vorweggenommen hat, wenn sein Mörder enttäuscht ist, daß Vance einen wichtigen Hinweis nicht begreifen will.

Zugleich ist es Vance' großer Schatten, der für eine Generation die Tradition des Detektivromans als lustiges Spiel begründete: ›Farceurs‹ nennt Julian Symons die Autoren, für die Mord und Täterjagd zu bloßen Quellen endlosen Amüsements werden. Das Schockierende schockiert hier nicht; der Behinderte mit einem lebenslangen Leiden tritt nur auf, weil der Autor einen Buckelmuckel alias Humpty Dumpty benötigt, und der Tod eines hoffnungsvollen jungen Sportsmanns als Cock Robin oder Hinrich der Hahn ist nicht tragischer als das Schlagen eines Pferdes beim Schachturnier. Am deutlichsten wird dieser durchgehende Zug der Entwirklichung durch Literarisierung an der Rolle, die der Literatur in der Scheinwirklichkeit dieser Eigenwelt zugewiesen wird: Symons hat die ›Farceurs‹ gleichzeitig ›Quotation Spotters‹ genannt, unerreicht in ihrer Fähigkeit, entlegene Zitate aufzuspüren und mit ihrer Hilfe einen Fall aufzulösen. Was Innes in seinen Shakespeare- und Coleridge-Lösungen aufnimmt, findet sich genau so schon bei van Dine, wenn Philo Vance zur Verblüffung des weniger gebildeten Leser erklärt, der Schlüssel zum grausigen Geheimnis habe die ganze Zeit unentdeckt in Ibsens gesammelten Werken gelegen. In einem Detektivroman, der sich offen zu seiner Künstlichkeit im alten Sinne von Kunstfertigkeit bekennt, ist die Literatur eben nicht die abgeleitete, sondern die erste Wirklichkeit, und darin liegt ein Reiz, der so verschieden ist von dem des realistischen Romans, das beide legitim nebeneinander bestehen können: Verfremdet die ›Hardboiled School‹ die Großstadt zum Dschungel, so taucht van Dine das moderne New York einen Roman lang in ein Dämmerlicht, in dem ein grausiges Geschehen die innere Folgerichtigkeit eines bösen Märchens gewinnt – getreu dem Conrad entlehnten Motto: »Die ganze Welt ist ein Tempel, in dem ein Mysterienspiel aufgeführt wird: kindisch und packend, und in seinem Ernst zum Lachen und zum Fürchten.«

Volker Neuhaus